NELLIE WEISZ

A LOVE like Summer

COVE

© privat

Nellie Weisz wurde 1991 geboren und lebt mit ihrem Partner und ihren zwei Meerschweinchen in Darmstadt. Nach einem Publizistikstudium hat es sie ins Online-Marketing verschlagen. Während sie in ihrem Job mit Zeichenbeschränkungen zu kämpfen hat, kann sie als Autorin ihren Hang zu verschachtelten Sätzen, ausschweifenden Beschreibungen und romantischen Geschichten ausleben. In ihrer Freizeit verschlingt sie Bücher und reist leidenschaftlich gern.

Für alle, die je das Gefühl hatten,
nicht genug zu sein – ihr wart nie das Problem.
Bitte verliert nie den Glauben an euch und eure Träume!

Und für meinen Vater, der immer an mich glaubt und
jeden meiner Träume bedingungslos unterstützt.
Du bist der Beste!

Vorbemerkung für die Leser*innen

Liebe*r Leser*in,

dieser Roman enthält potenziell triggernde Inhalte. Aus diesem Grund befindet sich hier eine Triggerwarnung. Am Romanende findest du eine Themenübersicht, die Spoiler enthält.

Entscheide bitte für dich selbst, ob du diese Warnung liest. Gehe während des Lesens achtsam mit dir um. Falls du auf Probleme stößt und/oder betroffen bist, bleibe damit nicht allein. Wende dich an deine Familie und an Freunde oder suche dir professionelle Hilfe.

Wir wünschen dir alles Gute und das bestmögliche Erlebnis beim Lesen dieser besonderen Geschichte.

Nellie Weisz und das COVE Story-Team

Soundtrack:

Enchanted (Taylor's Version) – Taylor Swift
Young And Beautiful – Lana Del Rey
Watermelon Sugar – Harry Styles
Ocean Eyes – Billie Eilish
Impossible – Nothing but Thieves
Never Let Me Go – Florence + The Machine
Out of My League – Fitz and The Tantrums
Summer of Love – Shawn Mendes & Tainy
Ordinary – Alex Warren
Late Night Talking – Harry Styles
If I Ain't Got You – Alicia Keys
The Time of My Life – Bill Medley, Jennifer Warnes
Hungry Eyes – Eric Carmen
My Heart Will Go On – Céline Dion

Die vollständige Playlist findest du bei einem bekannten Streaming-Dienst unter:
A Love like Summer – offizieller Soundtrack von Nellie Weisz.

Kapitel 1

Eine Tomate kommt selten allein

Eliza

Der rote, faustgroße Gegenstand trifft mich mit solcher Wucht im Gesicht, dass mein Kopf leicht zur Seite kippt. Das Wurfgeschoss zerplatzt an meiner rechten Wange. Seine Bestandteile rinnen in Form einer glitschigen Masse bis hinab zu meinem Kinn, um kurz darauf mit einem platschenden Geräusch auf meinem Dekolleté zu landen. Der süßliche, vergorene Geruch von überreifen Tomaten steigt mir in die Nase. Ich schaue an mir hinunter und würde am liebsten in amüsiertes Gelächter ausbrechen, als ich die roten Schlieren entdecke, die das Gemüse auf meinem weißen Sommerkleid hinterlassen hat. Doch da mein Vater neben mir steht, beiße ich mir stattdessen auf die Innenseite meiner Wange und versuche, möglichst schockiert auszusehen.

»Ihr verfluchten Umweltschweine! Das Letzte, was unser kaputter Planet braucht, ist eine weitere Dreckschleuder von euch. Ihr verpestet die Ozeane!«

Wieder fliegt eine Tomate durch die Luft, verfehlt mich jedoch um einige Zentimeter und zerplatzt an der getönten Außenscheibe des Rolls Royce, aus dem meine Eltern und ich soeben ausgestiegen sind. Meine Mutter gibt ein ersticktes Keuchen von sich und hebt schützend eine Hand vors Gesicht.

Der Fahrer, der eben noch das Gepäck entladen wollte, kommt uns mit einem aufgespannten Regenschirm zur Hilfe. Er hält ihn wie einen Schild zwischen uns und den jungen Mann, der halb verborgen durch einen Oleanderbusch zum nächsten Angriff ausholt. Die Situation ist derart absurd, dass ich nun doch lachen muss. In letzter Sekunde kann ich es mit einem Husten kaschieren.

Im selben Augenblick, in dem der Umweltaktivist zu einem weiteren Wurf ansetzt, stürmen zwei muskelbepackte Männer in schwarzer Kleidung die Einfahrt hinauf. Vermutlich gehören sie zum Security-Team, das ich vorhin gesehen habe, als wir die Pforte zum Hotel passiert haben. Der Aktivist bemerkt sie ebenfalls, flucht laut und wirft eine letzte vergammelte Tomate in unsere Richtung. Da er sich bereits halb zum Gehen gewendet hat, verfehlt das Geschoss sein Ziel jedoch um einige Meter.

Mit einem lauten »Verfluchte privilegierte Umweltschweine! Kreuzfahrtschiffe sind Sondermüll!« dreht er sich vollständig um und flüchtet über den akkurat gestutzten Rasen, der genauso gut einen Golfplatz zieren könnte.

Die Securityleute nehmen umgehend die Verfolgung auf. Am liebsten möchte ich den Umweltaktivisten mit einem lauten »Lauf Forest, lauf!« anfeuern, denn er spricht genau das aus, was ich denke. Was ich ebenfalls gerne in die Welt hinausschreien will, aber nicht darf. Wie würde es aussehen, wenn die einzige Tochter und Erbin der weltweit größten Reederei für Kreuzfahrtschiffe sich öffentlich für den Klimaschutz einsetzen und sich damit gegen ihre Familie stellen würde ...

»Es tut mir schrecklich leid, Mister Fortner.« Ein Mann mit streng zurückgekämmten schwarzen Haaren und einem blauen Anzug kommt auf uns zu. Das Namensschild, das über seiner rechten Brusttasche prangt, zeichnet ihn als Mister Trent, alias Hotelmanager, aus. Sein Lächeln ist genauso angespannt wie seine Schultern. Er wirkt nervös. Und das nicht unbegründet, wenn ich mir die sehr ungesund wirkende rötliche Gesichtsfarbe meines Vaters ansehe. Sie erinnert mich an die überreife Tomate, deren Überreste in der tropischen Hitze Puerto Ricos gerade auf meiner Haut festtrocknen.

»Verdammt noch mal, ich dachte, das hier sei ein erstklassiges Haus mit weitreichenden Sicherheitsvorkehrungen! Wie kann es sein, dass meine Familie und ich vor Ihrer Tür tätlich angegriffen werden?!«, poltert mein Vater. Seine blauen Augen sprühen Funken des Zorns.

»Wir haben äußerst hohe Sicherheitsstandards in unserem Haus und prüfen all unsere Angestellten eingehend, bevor sie ihren Dienst bei uns antreten. Ich kann mir selbst nicht erklären, wie uns das in diesem Fall entgehen konnte. Ich kann nur vielmals für die dadurch entstandenen Unannehmlichkeiten um Entschuldigung bitten.« Der Hotelmanager muss sich beeilen, um mit meinem Vater Schritt zu halten, der jetzt auf den Eingang des Nobelhotels zustrebt. Ich haste hinterher. Gerade noch rechtzeitig erreicht Mister Trent die mit vergoldetem Stahl eingerahmten gläsernen Flügeltüren, um sie für meinen Vater aufzuhalten. Dieser würdigt seine Bemühungen nicht mal mit einem anerkennenden Nicken, von einem Wort des Dankes ganz zu schweigen. Stattdessen fährt er in der Lobby so lautstark mit seiner Tirade fort, dass die anderen Gäste ihm missbilligende Blicke zuwerfen und ich am liebsten im Erdboden versinken würde.

»Unannehmlichkeiten? Meine Tochter könnte von diesem Angriff ein Trauma zurückbehalten.« Er deutet mit dem Zeigefinger anklagend auf mich oder vielmehr auf die roten Tomatenflecken, die mein Kleid zieren und es wie ein postmodernes Kunstwerk aussehen lassen.

Wenn mein Vater derart in Rage ist, lautet die wichtigste Überlebensregel, sich nicht einzumischen und abzuwarten, bis das Gewitter vorübergezogen ist. Doch jetzt hat er mich durch seine absurde Behauptung mit in die Sache hineingezogen und das kann ich nicht unkommentiert lassen.

»Jetzt übertreib nicht, Dad. Nur weil mich jemand mit gammeligem Gemüse abgeworfen hat, werde ich zukünftig keine Panikattacke bekommen, wenn ich einer Tomate in freier Wildbahn begegne«, versuche ich die angespannte Situation durch eine flapsige Bemerkung aufzulockern.

Die Miene meines Vaters wird eisig. »Es geht hier nicht nur um eine Tomate, Eliza«, er spricht meinen Namen betont langsam aus, als zweifele er an meiner geistigen Aufnahmefähigkeit. »Dieser Kriminelle hätte genauso gut eine Waffe bei sich tragen können. Von einem Hotel dieser Klasse erwarte ich, dass ausreichend Vorkehrungen getroffenen werden, um die Sicherheit meiner Familie zu garantieren.«

Ich weiß, ich sollte die Klappe halten, trotzdem kann ich die Worte nicht zurückhalten: »Wir reden hier von einem Umweltaktivisten. Die haben meistens keine Menschenleben auf dem Gewissen, ganz im Gegensatz zu den Großkonzernen, gegen die sie protestieren.«

Das Gesicht meines Vaters wird zu einer steinernen Maske, als er mich durchdringend mustert. In seinem Blick kann ich die ständig präsente Enttäuschung herauslesen, die ich für ihn darstelle.

»Kein weiteres Wort mehr, Eliza.« Seine Stimme duldet keinen Widerspruch. Aus dem Augenwinkel sehe ich, wie selbst der Hotelmanager bei seinem Tonfall einen Schritt zurückweicht. Als habe er Angst, mit in diesen Sog der Missbilligung hineingerissen zu werden.

Meine Mutter legt eine Hand auf meinen Unterarm und gibt mir durch leichten Druck zu verstehen, dass ich den Anweisungen meines Vaters Folge leisten soll. Ich beiße die Zähne so fest zusammen, dass es unangenehm knirscht. Ich bin verdammt noch mal kein Kleinkind mehr, das er maßregeln kann. Ich bin zwanzig und vor einem Jahr von zu Hause ausgezogen, um in Yale zu studieren. Trotzdem werde ich in seiner Gegenwart wieder zu dem kleinen Mädchen, das nichts richtig machen kann. Das nie mehr als eine Enttäuschung für ihn sein wird. Ich schlucke meinen Zorn herunter, schließlich bin ich nicht zum Spaß hier. Ich darf meinen Vater nicht jetzt schon vor den Kopf stoßen, sonst wird er unseren Deal abblasen und mich trotzdem dazu zwingen, die nächsten drei Wochen auf seinem neusten Luxusdampfer zu verbringen.

Das Räuspern des Hotelmanagers unterbricht die unangenehme Stille. »Es gibt gute Neuigkeiten. Unser Sicherheitspersonal konnte den Mann festnehmen. Wir haben bereits die Polizei informiert, die so schnell wie möglich hier eintreffen wird.«

Der junge Angestellte, der neben Mister Trent steht, hat den Streit zwischen mir und meinem Vater anscheinend dazu genutzt, um unbemerkt an den Manager heranzutreten und seinen Boss auf den neusten Stand zu bringen.

»Das ist wohl das Mindeste.« Wie so oft schafft mein Vater es, die Leistung anderer kleinzureden und als selbstverständlich darzustellen. Wahrscheinlich ist er deshalb ein so guter Geschäftsmann. Auf einem Basar würde er es vermutlich fertigbringen, den Preis für die von ihm gewünschte Ware so weit herunterzudrücken, dass die Händler am Ende draufzahlen müssten.

Der Aktivist tut mir leid. Am liebsten würde ich hier auf ihn warten, um ihm zu seinem Engagement zu gratulieren und ihm fürs nächste Mal mehr Glück und eine bessere Kondition zu wünschen. Doch mein Vater läuft schon weiter in Richtung der Aufzüge, dabei ignoriert er vollkommen die prachtvoll ausgestattete Lobby, die vor Prunk nur so überläuft. Die Sohlen seiner sündhaft teuren Schuhe aus italienischem Leder verursachen bei jedem Schritt ein peitschendes Geräusch, wenn sie auf den blank polierten Marmorboden treffen. Von den stuckverzierten Decken hängen überdimensionierte Kronleuchter. Taubeneigroße Kristalle fangen die Sonnenstrahlen ein, die durch die bodentiefen Fenster in den Eingangsbereich fallen, und werfen sie in Form leuchtender Lichtpunkte zurück an die Wände. Mit dunkelrotem Samt bezogene Ohrensessel stehen in kleinen Sitzgruppen zusammen. Palmen in Pflanzenkübeln aus Terrakotta schenken den Hotelgästen, die hier Platz genommen haben, Privatsphäre und unterstreichen den tropisch eleganten Flair.

Doch mir bleibt keine Zeit, die Inneneinrichtung weiter zu begutachten, denn der unnachgiebige Griff meiner Mutter um meinen Unterarm zwingt mich dazu, ihr und meinem Vater in den wartenden Aufzug zu folgen. Ein junger Mann mit Pagenmütze schafft es gerade noch rechtzeitig in die Kabine zu schlüpfen, bevor sich die Türen hinter uns schließen. Unser Ziel ist das oberste Stockwerk des Gebäudes, was keine Überraschung ist. Mit etwas anderem als der Präsidentensuite würde mein Vater sich nicht zufriedengeben. Letztes Jahr habe ich einmal im Scherz vorgeschlagen, dass er schon in so vielen Präsidentensuiten geschlafen hat, dass er sich bei den nächsten Wahlen als Kandidat aufstellen lassen könnte. Das Funkeln in den Augen meines Vaters, das immer dann aufblitzt, wenn er wütend ist oder einen Geschäftsdeal wittert, hat dafür gesorgt, dass ich diesen Witz nie wieder gemacht habe. Nicht dass er noch auf dumme Ideen kommt. Selbst ohne ein politisches Amt ist mein Vater mächtig genug, um die Welt nach seinen Vorstellungen zu formen. Zumindest in den meisten Fällen. Wenn er etwas will, sorgt er dafür, dass er es bekommt.

Die Einzige, die sich ihm widersetzt, bin ich. Doch die Schlachten, die zu meinen Gunsten ausgefallen sind, kann ich an einer Hand abzählen. Wäre es anders, wäre ich jetzt nicht hier, um morgen für zwei Wochen mit einem Kreuzfahrtschiff in See zu stechen und Teil des Medienrummels zu sein.

Kapitel 2

Unter Wasser

Cameron

»Erinnere mich doch bitte noch mal: Warum habe ich mich von dir zu diesem Wahnsinn überreden lassen?« Ich streife die Riemen meines Rucksacks ab. Mit lautem Poltern landet das Gepäckstück auf dem Boden der Kajüte.

»Erstens kannst du dich dann nächstes Semester voll aufs Studium konzentrieren, anstatt Überstunden im Restaurant zu schieben. Zweitens schipperst du die nächsten paar Wochen durch die Karibik und drittens hättest du mich schrecklich vermisst, wenn ich alleine losgezogen wäre.« Luke grinst mich an und legt seinen Rucksack ebenfalls ab.

Tatsächlich war es der erste Grund, der mich dazu gebracht hat, meine Überzeugungen wortwörtlich über Bord zu werfen und den Job als Kellner auf der *Goddess of the Sea* anzunehmen, dem neusten und extravagantesten Kreuzfahrtschiff der Welt. Das behauptet zumindest die Website und wann hätte jemals ein Unternehmen aus Marketinggründen übertrieben? Eigentlich verachte ich diese Dampfer und alles, was damit zu tun hat. In meinen Augen sind sie nichts anderes als schwimmende Dreckschleudern, aber diese Meinung sollte ich vermutlich in der nächsten Zeit für mich behalten, wenn ich meinen Ferienjob nicht direkt wieder verlieren will.

Als Luke mich vor zwei Wochen spontan mit dem Jobangebot überfallen hat, war mein erster Impuls, ihn mit einem moralisch überlegenen Grinsen auflaufen zu lassen – ich habe eine Schwäche für nautische Wortspiele. Doch dann hat er mir erzählt, was er bei seinem letzten Kellnerjob auf einem Kreuzfahrtschiff verdient hat, und das Lachen ist mir im Hals stecken geblieben. Mindestens viertausend Dollar für einen Monat Arbeit. Da es sich um ein Luxusschiff handelt, könnte es sogar noch mehr werden, weil das Trinkgeld für gewöhnlich großzügiger ausfällt. In dem Restaurant, in dem ich sonst neben der Uni jobbe, müsste ich mehrere Monate Doppelschichten schieben, um eine ähnliche Summe zu verdienen. Laut Luke ist es deshalb auch schwierig für Neulinge, einen Job zu ergattern. Weil aber gleich drei der angestellten Kellner überraschend abgesprungen sind und ich schon jahrelange Erfahrung im Service habe, hat mein Kumpel es irgendwie geschafft, mich für die Stelle ins Rennen zu bringen.

Wenn ich mich in der kargen, engen Kajüte umsehe, frage ich mich, ob der Job wirklich so begehrt ist. Was Luke nämlich vergessen hat zu erwähnen, ist, dass der Raum in etwa so groß ist wie eine Sardinenbüchse und wir in Hochbetten schlafen müssen, deren Matratzen nicht mal die regulären neunzig Zentimeter Breite aufweisen. Ein Fenster und Tageslicht sucht man vergebens.

»Was bringt es mir, wenn wir durch die Karibik schippern, wir aber nicht mal ein Guckloch in der Kabine haben, von einem Balkon ganz zu schweigen.« Ich deute anklagend auf die nackte, weiß lackierte Metallwand neben mir.

Luke lacht und lässt sich auf die Matratze des unteren Betts fallen. »Da wir uns unter dem Meeresspiegel befinden, könnten wir mit einem Fenster sowieso nichts anfangen.«

»Dahinter ist Wasser?« Ich tippe vorsichtig gegen die Wand, als könnte sie unter zu starker Krafteinwirkung nachgeben, was natürlich Quatsch ist, wenn man bedenkt, wie viel Druck die Wassermaßen bereits von außen auf das Metall ausüben.

Als Luke nickt, wird mir trotzdem flau im Magen.

»Ich dachte, so weit unten wären höchstens die Maschinenräume und Arbeitsmaterialien untergebracht.«

Mein Kumpel zuckt mit den Schultern und verzieht das Gesicht zu einer Grimasse. »Eigentlich sind wir während unserer Zeit an Bord genau das. Wir gehören quasi zum Inventar.«

Das sind ja grandiose Aussichten! Am liebsten würde ich mir meinen Rucksack schnappen und den nächsten Flieger zurück nach New York nehmen. Doch zum einen kann ich Luke nicht hängen lassen, der für mich gebürgt hat, und zum anderen würde das Flugticket mein hart verdientes Erspartes schlucken. Am Ende ist es eigentlich egal, ob die Kabine über oder unter dem Wasserspiegel ist. Man kann ja sowieso nicht hinaussehen.

»Dann will ich wenigstens unten schlafen.« Um der Forderung Nachdruck zu verleihen, schnappe ich mir eines der Kissen und werfe es nach Luke. Er gibt ein lang gezogenes Seufzen von sich, bevor er sich hochhievt und an den zwei Sprossen der metallenen Leiter emporklettert, die seitlich an dem Hochbett angebracht ist. Dabei stellt er sich so behände an wie ein Äffchen, das sich von einer Liane zur anderen schwingt, was mich vermuten lässt, dass er nicht zum ersten Mal das obere Bett als Schlafplatz zugewiesen bekommen hat.

»Hier oben muss ich wenigstens nicht den Mief von hunderten von Angestellten riechen, die vor uns hier geschlafen haben«, sagt er grinsend, die Beine über den Rand des Bettes baumelnd.

»Bedeutet das Wort Jungfernfahrt nicht wortwörtlich, dass alles an diesem Luxusdampfer unberührt ist?«

»Klar, wenn du einer der gut zahlenden Gäste bist, deren Zimmer oberhalb des Meeresspiegels liegen. Aber wir sind nur Inventar, schon vergessen?« Er schnalzt tadelnd mit der Zunge, als sei er enttäuscht, dass ich seine erste Lektion noch nicht verinnerlicht habe.

Skeptisch mustere ich die Unterseite von Lukes Matratze, die nur durch eine Reihe hölzerner Latten von meiner Schlafgelegenheit getrennt ist. Bevor ich meine Wahl bereuen kann, springt mein Kumpel vom oberen Bett und hakt mich unter.

»Jetzt gehen wir erst mal auf Entdeckungsreise.« Er zieht vielsagend die buschigen Augenbrauen in die Höhe. In seinen hellbraunen Augen funkelt die Abenteuerlust.

»Dürfen wir hier einfach so durch die Gegend spazieren? Gibt es da nicht irgendwelche Vorschriften?« Ich habe zwar nie zuvor auf einem Kreuzfahrtschiff gearbeitet, aber dem Arbeitsvertrag lag ein Dokument bei, in dem grundlegende Verhaltensregeln für das Personal festgehalten waren. Die wichtigste lautet, dass wir außerhalb unserer Schichten von keinem Gast gesehen oder gehört werden sollen. In diesem Moment ist meine zugegebenermaßen etwas unrealistische Vorstellung von Luke und mir im Swimmingpool treibend und mit einem Mojito in der Hand in sich zusammengefallen.

»Ab heute Abend brauchen wir einen Tarnumhang, aber für die nächsten paar Stunden haben wir das Schiff für uns. Und weil noch keine Gäste da sind, gibt es auch niemanden, der uns sehen kann.« Er schwingt triumphierend seinen Zeigefinger vor meiner Nase in der Luft herum.

Das klingt einleuchtend und immerhin ist Luke ein alter Hase, was das Arbeiten und Leben an Bord eines Schiffes angeht.

»Worauf warten wir dann noch?«, frage ich ihn grinsend.

•••

Eine Stunde später stehen wir auf dem obersten Deck und blicken über die Reling hinab auf das Gewusel an Land. Obwohl wir uns beeilt haben und an jedem Ort nur einen kurzen Stopp eingelegt haben, konnten wir lange nicht alle Highlights entdecken, die das Luxusschiff laut Website zu bieten hat. Doch schon der kleine Einblick hat dafür gesorgt, dass ich mich immer wieder ungläubig gefragt habe, ob ich halluziniere.

Da die Kajüten der Besatzung sich ganz unten an Bord befinden, haben wir uns langsam von dort aus nach oben gearbeitet. Auf dem Deck, das über unserem und damit ebenfalls unter dem Meeresspiegel liegt, sind ein riesiger Kinosaal, eine Diskothek mit drei verschiedenen Sälen und eine Shopping Mall untergebracht. Im nächsten Stockwerk sind die Außenwände zu beiden Seiten fast vollständig verglast. Das Wasser bricht sich in sanften Wellen daran und teilt die Front horizontal in der Hälfte, sodass man sich im Sitzen unterhalb der Meeresoberfläche befindet und im Stehen darüber hinwegsehen kann. Ich habe mich gefragt, wie es sich anfühlt, hier zu sein, wenn das Schiff durch den Ozean gleitet und die Gischt an den Fenstern empor spritzt.

Im selben Stockwerk ist außerdem der riesige Wellnessbereich untergebracht. Lediglich vorne am Bug und hinten gibt es eine Handvoll Kabinen, die an Gäste vermietet werden. Sie sind etwas günstiger, weil es sich zwar um Außenkabinen handelt, aber kein Balkon vorhanden ist. Eine Besonderheit des Schiffs ist laut Broschüre, dass es keine Innenkabinen gibt und jedes Zimmer über Meerblick verfügt. Da sich auf diesem Dampfer nur Leute tummeln werden, für die Geld keine Rolle spielt, hat man vermutlich auf die Holzklasse verzichtet.

Neben einem extravaganten Casino, das sich genauso gut in Las Vegas befinden könnte, gibt es noch einen großen Indoor-Swimmingpool mit Wellenbad und Rutschen, die ich nur zu gerne selbst testen würde. Auf den oberen Decks sind eine Handvoll verschiedener Themenrestaurants sowie ein Theater und zwei Bars untergebracht. Die Außendecks sind mit einem weiteren Swimmingpool, mehreren Jacuzzis und einem Kinderspielplatz ausgestattet. Nachdem wir uns zuvor versichert hatten, dass außer uns wirklich niemand an Deck war, haben Luke und ich es uns nicht nehmen lassen, die Hüpfburg auszuprobieren. Erst als wir vom Hüpfen und Lachen schon Seitenstechen bekommen haben, sind wir weiter zum Aussichtsdeck gegangen.

Bei Tag kann man auf See vermutlich bis zum Horizont sehen, bei Nacht den Kopf in den Nacken legen und die Sterne beobachten. Da wir aktuell aber im Hafen von San Juan ankern, blicken wir stattdessen auf die bunten Häuser der Stadt, die sich an einen Hügel schmiegen. Unten am Pier wuseln Hafenpersonal, Schiffsbesatzung und Touristen durcheinander. Die *Goddess of the Sea* ist bei Weitem nicht das einzige Passagierschiff, das im Moment vor Anker liegt. Neben unserem sehe ich zwei weitere von bekannten Kreuzfahrtanbietern sowie kleinere Fährschiffe. Über einen Steg an der Seite betreten immer mehr Menschen das Schiff, vermutlich Servicekräfte. Ich werfe einen Blick auf meine Armbanduhr und seufze. In einer Stunde sind wir für eine offizielle Einführung in einen der Speisesäle einberufen worden.

Kapitel 3

Sesam öffne dich

Cameron

Wenig später stehen Luke und ich gemeinsam mit fünfzig anderen, die im Dresscode der *Goddess of the Sea* gekleidet sind, im Speisesaal für das Personal. Die Uniform für die Männer besteht aus einem schwarzen Hemd mit weinroter Fliege sowie einer schwarzen Stoffhose. Die Frauen tragen eine ebenso weinrote Bluse, dazu einen schwarzen Rock, der knapp oberhalb ihrer Knie endet. Außerdem findet sich bei jedem von uns an der rechten Brusttasche ein vergoldetes Namensschild.

»Ich freue mich, Sie heute an Bord der *Goddess of the Sea* begrüßen zu dürfen.« Ein Mann mit schwarzem Haar, das er in leichten Wellen nach hinten gegelt hat, steht uns gegenüber. Ich schätze ihn auf Ende vierzig. Er ist unser Vorgesetzter und hat sich als Mr Thomson vorgestellt. Im Gegensatz zu den restlichen Anwesenden trägt er über seinem Hemd ein Jackett.

»Sie genießen nicht nur das Privileg, das Schiff auf seiner Jungfernfahrt zu begleiten, sie sind außerdem für den wichtigsten Service an Bord ausgewählt worden.« Er macht eine bedeutungsschwangere Pause, bevor er weiterspricht: »Für das Dinner. Während das Frühstück vom Room-Service jeden Morgen direkt zu den Gästen auf die Kabinen gebracht wird und es zur Mittagszeit auf dem Außendeck eine Grillstation sowie leichte Mahlzeiten an der Poolbar gibt, wird das Abendessen am Tisch serviert. Doch mit einem Privileg sind naturgemäß auch gewisse Verpflichtungen verbunden. Wir alle sind maßgeblich an dem Erfolg dieser Fahrt beteiligt und daher möchte ich in aller Deutlichkeit sagen, dass wir uns keine

Fehler erlauben dürfen. Ich erwarte tadelloses Verhalten von jedem und jeder von Ihnen. Sie werden unseren Gästen ihre Wünsche erfüllen, bevor sie selbst überhaupt wissen, dass sie sie verspüren. Ein zuvorkommendes Lächeln gehört ebenso zu Ihrer Uniform wie das Hemd und die frisch geputzten Lederschuhe.« Während er dies aufzählt, läuft er der Reihe nach an uns vorbei und mustert jeden Einzelnen von oben bis unten. Bei manchen nickt er, bei anderen wiederum richtet er die Fliege oder drückt demjenigen ein Taschentuch in die Hand, mit dem er seine Schuhspitze polieren soll. Als er bei mir Halt macht, bleibt sein Blick an meinen schulterlangen Haaren hängen.

»Die binden Sie bitte zusammen, wenn Sie im Dienst sind. Sollte auch nur einer der Gäste ein Haar auf seinem Teller finden, ist die Hölle los, das kann ich Ihnen garantieren.« Der kummervolle Ausdruck in seinen grauen Augen lässt mich vermuten, dass er schon einmal Zeuge eines solchen Infernos geworden ist.

»Jawohl, Sir«, erwidere ich und kann es mir nicht verkneifen, die Fersen aneinanderzuschlagen, als sei ich ein Soldat und er der Offizier.

Er runzelt die Stirn und sieht alles andere als amüsiert aus. »Ich erwarte, dass Sie Ihren Job an Bord ernst nehmen«, sagt er und lässt seinen Blick einmal die Reihe auf und ab gleiten. Erst als auch der Letzte pflichtschuldig genickt hat, geht er weiter.

Endlich hat er die Inspektion zu seiner Zufriedenheit beendet und erhebt erneut die Stimme für eine weitere Ansprache: »Nachdem wir eben darüber gesprochen haben, was von Ihnen in Bezug auf den Umgang mit den Gästen erwartet wird, möchte ich noch kurz darauf eingehen, welches Verhalten wir *nicht* dulden. Sie sollen den Passagieren ein gutes Gefühl geben, allerdings kein zu gutes. Affären oder jegliche sonstigen sexuellen Interaktionen mit einem der Gäste führen zu einer sofortigen Beendigung Ihrer Beschäftigung. Des Weiteren haben Sie außerhalb Ihrer Arbeitszeiten nichts auf den oberen Decks verloren. Werden Sie trotzdem bei einem kleinen Ausflug erwischt, hat dies zunächst eine Verwarnung zur Folge. Beim dritten Verstoß werden Sie Ihren Aufenthalt auf der *Goddess of the Sea* ebenfalls verfrüht beenden müssen.« *Was er wohl sagen würde, wenn er von Lukes und meiner Erkundungstour heute Mittag wüsste?* Ich grinse – genau in dem Moment, als sein Blick mich streift. Seine Augen verengen sich und ich spüre förmlich, wie mir das Grinsen entgleitet. Ich traue mich erst wieder zu atmen, als er uns schließlich dazu auffordert, ihm zu folgen, damit er uns die insgesamt drei Restaurants auf dem Schiff zeigen kann.

Bei dem ersten handelt es sich um einen Nobel-Italiener mit dem einfallsreichen Namen *Ciao Bella*. Die Bodenfliesen sind aus schwarzem Schiefer, meterhohe Weinregale formen die Wände. Das Zentrum des Raums bildet eine verglaste Kochinsel mit einem Steinofen. Die Tische sind so angeordnet, dass man von überall einen Blick auf die Köchinnen und Köche werfen kann, die dort ab heute Abend frische Pizzen zubereiten werden. Die rot-weiß karierten Decken und die Dekoration, die aus intensiv duftenden Basilikumpflanzen und weinroten Stabkerzen besteht, unterstreichen den italienischen Flair.

Als Nächstes suchen wir das *Wonders of Asia* auf, ein weiteres Themenrestaurant. Der Eingang zum Restaurant ist dem eines Tempels nachempfunden. Massive rot lackierte Steinsäulen flankieren die schwarzen Türen zu beiden Seiten. Um diese zu erreichen, müssen wir zunächst eine kleine hölzerne Brücke überqueren, die über einen Teich führt. Als ich mich über das Geländer lehne, entdecke ich prachtvolle Kois, die träge ihre Kreise im Wasser ziehen. Ich pfeife leise zwischen den Zähnen hindurch.

»Jeder von denen ist mehr wert, als wir hier in einem Monat verdienen«, raune ich Luke zu, der daraufhin lacht.

»Die Fische sind Eigentum der Reederei. Sollte jemand von Ihnen dumm genug sein, einen zu entwenden, führt dies ebenfalls zu einer direkten Kündigung. Inklusive Anzeige bei der Polizei.« Mr Thomson steht keine zwei Meter entfernt von uns am Ende der Brücke und mustert Luke und mich wie ein Schulrektor, der zwei seiner Schüler in flagranti bei einem Streich ertappt hat.

Nach einem kurzen Rundgang führt er uns zu einem imposanten Treppenaufgang. Die Treppenstufen sind mit marineblauem Teppichboden überzogen, vergoldete Handläufe führen zum größten Deck des Schiffes. Wir folgen Mr Thomson die Stufen hinauf und kommen vor zwei schwarzlackierten Flügeltüren zum Stehen.

»Der Großteil von Ihnen wird hier im *The Pearl* eingeteilt sein. Ihnen wird nicht nur die Ehre zuteil, im Herzstück dieses Schiffes zu arbeiten, Sie werden es auch noch an der Seite eines echten Sternekochs tun. Monsieur Dubois wird hier an Bord exquisite Speisen kreieren, die Sie zum Staunen bringen werden.« Mr Thomsons Augen leuchten.

»Vermutlich werden wir darüber staunen, wie klein die Portionen sind«, raunt Luke mir zu und ich kaschiere mein Lachen mit einem Husten.

Mr Thomsons Blick schnellt sofort zu uns herüber und in seinem Tonfall liegt eindeutig Herablassung, als er in unsere Richtung gewandt fortfährt: »Für diejenigen unter Ihnen, die kulinarisch nicht bewandert sind: Monsieur Dubois leitet seit vielen Jahren sehr erfolgreich das *Ode au fromage* und ist bereits mehrfach mit drei Michelin-Sternen ausgezeichnet worden. Davon gibt es auf der gesamten Welt insgesamt nur etwas mehr als hundertvierzig.«

Luke pfeift anerkennend durch die Zähne. Das scheint Mr Thomson zumindest so weit zu besänftigen, dass er den Blick von uns löst und sich dem Restauranteingang zuwendet. Er hebt die Arme vor die Brust und klatscht zweimal in die Hände. Plötzlich schwingen die Türen wie von Zauberhand auf. Mit offenem Mund starre ich Mr Thomson an, der soeben mit einem Ausdruck höchster Zufriedenheit den dahinterliegenden Raum betritt. Ich komme mir vor wie Ali Baba, als sich der Eingang zur Räuberhöhle auf sein »Sesam öffne dich« hin auftat.

An Pracht und Prunk steht der Speisesaal der Schatzkammer in nichts nach. Kronleuchter, die mit hunderten Kristallen besetzt sind, funkeln mit den massiven silbernen Kerzenständern um die Wette, die neben einem Stapel schneeweißer Tischdecken darauf warten, von uns auf den Tischen arrangiert zu werden. Zur rechten befindet sich eine verglaste Wand, die den Gästen abends den Blick auf den Ozean und die darin versinkende Sonne ermöglicht. Der größere Blickfang bildet jedoch die kuppelförmige Decke, an der soeben weiße Marshmallow-Wolken über einen strahlend blauen Himmel ziehen.

»Die Deckenbeleuchtung ist eine Projektion und ändert sich je nach Tageszeit«, erklärt Mr Thomson. Ich bin nicht der Einzige, der mit in den Nacken gelegtem Kopf hinaufstarrt. Er klingt tatsächlich etwas stolz, als sei die Installation seine Idee gewesen.

»Das ist wie in dieser Mall in Vegas«, ruft eine junge Frau und Mr Thomsons zufriedener Ausdruck verrutscht zu einer Grimasse, die mich wiederum schmunzeln lässt.

»Kommen wir jetzt zu den für Sie relevanten Punkten«, sagt er und sorgt damit dafür, dass wir unsere Blicke von der Decke lösen und uns ihm zuwenden. »Das Restaurant öffnet um neunzehn Uhr seine Pforten. Sie werden bereits zwei Stunden vorher hier sein, um die Tische einzudecken und alles Weitere vorzubereiten.« Er greift in seine rechte Hosentasche und zieht eine Taschenuhr daraus hervor. »Jetzt ist es vierzehn Uhr. Ich schlage vor, dass Sie sich mit Ihrem Einsatzort vertraut machen, damit später keine unnötigen Fehler passieren. In der Hauptküche steht ab sechzehn Uhr ein Abendessen für Sie bereit. Ich empfehle Ihnen dringend, von dem Angebot Gebrauch zu machen. Danach werden Sie keine Gelegenheit mehr bekommen, etwas zu essen.«

Im Anschluss teilt Mr Thomson jedem von uns einen Platz in einem der drei Restaurants zu. Luke wird dem *The Pearl* zugewiesen. Als Mr Thomson sich mir zuwendet, schicke ich ein stummes Gebet an den Meeresgott Poseidon, der mir in dieser Situation als die einzig logische Wahl erscheint.

The Pearl. *Bitte, lass es* The Pearl *sein.*

»Ich werde Sie für das *The Pearl* einteilen«, spricht Mr Thomson nach fünf quälend langen Sekunden des Schweigens endlich meinen Wunsch aus. Die Erleichterung muss mir ins Gesicht geschrieben stehen, denn er tritt ein Stück näher an mich heran und flüstert mir zu: »Dann kann ich Sie besser im Auge behalten.«

Kapitel 4

Eliza und der letzte Gentleman

Eliza

»Schatz, ist das nicht ganz und gar bezaubernd?« Meine Mutter deutet mit ihrem beringten Zeigefinger hinauf zur Decke.

In zarte Pastelltöne getauchte Wolken schweben über einem kitschig erleuchteten Himmel in orange, indigoblau und violett. Es sieht ein bisschen aus, als hätten sich alle vier Teletubbies gleichzeitig auf eine Leinwand übergeben. Fehlt nur noch die Sonne mit dem Gesicht eines fröhlich vor sich hin brabbelnden Babys.

»Der Wahnsinn, Mom. Als hätte der junge Picasso sich hier persönlich verewigt.« Ich sage es mit so viel Ernsthaftigkeit in der Stimme, dass sie einige Sekunden benötigt, um zu bemerken, dass ich mich über sie lustig mache.

Sie seufzt. »Versprich mir, dass du dich beim Essen zusammenreißt«, bittet sie mich und wirft einen Blick hinüber zur Eingangstür.

Mein Vater kommt wie immer zu spät. Er muss noch eine geschäftliche Sache klären, die keinen Aufschub duldet. Ich habe mir gerade so den Kommentar verkneifen können, dass dies auf den Klimaschutz im gleichen Maße zutrifft und er ihn trotzdem gekonnt ignoriert.

»Wenn er mich nicht provoziert, provoziere ich ihn auch nicht«, erwidere ich und nehme einen Schluck von meinem Wasser. Gleichzeitig wünsche ich mir, dass es etwas Stärkeres wäre. Der heutige Abend ist der erste in einer Reihe von vielen, die ich durchstehen muss, um der Vereinbarung mit meinem Vater gerecht zu werden.

Während meine Mutter erneut ein tiefes Seufzen von sich gibt, wende ich meine Aufmerksamkeit der verglasten Außenwand zu. Im Gegensatz zu dem überzeichneten Sonnenuntergang, der sich über unseren Köpfen abspielt, liegt dem Farbenspiel jenseits der Fenster ein gewisser Zauber inne. Die Sonne ist bereits zur Hälfte im Meer versunken, ihr Licht bricht sich auf der aufgewühlten Wasseroberfläche. Lässt die Wellen schroff und hart wirken, während sie den Himmel in sanfte Pastelltöne taucht. Was gäbe ich dafür, jetzt an Deck zu stehen und die frische Meeresluft tief einzuatmen. Ohne die Sorge im Blick meiner Mutter und die Enttäuschung in dem meines Vaters auf mir zu spüren. Ohne das Getuschel der anderen Gäste, für die ich und meine Familie nicht viel mehr als Futter für den neusten Klatsch und Tratsch sind.

»Edward, wie schön dich wiederzusehen!«, der freudige Ausruf meiner Mutter lässt meinen Blick wie ein Jo-Jo zurück zum Tisch schnellen.

Ich entdecke meinen Vater, der rechts neben meiner Mutter aufgetaucht ist und seine Hand auf die Schulter eines jungen Mannes gelegt hat. Besagter Edward trägt einen schwarzen Anzug, der so perfekt sitzt, dass er maßgeschneidert sein muss. Seine dunkelbraunen Haare sind mit Gel nach hinten frisiert worden und alles an ihm schreit förmlich New Yorker High Society.

»Als Richard mich eingeladen hat, die Jungfernfahrt der *Goddess of the Sea* zu begleiten, konnte ich gar nicht Nein sagen. Es freut mich sehr, Sie wiederzusehen, Mrs Fortner.« Dann ergreift er allen Ernstes die rechte Hand meiner Mutter und deutet einen Handkuss an. Mir klappt der Mund auf und ich kann mir nur gerade so ein Lachen verkneifen.

Seine grau-blauen Augen richten sich auf mich. »Und Sie müssen Eliza sein! Richard hat mir schon so viel von Ihnen erzählt.«

»Nur Gutes, nehme ich an«, erwidere ich zuckersüß und werfe meinem Vater dabei einen herausfordernden Blick zu.

Dieser presst die Kiefer so fest aufeinander, dass ich das Knirschen seiner Zähne hören kann.

»Aber selbstverständlich«, erwidert Edward nonchalant und umrundet den Tisch, um mir seine Hand entgegenzustrecken.

Bevor er auf die Idee kommen kann, die Nummer mit dem Handkuss auch bei mir abzuziehen, ergreife ich seine ausgestreckte Hand und drücke sie so fest, dass er deutlich zusammenzuckt. Kurz entgleitet ihm sein Lächeln, doch er bekommt seine Gesichtszüge schnell wieder unter Kontrolle.

»Den Handschlag haben Sie eindeutig von Ihrem Vater geerbt«, sagt er mit einem Schmunzeln, während er seine malträtierten Finger zurückzieht und sie unauffällig mit der anderen Hand massiert.

Mein Vater lacht, doch ich spüre die Schärfe in seinem Blick, die mir signalisieren soll, dass dies meine erste Verwarnung ist. Dann lässt er sich auf dem Stuhl links von mir nieder, während Edward den Platz zu meiner Rechten beansprucht. Das kann nur ein schlechter Scherz sein! Natürlich ist mir aufgefallen, dass der Tisch für vier Personen gedeckt worden ist, aber ich habe irrtümlicherweise angenommen, dass dies ein standardmäßiges Vorgehen ist. Dabei hätte ich mir denken können, dass in einem so edlen Restaurant wie diesem nichts dem Zufall überlassen wird.

Wie zum Beweis taucht in diesem Moment ein Kellner an unserem Tisch auf.

»Sind Sie bereit zu ordern, Sir?«, fragt er an meinen Vater gewandt.

Dieser macht eine wedelnde Bewegung mit der Hand, als wollte er eine lästige Fliege verscheuchen. »Der Chef soll sich etwas überlegen, er wird schließlich gut genug dafür bezahlt.«

Ich wollte mir gerade eine Strähne meines widerspenstigen Haares zurückstecken, erstarre aber mitten in der Bewegung. Manchmal vergesse ich, dass ich nicht die einzige Person bin, der gegenüber sich mein Vater wie ein kompletter Arsch verhält. Im Gegensatz zu mir hat der Kellner sich jedoch vollkommen unter Kontrolle. Nicht einmal sein Augenlid zuckt, als er nickt.

»Gibt es irgendwelche Unverträglichkeiten oder spezielle Ernährungsformen, die wir berücksichtigen sollen?«, fragt er noch immer freundlich lächelnd.

»Nett, dass Sie fragen. Gibt es eine vegane Option? Ich esse keine tierischen Produkte«, sage ich.

Der Kellner nickt und setzt zu einer Antwort an, als er von meinem Vater unterbrochen wird.

»Was soll der Unsinn, Eliza?« Die Stimme meines Vaters ist gefährlich ruhig, gleichzeitig so schneidend wie die eisige Luft an einem Wintermorgen.

»Wenn du mich schon dazu zwingst, meinen ökologischen Fußabdruck mit einer Kreuzfahrt in die Höhe zu treiben, kann ich wenigstens meine Ernährung möglichst klimaneutral gestalten.« Ich recke das Kinn und weiche nicht vor seinem Blick zurück. Tatsächlich habe ich bereits mehrfach am Veganuary teilgenommen, einer Bewegung, die Menschen weltweit dazu ermutigt, sich einen Monat lang – nämlich im Januar – vegan zu ernähren. Da ich sowieso schon auf Fleisch und Fisch verzichte, war die Umstellung kein allzu großer Schritt, dennoch hat mich meine Liebe zu Käse bisher davon abgehalten, tierischen Produkten vollständig zu entsagen.

Meine Mutter zieht scharf die Luft durch die Zähne, während ich aus dem Augenwinkel wahrnehme, wie Edward auf seinem Stuhl unruhig hin und her rutscht.

»Das ist wirklich kein Problem, Mr Fortner. Monsieur Dubois hat ein erstklassiges veganes Menü kreiert«, versichert der Kellner.

Die Nasenflügel meines Vaters blähen sich, seine Wangen färben sich zartrot. Ich zähle in meinem Kopf den Countdown herunter, bis er explodiert, und verfluche mich gleichzeitig dafür, dass ich nicht einfach die Klappe gehalten habe.

Doch anstatt eine wütende Salve in meine Richtung abzulassen, nickt mein Vater schließlich und macht dem Kellner mit einer Handbewegung klar, dass seine Dienste nicht weiter benötigt werden.

Stille senkt sich über den Tisch. Meine Mutter hüstelt und fährt sich immer wieder mit den Fingern durch ihre blonden Haare, die ihr wie ein goldener Vorhang über die Schultern fallen.

Edward ist der Erste, der die drückende Stille nicht mehr aushält. »Ich bin schon sehr gespannt auf die Kreationen, die Monsieur Dubois für uns zaubern wird. Das letzte Mal, als ich geschäftlich in Paris war, hatte ich leider keine Gelegenheit dazu, sein Restaurant zu besuchen.«

Auf der einen Seite bin ich ihm dankbar dafür, dass er die Aufmerksamkeit meines Vaters von mir weglenkt, auf der anderen Seite möchte ich am liebsten die Augen verdrehen. Wie alt ist der Typ? Bestimmt nicht viel älter als ich, also kann er maximal Anfang zwanzig sein. Doch wenn man ihn so reden hört, klingt er wie ein Geschäftsmann, der seit Jahren nichts anderes tut, als durch die Weltgeschichte zu jetsetten.

»Wie hat Ihnen Paris gefallen?« Meine Mutter greift dankbar nach dem Strohhalm.

»Eine wirklich bezaubernde Stadt. Leider hatte ich nie viel Zeit für Sightseeing, da ich immer geschäftlich zu tun hatte und nie länger als zwei Tage am Stück dort war. Aber den Eiffelturm habe ich mir natürlich nicht entgehen lassen.« Edward zwinkert meiner Mutter zu. Dann wendet er sich an mich. »Was ist mit Ihnen, Eliza? Waren Sie schon einmal in Paris?«

»Ich halte nichts davon, für ein Wochenende ans andere Ende der Welt zu fliegen. Wussten Sie, dass Flugzeuge zu den umweltschädlichsten Fortbewegungsmitteln zählen?« Dass Kreuzfahrtschiffe ebenfalls in die Kategorie fallen, erwähne ich der Gesundheit meines Vaters zuliebe nicht. Dessen Gesichtsfarbe tendiert gerade wieder gefährlich ins Signalrot.

Ich lächle Edward freundlich an, der bei meinen Worten schwer schluckt.

»Mittlerweile haben Dienstreisen ja deutlich abgenommen. Zum Glück kann man so vieles digital machen«, sagt er schnell und nimmt einen großen Schluck von seinem Wasser. Fast tut es mir leid, dass er zwischen die Fronten geraten ist und mein Vater und ich nun auf seine Kosten einen Stellvertreterkrieg ausfechten.

Als der Kellner kurz darauf mit einer Flasche Wein zurückkommt, weiß ich nicht, wer über die Ablenkung glücklicher ist, meine Mutter oder Edward. Letzterem ist es vermutlich zu verdanken, dass mein Vater mir noch nicht die Zinken seiner Gabel in die Hand gerammt hat, um mich endlich zum Schweigen zu bringen.

Glücklicherweise benötigt er sein Besteck wenig später für den ersten Gang. Dieser besteht aus einer Süßkartoffel-Kokos-Suppe für mich und einer Kürbissuppe mit Garnelenspießen für den Rest. Die karamellisierten Mandeln und der feine Kokosschaum geben dem Gericht etwas Raffiniertes und die leichte Chili-Ingwer-Note prickelt angenehm auf meiner Zunge.

Auch Edward wird nicht müde, sich lobend über die Vorspeise zu äußern. Und so vergeht der restliche Abend mit köstlichem Essen, oberflächlichen Gesprächen, die in erster Linie von Edward und meiner Mutter am Leben erhalten werden, und viel Alkohol für meinen Vater und mich. Einer der Vorteile als Tochter vom Chef ist es, dass niemand es wagt, nach meinem Alter oder einem Ausweis zu fragen. Mit meinen zwanzig Jahren trennen mich noch immer über zehn Monate davon, legal Alkohol konsumieren zu dürfen.

Nachdem wir endlich das Dessert hinter uns gebracht haben – eine geniale Mousse au Chocolat auf Avocadobasis mit exotischen Früchten für mich und Panna cotta in drei verrückten Sorten wie Kumquat, Sesam und Basilikum für den Rest –, versuche ich mühsam meine Begeisterung darüber zurückzuhalten, dass wir gleich getrennter Wege gehen werden. Doch ich habe die Rechnung wie so oft ohne meinen Vater gemacht.

»Deine Mutter und ich werden jetzt das Theater besuchen«, verkündet er.

»Sie führen heute Schwanensee auf.« Meine Mutter hat einen seligen Ausdruck im Gesicht. Wie alle Frauen der High Society New Yorks, die etwas auf sich halten, ist sie eine große Verehrerin des Balletts. Ganz im Gegensatz zu mir. Ich konnte noch nie etwas mit dieser Tanzform anfangen, die so dermaßen besessen ist von Perfektion, dass sie Essstörungen und blutig getanzte Füße in Kauf nimmt.

»Viel Spaß, da werde ich leider passen müssen.« Ich versuche gar nicht erst, betrübt auszusehen.

Doch anstatt wütend zu werden, lächelt mein Vater auf diese Art, die er zur Schau trägt, wenn er einen Deal zu seinen Gunsten ausgehandelt hat. Mein Magen krampft sich unwillkürlich zusammen.

Er wendet sich Edward zu. »Wie ist es um Ihre Abendpläne bestellt? Würden Sie unserer Tochter Gesellschaft leisten?«

Kapitel 5

Kamele und Regency-Romane

Eliza

Mir fällt die Kinnlade herunter, als seine Worte in mein Bewusstsein sickern. Hat er mich gerade ernsthaft für ein paar weitere unerträglich lange Stunden an seinen Geschäftspartner gekettet?

Wie nicht anders zu erwarten, nickt Edward, ganz der Gentleman, der er ist, voller Enthusiasmus.

»Es wäre mir ein Vergnügen«, erwidert er und hält mir doch tatsächlich seinen Arm hin, damit ich mich einhängen kann.

Ich werfe meinem Vater einen Todesblick zu, dieser formt jedoch nur stumm das Wort *Deal* mit den Lippen. Am liebsten möchte ich laut mit den Füßen aufstampfen. Das war so nicht vereinbart. Ich habe ihm lediglich zugesichert, an dieser dämlichen Jungfernfahrt der *Goddess of the Sea* teilzunehmen und dabei die Rolle der braven Tochter zu spielen. Zumindest in der Öffentlichkeit. Dates mit irgendwelchen reichen Männern waren kein Bestandteil unserer Vereinbarung.

Trotzdem beiße ich die Zähne zusammen und wende mich Edward zu. Mein Lächeln gleicht vermutlich eher einer Grimasse, aber mehr ist in diesem Moment nicht drin.

»Dann lassen Sie uns gehen. Ich brauche dringend einen Drink«, informiere ich ihn und gehe, ohne abzuwarten, in Richtung des Treppenaufgangs.

Ich höre, wie Edward sich von meinen Eltern verabschiedet und mir hinterhereilt.

»Eine Frau, die weiß, was sie will. Gefällt mir«, sagt er, kaum dass er zu mir aufgeschlossen hat.

»Leider bekommt sie es nur viel zu selten«, murmle ich vor mich hin. »Und was wollen *Sie*, Edward?«, frage ich ihn stattdessen lauter.

Einige Sekunden lang scheint ihn meine Direktheit aus dem Konzept zu bringen, dann erscheint sein zuvorkommendes Lächeln erneut auf seinen Lippen.

»Einen schönen Abend mit einer noch schöneren Frau verbringen.« Er sagt es mit so viel Ernsthaftigkeit, dass sich mir der Verdacht aufdrängt, dass er keine Rolle spielt, sondern wirklich so charmant ist.

»Wenn Sie wollen, kann ich Ihre Wing Woman sein«, erwidere ich mit derselben Ernsthaftigkeit.

Wieder geraten seine Gesichtszüge kurz ins Wanken, als er zu überlegen scheint, ob ich bloß einen Scherz gemacht habe oder es ernst meine und sein wenig subtiles Kompliment nicht verstanden habe.

Dann lacht er. »Sie haben einen wirklich einzigartigen Humor.«

»Danke, das war jahrelanges hartes Training. Da wir schon von meinem Vater sprechen: Jetzt, da er außer Hörweite ist … Denkst du nicht, dass es an der Zeit ist, mit dieser Förmlichkeit aufzuhören? Ich komme mir vor wie in einem Regency-Roman.«

»Möchte nicht insgeheim jede Frau wie eine Lady behandelt werden?«, fragt er mit einem schelmischen Grinsen.

»Nur die, die im siebzehnten Jahrhundert stecken geblieben sind«, murmle ich.

Glücklicherweise erreichen wir in diesem Moment die Bar. Ein Kellner empfängt uns am Eingang und führt uns zu einem Tisch mit zwei großen Sesseln, die mit schwarzem Samt bezogen sind. Der Stoff schmiegt sich weich an meine Haut, als ich mich wenig damenhaft hineinfallen lasse. Bevor sich der Mann aus dem Staub machen kann, bestelle ich einen Mai Tai. Edward bestellt sich einen doppelten Whiskey auf Eis. Was auch sonst? Ob er gleich noch eine Zigarre auspackt?

Während wir auf unsere Drinks warten, bestaunt mein Gegenüber das Interieur, das tatsächlich nicht zu verachten ist. Die Wände sind in einer Art glänzendem Kupferton gestrichen. Der Boden ist mit schwarzem Teppich ausgelegt, der die Schritte der Kellner verschluckt. Von der Decke hängen unzählige Glühbirnen herab, die so designt sind, dass man den hell leuchtenden Draht deutlich erkennen kann. Sie spenden ein warmes Licht, das zusammen mit den bequemen Sesseln dafür sorgt, dass ich mich zum ersten Mal an diesem Abend entspannen kann. Und das will nach dem verkrampften Abendessen schon etwas heißen. Ein Besuch beim Zahnarzt ist im Vergleich dazu das reinste Vergnügen.

»Also Edward, wie kommt es, dass mein Vater dich persönlich zu dieser Kreuzfahrt eingeladen hat?« Ich lehne mich leicht nach vorne und fixiere ihn wie bei einer polizeilichen Befragung. Ich muss herausfinden, warum es meinem Vater so wichtig ist, dass ich Zeit mit Edward verbringe. Was verspricht er sich davon?

»Eines der Unternehmen meines Vaters hat die *Goddess of the Sea* mit sämtlichem technischem Equipment ausgestattet, das du dir vorstellen kannst. Es ist also quasi eine Art Qualitätskontrolle.« Er zwinkert mir zu.

Der Kellner bringt unsere Drinks und gibt mir damit kurz Zeit, über seine Worte nachzudenken. *Eines der Unternehmen seines Vaters.* Mehrzahl. Seine Familie muss demnach ebenfalls zur High Society gehören. So viel hatte ich bereits vermutet.

»Und welches Unternehmen wäre das?«, hake ich nach.

Edward sieht etwas verdutzt aus. Offensichtlich ist seine Familie derart bekannt, dass er davon ausgegangen ist, dass ich ihn kenne. Zu seinem Pech verfolge ich das Geschehen in der Upperclass New Yorks nicht und habe auch keinerlei Interesse, ein Teil von dieser oberflächlichen Gesellschaft zu sein.

»Meiner Familie gehört das *Whitney*-Imperium, dazu zählen eine Vielzahl von unterschiedlichen Firmen aus allen möglichen Bereichen. Eines davon ist *technify*, ein IT-Unternehmen, das wir letztes Jahr akquiriert haben und das sämtliche elektronische Spielereien für die *Goddess of the Sea* geplant und entworfen hat.« Edward hat sich beim Sprechen aufgerichtet, der Stolz schwingt unverkennbar in jeder Silbe mit.

Edward Whitney. Bei dem Namen klingeln selbst bei mir die Glocken. Die Whitneys gehören zu den einflussreichsten Familien Amerikas. Ihr Vermögen umfasst so viele Milliarden, dass einmal das Gerücht umging, dass George Whitney, Edwards Vater, Dollar-Scheine anstelle von Klopapier benutzt. Dass das nicht nur moralisch, sondern auch hygienisch höchst fragwürdig ist, muss ich wohl nicht erwähnen. Unabhängig davon ist Edwards Familie alles, was meine nicht ist. Sie entstammt dem alten englischen Adel, hat nicht nur gesellschaftlichen Einfluss, sondern auch politischen, und steht an der Spitze der New Yorker High Society.

Ich kann meinen Vater förmlich vor mir sehen, wie er sich die Hände reibt bei dem Gedanken, dass wir beide ein Paar werden könnten. Zu dumm nur, dass ich da ein Wörtchen mitzureden habe. Für keinen Deal der Welt lasse ich mich wie ein Kamel an Edward Whitney verscherbeln. Schließlich sind wir hier weder auf einem Basar noch in einem Regency-Roman. Auch wenn Edward sich seine Manieren offensichtlich aus dieser Epoche abgeschaut hat.

»Ist Aurora auch von *technify* entwickelt worden?«, frage ich. Beinahe wäre ich heute Nachmittag beim Betreten meiner Kabine direkt wieder rückwärts über die Türschwelle gestolpert, weil die Stimme, die aus dem Inneren ertönt ist, so menschlich klang, dass ich dachte, ich hätte mich im Zimmer geirrt.

Edward nickt und seine Augen strahlen vor Begeisterung. »Ja, Aurora ist ein digitales Assistenzsystem, das auf einer künstlichen Intelligenz basiert. Sie hat einen direkten Zugang zum Internet und kann dir jede Frage beantworten. Egal, ob du wissen willst, wie das Wetter morgen wird oder wer Amerikas erster Präsident war. Zusätzlich dazu kann sie dir natürlich alles über dieses Schiff erzählen.«

»Ich habe sie vorhin kurz getestet«, erwidere ich und muss bei der Erinnerung grinsen. Aurora hat mich mit Ms Fortner angesprochen und irgendetwas davon geschwafelt, dass es ein wundervoller Tag sei und ich mich schon auf die Köstlichkeiten des Chefkochs freuen könnte und so weiter. Ich habe sie in dem Moment abgewürgt, in dem sie begonnen hat, mir von dem abendlichen Bingo-Turnier zu erzählen. Stattdessen habe ich ihr beigebracht, dass sie mich Eliza nennen soll und ihre Spießigkeit um mindestens achtzig Prozent senken muss. Als sie nach Referenzen gefragt hat, an denen sie sich orientieren kann, habe ich ihr Samantha aus der Serie *Sex and the City* vorgeschlagen. Da sie im Anschluss jedoch in jeden Satz eine sexuelle Anspielung eingebaut hat, habe ich ihr Charlotte als weiteres Beispiel genannt, die mit ihrem eher verklemmten Naturell einen Ausgleich zu Samantha in der Clique bildet.

»Und was sagst du zu Aurora?« Aufrichtiges Interesse leuchtet mir aus Edwards Gesicht entgegen.

»Zu Beginn war sie mir etwas zu formell unterwegs, aber das konnte ich schnell beheben. Kann es sein, dass sie sich ihre Manieren bei dir abgeschaut hat?«, ziehe ich ihn auf.

»Ich bin mir nicht sicher, ob das eine Beleidigung oder ein Kompliment war.« Edwards Mundwinkel zucken. Langsam scheint er aufzutauen.

Anstatt ihm eine Antwort zu geben, greife ich nach meinem Glas und nehme einen großen Schluck.

Die nächste halbe Stunde erzählt mir Edward mehr über Aurora und ich bin überrascht, dass ich ihm, anders als erwartet, gespannt lausche. Man merkt, dass er mit echter Leidenschaft hinter dem Projekt steht, und das imponiert mir.

Trotzdem merke ich, wie der Wunsch, endlich alleine zu sein und meine sozialen Akkus aufzuladen, mit jeder Minute stärker wird. Edward ist mittlerweile vom Thema abgekommen und bei seiner grandiosen Studienzeit an der Harvard University gelandet. Ich täusche ein Gähnen vor und reibe mir in einer scheinbar abwesenden Geste über die Augen. Das Spielchen muss ich ein paar Mal wiederholen, bevor Edward die wenig subtile Botschaft versteht.

»Entschuldige, ich habe gar nicht bemerkt, wie schnell die Zeit vergangen ist. Du bist sicher müde und möchtest gehen?«, fragt er.

Ich nicke, obwohl nur der Teil mit dem Gehenwollen stimmt.

Er hebt die Hand, um den Kellner zu rufen, doch ich halte ihn auf. Noch so ein Vorteil, wenn man die Tochter des Chefs ist: Alles geht im wahrsten Sinne des Wortes aufs Haus. Während Edward den Rest seines Whiskeys leert, gehe ich an die Bar und unterzeichne die Rechnung mit einer Unterschrift.

Als ich an den Tisch zurückkehre, sehe ich, wie Edward mit sich hadert. Offensichtlich verbietet es ihm sein Ehrenkodex, sich von einer Frau einladen zu lassen. Schließlich zieht er sein Portemonnaie aus der Gesäßtasche und legt ein Bündel Geldscheine auf den Tisch. Ein Trinkgeld für den Kellner, wie er mir erklärt. Dass ich bereits dreißig Prozent aufgeschlagen habe, behalte ich für mich und freue mich stattdessen über den erstaunten Blick des Kellners, als er unsere leeren Gläser einsammelt und die Banknoten entdeckt.

»Ich bringe dich noch zu deiner Kabine«, sagt Edward, kaum dass wir draußen auf dem Flur stehen.

Das käme einem offiziellen Date gefährlich nahe. Wenn auch einem sehr schrägen, denn wer lernt bitte zuerst die Eltern und dann sein Date kennen? Mal von denjenigen Ausnahmen abgesehen, die beim MTV-Format *Date My Mom* mitgemacht haben.

»Das ist wirklich nicht nötig. Das Schlimmste, was mir hier passieren kann, ist, dass ich mich verlaufe. Und das Risiko nehme ich in Kauf.«

Als er den Mund öffnet, vermutlich um zu protestieren, lege ich ihm eine Hand auf den Arm. »Gute Nacht, Edward.«

Bevor er nach meiner Hand oder gar einem anderen Körperteil greifen kann, um einen Kuss darauf zu hauchen, drehe ich mich schwungvoll um und eile in Richtung der Treppen davon.

»Gute Nacht, Eliza. Ich hoffe, wir sehen uns bald wieder«, ruft er mir hinterher.

Nicht, wenn ich es verhindern kann. Obwohl Edward sympathischer ist, als es zu Anfang den Eindruck gemacht hat, werde ich keine Sekunde länger die Marionette meines Vaters sein!

Kapitel 6

Ein verhängnisvoller Drink

Cameron

»Wollt ihr noch auf einen Feierabenddrink mitkommen?«, fragt Sandy, als Luke und ich endlich auf dem Rückweg zu unserer Kabine sind. Sie arbeitet zusammen mit uns im *The Pearl* und ist sehr kontaktfreudig. Zumindest scheint jeder der Angestellten ihren Namen zu kennen, dabei haben wir noch nicht einmal einen ganzen Tag auf dem Schiff verbracht.

Eigentlich möchte ich mich am liebsten direkt auf mein Bett fallen lassen. Obwohl ich die Arbeit als Kellner gewohnt bin, fühle ich mich gerädert. Meine Füße schmerzen in den unnachgiebigen Lederschuhen, die einen Tick zu eng sind, um nur ansatzweise bequem zu sein. In meiner Wangenmuskulatur werde ich morgen vermutlich von dem vielen zuvorkommenden Lächeln einen Muskelkater haben. Meine Freundlichkeit wurde sowohl von Mr Thomson mit seinen dauernden Belehrungen als auch von einigen Gästen mit ihrem Verhalten mehrmals aufs Äußerste strapaziert. Nicht zuletzt der arrogante Typ, der einen Kalkfleck auf seinem Steakmesser entdeckt zu haben meinte, während ich mir ziemlich sicher war, dass es lediglich Vinaigrette vom Salat war, den er mit der Anmut eines Mähdreschers in sich hineingestopft und dabei ein kunstvolles Muster auf die Tischdecke gezaubert hat.

Vielleicht wäre ein Absacker doch nicht das Verkehrteste, um mich auf andere Gedanken zu bringen. Außerdem kann es sicher nicht schaden, meine Kolleginnen und Kollegen näher kennenzulernen, immerhin werden wir in den nächsten Wochen viel Zeit miteinander verbringen.

»Ich dachte, Alkohol steht auf der Liste der Todsünden, die zu einem Verweis führen?« Ich senke meine Stimme und werfe einen Blick über die Schulter, in der Erwartung Mr Thomson hinter mir stehen und tadelnd den Kopf schütteln zu sehen.

»Das ist deine erste Kreuzfahrt, oder?« Sandy grinst mich verschmitzt an.

»Solange du nicht betrunken durch die Gänge wankst oder einen Gast ankotzt, wird es toleriert.« Luke legt mir verschwörerisch den Arm um die Schultern.

Wieder muss ich an den arroganten Typen vom Abendessen denken und stelle mir für einen Moment die Genugtuung vor, die ich dabei empfinden würde, meinen Mageninhalt auf seinen glänzenden Lederschuhen zu entleeren.

Trotzdem antworte ich mit einem Grinsen: »Das sollte machbar sein.«

»Also ist das ein Ja?«, fragt Sandy und strahlt dabei so hell wie eine Tausend-Watt-Birne.

»Aye, aye!«, ruft Luke und macht einen astreinen Salut mit der rechten Hand.

»Und was genau wollen wir trinken? Die Minibar muss mir bei der Inspektion unserer Kabine entgangen sein.« Ich ziehe fragend die Augenbrauen in die Höhe.

»Lasst euch überraschen«, erwidert Sandy geheimnisvoll.

In ihrem Zimmer angekommen, das sie sich mit drei anderen Frauen teilt, schenkt soeben eine von ihren Mitbewohnerinnen weißen Rum aus einer Bacardi-Flasche in rote Plastikbecher ein.

»Ein kleines Souvenir aus Puerto Rico«, erklärt Sandy und schnappt sich zwei der Becher, um sie uns in die Hände zu drücken. »Dort steht die größte Bacardi-Fabrik weltweit. Fabienne und ich haben vor der Kreuzfahrt eine Woche Urlaub auf der Insel gemacht und eine Führung durch die Anlagen unternommen. Die Verkostung am Schluss war das Highlight.« Sie zwinkert uns zu.

»Wieso haben wir das nicht auch gemacht?«, frage ich gespielt vorwurfsvoll an Luke gewandt. Dabei kenne ich den Grund nur zu gut.

»Weil wir beide chronisch pleite sind und uns unser Arbeitgeber nicht zum Urlaubmachen bezahlt«, erwidert er prompt, gefolgt von einem theatralischen Seufzen.

»Na, was ein Glück für euch, dass die Drinks heute auf uns gehen«, sagt Sandy und füllt unsere Becher mit Zitronenlimonade auf.

»Softdrinks gab es gratis zum Bacardi dazu?«, frage ich.

»Die sind quasi ein kleiner Gruß aus der Küche«, erwidert eine Frau mit langen roten Haaren, die sie zu einem Zopf geflochten trägt. Dabei grinst sie vielsagend.

»Das ist Lena, sie gehört zum Küchenpersonal«, erklärt Sandy.

»Dann auf euch!« Luke hebt seinen Becher.

»Auf eine grandiose Zeit!«, erwidert Sandy und stößt mit ihm an.

Nach und nach füllt sich die Kajüte, als die Nachricht die Runde macht, dass es hier Freigetränke gibt. Aus einer portablen Box dröhnt Partymusik, die sich mit den Geräuschen angeregter Gespräche und Gelächter vermischt. Obwohl der Raum mit seinen zwei Stockbetten etwas geräumiger ist als Lukes und meine Kabine, drängen sich irgendwann so viele Leute darin, dass man sich kaum bewegen kann. Zu Beginn versuche ich noch, aktiv auf meine Kolleginnen und Kollegen zuzugehen und mehr über sie herauszufinden, doch schon bald schwirrt mir der Kopf. Ich weiß nicht, ob es an dem Alkohol, der anstrengenden Schicht im Restaurant, den vielen neuen Eindrücken oder dem mangelnden Sauerstoff in der Kabine liegt, aber ein unangenehmes Pochen breitet sich in meinem Schädel aus.

Ich exe den Rest meines Cocktails, der zu süß schmeckt, und versuche, Lukes Aufmerksamkeit auf mich zu ziehen. Dieser ist jedoch so sehr in ein Gespräch mit Sandy vertieft, dass er sich vermutlich nicht einmal dann von ihr abwenden würde, wenn ich ihm den Becher an den Kopf werfen würde. Da er sich offensichtlich auch ohne meine Anwesenheit bestens amüsiert, quetsche ich mich an zwei Männern vorbei in Richtung Ausgang.

Kaum habe ich die Tür hinter mir ins Schloss gezogen, lässt der Druck auf meinen Schädel nach. Das Durcheinander aus Musik, Stimmen und Gelächter dringt nur noch dumpf an meine Ohren. Meine Lunge füllt sich endlich wieder mit frischem Sauerstoff. So frisch wie die Luft in einem Gang sein kann, der sich unterhalb der Wasseroberfläche befindet. Wie es wohl wäre, im Dunkeln oben an Deck zu stehen und sich die kühle Meeresbrise um die Nase wehen zu lassen? Ein Blick auf mein Handy-Display verrät mir, dass es kurz vor zwölf ist. Ob ich es wagen kann, mich hinaufzustehlen?

Die Worte von Mr Thomson hallen in meinem Kopf nach. Wenn ich dabei erwischt werde, wie ich mich außerhalb der Arbeitszeit im Gästebereich herumtreibe, droht mir eine Verwarnung. Andererseits braucht es drei, bis sie mich endgültig von Bord werfen. Für mein nicht mehr ganz nüchternes Gehirn klingt das nach einem Risiko, das es wert ist, eingegangen zu werden. Und bevor ich weiter mit mir selbst streiten kann, ob es eine gute Idee ist oder nicht, setzen sich meine Füße bereits in Bewegung.

Kapitel 7

Spring nicht, Rose!

Eliza

Erst als ich die Tür zum Außendeck aufstoße und hinaus in die frische Brise trete, habe ich das Gefühl, endlich wieder richtig durchatmen zu können. Ich fasse es nicht, wie schamlos und unverblümt meine Eltern mich mit Edward verkuppeln wollen. Dass besonders mein Vater eine gewisse Erwartungshaltung bezüglich meiner beruflichen Laufbahn an den Tag legt, war mir zwar bewusst, aber dass sich diese nun auch auf mein Liebesleben ausgeweitet hat, ist neu. Doch wenn sie denken, dass ich mich von ihnen einfach so in eine Beziehung zwängen lasse, haben sie sich geschnitten.

Ich trete an die Reling und blicke hinab. Das oberste Deck ragt wie ein Aussichtsturm über dem restlichen Schiff auf. Unter mir erstreckt sich das deutlich größere Außendeck, auf dem sich zu dieser späten Uhrzeit jedoch ebenfalls keine Passagiere mehr befinden. Es gibt nur mich und den Ozean. Der Mond wird heute Abend von Wolken verdeckt, weshalb das Wasser beinahe schwarz wirkt. Nur die Lichter des Schiffs werfen verschwommene weiße Flecken auf den dunklen Untergrund. Das Rauschen der Wellen, das ertönt, wann immer sie gegen die Außenwand des Bugs treffen, beruhigt langsam meinen aufgepeitschten Puls.

Gedankenverloren drehe ich den schmalen Ring aus mattem Gold an meinem linken Zeigefinger. Erinnerungen an meine Großmutter, die ihn mir geschenkt hat, drängen an die Oberfläche. Mein Herz weitet sich erst, bevor es sich schmerzhaft zusammenzieht. Sie fehlt mir auch nach all den Jahren noch immer schrecklich. Obwohl sich ihr Todestag bald zum fünften Mal jährt, ertappe ich mich von Zeit zu Zeit bei dem Gedanken: »Das muss ich unbedingt Granny erzählen.« Die Erkenntnis, dass dies nicht möglich ist, trifft mich jedes Mal unmittelbar darauf und mit der Wucht eines Betonklotzes. Die fliegende Tomate des Umweltaktivisten war ein Witz dagegen.

Vorsichtig ziehe ich den Ring über meinen Finger und fahre mit der Fingerspitze über die Gravur auf der Innenseite. *Für meinen Wirbelwind.* Das Lächeln breitet sich von ganz alleine auf meinen Lippen aus. Meine Großmutter war die Einzige in meiner Familie, die keinen Stock in ihrem Allerwertesten hatte. Nachdem mein Großvater schon mit Ende fünfzig gestorben ist, hat sie nicht noch einmal geheiratet. Stattdessen ist sie durch die Welt gereist. Nicht mit Rollkoffer und Privatjet, sondern mit Backpacker, Bus und Eisenbahn. Als kleines Mädchen habe ich es geliebt, ihr zuzuhören, wie sie mir von all den Abenteuern erzählt hat. Meine Mutter hat sich hingegen immer wieder beschwert, dass Granny mir keine Flausen in den Kopf setzen soll. Mehr als nur einmal habe ich mich gefragt, wie es sein kann, dass die beiden derselben Blutlinie entstammen. Meine Mom ist so komplett anders als Granny. Sie ist immer darauf bedacht, was fremde Leute von ihr denken. Der äußere Schein muss stets gewahrt werden. Ich hingegen komme eher nach meiner Großmutter. Ich will mich nicht verbiegen, nur um in das Leben meiner Eltern zu passen oder in das der höheren Kreise New Yorks.

Hinter mir schlägt die Tür mit einem lauten Knall gegen die Bordwand. Ich zucke zusammen und mein Griff um den Ring löst sich reflexhaft. Im nächsten Augenblick entgleitet das Stück Metall meinen Fingern.

»Fuck!« Ich sehe zuerst panisch auf den Boden, bevor ich einen wütenden Blick über meine Schulter werfe. Bei den Ruhestörern handelt es sich um ein Pärchen, das offensichtlich nicht mehr ganz nüchtern ist und seine Hände nicht voneinander lassen kann.

»Sucht euch gefälligst ein Zimmer!«, rufe ich ihnen zu, und ich höre selbst, wie in meiner Stimme Verärgerung und Empörung mitschwingen. Vermutlich klinge ich wie eine prüde alte Frau, die sich das letzte Mal in den Sechzigern amüsiert hat.

Die beiden fahren lachend auseinander und rufen mir irgendetwas zu, das vage wie eine Entschuldigung klingt, bevor sie wieder im Treppenhaus verschwinden.

Mein Puls rast. Mit zittrigen Fingern ziehe ich mein Handy aus der Clutch und schalte die Taschenlampen-Funktion ein. Der weiße Lichtstrahl trifft auf die royalblaue Farbe, mit der das gesamte Deck gestrichen worden ist. Obwohl sich das Gold meines Rings deutlich davon abheben müsste, kann ich ihn nicht entdecken. Fluchend sinke ich auf die Knie und richte die Lampe auf den Spalt zwischen der untersten Metallstrebe der Reling und dem Boden. Gerade als ich aufgeben und meine Suche auf dem darunterliegenden Außendeck fortsetzen will, trifft der Lichtkegel auf eine metallene Oberfläche, die das weiße Licht reflektiert und wie ein Stern am nachtschwarzen Himmel aufblitzt.

Erleichtert stoße ich die Luft aus, die ich unwillkürlich angehalten habe. Das Handy noch immer mit der rechten Hand umklammernd, greife ich durch den schmalen Spalt und taste nach dem Schmuckstück. Mit dem Zeigefinger berühre ich das kühle Metall und will schon aufjubeln, doch ich komme nicht näher heran. Keinen Millimeter mehr.

Verflucht! Ich war so nah dran. Aber es ist nichts zu machen. Die Metallstrebe drückt sich schon jetzt schmerzhaft gegen meine Schulter. Fluchend ziehe ich meinen Arm wieder zurück und suche in meiner Handtasche nach einem geeigneten Gegenstand, mit dem ich meine Reichweite vergrößern kann. Ich werde im Seitenfach fündig und fördere einen Bleistift mit dem Logo der *Goddess of the Sea* zutage. Da soll noch mal jemand sagen, dass Marketing-Goodies nutzlos sind. Mit dem Stift zwischen den Fingern starte ich einen weiteren Anlauf. Konzentriert versuche ich, das spitze Ende des Bleistifts so vorsichtig wie möglich durch das Schmuckstück zu schieben. Ich habe gerade den perfekten Winkel gefunden, als meine verkrampfte Muskulatur protestierend zusammenzuckt und damit die Bleistiftmine gegen den Ring schnellen lässt. Ähnlich wie bei einer Partie Billard rollt er über den glatten Boden und springt schließlich begleitet von meinem Aufschrei über die Kante des Decks. Als keine Sekunde später das klappernde Geräusch von Metall ertönt, das auf Metall fällt, schöpfe ich erneut Hoffnung. Schnell rapple ich mich auf und richte den Strahl der Taschenlampe über die Brüstung. Ich entdecke den Ring ein paar Zentimeter entfernt in der Regenrinne, die sich zu beiden Seiten an das Schiffsdeck schmiegt. Immerhin ist noch nicht alles verloren. Aber egal, wie viele Stifte ich aneinanderbinden würde, ich werde den Ring niemals aus dieser Kuhle herausbekommen. Bleibt nur eine andere Option.

Skeptisch beäuge ich die Reling, die aus sechs Streben besteht und zuoberst von einem hölzernen Handlauf gekrönt wird. Wie schwer kann es schon sein, darüber zu klettern? Im Grunde genommen ist es nichts anderes als eine Leiter. Eine Leiter mit sehr schmalen rutschigen Sprossen, wie ich feststellen muss, als ich meinen rechten Schuh auf der untersten Strebe positioniere. Kurzentschlossen streife ich die Pumps von meinen Füßen, die sowieso nur dafür sorgen, dass ich Blasen bekomme. Langsam erklimme ich eine Sprosse nach der anderen, während ich mich an dem Handlauf festhalte. Bevor ich mein rechtes Bein über die Reling schwinge, raffe ich den plissierten Stoff meines knöchellangen Rocks mit einer Hand zusammen. Dabei verliere ich kurz das Gleichgewicht, fange mich aber glücklicherweise schnell wieder. Mein Puls schaltet trotzdem vorsichtshalber vom dritten in den sechsten Gang.

»Bitte spring nicht, Rose!« Der Ruf erschallt so unvermittelt hinter mir, dass ich zusammenzucke und mit dem linken Fuß dabei von der Sprosse rutsche. Ein spitzer Schrei löst sich aus meiner Kehle, doch im nächsten Augenblick finde ich auf der darunterliegenden Metallstrebe Halt.

»Fuck!« Meine Stimme ist genauso zittrig wie meine Finger, mit denen ich mich am Handlauf festkralle. Als ich mich sicher genug fühle, blicke ich hoch und suche nach der Person, die gerade fast dafür gesorgt hätte, dass ich abstürze. Obwohl ich bei einem Sturz auf das untere Deck vermutlich nicht gestorben wäre, so hätte ich mir doch mindestens ein Bein gebrochen.

»Ist alles okay bei dir?« Der Mann, dem die Stimme gehört, steht mittlerweile nur noch knappe zwei Meter von mir entfernt und mustert mich mit echter Besorgnis in den dunklen Augen, deren Farbe ich im Dämmerlicht nicht ausmachen kann.

Ich funkle ihn wütend an. »Ja, aber das habe ich definitiv nicht dir zu verdanken! Wer zur Hölle bist du? Und wer ist *Rose*?«

Kapitel 8

Eine Jack-und-Rose-Situation

Eliza

Er hebt beschwichtigend die Hände und macht einen Schritt rückwärts. »Entschuldige, ich wollte dich nicht erschrecken. Ich dachte, ich hätte es mit einer Jack-und-Rose-Situation zu tun.«

»Was für eine Jack-und-Rose-Situation?« Ich verstehe überhaupt nichts mehr.

»Hast du nie *Titanic* gesehen?«

Und in diesem Augenblick macht es in meinem Kopf Klick. Die schöne Rose, die sich vor lauter Verzweiflung über das Leben, in das sie gedrängt worden ist, von Bord der Titanic stürzen will und rechtzeitig von Leonardo Di Caprio in der Rolle des Arbeiters Jack daran gehindert wird.

Ich lache und merke selbst, dass es mehr wie das Wiehern einer Hyäne klingt. Ich kann förmlich hören, wie meine Mutter mich ermahnt, vornehmer zu lachen. Dieser Gedanke bringt mich nur noch mehr zum Prusten.

Der Typ, der mich retten wollte, oder so was in der Art, starrt mich sprachlos an, bevor er ebenfalls anfängt zu lachen.

»Fuck, der war gut«, sage ich, nachdem ich mich wieder einigermaßen gefangen habe. »Und nein, ich habe nicht versucht, mir die Schiffsschrauben von unten anzusehen.«

»Das freut mich zu hören. Im Gegensatz zu Jack wäre ich vermutlich nicht Gentleman genug gewesen, um dir hinterherzuspringen. Denn wenn wir mal ehrlich sind, wären wir wahrscheinlich einfach beide draufgegangen.« Er sagt es so trocken, dass ich erneut lachen muss.

»Gut zu wissen. Und wie stehst du zu der Sache mit Jack, Rose und der im Wasser treibenden Tür?«

»Man muss nicht Physik studiert haben, um zu sehen, dass die Tür niemals zwei Leute gleichzeitig hätte tragen können.« Er nickt entschieden.

»Das ist tatsächlich nicht ganz richtig«, korrigiere ich ihn.

»Wer bist du, dass du die Gesetze der Physik anzweifelst?!« Seine Augenbrauen schnellen in die Höhe.

»Ich sage ja nicht, dass die Tür beide getragen hätte, aber wenn Jack etwas kreativer gewesen wäre, hätte er Roses Weste nehmen und sie unter die Tür klemmen können. Das hätte dem Stück Holz genug Auftrieb gegeben, dass sie beide fröhlich in ihr Happy End hätten paddeln können.« Ich zucke lässig mit den Schultern.

»Studierst du tatsächlich etwas mit Physik?« In seiner Stimme schwingt Bewunderung mit.

»Maschinenbau«, sage ich und recke das Kinn.

Er nickt, kommentiert es aber nicht weiter und dafür sammelt er gleich einen ganzen Haufen Pluspunkte. Normalerweise reichen die Reaktionen aus meinem Umfeld von hochgezogenen Augenbrauen über ein spöttisches Lächeln bis hin zu der Frage, ob das nicht etwas zu schwer für mich sei. Die Leute sehen in mir nur die hübsche Tochter eines millionenschweren Unternehmers, die nichts im Kopf haben muss, um ihren Lebensstandard dank Daddys Vermögen weiterführen zu können.

»Da wir das jetzt geklärt hätten, würde mich interessieren, warum du mitten in der Nacht rittlings auf dem Geländer der Reling sitzt.« Er macht erneut einen Schritt auf mich zu, als würde er insgeheim doch befürchten, dass ich gleich abstürze.

»Ich versuche, meinen Ring zurückzubekommen. Er ist in die Rinne da gerollt.« Ich deute mit dem Zeigefinger in die entsprechende Richtung.

Er sieht zwischen mir und dem schmalen Streifen Boden, der mich vom Abgrund trennt, hin und her. Schließlich nickt er.

»Da das hier keine Neunzigerjahre-Schnulze ist und du so aussiehst, als würdest du die Dinge gerne selbst in die Hand nehmen«, er sieht demonstrativ zu meinen entblößten Beinen und dem zusammengeknüllten Stoff in meiner Faust, »verzichte ich darauf, dir anzubieten, todesmutig deinen Ring zurückzuholen, während du in sicherer Entfernung auf mich wartest.«

Ich nicke zustimmend, obwohl ich insgeheim gar nichts dagegen einzuwenden hätte, wenn er an meiner statt diese Kletterpartie auf sich nehmen würde. Doch dieses Eingeständnis kommt meiner inneren Feministin nicht über die Lippen.

»Aber«, er hebt den Zeigefinger, »da du vorhin beinahe abgestürzt wärst, würde ich mich deutlich wohler fühlen, wenn ich dein menschliches Sicherungsseil sein dürfte.«

Mit einer leichten Verbeugung streckt er mir seine Hand entgegen, die ich lediglich verwundert mustere.

»Bitte was?«

»Sorry, dieses schwülstige Retter-in-der-Not-Gesäusel liegt mir offenbar nicht. Du sollst dich an meiner Hand festhalten«, erläutert er und wackelt auffordernd mit seinen Fingern.

Vermutlich würde er mir bei einer eventuellen Rettungsaktion ein Gelenk auskugeln, aber besser ein ausgerenkter Arm als ein gebrochenes Bein. Also drehe ich den Stoff in meinem Schoß zu einem Knoten und ergreife mit der freigewordenen linken Hand die seine. Als meine Fingerspitzen über seine Handfläche gleiten, bemerke ich, dass seine Haut ungewöhnlich weich ist. Lange, grazile Finger schließen sich fest, aber nicht unangenehm um meine Hand und schicken ein Kribbeln meinen Arm hinauf. Unsere Blicke treffen aufeinander und verhaken sich einen Augenblick zu lang, um beiläufig zu sein. Doch schließlich erinnere ich mich daran, warum ich auf diesem verdammt unbequemen Geländer sitze.

Ich kralle meine Finger automatisch fester um seine, als ich mein linkes Bein dem rechten über die Reling folgen lasse und dabei kurz das Gleichgewicht verliere. Der Griff meines Begleiters ist sicher und schenkt mir die Stabilität, die ich brauche. Obwohl der Vorsprung groß genug ist, dass ich meinen Fuß darauf abstellen kann und ich weiß, dass jenseits der Kante nur ein weiteres Außendeck wartet, läuft mir ein Schauer über den Rücken, als ich hinabblicke.

»Nicht nach unten sehen. Konzentrier dich auf das, was direkt vor dir liegt. Konzentrier dich auf dein Ziel.« Jacks Stimme ist beruhigend und sorgt tatsächlich dafür, dass ein Teil der Anspannung aus meinen Muskeln weicht. Im Zeitlupentempo gehe ich auf die Knie. Jack folgt meiner Bewegung und lehnt nun mit dem Oberkörper am Geländer. Vorsichtig strecke ich meine rechte Hand in Richtung der Regenrinne aus, meinen Blick richte ich dabei sicherheitshalber auf Jacks Beine, die sich direkt vor mir befinden, lediglich durch die dünnen Metallstreben der Reling von mir getrennt. Mit den Fingerspitzen ertaste ich die Kante, über die mein Ring in die Vertiefung gefallen ist. Kurz frage ich mich, wie oft der Ablauf wohl gereinigt wird und welche Tiere darin hausen könnten. Wie lange ist meine letzte Tollwut-Impfung her?

Bevor ich mich weiter in diesen absurden Gedankengängen verlieren kann, ertaste ich den Grund der Einbuchtung, auf dem ich glücklicherweise nichts außer durch den Lack verursachte Unebenheiten fühlen kann. Ich wandere mit den Fingerspitzen erst in die eine, dann in die andere Richtung, kann meinen Ring jedoch nicht finden.

»Wo ist das verfluchte Teil bloß«, schimpfe ich leise vor mich hin. Irrationale Panik macht sich in mir breit. Je länger ich hier in der Dunkelheit jenseits der Reling kauere, desto bescheuerter erscheint mir mein Plan. Wenn ich richtig dumm falle, könnte ich mir statt einem Bein auch den Hals brechen. Ein Schauer läuft mir über den Rücken. Plötzlich flammt ein greller Lichtstrahl direkt neben meinem Gesicht auf und ich zucke vor Überraschung zusammen.

»Du musst noch ein kleines Stückchen weiter nach vorne.« Jack lässt den Lichtschein, der von seinem Handy stammt, wie ich jetzt erkenne, über die entsprechende Stelle hin und her gleiten.

Ich atme tief durch und spüre, wie Jacks Finger einmal kurz zudrücken, wie um mich still daran zu erinnern, dass er mein Sicherungsseil ist und ich mir keine Sorgen machen muss. Mit angehaltenem Atem rutsche ich ein Stückchen weiter in Richtung der Kante. Als ich dieses Mal meine Finger ausstrecke, spüre ich das kühle Metall des Rings unter meinen Fingerspitzen. Ohne zu zögern, umschließe ich das Schmuckstück und lasse mich mit dem Rücken gegen die Reling sinken. Die Streben drücken sich kalt und hart gegen meine Wirbelsäule und sorgen dafür, dass mein Puls sich langsam wieder beruhigt. Mein Schultergelenk protestiert aufgrund der verdrehten Haltung. Ich lasse Jacks Hand los und stecke den Ring mit zitternden Fingern in meine Handtasche, bevor ich mich wieder hochziehe. Ein triumphierendes Grinsen auf den Lippen will ich mich zu Jack herumdrehen, mache dabei aber den Fehler, meinen Blick vom Boden zu lösen. Er irrt durch die Dunkelheit und findet nichts, an dem er sich festhalten kann. Mit einem Mal erscheint mir der Abstand bis zur Kante zu gering. Der Abgrund, der dahinter lauert, zu tief, auch wenn es nur das untere Deck ist, nicht das offene Meer. Meine Beine scheinen aus Wackelpudding zu bestehen und geben plötzlich nach. Ich merke, wie ein Schrei sich in meiner Kehle bildet, als Hände mich an den Oberarmen packen und mich in die Höhe ziehen. Ich pralle mit dem Rücken an eine harte Brust, als Jack mich kurzerhand über die Reling hebt. Mein Herz schlägt so schnell, dass es den Schiffsturbinen Konkurrenz machen könnte. Seine warmen Hände auf meiner Haut sind das Einzige, was mich aufrecht hält. Meine Beine zittern noch immer und ich atme stockend.

»Geht es wieder?«, fragt Jack, nachdem wir mehrere Minuten lang, vielleicht waren es aber auch nur Sekunden, so beisammengestanden haben und ich mich langsam von dem Schock erhole.

Mein erster Impuls ist es, zu verneinen, denn seine Hände an meinen Armen und seine Brust in meinem Rücken fühlen sich unanständig gut an. Jetzt, da meine Sinne nicht mehr von der Panik blockiert werden, kann ich auch seinen Geruch wahrnehmen. Ein frischer Duft nach Limette und Minze.

Ob er so schmeckt, wie er riecht?

»Ja, Danke.« Ich löse mich von ihm, bevor meine Gedanken noch weiter in eine Richtung abdriften können, in der sie definitiv nichts verloren haben.

Als ich mich zu ihm umdrehe, begegne ich seinem eindringlichen Blick. Er sieht mich an, als suche er nach Zeichen dafür, dass ich ihm nicht die Wahrheit sage.

»Es geht mir wirklich gut. Ich hatte zu jeder Zeit alles unter Kontrolle«, behaupte ich und hebe das Kinn.

Er schnaubt, doch es klingt eher belustigt als abschätzig. »Ist klar. Du wolltest mir nur die Gelegenheit geben, mich wie ein echter Held zu fühlen, richtig?«, hakt er nach.

Ich grinse. »Exakt.«

Er schüttelt den Kopf, erwidert mein Grinsen aber.

»Darf ich fragen, was das für ein Ring ist, für den du zu keinem Zeitpunkt deinen Hals riskiert hast?« Neugier schwingt in seiner Stimme mit. Ob er denkt, dass es sich um einen Verlobungsring handelt?

Jetzt, da meine Beine nicht mehr die Konsistenz einer Süßspeise haben und die Reling ein paar Schritte entfernt ist, traue ich mich, den Ring aus meiner Handtasche zu holen. Sicherheitshalber streife ich ihn dennoch erst über meinen Zeigefinger, bevor ich ihn Jack unter die Nase halte.

»Ein Geschenk meiner verstorbenen Großmutter. Der Ring an sich hat keinen großen materiellen Wert, aber ich hänge trotzdem sehr an ihm«, gestehe ich. »Es klingt bescheuert, aber irgendwie habe ich das Gefühl, als wäre ein Teil von ihr so immer bei mir.«

Zu meiner Überraschung flackert Verständnis über Jacks Gesicht. Im nächsten Augenblick hebt er seinen linken Arm und zieht den Ärmel seines Hemdes so weit zurück, bis ich das Ziffernblatt einer Uhr erkennen kann. »Die hat meinem Vater gehört. Seit er vor sechs Jahren gestorben ist, habe ich sie jeden Tag getragen.«

Mein Herz zieht sich kurz zusammen, als ich den Schmerz in seiner Stimme höre, doch bevor ich die richtigen Worte gefunden habe, räuspert er sich und lässt seinen Arm wieder sinken.

Stille breitet sich zwischen uns aus und ich suche krampfhaft nach einem neuen Thema, das unserer Unterhaltung mehr Leichtigkeit verleiht.

»Du hast mir noch nicht gesagt, was dich an diesem schönen Abend hier an Deck geführt hat«, sage ich schließlich und stupse mit meinem Zeigefinger spielerisch gegen seinen Oberarm.

»Eigentlich dürfte ich gar nicht hier sein.« Er senkt die Stimme und lehnt sich dabei leicht zu mir herüber.

Ich hebe fragend die Augenbrauen und versuche, mich nicht von seinem verführerischen Duft ablenken zu lassen, der mir in die Nase steigt.

»Ich arbeite hier an Bord als Kellner«, sagt er, nachdem er einen Blick über seine Schulter geworfen hat, fast als würde er damit rechnen, dass jeden Augenblick sein Vorgesetzter hinter ihm auftauchen könnte.

»Zeigen sie euch bei der Einweisung *Titanic*, um euch darauf einzuschwören, dass ihr bis zum bitteren Ende eurem Job nachgehen sollt?«, frage ich.

Er lacht. »Es wird dich überraschen, aber heutzutage gibt es sogar für die Besatzung eigene Rettungsboote. Zumindest hat man uns das gesagt.« Er verzieht das Gesicht zu einer Grimasse, und ich muss wieder grinsen. »Aber um deine unausgesprochene Frage zu beantworten, warum ich die Geschichte von Jack und Rose derart verinnerlicht habe: Daran ist meine Mutter schuld. Sie zwingt uns jedes Jahr zu Weihnachten, den Film zu sehen. Ich schwöre, es gibt keine Szene, die ich nicht mitsprechen kann.« Er seufzt schwer, doch in seinen Augen funkelt der Schalk.

»Kapitän, Eisberg voraus«, rufe ich und deute mit dem Arm irgendwo schräg hinter mich.

Einen Atemzug lang weiten sich Jacks Augen, dann weicht die Verwirrung schließlich Belustigung. Immerhin schippert unser Schiff nicht durch den Nordatlantik, sondern durch die Karibik.

»Das ist so ziemlich das einzige Zitat, an das ich mich erinnern kann«, sage ich und zucke mit den Schultern.

»Ich wette, es gibt mindestens noch eines, das du kennst.« Er läuft in Richtung des Bugs, an dem sich die Metallstreben der Reling zu einer Spitze vereinen. Dort angekommen, stellt er sich auf die unterste Stange und breitet seine Arme zu beiden Seiten aus.

»Ich bin der König der Welt!«, rufe ich, was Jack mit einem jauchzenden Schrei quittiert, bevor er sich schnell die Hand auf den Mund presst und sich erschrocken umsieht. Als er sicher ist, dass wir noch immer alleine sind, entspannt sich seine Haltung und er lässt die Hand sinken.

Lachend folge ich ihm und lehne mich gegen die Reling, während ich ihn im Dämmerlicht der Beleuchtung beobachte, die vom unteren Deck zu uns heraufscheint. Sein Haar fällt ihm in sanften Wellen in den Nacken, die Farbe kann ich nicht ausmachen, vermute aber, dass sie blond oder hellbraun sind. Er trägt ein eng anliegendes schwarzes Hemd, das seine breiten Schultern und seinen athletischen Oberkörper betont. Die Fliege, die um seinen Hals gebunden ist, verleiht ihm etwas Verschmitztes.

»Gib's zu, das ist der eigentliche Grund, warum du dich nachts hier rausgestohlen hast. Du wolltest dich wie Jack auf der Titanic fühlen. Also bevor alles den Bach heruntergegangen ist«, sage ich.

In einer ertappten Geste hebt er die Hände. »Schuldig im Sinne der Anklage.« Eine lose Haarsträhne fällt ihm ins Gesicht und streicht über seine markanten Wangenknochen. Sein kantiges Kinn wird von einem Bartschatten umspielt, der bis zu seinen Haarspitzen reicht. Selbst im Schutz der Dunkelheit lässt sich nicht bestreiten, dass Jack ein sehr attraktives Äußeres hat. Nicht, dass ich darauf achten würde.

Ein Knarren ertönt in meinem Rücken und Jack spannt augenblicklich die Schultern an. Ich sehe mich um und entdecke zwei Frauen, die mit Schampusgläsern und der dazu passenden Champagnerflasche ausgestattet sind. Ihr schrilles Lachen und ihre schwankenden Schritte legen die Vermutung nahe, dass das heute Abend nicht ihre erste Flasche ist. Eine der beiden deutet mit dem Zeigefinger unverhohlen auf Jack und flüstert ihrer Freundin etwas zu, was diese mit einem gehicksten Lachen quittiert.

»Ich sollte mich dann mal wieder aufs untere Deck zurückziehen. Dorthin, wo die Arbeiterklasse haust.« Er sagt es leichthin, doch sein Blick huscht hinüber zu den beiden Frauen. Vermutlich hat er Angst davor, dass sie ihn erkannt haben und verpfeifen könnten.

»Falls jemand fragt: Die Geschichte von der Frau, die fast über Bord gegangen ist, und dem heldenhaften jungen Mann, der sie gerettet hat, kommt immer gut an.« Ich zwinkere ihm zu und bei dem Verweis auf unseren Jack-und-Rose-Moment zuckt ein Lächeln über seine Lippen.

»Es war mir ein Vergnügen, deine Bekanntschaft gemacht zu haben, Rose.« Zu meiner Überraschung greift er nach meiner Hand und haucht einen Kuss auf meinen Handrücken. Die Berührung prickelt wie Meeresschaum auf meiner Haut und bringt mich drei Herzschläge lang aus dem Konzept.

»Ganz meinerseits, Jack«, kann ich gerade so herausbringen, bevor er sich auf den Weg zum Treppenhaus macht.

Die Tür ist schon fast hinter ihm ins Schloss gefallen, als er sich noch einmal umdreht und zum Abschied die Hand hebt. Ich bleibe mit dem Gefühl seiner Lippen auf meiner Haut und dem Duft nach Limette und Minze in der Nase alleine zurück in der Dunkelheit. Mit Verspätung fällt mir auf, dass ich nicht einmal seinen richtigen Namen kenne.

Kapitel 9

Ein bisschen tanzen kann nicht schaden

Eliza

»Ich habe dich und Edward für den Tanzkurs heute Nachmittag angemeldet.« Mein Vater macht sich nicht einmal die Mühe, von seinem Tablet aufzusehen, auf dem er die Nachrichten des heutigen Tages liest.

»Denkst du nicht, dass es Gerede geben wird, wenn Mom mit einem zwanzig Jahre jüngeren Mann eng umschlungen Tango tanzt?« Ich greife zu der einzigen Waffe, die mir gegen meinen Vater geblieben ist. Sarkasmus.

Meine Mutter verschluckt sich prompt an ihrem Tee.

»Aber Edward soll doch nicht mit mir dahingehen, sondern mit dir«, sagt sie, meinen Sarkasmus absichtlich ignorierend.

Ich hätte heute Morgen einfach wieder ins Bett gehen sollen, als ich statt der Pancakes mit Bananen und Schokocreme, die ich am Abend zuvor über Aurora beim Room-Service bestellt habe, einen Zettel mit der schwungvollen Handschrift meines Vaters im Flur gefunden habe:

Deine Mutter und ich erwarten dich um halb zehn bei uns zum Frühstück.

Nur dieser eine verlorene Satz stand auf dem blütenweißen Papier mit dem goldfarbenen Logo der Reederei, einem Anker mit einer Krone. Keine Bitte. Kein Gruß. Keine Abschiedsworte wie *Dein dich liebender Vater*. Ein Befehl, der keine Weigerung duldet. Kurz habe ich mit dem Gedanken gespielt, das Frühstück ausfallen zu lassen, doch mein knurrender Magen hat dafür gesorgt, dass ich den Flur hinab zur Suite meiner Eltern gegangen bin, die sich am Heck des Schiffes befindet. Nur um gratis zu meinem Brötchen einen Tanzkurs mit Edward aufgedrückt zu bekommen.

»Warum zur Hölle hast du das gemacht?« Ich funkele meinen Vater wütend an, der seinen Blick jedoch noch immer auf das Display gerichtet hält.

»Du gehst doch gerne tanzen.« Er macht eine Wischbewegung auf dem Gerät, um zum nächsten Artikel zu springen.

»Ja, aber ...«, setze ich an, bevor er mich unterbricht.

»Und braucht man zum Tanzen nicht einen Partner?«, fährt er ungerührt fort.

»Kommt auf die Art von Tanz an und ich ...«, versuche ich es erneut, doch mein Protest wird von einem lauten Schlag übertönt, als mein Vater seine Kaffeetasse auf die Tischplatte knallen lässt.

Sowohl meine Mutter als auch ich zucken zusammen.

»Ist es denn wirklich zu viel verlangt, dass du einmal das tust, worum man dich bittet, Eliza?« Zum ersten Mal an diesem Morgen hebt er den Blick und sieht mir direkt in die Augen. Und sofort wünschte ich mir, er würde stattdessen die Worte auf seinem Tablet in Grund und Boden starren. Unter seinem harten Blick fühle ich mich schrecklich klein und machtlos. Doch anstatt einzuknicken, richte ich mich in dem gepolsterten Stuhl auf und halte ihm stand.

»Ist es wirklich zu viel verlangt, dass du mich einmal in meinem Leben wie eine Erwachsene behandelst und nicht wie ein Kind, Dad?«, erwidere ich so ruhig wie möglich, kann aber nicht verhindern, dass meine Stimme bei den letzten Worten wegbricht.

»Ich werde dich wie eine Erwachsene behandeln, sobald du dich wie eine verhältst«, sagt mein Vater ungerührt.

Ich schnaube.

»Edward ist doch so ein netter junger Mann«, versucht meine Mutter zu schlichten.

Ich schnaube ein weiteres Mal, was meinen Vater dazu veranlasst, sein Tablet endgültig zur Seite zu legen.

»Und im Gegensatz zu dir steht er nicht nur zu hundert Prozent hinter dem eigenen Familienunternehmen, sondern versucht darüber hinaus, es weiter voranzutreiben.« Sein Tonfall ist anklagend.

»Wenn du mir einmal in den letzten Monaten, ach was sage ich, Jahren, zugehört hättest, wüsstest du, dass ich mir sehr wohl Gedanken über die Zukunft der Reederei gemacht habe.« Ich erhebe mich von meinem Stuhl.

»Ich vergaß. Du und deine Weltverbesser-Visionen«, sagt er und schnaubt nun seinerseits.

»Du hast versprochen, dir meine Pläne anzusehen. Das ist der einzige Grund, warum ich dieses Tamtam hier überhaupt mitmache.« Ich kralle meine Nägel in den samtigen Stoff der Stuhllehne.

»Dieses Tamtam, wie du es nennst, ist die Zukunft deiner Familie. Es bezahlt dein Studium. Deine Miete. Dein Essen. Deine Kleidung.« Mein Vater deutet mit dem Zeigefinger auf mich.

»Du hattest niemals vor, dir meine Pläne anzusehen, oder?« Die Erkenntnis kommt nicht überraschend, schmerzt aber dennoch. All die Tage und Wochen, die ich an meinem Konzept gearbeitet habe, waren umsonst. Der Traum, dass sich das Unternehmen zur ersten Reederei mit klimaneutralen Kreuzfahrten entwickeln könnte, zerplatzt vor meinen Augen. Meine seitenlangen Rechercheergebnisse zu alternativen Treibstoffen, effizienteren Abläufen an Bord und Nachhaltigkeit sind für ihn nicht mehr als Papiermüll. Tränen der Enttäuschung und der Wut brennen in meinen Augenwinkeln.

»Wenn diese Jungfernfahrt kein Erfolg wird, wird es kein Unternehmen geben, das du revolutionieren kannst.« Die Stimme meines Vaters ist so kraftlos, dass ich sie für einen Augenblick nicht mit ihm in Verbindung bringen kann. Mein Dad ist stark, unnachgiebig und laut. Niemals jedoch schwach oder resigniert.

»Was soll das heißen?«, frage ich, ein mulmiges Gefühl in meinem Magen, das nicht von der Tasse Kaffee stammt, die ich auf leeren Magen geext habe.

»Dass es um die Reederei nicht gut bestellt ist.« Die Stirn meines Vaters liegt in tiefen Falten.

»Aber ... Ich dachte ...« Mir fehlen die Worte. »Die Zahlen waren doch immer gut.« Neben dem neu eröffneten Luxussegment haben wir fünf weitere Schiffe, die auch für Normalsterbliche bezahlbar und stets ausgebucht sind. Zumindest dachte ich das.

Er lacht freudlos. »Die Aktienkurse kennen seit Monaten nur eine Richtung, und zwar nach unten. Es gab ein paar Fehlinvestitionen, dazu unerwartete Verzögerungen bei den Lieferungen für die *Goddess of the Sea*. Die Investitionen sind deutlich höher ausgefallen, als wir kalkuliert hatten.«

»Aber was ist mit den anderen Schiffen? Können sie den Verlust nicht abfangen? Wir haben doch wesentlich mehr als nur die *Goddess of the Sea* zu bieten«, werfe ich ein.

»Die Konkurrenz hat in den letzten Jahren massiv zugenommen. Sie drücken die Preise und sorgen dafür, dass das Geschäft kaum noch rentabel ist. Mit der *Goddess of the Sea* wollten wir einen neuen Markt erschließen. Klasse statt Massentourismus. Ein einzigartiges Luxuserlebnis, für das die Gäste auch entsprechend bereit sind zu zahlen.« Kurz huscht so was wie Hoffnung über sein Gesicht.

Meine Gedanken überschlagen sich, bevor sie zum Ursprung unseres Gesprächs zurückfinden. »Und was hat Edward Whitney damit zu tun?«, frage ich.

»Den Whitneys gehört *technify*. Sie haben hier an Bord sämtliche multimediale Ausstattung geplant und eingebaut.«

Ich nicke. »Das hat Edward mir gestern Abend erzählt.«

»Edward hat von unseren Zahlungsschwierigkeiten gehört und eine Chance gesehen, Fuß in dem Bereich zu fassen. Er hat die ausstehenden Rechnungen beglichen und ist damit unser größter Gläubiger.« Die Worte kommen meinem Vater nur schwer über die Lippen.

Meine Mutter umfasst das silberne Brötchenmesser so fest, dass ihre Knöchel weiß hervortreten. Ihr Blick ist starr auf ihren Teller gerichtet, als könnte sie darauf die Antworten auf unsere Misere finden.

Wie sind all diese Schwierigkeiten einfach so an mir vorbeigegangen? Wieso habe ich nicht bemerkt, dass die Reederei am Straucheln ist? Ich blicke hinüber zu meinem Vater, dessen Miene wieder eine undurchdringliche Maske ist. Und genau darin liegt die Antwort begründet. Weil er der Meister des Scheins ist, so wie jeder in der Upper Class New Yorks.

In die bedrückende Stille, die sich über den Raum legt, sage ich leise: »Ich werde trotzdem nichts mit Edward anfangen, nur um die Reederei zu retten.«

»Das würden wir auch nie von dir verlangen.« Meine Mutter klingt ehrlich bestürzt. »Wir hatten nur gehofft, du könntest ihm hier an Bord Gesellschaft leisten und ihm zeigen, dass das Konzept funktioniert. Dass unser Unternehmen eine Zukunft hat. Dass wir eine Zukunft haben.«

Erwartungsvolle Spannung hängt schwer in der Luft wie dicke Nebelschwaden. Obwohl es mir widerstrebt, mich instrumentalisieren zu lassen, kann ich genauso wenig einfach tatenlos bleiben, wenn die Existenz meiner Familie auf dem Spiel steht. Es mag sein, dass mein Vater und ich vollkommen unterschiedlicher Meinung sind, wenn es um die Zukunft der Reederei geht. Doch mit einem hat er recht: Meine Konzepte sind wertlos, wenn es kein Unternehmen mehr gibt, auf das ich sie anwenden kann.

»Ich denke, ein bisschen tanzen kann nicht schaden«, gebe ich nach.

Meine Mutter schenkt mir ein Lächeln. Mein Vater nickt, zum ersten Mal seit langer Zeit wirkt er zufrieden mit mir und meinen Entscheidungen. Doch in seiner Gunst zu stehen, fühlt sich nicht so befriedigend an, wie ich es mir ausgemalt habe. Vermutlich, weil der Grund dafür so falsch ist, dass sich mein Magen zusammenzieht.

Kapitel 10

Moby Dick ist tot

Cameron

»Weck mich, wenn das Schiff untergeht.« Luke schließt die Augen und lehnt sich mit vor der Brust verschränkten Armen auf dem Stuhl zurück.

Über den Bildschirm flackert das Video mit der heutigen Sicherheitslektion, die den beruhigenden Titel trägt: Was tun, wenn das Schiff sinkt?

Lektion eins, Ruhe bewahren, beherrscht Luke auf jeden Fall bereits im Schlaf. Erst gestern haben wir uns ein Video zum Thema Sicherheit an Bord angesehen, in dem es um mögliche Gefahrenquellen ging. Ein rutschiges Deck, das sowohl Passagiere als auch Crew-Mitglieder zu Fall bringen kann. Ein übereifriger Gast, der für das perfekte Bild auf die Reling klettert. Ein durch Alkoholkonsum reduzierter Gleichgewichtssinn und mehr. Beängstigend waren allerdings weniger die aufgezeigten Gefahren als die gruselige Qualität des Videos. Gestellte Szenen mit Laienschauspielern, die Luke und mich mehr als einmal zum Lachen gebracht haben. Die Lektionen gehören zu unserem Pflichtprogramm und ein Fehlen wird nicht geduldet. Egal wie spät man am Vorabend in der Koje lag.

»Lange Nacht gehabt?«, frage ich Luke, obwohl ich die Antwort kenne. Als ich gestern von meinem kleinen Ausflug aufs Außendeck zurück in die Kabine gekommen bin, war das Bett über meinem leer.

Mein Kumpel brummt zustimmend, dabei grinst er zufrieden.

»War es nur die Party, die dir den Schlaf geraubt hat?«, frage ich, woraufhin sich die Grübchen in seinen Wangen vertiefen.

»Vielleicht«, erwidert er und öffnet die Augen. Sein Blick huscht eine Stuhlreihe weiter nach vorne und bleibt an Sandy hängen.

»Das ging ja schnell«, sage ich und seufze. Ich kenne Sandy zwar erst seit Kurzem, schätze sie aber nach dem gestrigen Abend nicht so ein, als sei sie auf der Suche nach etwas Festem. Luke hingegen neigt dazu, sich Hals über Kopf zu verlieben. Meistens endet das Ganze mit vielen Tränen und Liebeskummer auf seiner Seite.

»Sag das nicht so!« Luke verpasst mir einen Seitenhieb mit dem Ellenbogen. »Es ist alles ganz locker. Keine Erwartungen. Keine großen Gefühle.«

Er bemerkt meinen Blick und schiebt schnell hinterher: »Du musst dir keine Sorgen machen.«

»Dein Wort in Gottes Ohr. Oder vielmehr in Poseidons.«

»Das hat nichts mit Gott, Poseidon oder anderen mythologisch relevanten Figuren zu tun. Das ist der Seefahrer-Kodex: Was auf See passiert, bleibt auf See.« Seine Stimme nimmt einen zeremoniellen Tonfall an.

Auf dem Bildschirm versinkt soeben der Rumpf des Schiffs im Meer. Augenblicklich muss ich an gestern Abend denken. An diesen surrealen Moment, den Rose und ich an der Reling geteilt haben. Im Nachhinein kann ich es mir nur mit dem erhöhten Promillewert in meiner Blutbahn erklären, dass ich derart leichtsinnig gewesen bin. Ich habe ihr nicht bloß gestanden, dass ich Angestellter auf dem Schiff bin, sondern auch noch, dass ich mir unerlaubterweise Zugang zum Außendeck verschafft habe. Als es heute Morgen um sieben Uhr gegen unsere Tür gehämmert hat und Mr Thomson im Eingang aufgetaucht ist, habe ich kurz befürchtet, dass Rose mich verpfiffen hat. Mein Herzschlag hat sich erst wieder beruhigt, als er uns lediglich darauf hingewiesen hat, dass die Sicherheitseinführung in einer Viertelstunde startet und wir nicht zu spät kommen sollen. Im gleichen Moment habe ich mich geschämt, dass ich Rose ein solches Verhalten zugetraut habe. Obwohl ich sie weniger als gar nicht kenne – immerhin weiß ich nicht einmal, wie sie heißt –, bin ich mir sicher, dass sie nicht die Sorte Mensch ist, die andere in die Scheiße reitet, einfach nur weil sie es kann.

Ich weiß nicht, ob ich darauf hoffen soll, sie wiederzusehen, oder mir besser wünschen sollte, dass sich unsere Wege kein zweites Mal kreuzen. Der Anblick, wie sie mit gerafftem Rock rittlings auf dem Geländer gesessen hat, hat sich mir eingebrannt. Die einzelnen Strähnen, die ihr in die Stirn geweht worden sind und ihr etwas Unbändiges verliehen haben; der hoch konzentrierte Ausdruck auf ihrem schönen, herzförmigen Gesicht. Das Gefühl ihrer weichen Haut unter meinen Fingern.

Im Video versinkt gerade der letzte Rest des Schiffs mit einem Gluckern im Ozean und ich atme tief ein und versuche, nicht weiter an unseren Jack-und-Rose-Moment zu denken.

•••

»Was ist noch mal in einem *Moby Dick* drin?« Luke beäugt kritisch die Flaschen, die vor uns auf der Theke aufgereiht stehen.

»Ich glaube, da kommt Rum und jede Menge Wassermelonensirup rein.« Ich ziehe aus einer der Schubladen den Zettel mit den fünf Signature-Cocktails hervor, die extra für die Jungfernfahrt kreiert worden sind.

Während der *Captain-Jack-Sparrow*-Cocktail mit Rum, Ingwer- und Limettensaft sowie Zimt und rosa Pfeffer nach einer gelungenen Kreation klingt, verabschieden sich meine Geschmacksknospen schon alleine bei der Vorstellung an den süßen Wassermelonen-Cocktail.

»Jep, Wassermelonensirup und Ananassaft«, lese ich die Zutatenliste für den *Moby Dick* vor, der ohne Rum vermutlich eher als Kinderpunsch geeignet wäre.

Luke verzieht das Gesicht, als er an der geöffneten Sirupflasche riecht.

»Hoffentlich haben die Gäste mehr Geschmack als die Person, die sich diesen Drink ausgedacht hat.« Er füllt eine ordentliche Portion in den Shaker, der vor ihm steht, bevor er die Flasche ans andere Ende des Tresens schiebt. Während er mit konzentrierter Miene nach dem Ananassaft greift, murmelt er die restlichen Zutaten vor sich hin.

Im Gegensatz zu mir hat Luke noch nie zuvor als Barkeeper gearbeitet. Doch als der Barchef heute Morgen nach der Sicherheitseinweisung wissen wollte, wer für zwei seiner Leute kurzfristig einspringen kann, ist Lukes Hand trotz seiner vom Kater vernebelten Reaktionsfähigkeit augenblicklich in die Höhe geschossen. Meine rechte hat er dabei ebenfalls mitgerissen. Ich war nicht unbedingt scharf darauf, direkt am zweiten Tag eine Doppelschicht zu schieben, aber nachdem mir Luke zugeflüstert hat, dass es Nachtzuschlag gibt und es außerdem immer gut ist, wenn jemand an Bord einem einen Gefallen schuldet, habe ich mich in mein Schicksal gefügt. Die beiden Barkeeper, deren Job wir heute nach dem Galadinner übernehmen sollen, fallen aus, weil sie sich angeblich den Magen verdorben haben. Ich bin mir hingegen ziemlich sicher, Laurence und Jay gestern Abend bei der Party in Sandys Kabine gesehen zu haben.

Da Luke jedoch keine Ahnung vom Cocktailmischen hat, was er mir natürlich erst im Nachhinein anvertraut hat, stehen wir bereits mehrere Stunden vor Schichtbeginn hinter dem Tresen der Bar, die sich im Theater befindet, und gehen die Zutatenlisten für die verschiedenen Getränke durch.

»Kannst du mir beibringen, wie ich den Shaker in die Luft werfe und mit den Händen auf dem Rücken wieder auffange?« Luke streckt mir den silbernen Becher entgegen und sieht mich erwartungsvoll an.

»Erzählst du mir nicht bei jeder sich bietenden Gelegenheit, dass du zwei linke Hände hast?« Ich entwende ihm den Shaker und presse den Deckel auf den Behälter. Auf dem kalten Metall hat sich in der Zwischenzeit Kondenswasser gebildet. Mit festem Griff schüttle ich das Gefäß erst über meiner rechten, dann über meiner linken Schulter.

»Und jetzt pass gut auf«, weise ich Luke an. Mit einem dramatischen Schlenker werfe ich den Shaker in die Höhe und vollführe in der Zwischenzeit eine halbe Drehung – doch gerade, als ich mich in Position bringen will, geschehen mehrere Dinge gleichzeitig. Die Tür zum Theater öffnet sich und etwa ein Dutzend Gäste betritt den Saal. Mein Blick bleibt an der Gestalt einer jungen Frau hängen, deren blonde Mähne und herzförmiges Gesicht mir mehr als bekannt vorkommt.

Im nächsten Augenblick ertönt ein lautes Scheppern hinter mir und zu meinen Füßen ergießt sich ein kleiner rosafarbener See. Der Shaker ist in seine beiden Bestandteile zerfallen und rollt über den Boden. Alle Blicke sind auf mich geheftet, als ich schnell hinter dem Tresen abtauche.

»Du hast *Moby Dick* getötet.« Luke macht sich nicht einmal die Mühe, sein Lachen zurückzuhalten.

Ich zeige ihm den Mittelfinger, bevor ich eilig die Flüssigkeit mit einem Lappen aufwische.

»Ich dachte, du bist Profi?«, fragt Luke, der die Bestandteile des Shakers mit spitzen Fingern vom Boden aufliest, um sie in die Spüle zu verfrachten.

»Ich war abgelenkt«, gebe ich zu und traue mich endlich, hinüber zu der kleinen Gruppe zu sehen, die sich mittlerweile auf der Bühne positioniert hat.

Während die übrigen Passagiere sich in Zweiergruppen zusammengefunden haben, steht Rose etwas verloren an der Seite. Als hätte sie meinen Blick gespürt, dreht sie den Kopf in meine Richtung und sieht mich an. Ein Schmunzeln erscheint auf ihren Lippen. Sie hebt eine Hand und deutet ein Winken an, bevor sie die Geste kaschiert, indem sie durch ihre blonden Haare fährt.

»Oh, oh … Ich wittere Drama.« Luke ist meinem Blick gefolgt und sieht mich nun unter kritisch zusammengezogenen Augenbrauen hinweg an.

»Warst du nicht derjenige, der heute Morgen irgendwas davon

gefaselt hat, dass alles, was auf See geschieht, auch auf See bleibt?«, zische ich ihm zu.

»Dir ist schon klar, dass du nicht mehr lange auf See sein wirst, wenn du was mit einem Gast anfängst?« Luke piekst mir seinen Zeigefinger in die Brust.

»Das war doch bloß ein Spaß. Es ist nichts passiert. Wir haben uns nur gestern kurz auf dem Außendeck unterhalten.« Noch während ich spreche, merke ich, dass ich mich verplappert habe.

Lukes Augen werden groß. »Du warst auf dem *Außendeck*? Nach Dienstschluss? Hast du Mr Thomson gestern nicht zugehört? Was das angeht, verstehen die hier an Bord keinen Spaß!«

»Ja, ich weiß, es war dumm. Aber ich brauchte frische Luft und es waren kaum Gäste unterwegs.«

»Offensichtlich genug«, sagt Luke und deutet mit dem Kinn in Richtung der Bühne.

»Ich verspreche, dass ich mich zukünftig vom Außendeck und von den Gästen fernhalte. Außer ich muss Essen und Getränke an ihren Tisch bringen.« Ich zwinkere Luke zu, doch in seinem Blick liegt noch immer Skepsis.

»Hey, entschuldigt, wenn ich euch störe.« Neben uns ist plötzlich eine junge Frau mit dunkelbraunen Locken aufgetaucht. Sie trägt die Dienstkleidung einer Animateurin – ein dunkelblaues Poloshirt und einen weißen, knielangen Rock. Auf ihrem Namensschild steht in Großbuchstaben Maria.

»Ich gebe hier gleich einen Tanzkurs für Paare, leider ist einer der Männer kurzfristig abgesprungen. Könnte einer von euch beiden eventuell einspringen?« Ihre hellbraunen Augen könnten denen von Bambi Konkurrenz machen, als sie uns nacheinander bittend ansieht.

»Ich habe nicht nur zwei linke Hände, sondern auch zwei linke Füße«, erwidert Luke und zieht eine entschuldigende Grimasse.

Maria sieht mich erwartungsvoll an. Ergeben nicke ich.

»Okay, aber nicht länger als eine Stunde. Ich bin für das Galadinner eingeteilt.«

Maria vollführt einen Hüpfer und strahlt mich an. »Das ist kein Problem. Wir sind in einer Dreiviertelstunde fertig.«

»Viel Spaß! Ich räume dann mal hier auf.« Luke deutet auf die Spüle, in der noch immer der dreckige Shaker liegt.

Ich folge Maria hinüber zur Bühne.

»Und wer ist die Dame ohne Partner?«, frage ich, als wir die Treppenstufen an der Seite hinaufsteigen.

Kapitel 11

Herz aus dem Takt

Eliza

Zum gefühlt hundertsten Mal schaue ich auf mein Handy. Doch das Display zeigt weder eine Nachricht noch einen verpassten Anruf von Edward an. Ich kann es nicht fassen, dass er mich ernsthaft versetzt hat. Nachdem er gestern Abend so wirkte, als könnte er es gar nicht abwarten, mich wiederzusehen, fühle ich mich wie vor den Kopf gestoßen. Immerhin habe ich mich nur ihm zuliebe von der skandalös bequemen Liege auf meinem Balkon geschält, auf der ich den gesamten Vormittag damit zugebracht habe, mir die salzige Meeresluft um die Nase pusten zu lassen und abwechselnd die tausend verschiedenen Blauschattierungen des Ozeans zu bestaunen oder in meinem Buch zu lesen.

Die anderen Passagiere, die sich bereits zu Paaren zusammengefunden haben und mir immer wieder Blicke zuwerfen, tragen nicht dazu bei, mein Wohlbefinden zu steigern. Eine der Frauen tuschelt hinter vorgehaltener Hand ihrem Partner etwas ins Ohr, woraufhin er grunzend lacht. Die Tanzlehrerin namens Maria sieht mindestens so peinlich berührt aus, wie ich mich fühle. Obwohl ich absolut kein romantisches Interesse an Edward habe, kann ich die Scham darüber, so offensichtlich und vor allen anderen versetzt worden zu sein, nicht abschütteln.

»Ich glaube nicht, dass er noch kommt«, sage ich an die Tanzlehrerin gewandt.

Maria nickt und lässt ihren Blick suchend durch den Saal schweifen, bis er an der Bar hängen bleibt. Mein Herzschlag beschleunigt sich, als ich Jack oder vielmehr seinen Hinterkopf entdecke. Nach seinem kleinen Unfall mit dem Shaker vorhin bilde ich mir ein, dass meine Anwesenheit ihn ebenfalls nicht völlig kaltlässt.

Du kennst ihn doch gar nicht!, erinnert mich meine innere Stimme. *Und außerdem sollst du dich um Edward kümmern*, fügt sie hinzu und klingt verdächtig wie mein Vater.

»Das ist kein Problem. Ich habe eine Idee, wo wir Ersatz auftreiben könnten.« Maria lächelt mich aufmunternd an und steuert auf die Bar zu, bevor ich Einwand erheben kann.

Als Maria zwei Minuten später mit Jack im Schlepptau zurückkehrt, klatscht der Teil von mir, dem offenkundig die Meeresluft den Verstand weggepustet hat, in die Hände.

»Und wer ist die Dame ohne Partner?«, fragt Jack, der in diesem Moment die Treppenstufen zur Bühne hinaufsteigt.

»Das bin dann wohl ich«, erwidere ich und bin ein bisschen stolz darauf, dass meine Stimme vollkommen gelassen klingt.

Sein Kopf schnellt zu mir herum und in seinen hellblauen Augen blitzt etwas auf. Freude?

»Wunderbar, dann kann es jetzt losgehen.« Maria positioniert sich in der Mitte der Bühne und die Gespräche im Saal verstummen.

Widerstrebend löse ich meine Aufmerksamkeit von Jack. Ich habe selten so helle und klare blaue Augen gesehen. Es ist, als würde man in einen Swimmingpool blicken, dessen Wasseroberfläche von Sonnenstrahlen durchbrochen wird.

»Ich freue mich sehr, dass so viele von Ihnen erschienen sind. Für die heutige Stunde habe ich einen Salsa ausgesucht, der, wie ich finde, wunderbar zur Karibik passt und mit dem Sie wie die Locals tanzen können.« Maria läuft hinüber zur Musikanlage und keine Sekunde später erklingt die rhythmische Melodie eines lateinamerikanischen Lieds.

»Ich habe schon befürchtet, dass sie so was in die Richtung machen wird«, murmelt Jack neben mir und klingt dermaßen verzweifelt, dass ich grinsen muss.

»Warum hast du dich dann rekrutieren lassen?«, frage ich flüsternd.

»Du weißt doch, wenn ich die Chance wittere, mich wie ein Held aufführen zu können, muss ich sie ergreifen. Selbst auf die Gefahr hin, mich lächerlich zu machen.« Er zwinkert mir zu.

Bevor ich darauf etwas erwidern kann, kommt Maria zurück und fordert uns auf, zwei Reihen zu bilden. Männer und Frauen stehen sich jeweils gegenüber.

»Jetzt lernen wir erst einmal den Grundschritt. Jeder für sich.« Sie positioniert sich in der Mitte und zeigt uns die Schrittfolge. Dazu zählt sie den Takt laut mit: »Eins, zwei, drei, Pause. Fünf, sechs, sieben, Pause.«

Während der Mann meiner Tanznachbarin sich immer wieder verhaspelt und über seine eigenen Füße stolpert, wirken Jacks Schritte sicher, fast schon routiniert.

»Du kannst also doch tanzen.« Es ist mehr eine Feststellung als eine Frage.

»*Können* ist zu viel gesagt, aber ich habe in der Highschool ein paar Kurse gemacht«, erwidert er mit einem Schulterzucken. »Und wie steht es um deine Tanzerfahrung?«, fragt er, während wir uns unablässig zum Rhythmus der Musik vor und zurückbewegen.

»Ich hatte ein paar Stunden für den Debütantinnenball«, gestehe ich und verziehe mein Gesicht zu einer Grimasse.

»Warum überrascht mich das nicht, Rose.« Er grinst so herausfordernd, dass ich gegen den Impuls ankämpfen muss, ihm die Zunge herauszustrecken.

»Ich habe im Austausch dafür ein Elektroauto von meinen Eltern bekommen«, erwidere ich und kann nicht verhindern, dass es trotzig klingt. Im gleichen Augenblick wünsche ich mir, dass ich das nicht erwähnt hätte. Was muss Jack jetzt von mir denken? Vermutlich, dass ich eine von diesen verwöhnten Töchtern aus reichem Haus bin, die keinerlei Bezug zur wirklichen Welt haben.

Doch anstatt mich voller Verachtung zu mustern, pfeift Jack anerkennend durch die Zähne. »Für ein neues Auto hätte ich mich auch in ein Kleid gezwängt und einen Wiener Walzer aufs Parkett gelegt.«

Bei der Vorstellung, wie sich Jack mit seinen breiten Schultern in ein trägerfreies weißes Kleid aus Seide und Tüll quetscht und mit wehendem Rock über die Tanzfläche schwebt, entfährt mir ein wenig damenhaftes Prusten.

»Sehr gut. Jetzt, da Sie den Grundschritt verinnerlicht haben, dürfen Sie, meine Herren, gerne Ihre Partnerinnen zu einem Tanz auffordern.« Marias Stimme unterbricht unser Geplänkel.

»Darf ich bitten?« Jack deutet eine leichte Verbeugung an, doch sein Blick verrät mir, dass sein Gentleman-Gehabe im Gegensatz zu Edwards nur gespielt ist.

Ich nicke und lege meine Hand in seine. Er zieht mich mit einem Ruck näher zu sich heran und einen Herzschlag später liegt seine rechte Handfläche zwischen meinen Schulterblättern. Ich kann seine Hitze durch den dünnen Seidenstoff meines Kleids spüren. Als ich auf Marias Anweisung hin meinen Blick von den Füßen löse und Jacks begegne, habe ich das Gefühl, dass die Temperatur im Raum schlagartig um ein paar Grad ansteigt. Mich auf die Schritte zu konzentrieren, während Jacks durchdringend blaue Augen auf mich gerichtet sind und sich seine Handfläche gleichzeitig an meinen Rücken schmiegt, gestaltet sich schwieriger als gedacht.

Obwohl sich die Schrittfolge eben vollkommen intuitiv angefühlt hat, gerate ich mehrfach ins Stolpern. Ich spüre, wie mir Blut in die Wangen schießt, doch Jack kommentiert meine Aussetzer mit keinem Wort. Stattdessen führt er mich ruhig und souverän durch den Tanz. Nach dem zweiten Lied fühle ich mich sicher genug, um die ein oder andere Figur auszuprobieren, die Maria uns erklärt. Jack scheint es ungemein viel Spaß zu bereiten, mich von einer Drehung in die nächste zu leiten. Mit jedem Schritt fühle ich mich wohler und kann mich voll und ganz auf meinen Tanzpartner konzentrieren, anstatt ständig unauffällig in Richtung meiner Füße zu schielen. Das führt wiederum dazu, dass mein Herz immer wieder ins Stolpern gerät und mein Blick einmal zu oft an Jacks Lippen hängen bleibt. Während wir zu Beginn der Tanzstunde noch so viel Distanz gewahrt haben, dass ein Gymnastikball bequem zwischen uns gepasst hätte, würde mittlerweile höchstens ein Tennisball Platz finden.

»Und was meinst du? Können wir den Locals Konkurrenz machen?«, fragt Jack mit einem schelmischen Grinsen, nachdem er mich ein weiteres Mal um die eigene Achse gedreht hat und ich schwungvoll wieder in seinen Armen gelandet bin.

Ich lache, doch es klingt leicht atemlos. Seine Nähe und die Musik, die meine Gedanken geradezu verführt, sich in nicht jugendfreie Bahnen zu verabschieden, vernebeln meinen Verstand. Hitze erfasst meinen gesamten Körper und ich wünschte, ich könnte es nur aufs Tanzen schieben.

»Ich weiß nicht, das Urteil sollten wir vermutlich den Locals überlassen«, erwidere ich mit leichter Verzögerung und verscheuche damit zeitgleich die unanständigen Gedanken, die sich eben mit der Frage beschäftigt haben, welche anderen rhythmischen Bewegungen wir noch ausprobieren könnten.

»Ist das etwa eine gut getarnte Einladung zu einem gemeinsamen Landgang?« In Jacks Augen funkelt es.

»Wer weiß«, erwidere ich vage. Als Tochter eines Reedereibesitzers kenne ich die Vorschriften, die es den Angestellten untersagen, sich auf eine Beziehung mit Gästen einzulassen. Außerdem gibt es da noch Edward.

Glücklicherweise erklingen in diesem Moment die letzten Takte und bewahren mich davor, doch noch ein Date mit ihm auszumachen.

Maria verkündet das Ende der Tanzstunde und teasert den Tangokurs an, der in drei Tagen stattfinden soll. Enttäuschung macht sich in mir breit. In Jacks Armen ist die Zeit nur so dahingeflogen und ich hätte nichts dagegen einzuwenden gehabt, meinem Leben ein paar Stunden länger zu entfliehen.

Obwohl das Lied verklungen ist und die ersten Paare sich in Richtung des Ausgangs bewegen, halten Jack und ich uns noch immer an den Händen. Als wollten wir beide an dem Augenblick festhalten. Als seien wir beide nicht bereit, die Blase, in der wir uns die letzte Stunde lang befunden haben, platzen zu lassen.

»Ich sollte dann so langsam gehen und mich für das Abendessen fertigmachen«, sage ich, ohne mich vom Fleck zu bewegen.

Jack nickt zustimmend. »Ich auch.«

Wir grinsen beide, als noch immer keiner von uns Anstalten macht, unseren Aussagen Taten folgen zu lassen. Als würden wir eine Art mentales Tauziehen darum veranstalten, wer zuerst loslässt. Die Umgebung um mich herum verschwimmt, wie mit einem besonders intensiven Weichzeichner bearbeitet. Der Saal, die Bühne, die anderen Menschen verwischen zu einem dunklen Fleck am Rand meines Bewusstseins, weil all meine Sinne auf Jack konzentriert sind. Auf die karamellfarbene Strähne, die sich aus seinem zusammengeknoteten Haar gelöst hat. Auf das Funkeln in seinen Augen. Auf seine warme Haut an meiner. Auf das Kribbeln in meinem Bauch.

»Vielen Dank noch mal, dass du so kurzfristig eingesprungen bist.« Marias Worte lassen die Blase, in der nur wir beide existiert haben, zerplatzen. Wir lösen uns beinahe synchron voneinander.

»Klar, kein Problem.« Jack fährt sich mit der Hand lässig durchs Haar und lächelt Maria unverbindlich an.

»Ich hoffe, er ist dir nicht zu oft auf die Füße getreten?« Sie wendet sich mit einem verschmitzten Grinsen mir zu.

»Eher umgekehrt«, gestehe ich.

Maria lacht.

»So oft war es gar nicht«, wiegelt Jack ab, bevor er hinzufügt: »Höchstens zehn, zwanzig Mal, aber wer zählt schon mit?«

Ich verpasse ihm einen Klaps gegen den Oberarm.

»Apropos Füße …« Jacks Kollege, mit dem er zu Beginn hinter der Bar hantiert hat, taucht neben der Bühne auf »Wir sollten unsere dringend mal in Richtung Kabine bewegen.« Er deutet hinüber zur Wanduhr, die über dem Eingang hängt.

»Das ist auch mein Stichwort.« Maria verabschiedet sich. Gemeinsam mit Jacks Kollege schlendert sie in Richtung des Ausgangs.

»Bist du später beim Gala-Dinner?«, fragt Jack, als wir die Stufen am Bühnenrand hinabgehen, um den beiden zu folgen.

Ich nicke und unterdrücke ein Seufzen.

»Dann sehen wir uns später. Ich bin der mit dem schwarzen Hemd und der roten Fliege«, scherzt er.

Fast hätte ich gesagt: »Und ich die mit dem enttäuschten Vater und der gequälten Miene«, aber ich lächle ihm zum Abschied nur zu.

Kapitel 12

Dirty Dancing

Eliza

»Na, wie war dein Tanzdate mit Lord Whitney?« Quer über Lennys Wange verläuft ein daumendicker pechschwarzer Streifen, der wie eine Kriegsbemalung aussieht. Doch ich kenne sie gut genug, um zu wissen, dass es sich dabei lediglich um Ruß, Motoröl oder eine andere schmierige Flüssigkeit aus der Werkstatt handelt, in der sie jede freie Minute verbringt. Ihr Bild auf dem Display wackelt, als sie ihr Handy vermutlich auf der Werkbank abstellt, um parallel an irgendeinem Ersatzteil für ihr Motorrad herumzuschrauben.

»Unerwartet aufregend.« Ich kuschle mich tiefer in den Ohrensessel und versuche, das verräterische Grinsen zu unterdrücken.

»Also doch eher *Dirty Dancing* anstatt *Stolz und Vorurteil*? Nach deiner Beschreibung hätte ich das dem guten Edward gar nicht zugetraut.« Sie pfeift anerkennend durch die Zähne.

Passend dazu ertönen die Klänge des Lieds *The Time of My Life* in der Kabine.

»War das die berühmt berüchtigte Aurora?«, fragt Lenny und klingt richtiggehend aufgeregt.

Bisher habe ich ihr nur in Form von Textnachrichten von der zunehmend frecher werdenden KI berichtet.

»Ihr Assistenzsystem für alle Fälle«, bestätigt Aurora prompt.

»Schön, dich kennenzulernen. El hat mir schon jede Menge von dir erzählt.« Meine Freundin beugt sich so nah an das Display heran, dass ihre Nasenspitze beinahe das Glas berührt, dabei ist der Versuch, etwas von Aurora zu entdecken, zwecklos. Immerhin besitzt sie keine physische Form.

»Willst du einen Witz hören?«, fragt Aurora. Seitdem ich ihr den Tipp gegeben habe, im Internet nach Flachwitzen zum Thema Schiffsfahrt zu suchen, sprudeln die oftmals ziemlich bescheuerten Wortwitze nur so aus ihr heraus.

»Schieß los«, erwidert Lenny.

»Was ist unzufrieden, redet undeutlich und lebt im Wasser?«

Meine Freundin runzelt angestrengt die Stirn. »Ein Klabautermann?«, rät sie.

»Eine Mies-Nuschel«, löst Aurora auf.

Kurz herrscht Stille, dann brechen Lenny und ich gleichzeitig in Gelächter aus.

»Ich mag sie«, befindet meine Freundin, sobald sie sich von ihrem Lachflash erholt hat.

»Ich bin auch recht zufrieden mit dem Ergebnis«, sage ich grinsend. »Aber können wir jetzt bitte wieder zurück zum Thema kommen?«

Aurora reagiert sofort und keine Sekunde später dudelt *Hungry Eyes* aus den Lautsprechern.

»Ich bin ganz Ohr. Hat Edward dich mit einer *Dirty-Dancing*-würdigen Hebefigur verzaubert?« Lennys Augen funkeln und auch ich muss bei der Vorstellung erneut grinsen.

»Edward war nicht mein Tanzpartner«, gestehe ich.

»Ist noch ein Gläubiger aufgetaucht, den du um den Finger wickeln sollst?« Sie hebt eine Augenbraue, wodurch der Strich auf ihrer Wange einen Hüpfer macht.

»Haha«, erwidere ich trocken. Meine gute Laune sinkt in Sekundenschnelle auf ihren Tiefpunkt. Ich liebe meine Freundin für ihre ungeschönte, sarkastische Art. Aber im Moment hat mein Leben auch ohne ihren Sarkasmus genug Schieflage erlitten.

»Entschuldige.« Lenny sieht tatsächlich schuldbewusst aus. »Du weißt, wenn es hart auf hart kommt, lasse ich meine Eltern einfach die gesamte Miete für unser Apartment bezahlen.«

Wir entstammen beide der New Yorker High Society, weshalb

Geld normalerweise kein Thema für uns ist. Vielmehr muss ich in meinem Fall vermutlich eher in der Vergangenheitsform sprechen. Lenny, die eigentlich Leonora heißt, den Namen aber verabscheut, entstammt einer Dynastie von erfolgreichen Anwälten. Bereits ihr Ur-Urgroßvater hat den Grundstein für das Imperium gebildet. Doch anstatt in ihre Fußstapfen zu treten, hat Lenny sich für einen Bachelor in Maschinenbau entschieden. Und selbst diese Studienwahl hat sie hauptsächlich ihren Eltern zuliebe getroffen. Es ist ein Kompromiss. Wenn es nach ihr ginge, würde sie am liebsten ihre eigene Motorradwerkstatt eröffnen und den ganzen Tag nichts anderes tun, als an ihren Bikes herumzuschrauben.

»Lass mich raten, dafür müsste ich so tun, als sei ich deine lesbische Freundin?« Ich wackle anzüglich mit meinen Augenbrauen.

»Ich hätte dich eigentlich auch ohne Bedingungen kostenfrei hier wohnen lassen, aber jetzt, da du es vorschlägst ...« Sie grinst verschlagen. Neben dem Schrauben an ihren Bikes ist das Schockieren ihrer Eltern Lennys zweitgrößtes Hobby, wobei sich beide auch kombinieren lassen. Eine lesbische Freundin käme ihr da beispielsweise sehr gelegen. Nach außen hin geben sich ihre Eltern zwar aufgeschlossen und offen, aber im Privaten ist Lennys Familie schrecklich konservativ. Ein Coming-out ihrer einzigen Tochter würde bei Mrs Cavendish vermutlich eine mittelgroße bis ausgewachsene Lebenskrise hervorrufen.

»Also wer war jetzt dein geheimnisvoller Patrick-Swayze-Ersatz?«, lenkt Lenny die Unterhaltung wieder zum ursprünglichen Thema zurück.

»So *Dirty-Dancing*-mäßig war es gar nicht.«

»Deine roten Wangen sagen da aber was anderes.« Lenny feixt.

»Ich weiß nicht, was du meinst«, erwidere ich und schalte die Kamerafunktion an meinem Smartphone aus.

»Schummlerin!«

»Okay, vielleicht war es doch ein kleines bisschen heiß«, gestehe ich und schalte die Kamera wieder ein.

Aurora lässt ein anzügliches Pfeifen hören. Am Ende der Kreuzfahrt werde ich sie vermutlich vollkommen verdorben haben.

»Und wer war dein Tanzpartner? Ist er dir peinlich oder warum muss man dir alles aus der Nase ziehen?«, fragt Lenny, bevor sich ihre Augen weiten, und sie ruft: »O mein Gott, es war doch nicht etwa Justin Banson?!«

»Nein, was denkst du denn von mir?« Empört funkle ich sie an. Justin gilt als Casanova der New Yorker High Society. Mit seinem schmierigen Grinsen und seiner großspurigen Art hat er schon einige unbescholtene Mädchen aus gutem Haus um ihre Unschuld gebracht. Als wir uns vor ein paar Jahren auf einer Gala begegnet sind, habe ich Justins Flirten im Keim erstickt, indem ich ihn freundlich darauf hingewiesen habe, dass meine Stilettoabsätze wunderbar als Waffen taugen, sollte er auch nur darüber nachdenken, mit seinen Händen in meine Nähe zu kommen. Seitdem sind die Fronten zwischen uns geklärt.

»Es war Jack«, gebe ich schließlich zu.

Lenny runzelt die Stirn.

»Der Typ, der mir gestern Abend dabei geholfen hat, den Ring von meiner Grandma zu retten«, führe ich weiter aus. Denn natürlich habe ich meiner besten Freundin auch von diesem surrealen Zusammentreffen berichtet.

»Der Kellner mit dem *Titanic*-Fimmel?«

Ich nicke.

»Eine verbotene Affäre, nicht schlecht, El.« Lenny pfeift anerkennend durch die Zähne. »Vielleicht hätte ich dein Angebot, mitzukommen, doch annehmen sollen. Ist ja aufregender als jede Telenovela.«

Ich schnaube, da wir beide wissen, dass sie keine zehn Pferde auf dieses Schiff gebracht hätten. Wenn jemand öffentliche Veranstaltungen noch mehr hasst als ich, ist es Lenny.

»Wir haben nur getanzt«, stelle ich klar.

»Ich kann mir nicht helfen, aber irgendwie wirkst du enttäuscht, dass es nur beim Tanzen geblieben ist«, zieht sie mich auf.

Und leider kann ich ihr nicht einmal widersprechen.

»Das wäre auf so vielen Ebenen eine dumme Idee.« Ich seufze.

»Wegen Edward?«

»Nicht nur. An Bord gibt es strenge Regeln, vor allen Dingen, was den Kontakt zwischen Angestellten und Gästen angeht. Er könnte dafür gefeuert werden.« Auch wenn ihn das bisher nicht davon abgehalten hat, mich mit diesen intensiv blauen Augen in seinen Bann zu ziehen.

»Ihr seid beide erwachsen. Er wird sicher wissen, worauf er sich einlässt.« Lenny zuckt mit den Schultern.

Bevor ich etwas erwidern kann, klopft es an der Tür. Ist es schon so spät?

»Shit, ich muss auflegen. Ein weiteres Gala-Dinner mit meinen Eltern wartet auf mich.« Vielmehr lasse ich es gerade auf mich warten. Ich ziehe eine Grimasse, die Lenny verdeutlichen soll, wie viel Lust ich darauf habe. Aber dann fällt mir Jacks Versprechen ein, dass wir uns heute Abend sehen werden, und meine Mundwinkel wandern von ganz alleine nach oben.

Es klopft ein weiteres Mal an meiner Tür, deutlich vehementer. »Sofort!«, rufe ich, winke Lenny zu und schalte das Handy aus. Ich laufe zum Kleiderschrank. Noch im Gehen streife ich das von der Dusche klamme Handtuch ab, greife mir das erstbeste Kleid von der Stange, das ich in die Hände bekomme, und zwänge mich hinein, während ich in Richtung der Zimmertür wanke. Bevor ich die Klinke herunterdrücke, fahre ich mir mit den Fingern durch mein Haar und hoffe, damit zumindest die größte Unordnung bändigen zu können.

»Warum hat das so lange gedauert? Und wie siehst du überhaupt aus?« Meine Mutter steht in der geöffneten Zimmertür und lässt ihren kritischen Blick über mein Outfit gleiten. Ich tue es ihr gleich und schlucke einen leisen Fluch herunter. In der Eile ist mir entgangen, dass ich das Kleid auf links angezogen habe, sodass die Nähte nach außen zeigen.

»Das trägt man jetzt so«, versuche ich mich herauszureden, doch das entlockt meiner Mutter lediglich ein Schnauben.

Eine Viertelstunde später hat sie mein Kleid gegen ein in ihren Augen geeigneteres eingetauscht, mir die Haare geglättet und mich dazu genötigt, Wimperntusche und Lippenstift aufzutragen. Eine Perlenkette vervollständigt das Bild der gut erzogenen und stilvollen Tochter aus reichem Haus. Unter anderen Umständen hätte ich mich vermutlich auf eine Diskussion mit ihr eingelassen, doch die Aussicht darauf, Jack in wenigen Minuten wiederzusehen, versetzt meinen Verstand in eine Art Schwebezustand.

Als ich den Saal schließlich in Begleitung meiner Mutter betrete, versuche ich möglichst unauffällig meinen Blick über die Kellner wandern zu lassen, die emsig hin und her eilen und dabei Tabletts mit Gläsern und Tellern balancieren.

»Richard und Edward verspäten sich. Irgendetwas Geschäftliches«, sagt meine Mutter, der mein suchender Blick offensichtlich nicht entgangen ist.

»Ah«, erwidere ich und lasse mich auf den Stuhl sinken, den mir ein Kellner zurechtrückt, der leider nicht Jack ist.

Von Edward habe ich nach dem Tanzkurs eine ausführliche Textnachricht erhalten, in der er sich mehrfach dafür entschuldigt hat, dass er mich versetzt hat. Ein wichtiger geschäftlicher Termin sei spontan dazwischengekommen, weshalb er leider nicht zum Kurs habe kommen können. Ich habe die Nachricht unkommentiert gelassen, soll er ruhig ein bisschen in seinem schlechten Gewissen baden. Auch wenn ich ihm nicht im Geringsten böse bin, eher im Gegenteil. Aber das muss er ja nicht wissen.

Aus dem Augenwinkel nehme ich wahr, dass erneut ein Kellner an unserem Tisch tritt, und greife nach der Getränkekarte.

»Guten Abend, ich heiße Cameron und bin heute für ihr leibliches Wohl zuständig. Wissen Sie schon, was Sie trinken möchten?«

Kapitel 13

Der Rosenkavalier

Cameron

»Können wir heute Abend den Bereich tauschen?« Ich schenke Ted ein so strahlendes Lächeln, dass ich entweder als Clown oder als Soziopath durchgehe. Oder als beides.

»Du willst freiwillig den Tisch der Fortners übernehmen?« Er mustert mich mit einer Mischung aus Irritation und Hoffnung.

»Die Fortners?«, hake ich nach, denn die Welt der New Yorker High Society ist mir in etwa so fremd wie Alice das Wunderland, kurz nachdem sie durch den Kaninchenbau gefallen ist.

»Die Familie, der dieses Boot hier gehört und noch unzählige weitere?« Ted runzelt die Stirn, als könnte er nicht fassen, dass ich so wenig über meinen Arbeitgeber weiß. »Okay, und an welchem Tisch sitzen sie?« Ich spähe an ihm vorbei. Er schüttelt amüsiert den Kopf und deutet unauffällig dahin, wo Rose mit einer Frau sitzt, die ich aufgrund ihrer äußerlichen Ähnlichkeit für ihre Mutter halte.

»Mutter und Tochter sind harmlos, aber der Vater kann ganz schön jähzornig sein«, plaudert Ted weiter, ohne auf meine versteinerte Miene zu achten.

Als ob es nicht problematisch genug wäre, dass ich ein Auge auf eine Passagierin geworfen habe, muss sie natürlich ausgerechnet die Erbin des Reederei-Besitzers sein. Wenn sie ebenfalls für das Unternehmen tätig ist, könnte sie vielleicht sogar auf sehr verquere Weise meine Vorgesetzte sein. So oder so bin ich mir sicher, dass ihr Vater mich in hohem Bogen über Bord werfen lassen würde, sollte er auch nur den geringsten Verdacht hegen, dass ich unehrenhafte Absichten in Bezug auf seine Tochter habe.

»Also, was ist jetzt? Willst du wirklich tauschen?«, fragt Ted und reißt mich damit aus meinen Gedanken.

Ich spähe erneut hinüber zu Rose, die ihrerseits verstohlen ihre Umgebung mustert, als sei sie auf der Suche nach etwas oder vielmehr jemandem. Mit etwas Glück nach mir. Das ist alles, was ich brauche. Ich nicke Ted bestätigend zu, der jetzt definitiv erleichtert wirkt, was mich wiederum leicht beunruhigt. Wie schlimm kann Mister Fortner schon sein?

Ich richte meine Krawatte und streiche mir eine Haarsträhne hinters Ohr, die sich in meine Stirn verirrt hat. Dann steuere ich zielstrebig auf Roses Tisch zu.

»Guten Abend, ich heiße Cameron und bin heute für Ihr leibliches Wohl zuständig. Wissen Sie schon, was Sie trinken möchten?«, frage ich mit meinem charmantesten Lächeln.

Rose dreht sich so abrupt zu mir herum, dass ihre glänzend blonden Haare wie aufgescheuchte Spatzen über ihre Schulter fliegen.

»Eine Flasche Wasser reicht fürs Erste. Danke«, erwidert ihre Mutter, woraufhin ich widerwillig meinen Blick von Rose löse und zur Bestätigung nicke.

»Möchten Sie mit der Essensbestellung noch warten oder darf ich schon etwas notieren«, frage ich.

Mrs Fortner blickt auf die schmale silberfarbene Uhr an ihrem Handgelenk. »Sie können meiner Tochter und mir schon mal die Suppe des Tages bringen. Mit dem Hauptgericht warten wir auf meinen Mann.«

»Wie Sie wünschen.« Ich wende mich zum Gehen, allerdings nicht, bevor ich Rose zugezwinkert habe. Sie erwidert es mit einem Lächeln, das meine Schritte federleicht werden lässt.

Als ich wenig später mit einer Flasche Wasser an ihren Tisch zurückkehre und erst ihrer Mutter und dann ihr einschenke, streife ich dabei wie aus Versehen mit meinen Fingerspitzen ihren Unterarm, auf dem sich augenblicklich eine Gänsehaut bildet. Auf dem

Weg zurück zur Küche bin ich mir beinahe zu hundert Prozent sicher, ihren Blick in meinem Rücken zu fühlen.

Während ich die vier anderen Tische bediene, wird meine Aufmerksamkeit immer wieder hinüber zu Rose gezogen. Jedes Mal, wenn ich zu ihr herübersehe, ertappe ich sie dabei, wie sie es mir gleichtut. Es fühlt sich so an, als hätte sich um uns herum ein Magnetfeld gespannt.

Der Entremetier, der sich um das Arrangement der Suppen kümmert, beäugt mich misstrauisch, als ich ihm die beiden Teller beinahe aus den Fingern reiße, weil ich es kaum erwarten kann, an Roses Tisch zurückzukehren. Bevor ich aus der Küche trete, erlaube ich mir eine kleine künstlerische Freiheit bei einem der Suppenteller. Mithilfe einer Flasche Kürbiskernöl zeichne ich einen Smiley auf die pinkfarbene, samtig pürierte Oberfläche.

Nachdem ich die unpräparierte Suppe vor Roses Mutter und den Brotkorb in der Tischmitte platziert habe, stelle ich den verbliebenen Teller vor Rose ab.

Als ihre Mutter sich gerade suchend umsieht, flüstere ich Rose rasch zu: »Mit einem besonderen Gruß aus der Küche.«

Sie öffnet den Mund zu einer Erwiderung, als ihr Blick plötzlich auf etwas gelenkt wird, das sich hinter mir befindet. Ihre Lippen formen ein stummes »Oh«. Im selben Moment ertönt ein Räuspern in meinem Rücken. Ich drehe mich herum und muss gegen den Impuls ankämpfen, den Mann vor mir nicht mit offenem Mund anzustarren. Dieser würde es vermutlich nicht einmal bemerken, so konzentriert blickt er auf Rose hinab. In seinen Händen hält er einen Strauß roter Rosen.

»Es tut mir schrecklich leid, dass ich dich heute Nachmittag versetzt habe, Eliza. Ich hoffe, du kannst mir verzeihen.« Er streckt ihr die Blumen entgegen und sieht sie mit einem Ausdruck purer Zerknirschtheit an.

Rose, die eigentlich Eliza heißt, so viel hat mein überforderter Verstand mitbekommen, blinzelt ein paar Mal, bevor sie den Blumenstrauß entgegennimmt und ihn neben dem Suppenteller ablegt.

»Das wäre wirklich nicht nötig gewesen«, murmelt sie. Eine leichte Röte überzieht ihre Wangen. Sie sieht weniger erfreut als verlegen aus.

»Junger Mann, was stehen Sie hier noch herum? Bringen Sie uns eine Flasche Rotwein und zwei weitere Portionen von der Suppe.«

Ich bin so fokussiert auf Rose gewesen, dass ich nicht bemerkt habe, dass ein Mann an der gegenüberliegenden Tischseite Platz genommen hat. Er hat dieselben ozeanblauen Augen wie Rose, weshalb ich vermute, dass er ihr Vater ist, auch wenn sie sich äußerlich kaum stärker unterscheiden könnten. Während die Haare seiner Tochter blond sind, haben seine die Farbe von Kohle. Ihr Gesicht besteht aus weichen Linien, seines ist mit eckigen Kanten gezeichnet. Ihre Augen strahlen sanfte Entschlossenheit aus, in seinen funkelt kühle Berechnung.

Erst als Mr Fortner ungeduldig mit seinen Fingern schnipst, erwache ich aus meiner Starre und nicke mechanisch, bevor ich mich abwende und wie ferngesteuert auf die Küche zulaufe. Natürlich hat Rose einen Freund, vielleicht sogar Verlobten, wenn er mit ihrer Familie auf dieser Kreuzfahrt ist und ihr rote Rosen schenkt. Die Zeichen waren da, nur habe ich sie nicht sehen wollen. Das vierte Gedeck am Tisch. Der Tanzkurs für Paare, bei dem ich einspringen musste. Weil Roses eigentlicher Begleiter spontan ausgefallen ist.

Habe ich mir die Spannung zwischen uns, das Knistern in der Luft nur eingebildet? War sie einfach nur nett und ich habe zu viel hineininterpretiert?

Als ich mit dem geforderten Wein an den Tisch zurückkehre, meide ich den Blickkontakt zu Rose selbst dann, als sie mir ihre Bestellung für den Hauptgang nennt. Ihr Versuch, meine Aufmerksamkeit auf sich zu lenken, indem sie ihre Serviette auf den Boden fallen lässt, wird durch ihren überaufmerksamen Freund unterbunden, der das Stück Stoff so schnell aufhebt, dass ich nicht einmal die Chance bekomme, mich danach zu bücken. Ich bin mir nicht sicher, ob ich mir das leise frustrierte Schnauben von ihr nur einbilde.

Kurz nachdem ich der Familie den zweiten Gang serviert habe, verstehe ich, warum Ted mich gewarnt hat. Mr Fortner lässt nicht nur einmal, sondern gleich dreimal seinen Teller zurückgehen, weil ihm das Steak entweder zu oder nicht blutig genug ist. Rose ist das Ganze offenkundig unangenehm, doch ihr leicht genervtes »Dad, muss das wirklich sein?«, wird von ihm mit einer auf die Tischplatte polternden Hand beantwortet. Das Geräusch lässt nicht nur Rose zusammenzucken. Kurz spüre ich, wie sich Widerstand in mir formt, weil ich ihn am liebsten zurechtweisen würde für die Art und Weise, wie er mit seiner Tochter umgeht. Doch dann meldet sich mein Verstand und erinnert mich daran, dass ich keinen Grund habe, mich einzumischen. Roses Freund dafür umso mehr. Der widmet sich jedoch mit seiner gesamten Aufmerksamkeit seinem eigenen Teller und denkt nicht einmal daran, sich für seine Freundin stark zu machen.

Glücklicherweise verzichtet die Familie auf ein Dessert. Ich will gerade die leeren Gläser auf mein Tablett räumen, als ich den blutroten Blumenstrauß bemerke, der verlassen auf der schneeweißen Tischdecke liegt. Der Kontrast ist so stark, dass man ihn eigentlich nicht übersehen kann. Obwohl ich weiß, dass es eine dumme Idee ist, greife ich nach den Blumen und laufe in Richtung des Ausgangs, durch den die vier soeben verschwunden sind. Auf halbem Weg kommt Rose mir entgegen. Als sie mich entdeckt, breitet sich das bezaubernde Lächeln auf ihren Lippen aus, das ich während des Essens vermisst habe.

Sie ist vergeben und unerreichbar!, ermahnt mich das letzte bisschen Verstand, das Rose mit ihrem Charme noch nicht um den Finger gewickelt hat.

»Du hast deinen Strauß vergessen, Eliza«, sage ich das Offensichtliche und strecke ihr die Blumen entgegen. Ihr richtiger Name fühlt sich fremd auf meiner Zunge an und ich bilde mir ein, dass sie leicht zusammenzuckt, als ich ihn nenne.

Sie ignoriert die Rosen in meiner ausgestreckten Hand und sieht mich stattdessen mit diesem intensiven Blick an, der mich mitten in das Ozeanblau ihrer Augen zieht. Einen Wimpernschlag lang fühle ich mich wie unter Wasser. Die Geräusche der Außenwelt verstummen, dafür dröhnt das Schlagen meines Herzens umso lauter in meinen Ohren.

»Das vorhin tut mir leid«, sagt sie und der Teil von mir, der viel zu sehr von dieser Frau fasziniert ist, beginnt erneut zu hoffen. »Mein Vater hat sich unmöglich aufgeführt.« Sie blickt zu Boden und lässt mich damit aus dem Ozean ihrer Augen auftauchen. Die Geräusche von klapperndem Geschirr und Stimmen dringen an meine Ohren, als habe jemand den Regler von leise auf laut gedreht. Die aufkeimende Hoffnung zerbröckelt wie loser Putz. Natürlich spricht sie von ihrem Vater.

»Schon okay, man stumpft mit der Zeit ab.« Ich zucke mit den Schultern.

»Wem sagst du das«, murmelt sie und ihr Lächeln wirkt so gequält, wie ich mich fühle.

Ein paar Sekunden lang stehen wir uns einander stumm gegenüber. Rose beißt auf ihrer Unterlippe herum, als wollte sie noch etwas sagen und wüsste nicht, wie sie es ausdrücken soll, während ich den Anblick von ihrem Freund mit dem Strauß Rosen in der Hand nicht vergessen kann.

»Nette Geste mit den Blumen«, sage ich und kann nicht verhindern, dass es herausfordernd klingt.

»Manche würden es übertrieben nennen. Wenn Edward heute Abend von Aliens entführt und in einen Jane-Austen-Roman teleportiert werden würde, würde niemandem dort auffallen, dass er aus dem einundzwanzigsten Jahrhundert kommt.« Sie verdreht die Augen.

Ich versuche mich an einem unverbindlichen Lächeln. Denn

eigentlich ist das letzte, worüber ich mit ihr reden will, ihr Freund. Ich will sie fragen, wieso ich das Gefühl habe, dass da mehr zwischen uns ist, obwohl alles dagegenspricht.

»Ich muss dann mal weitermachen, bevor ich Ärger bekomme«, sind die Worte, die ich stattdessen herausbekomme.

»Oh ja, klar. Entschuldige.« Endlich nimmt sie mir den Blumenstrauß ab.

Ich will mich schon zum Gehen wenden, da hält mich ihre Stimme zurück.

»Dann sehen wir uns spätestens morgen Abend?« Ein vorsichtiges Lächeln liegt auf ihren Lippen.

»Ich werde hier sein«, erwidere ich so neutral wie möglich.

»Okay.« Sie wirkt enttäuscht. Vielleicht glaubt das aber auch nur der Teil von mir, der noch immer hofft, dass ich mir das Knistern zwischen uns nicht nur eingebildet habe.

•••

Rose und ihre Familie haben das Restaurant schon vor über einer Stunde verlassen, als der Seegang spürbar rauer wird. Die Gläser hinter der Theke klirren leise, wann immer sie sanft aneinanderstoßen, wenn das Schiff sich leicht zur Seite neigt. An der verglasten Außenwand rinnen Bäche aus Regen und Meerwasser herab und zeichnen verschlungene Pfade auf das Fensterglas. Mit jeder Minute, die vergeht, wird es schwieriger, beim Servieren der Speisen das Gleichgewicht zu halten.

Bei jeder Welle, die das Schiff zum Schaukeln bringt, schwappt das Abendessen in meinem Magen bedrohlich auf und ab. Und ich scheine nicht der Einzige zu sein, der Probleme damit hat, seinen Mageninhalt bei sich zu behalten. Eine junge Frau aus Lukes Bereich springt mit einem Mal so energisch von ihrem Sitz auf, dass ihr Stuhl auf den Boden fällt. Doch sie scheint es nicht einmal zu bemerken, als sie, die Hand vor den Mund gepresst, durch die Tür hinaus in Richtung der Waschräume läuft. Ihr Begleiter sieht ebenfalls blass um die Nase aus und stochert mit einem beinahe angeekelten Gesichtsausdruck in seinem Drei-Sternekoch-Essen herum. Eine halbe Stunde vor offizieller Schließung des Restaurants hat auch der letzte Gast aufgegeben, sodass der Saal verlassen vor uns liegt.

Gerade als Luke und ich uns schwankend auf den Weg zu unserem zweiten Job an diesem Abend machen wollen, teilt Mr Thomson uns mit, dass die Bar aufgrund des rauen Seegangs frühzeitig schließen wird, und schickt uns unverhofft in den Feierabend.

»Ich habe noch nie einen richtigen Sturm auf See mitbekommen. Heute könnte das erste Mal sein. Drück uns die Daumen.« Luke strahlt wie ein Honigkuchenpferd, als wir uns die Treppen nach unten hinabkämpfen.

»Ich weiß nicht, warum ich uns die Daumen drücken sollte, Teil eines Nahtod-Erlebnisses zu werden.« Ich runzle die Stirn und kralle meine Finger noch etwas fester um das Treppengeländer, doch mein Kumpel lacht nur.

»Ach was. Das ist wie eine Freifahrt mit der Achterbahn.« Er hüpft auf das Geländer und rutscht die verbleibenden drei Stufen bis zum Ende der Treppe hinunter.

»Nein, danke. Dann bezahle ich lieber und kann dafür selbst bestimmen, wie oft ich fahren will«, erwidere ich und muss auf dem Treppenabsatz kurz innehalten, weil sich der Boden zu bewegen scheint und mit ihm mein Mageninhalt.

Luke hingegen gibt ein Jauchzen von sich. »Sag bloß, du findest dieses Kribbeln im Bauch nicht auch fantastisch?!«

»Nicht, wenn es das Potenzial hat, mein unverdautes Abendessen nach oben zu befördern.« Noch habe ich zwar die volle Kontrolle über meinen Körper, aber sollte das Schaukeln schlimmer werden, kann ich für nichts garantieren.

Luke verdreht die Augen. Offensichtlich ist er der Meinung, dass ich übertreibe.

»Wollen wir uns noch in den Gemeinschaftsraum setzen und was trinken?«, fragt er.

»Ich finde, meine Umgebung schwankt auch ohne den Konsum von Alkohol genug«, erwidere ich, was mir ein erneutes Augenrollen einbringt.

»Wir könnten uns auch einen Film anschauen. Hast du schon mal *Der Sturm* gesehen?«, fragt er mit einem schelmischen Grinsen.

»Sehr lustig. Ich denke, ich passe und verschlafe diesen Sturm lieber.« Ich verabschiede mich mit einem Handschlag von Luke und ziehe mich in unsere Kabine zurück.

Als ich zehn Minuten später in meiner Koje liege und das Dröhnen der Schiffsmotoren vernehme, die sich nur ein Deck unter unserem befinden, frage ich mich, ob es vielleicht doch so etwas wie Meeresgötter gibt und ob sich an dieser Stelle eine kleine Opfergabe anbieten würde. Das einzig Positive an dem Schaukeln ist, dass es mich von Rose ablenkt.

Kapitel 14

Padawan und Jedi-Meister

Eliza

Er hat mich Eliza genannt. *So heißt du ja auch*, erinnert mich meine innere Stimme. Obwohl mir das natürlich bewusst ist, hat sich der Name aus seinem Mund schrecklich falsch angefühlt. Als würde er mich aus den Tagträumen reißen, die ich mir trotz aller Vernunft gewährt habe. Eigentlich bin ich zurückgelaufen, um ihm die Sache mit Edward zu erklären. Doch als er mit dem Strauß Blumen in der Hand vor mir stand, haben mir die Worte gefehlt.

Was hätte ich auch sagen sollen? Dass ich Edward lediglich bespaße, damit er das Familienunternehmen nicht untergehen lässt? Was für ein passender Vergleich, vor allen Dingen in Anbetracht der stürmischen See, die draußen vor den Fensterscheiben wütet. Ich lache bitter auf, was mir einen tadelnden Blick meiner Mutter einbringt.

Nach dem Essen habe ich mich von meinen Eltern dazu überreden lassen, mir eine Vorstellung im Theater anzusehen. Denn was wäre die Alternative gewesen? Mich in meiner Kabine zu verkriechen, um darüber nachzudenken, wie katastrophal schief dieser Abend gelaufen ist? Mit Lenny jeden Satz hin und her zu wälzen und mich nur noch mehr verrückt zu machen?

Edward hat uns natürlich freudestrahlend begleitet. Jetzt liegen anderthalb Stunden *ABBA*-Lieder hinter mir, die von Tänzerinnen und Tänzern in bunten Schlaghosen und Glitzeroberteilen in die Nacht hinaus geschmettert worden sind.

»Wie hat es dir gefallen?« Edwards breites Lächeln legt die Vermutung nahe, dass er die Vorstellung genossen hat.

»Das Ensemble hat wirklich alles gegeben«, erwidere ich möglichst unverbindlich. Mir ist noch immer etwas schwindelig von den rotierenden Schlaghosen und den im Scheinwerferlicht glänzenden Pailletten.

»Wie gefällt dir die Unterhaltung an Bord bisher?«, wendet sich mein Vater an Edward.

»Ich wünschte, ich hätte mehr Zeit, um mir alles anzusehen, aber leider bin ich ja nicht nur zum Vergnügen da«, erwidert er.

»Das Geschäft geht immer vor.« Mein Vater nickt sichtlich zufrieden mit der Antwort.

Ich schnaube kaum hörbar in mein Wasserglas, was mir einen strengen Blick von meinem Dad einbringt. In diesem Moment erwacht meine rebellische Seite.

»Wie stehst du eigentlich zu Nachhaltigkeit bei Schiffsreisen, Edward?« Ich lehne mich ihm über die Stuhllehne entgegen.

Aus dem Augenwinkel sehe ich, wie mein Vater sich anspannt, doch ich blende ihn bewusst aus.

Edward runzelt die Stirn, sichtlich irritiert über den abrupten Themenwechsel. »Grundsätzlich finde ich, dass es einige spannende Ansätze gibt. Wo könnte man Sonne, Wind und Wasser besser zur Energieversorgung nutzen als auf einem Schiff?« Er zwinkert mir zu. »Auf der anderen Seite steckt die Entwicklung noch in den Kinderschuhen, weshalb es aus kaufmännischer Sicht natürlich ein Risiko und hohe Investitionen bedeutet.« Bei seinem letzten Satz blickt er hinüber zu meinem Dad, der ihm wohlwollend zunickt. Auf der einen Seite hat Edward meine Familie praktisch in der Hand, auf der anderen Seite wirkt er in Gegenwart meines Vaters immer wie ein wissbegieriger Padawan vor seinem Jedi-Meister.

»Aber bieten nachhaltige Energiequellen nicht auch einen extremen Wettbewerbsvorteil, von der ökologischen Verantwortung mal ganz abgesehen, die jedes größere Unternehmen zu tragen hat?«, halte ich dagegen.

Die Miene meines Vaters gefriert zu Eis. Edward blickt zwischen ihm und mir hin und her. Ihm kann die Anspannung nicht verborgen bleiben, die in der Luft liegt.

»Sicher kann es auch von Vorteil sein, wenn man sich als Unternehmen in einer Pionierrolle positioniert. Ich wusste gar nicht, dass die *Fortner Group* in diesem Bereich aktiv ist?« Edwards fragender Blick wandert zu meinem Vater, der dröhnend lacht.

»Ist sie auch nicht. Meine Tochter hat eine etwas eindimensionale Sichtweise auf das Thema. Wenn sie, wie ich ihr geraten habe, BWL statt Maschinenbau studiert hätte, würde es ihr jetzt nicht an kaufmännischem Wissen mangeln.« Obwohl mein Vater mich anlächelt, sehe ich die Warnung in seinen Augen aufblitzen. Mal ganz von der unverhohlenen Kritik an meinem Studienfach abgesehen.

Edward öffnet den Mund, um etwas zu erwidern, doch mein Vater kommt ihm zuvor.

»Würde es dir etwas ausmachen, an der Bar Nachschub zu holen?«, fragt er ihn und schwenkt dabei sein leeres Whiskeyglas.

Kaum hat Edward sich in Richtung der Bar aufgemacht, legt mein Vater warnend eine Hand auf meinen Unterarm. Seine Fingerkuppen graben sich so tief in mein Fleisch, dass ich die Zähne aufeinanderbeiße.

»Ich dachte, ich hätte mich klar ausgedrückt? Jetzt ist nicht die Zeit, um über deinen Traum von einer grünen Schifffahrt zu sprechen. Wir wollen Edward zeigen, dass das Unternehmen krisensicher ist. Stattdessen fantasierst du irgendetwas davon, dass man Risiken eingehen soll. Willst du, dass die Reederei den Bach heruntergeht? Willst du, dass wir alles verlieren, wofür wir so lange gearbeitet haben?« Unter seinem unnachgiebigen Blick werde ich wieder zu dem kleinen Mädchen, das etwas ausgefressen hat.

»Nein, natürlich will ich das nicht, aber …«, setze ich an, doch ich bekomme gar nicht erst die Chance, mich zu erklären.

»Aber du hast wie immer nicht nachgedacht, was deine Taten für Konsequenzen nach sich ziehen«, unterbricht mich mein Vater.

»Bitte, ihr zwei, die Leute schauen schon«, zischt meine Mutter uns zu, während sie ein gekünsteltes Lächeln aufsetzt.

Mein Vater löst seine Finger, die noch immer meinen Unterarm umfassen, und lehnt sich genau in dem Moment zurück, in dem Edward mit zwei Gläsern Whiskey an unseren Tisch zurückkehrt.

Ich warte weitere zehn Minuten, bevor ich aufstehe und vortäusche, dass mir der Seegang zu schaffen macht. Dabei ist mir noch nie auf See schlecht geworden. Ganz im Gegenteil, ich liebe es, wenn die raue Natur an dem Schiff zerrt. Liebe es, der Gischt dabei zuzusehen, wie sie gegen die Fensterscheiben schlägt. Wie der Himmel von Blitzen erleuchtet wird. Doch noch ist der Sturm nicht hier. Das leichte Schaukeln sind lediglich erste Vorboten.

Kapitel 15

Wer die Fische füttert

Cameron

Sturmböen peitschen mir gnadenlos vereinzelte Haarsträhnen ins Gesicht, die sich aus dem unordentlichen Knoten gelöst haben, in den ich meine Haare vorhin gestopft habe. Der Wind ist durchsetzt von feinen Regentropfen, die so hart auf meiner Haut auftreffen, dass sie sich wie spitze Nadeln anfühlen. Ich heiße den Schmerz willkommen, lenkt er mich doch wenigstens etwas von der Übelkeit ab, die in meinem Magen schaukelt wie das Schiff auf dem aufgewühlten Ozean. Ich habe mal gehört, dass man den Horizont suchen soll, wenn man seekrank ist. Also habe ich mich mitten in der Nacht aus meinem Bett gequält und bin die vier Stockwerke hinaufgewankt. Nur pure Willenskraft und die Angst davor, dass Mr Thomson mich erwischen könnte, haben mich davon abgehalten, meinen Mageninhalt auf dem Teppichboden zu entleeren.

Jetzt stehe ich auf dem Außendeck an der Reling und starre in die Dunkelheit, die nur gelegentlich durch vom Himmel herabsausende Blitze durchschnitten wird. Den Horizont suche ich vergebens. Das Dunkelgrau der Gewitterwolken verschmilzt nahtlos mit dem Dunkelblau des Ozeans. Irgendwo habe ich einmal gelesen, dass Kreuzfahrtschiffe so groß sind, dass man so gut wie nie seekrank wird. Angeblich sind sie so konstruiert, dass die Gäste kaum etwas vom Wellengang spüren. Entweder haben die Konstrukteure der *Goddess of the Sea* gnadenlos versagt oder derjenige, der dieses Gerücht in die Welt gesetzt hat, ist noch nie mit dem Schiff durch einen Tropensturm gefahren. Ich fühle mich wie auf der Schiffschaukel auf einem Jahrmarkt. Nur dass ich bei besagter die Möglichkeit hätte, das

Fahrgeschäft nach wenigen Minuten wieder gegen festen Boden einzutauschen. Diese Option fällt auf der *Goddess of the Sea* leider flach, weshalb ich weiterhin meine Nase in den Wind halte und dafür bete, dass ich entweder ohnmächtig werde oder dieser schreckliche Sturm endlich vorüberzieht. Beide Szenarien sind zu meiner grenzenlosen Verzweiflung bisher nicht eingetreten.

Ich höre das Knarzen der Außentür in meinem Rücken und halte meinen Blick fest auf die Dunkelheit des Ozeans gerichtet. Es fehlt mir gerade noch, dass mich ein Gast entdeckt und bei Mr Thomson verpfeift. Ich trage zwar keine Uniform mehr, aber die ausgeleierte No-Name-Jogginghose und das zerfranste T-Shirt der New York University zeigen deutlich, dass ich mir keine der exklusiven Suiten leisten kann.

Als sich das Schiff durch eine besonders hohe Welle hindurchkämpft, werden meine Gedanken allerdings augenblicklich auf das ursprüngliche Problem gelenkt. Ein unterdrücktes Stöhnen stiehlt sich über meine Lippen und ich kralle meine Finger fester ins Holz der Reling.

»Jack?« Roses Stimme erklingt so unerwartet hinter mir, dass ich sie im ersten Augenblick für ein Hirngespinst halte. *Vielleicht bin ich einer Ohnmacht doch näher als gedacht?*

»Alles klar bei dir?«, hakt sie nach, als ich nicht antworte, und mir wird klar, dass sie wirklich hier ist.

Ich wende mich ihr zu und versuche dabei, vollkommen entspannt auszusehen.

Sie steht nur ein paar Schritte von mir entfernt vor der geschlossenen Tür. Das Licht, das durch die Glasscheibe fällt, erleuchtet sie von hinten. Ihre Haare sehen leicht verstrubbelt aus, als wäre sie eben aus dem Bett gekrochen. Sie ist in einen Cardigan gehüllt, der ihr bis zu den Knien reicht. Ihre Füße stecken in pinken Plüschpantoffeln, für die ich sie in einer anderen Situation bestimmt aufziehen würde.

»Klar, alles bestens. Ich wollte nur die Aussicht bewundern«, sage ich und schlucke krampfhaft gegen die Galle an, die immer wieder hochschwappt.

Rose legt den Kopf schief und mustert mich eindringlich. Obwohl ich mittlerweile ihren richtigen Namen kenne, fühlt er sich falsch an. Außerdem hat sie mich eben auch nicht Cameron genannt. Diese Erkenntnis verursacht ein warmes Gefühl in meinem Inneren, dessen Ursprung ich lieber nicht allzu genau ergründen will.

»Für mich sah es gerade eher so aus, als wolltest du die Fische füttern«, sagt sie und grinst.

»Mein Vertrag bezieht sich ausschließlich auf die Bewirtung menschlicher Gäste«, erwidere ich. Eigentlich will ich ihr zuzwinkern, aber vermutlich sieht es eher so aus, als würde ich eine Grimasse ziehen, denn in diesem Moment hebt sich der Bug des Schiffes erneut, was mein Magen zum Anlass nimmt, es ihm gleichzutun.

»Okay, wenn du es sagst.« Sie sieht noch immer skeptisch aus. »Hättest du dann etwas dagegen, wenn ich dir beim Aussichtbewundern Gesellschaft leiste?«

Ich schüttle den Kopf, obwohl ich mir kein schlimmeres Szenario vorstellen kann. Ich habe zwar insgeheim gehofft, sie so schnell wie möglich wiederzusehen, aber nicht unter diesen Umständen. Nicht, wenn ich nur eine Welle davon entfernt bin, in den Ozean zu kotzen.

Rose stellt sich neben mich an die Reling und zieht ihren Cardigan fester um sich, während sie gleichzeitig ihre Augen schließt und ihr Gesicht dem Regen entgegenstreckt. Kurz vergesse ich meinen gesundheitlich angeschlagenen Zustand, als meine kreative Ader erwacht und ich mir wünschte, diesen Augenblick auf Film bannen zu können. Normalerweise schleppe ich überall meine alte Olympus-Kamera mit mir herum, falls mir durch Zufall ein einzigartiges Motiv vor die Linse hüpft. Hier an Bord ist daran natürlich nicht zu denken. Mr Thomson würde mich vermutlich umgehend feuern.

Doch in diesem Augenblick wäre es mir das Risiko wert. Rose strahlt pure Freiheit und Wildheit aus, wie ihre Haare in Strähnen durch die Luft wirbeln, wie der Nieselregen sich als schimmernder Film auf ihre Haut legt und ihre Lippen zu einem leichten Lächeln verzogen sind. Ohne ihre Familie und ihren Freund wirkt sie viel entspannter und losgelöster, was sie in meinen Augen noch schöner macht. *Stopp!*, ermahne ich mich beim Gedanken an Edward.

»Ich dachte, du bist wegen der Aussicht hier?« Ihre Augenlider flattern und das Lächeln vertieft sich.

Ertappt wende ich den Blick ab. »Entschuldige, schlechte Angewohnheit von mir. Seitdem unser Professor uns im ersten Semester aufgetragen hat, unsere Umgebung immer so zu betrachten, als würden wir sie durch die Linse einer Kamera wahrnehmen, habe ich mich da möglicherweise etwas reingesteigert.«

Rose öffnet ihre Augen ganz und sieht mich interessiert an. »Du studierst Kunst?«

»Ja, ich bin an der Tisch School of the Arts an der NYU«, erwidere ich und kann nicht verhindern, dass in meinen Worten Stolz mitschwingt.

»Wow!« Rose pfeift anerkennend durch die Zähne. »Ich habe mal gelesen, dass sie nur einen Bruchteil der Bewerber akzeptieren. Du musst mir unbedingt mal was von deinen Arbeiten zeigen.«

»Erinnere mich gerne daran, wenn das Schiff nicht gerade kurz vorm Untergang steht«, erwidere ich und stöhne auf, als der Boden sich einmal mehr unter mir bewegt.

Rose lacht leise. Ein Geräusch, das ein Kribbeln in meinem Magen verursacht, das dieses Mal ausnahmsweise nichts mit meiner Übelkeit zu tun hat.

»Also gibst du endlich zu, dass du seekrank bist?«, fragt sie neckend.

»Auf keinen …« Der Rest von meinem Protest wird von meinem Mageninhalt erstickt, als ich endgültig die Kontrolle über meinen Körper verliere. Ich schaffe es gerade noch, meinen Kopf über die Reling zu hängen. *Gott sei Dank habe ich nicht Roses rosa Plüschpantoffeln vollgekotzt*, ist das Letzte, was ich denken kann, bevor die Reste meines Abendessens im aufgewühlten Ozean landen. Mein Magen krampft sich mehrmals heftig zusammen, bis nur noch Galle nach oben kommt. Meine Kehle fühlt sich an wie mit Schmirgelpapier bearbeitet. Mir ist heiß und kalt zugleich. Meine Beine zittern, als mein Kreislauf sich verabschiedet.

Rose erwischt mich gerade noch am Ellbogen, bevor meine Muskeln nachgeben und ich hart auf dem Boden lande. Mit festem Griff, den ich ihrer grazilen Statur gar nicht zugetraut hätte, navigiert sie mich zu einer Bank, die neben der Tür steht. Erschöpft lasse ich mich darauf fallen und lehne mich gegen das kühle Metall der Außenwand.

»Warte hier, ich komme gleich wieder«, weist Rose mich an, bevor sie im Inneren des Schiffes verschwindet.

Da sich meine Beine noch immer so flüssig instabil anfühlen wie ein nicht ausgehärtetes Panna cotta, leiste ich ihrem Befehl widerstandslos Folge.

Ich muss kurz weggedämmert sein, denn es kommt mir vor, als seien nur wenige Sekunden verstrichen, bevor sich die Tür erneut öffnet und Rose sich neben mich setzt.

»Ich habe dir ein Glas Wasser besorgt und den hier.« Sie deutet auf einen Eimer. »Nur, um sicherzugehen.«

»Sehr aufmerksam von dir.« Ich nehme einen großen Schluck von dem Getränk. Kühl und samtig rinnt es meine Kehle hinab und legt sich wie ein seidiger Film auf das gereizte Gewebe.

»Außerdem solltest du dir dringend etwas überziehen. Dein Oberteil ist klitschnass.« Sie drückt mir eine Wolldecke in die Arme.

Erst jetzt spüre ich, dass ich von der Anstrengung und dem kalten Regen, der mich durchnässt hat, zittere.

»Danke«, murmle ich und wickele mich in die Decke ein.

Als der Boden erneut beginnt sich zu bewegen, lehne ich meinen Kopf wieder gegen die Wand und schließe die Augen.

»Ist das dein erstes Mal auf einem Schiff?«, fragt Rose.

»Ja, und definitiv auch das letzte Mal!«

Sie lacht und wieder verursacht das Geräusch ein Kribbeln in meiner Magengegend.

»Normalerweise schwankt es nicht so. Ich bin schon auf so vielen Kreuzfahrten gewesen, dass ich sie nicht mehr zählen kann, und bisher sind fast alle glimpflich ausgegangen«, sagt sie.

»*Fast alle*?!« Ich starre sie entsetzt an.

Der Funke eines Lächelns blitzt in ihren Augen auf. »Entschuldige, ich konnte nicht anders. Bisher ist noch nie etwas passiert. Das Schlimmste waren ein paar Stunden Verspätung im nächsten Hafen.«

»Das war nicht lustig!« Ich zeige anklagend mit dem Finger auf sie.

»Schon ein bisschen«, widerspricht sie grinsend.

»Glaub ja nicht, dass ich dir meine Tür überlasse, falls wir untergehen sollten.«

»Oha, was ist aus dem Gentleman in dir geworden?« Gespielt schockiert hebt sie ihre Hand vor den Mund.

»Der ist zusammen mit meinem Mageninhalt über Bord gegangen«, erwidere ich todernst.

Sie lacht schnaubend. »Es geht dir also langsam wieder besser?«

Ich nicke und streife mir die Decke von den Schultern. »Ich sollte zurück zu meiner Kabine gehen, bevor mich jemand vermisst.« Als ich aufstehe, zittern meine Beine noch immer, sodass ich Halt suchend nach der Rückenlehne greife.

»Ich bringe dich hin.« Rose erhebt sich ebenfalls.

»Wenn mein Vorgesetzter uns zusammen sieht, habe ich heute Nacht vollkommen umsonst gelitten, denn dann wird er mich im nächsten Hafen von Bord werfen.«

Sie öffnet protestierend den Mund, scheint es sich jedoch im letzten Moment anders zu überlegen. Stattdessen nickt sie bedächtig. »Okay, aber ich bringe dich wenigstens bis zum Treppenhaus.«

Ich nicke ergeben. Der Weg dorthin ist kurz und die Gefahr, zusammen gesehen zu werden, somit relativ gering. Außerdem habe ich das Gefühl, dass Rose nicht so schnell klein beigeben wird. Vermutlich will sie sich vergewissern, dass ich sicher genug auf den Beinen bin, um mir beim Treppensteigen nicht das Genick zu brechen.

Kaum treten wir durch die Tür, umhüllt uns Wärme. Meine nackten Arme fühlen sich im Vergleich wie Eiszapfen an. Hoffentlich habe ich mir bei dem kleinen Ausflug keine Erkältung eingefangen.

»Wie ist es bei euch da unten so?«, fragt Rose, während wir die wenigen Meter bis zum Treppenhaus nebeneinander herlaufen.

»Du meinst in der Holzklasse?«, scherze ich. »Es ist okay. Es gibt ein Bett, einen Schreibtisch und einen Kleiderschrank. Also alles, was man so braucht. Ein bisschen Tageslicht wäre nicht schlecht. Der Gedanke, dass einen nur eine dünne Metallwand von Abertausenden Tonnen Wasser trennt, kann ganz schön erdrückend sein.« Ein Schauer läuft mir den Rücken herunter.

»Ich war noch nie unten. Irgendwie wird das bei den Rundführungen immer ausgelassen.« Sie zieht eine Grimasse.

Wir erreichen das Treppengeländer und kommen zum Stehen. Plötzlich schwankt wieder alles um uns herum. Ich bekomme gerade noch das Geländer zu fassen, spüre aber, wie mein Magen einen Salto macht. Im nächsten Moment schmecke ich bereits bittere Galle im Mund und nur Roses schneller Reaktionsfähigkeit ist es zu verdanken, dass ich in den Eimer kotze anstatt auf den indigoblauen Teppichboden.

Ich spüre ihre warme Hand auf meinem Rücken. Sie streicht beruhigend auf und ab, während sich mein Magen schmerzhaft zusammenzieht.

»Fuck!«, fluche ich in den Eimer.

»Okay, Planänderung. Du kommst mit zu mir«, erklärt Rose und schiebt mich bestimmt in die entgegengesetzte Richtung.

Erst nachdem wir ein paar Schritte gemacht haben, sickert in mein Bewusstsein, was sie da gerade vorgeschlagen hat. Ich bleibe abrupt stehen.

»Das geht nicht, Rose. Wenn man mich auf dem Zimmer von einem Gast erwischt, dann …«

Sie unterbricht mich, bevor ich das Szenario bis zum Ende ausführen kann. »Ich passe schon auf, dass dich niemand sieht. Mein Zimmer ist gleich den Flur runter. Du legst dich ein paar Stunden aufs Ohr und gehst, bevor dich jemand vermisst.«

»Und was wird dein Verlobter dazu sagen?« Mein Magen zieht sich bei der Frage erneut zusammen und dieses Mal hat es nichts mit meiner Übelkeit zu tun.

»Mein Verlobter?« Grenzenlose Verwirrung spiegelt sich in ihren meerblauen Augen.

»Dann halt dein Freund oder was auch immer.« Ich mache eine unbestimmte Geste mit meinen Händen.

Als sie lediglich den Kopf schief legt und sich Falten auf ihrer Stirn bilden, fühle ich mich dazu genötigt, weiter auszuholen.

»Na, der gut gekleidete Mann, der mit dir und deiner Familie heute zu Abend gegessen und dir einen Strauß Rosen mitgebracht hat. Edward?« Ein kleiner Funken Hoffnung entzündet sich in mir. Wenn es sich bei dem wie aus dem Ei gepellt aussehenden Typen wirklich um ihren Freund, Verlobten, Friend with Benefits oder wen auch immer handeln sollte, hätte ich wohl kaum so viele Worte verlieren müssen, oder?

Roses Augen weiten sich. »Edward ist sicher nicht mein Freund und schon gar nicht mein Verlobter!« Sie begleitet ihre Worte mit einem beinahe entrüsteten Schnauben. »Er ist nur ein Geschäftspartner von meinem Vater«, fügt sie erklärend hinzu, als ich mich noch immer nicht vom Fleck bewege.

»Oh, ach, so ist das.« Ich versuche, möglichst beiläufig zu klingen und sie nicht merken zu lassen, wie sehr mich ihre Antwort in Wirklichkeit freut. Dabei sollte es mir egal sein, denn eine Beziehung mit ihr hätte ebenso gute Chancen wie die von Jack und Rose auf der sinkenden Titanic.

»Da wir das geklärt haben, können wir ja jetzt endlich weiter.«

Sie hakt sich bei mir ein und zieht mich mit sich. Widerstand zwecklos. Unter anderen Umständen würde mein leichtsinniges Herz bei der Aussicht darauf, die Nacht mit ihr in einem Zimmer zu verbringen, mit zehnfacher Geschwindigkeit schlagen, doch aktuell nimmt mein sich drehender Magen all meine Aufmerksamkeit in Beschlag.

Sie hat wirklich nicht untertrieben. Ihre Suite liegt direkt um die Ecke. Es ist eine der wenigen, die auf dem siebten Deck angesiedelt sind. Vermutlich sollte es mich nicht wundern, immerhin ist sie die Tochter des Besitzers. Als sie die Tür öffnet, indem sie ihren Daumen gegen das Bedienfeld drückt, bleibt mir jedoch keine Zeit, den ausladenden Flur zu bestaunen.

»Bad?«, bringe ich gerade noch heraus, bevor ich mir die Hand vor den Mund halte und blindlings in die Kabine stürme.

»Im Schlafzimmer rechts«, ruft sie mir hinterher.

Ich mache mir nicht die Mühe, das Licht anzuschalten, sondern sprinte direkt zum Klo. Bis auf bittere Galle kommt jedoch nichts mehr aus mir heraus. Mein Magen zieht sich noch ein paar Mal krampfhaft zusammen, bevor ich die Spülung drücke und neben dem WC wie ein nasser Waschlappen auf die Fliesen klatsche.

Sollte ich jemals die Hoffnung gehegt haben, dass zwischen Rose und mir etwas laufen könnte, kann ich diese nach dem heutigen Abend wohl getrost begraben oder – passender – über Bord werfen.

Kapitel 16

Im Bett mit Hulk

Eliza

»Jack?« Ich klopfe zaghaft gegen die halbgeöffnete Badezimmertür. Der Raum dahinter wird nur unzureichend durch das Licht im Schlafzimmer erleuchtet. Ich kann Jacks Beine sehen, er liegt ausgestreckt auf dem Boden.

Ein dumpfes Brummen ertönt, das ich als Einladung auffasse. Ich stoße die Tür komplett auf, bis der Schein der Nachttischlampe auch den restlichen Teil des Badezimmers in ein dämmriges Licht hüllt. Jack liegt auf dem Rücken, alle Viere von sich gestreckt, und hat die Augen geschlossen.

»Da hat wohl jemand zu tief ins Glas geschaut«, kommentiert Aurora und klingt etwas schadenfroh. Als KI ohne physische Existenz kann ihr der Wellengang nichts anhaben.

»Sei nett, Jack ist seekrank und es geht ihm wirklich nicht gut«, warne ich die KI, da ich sie mittlerweile gut genug kenne, um zu wissen, dass sie gleich einen absolut bescheuerten Seemannswitz von sich geben wird, der mich unter anderen Umständen zum Lachen bringen würde.

»Ich bin immer nett«, murrt Aurora und verkneift sich tatsächlich weitere böse Kommentare.

Ich öffne derweil die Kommode unter dem Waschbecken und ziehe das Erste-Hilfe-Kit hervor, das in jedem Zimmer für genau solche Situationen bereitliegt. Mit einem Glas Wasser in der einen und einer Tablette in der anderen Hand knie ich mich neben Jack.

»Nimm die, dann wird es dir bald besser gehen.« Vorausgesetzt er schafft es, das Medikament gegen Reiseübelkeit bei sich zu behalten.

Jack stöhnt, richtet sich aber auf und schluckt die Pille ohne Nachfragen.

»Und jetzt bringen wir dich ins Bett«, sage ich. Das Schaukeln soll im Liegen angeblich weniger schlimm sein. Da ich aber noch nie seekrank war, habe ich keine Ahnung, ob das stimmt.

Mit meiner Hilfe schafft Jack es bis zum Bett, wo er sich rücklings auf die Matratze fallen lässt. Als sein Kopf auf dem Kissenberg aufkommt, seufzt er wohlig auf. Ich will gerade die Decke über ihn breiten, als mir sein nasses Oberteil auffällt.

Ich gehe hinüber zu dem begehbaren Kleiderschrank und suche nach meinem ausgeleierten Schlafshirt der Yale University. Als ich zum Bett zurückkehre, hat Jack die Augen geschlossen und sieht deutlich entspannter aus als noch wenige Minuten zuvor. Sicherheitshalber platziere ich trotzdem den Eimer neben ihm auf dem Boden.

Sanft rüttle ich ihn am Arm, bis er blinzelnd die Augen öffnet.

»In deinem Oberteil kannst du nicht schlafen, das ist immer noch komplett durchnässt. Ich habe dir eines meiner T-Shirts rausgesucht«, sage ich.

»Das ist wirklich nett. Aber ich fürchte, ich würde es hulkmäßig in Fetzen reißen, wenn ich versuche, mich da reinzuquetschen.« Zum ersten Mal an diesem Abend umspielt ein Schmunzeln seine Mundwinkel.

Meine Fantasie zaubert ein Bild von Jacks nacktem Oberkörper zu Tage, der lediglich durch die Stoffreste meines T-Shirts bedeckt ist. Ich schlucke gegen die plötzliche Trockenheit in meiner Kehle an.

»Zu deinem und zu meinem Glück schlafe ich ausschließlich in XXL-Shirts. Die sollten sogar dir passen.« Ich drücke ihm das besagte Kleidungsstück in die Arme und trete schnell den Rückzug an, bevor mein Mund und meine Hände noch auf die Idee kommen, Jack anzubieten, ihm beim Ausziehen zu helfen.

Ich drehe mich erst wieder um, als ich das Rascheln des Bettzeugs höre, das mir verrät, dass Jack sich unter die Decke gekuschelt hat.

Im Schein der Nachttischlampe kann ich sehen, dass er seine Augen geschlossen hat. Seine Gesichtszüge sind entspannt. Entweder wirkt die Tablette schneller, als ich erwartet habe, oder er ist derart erschöpft von den Strapazen, dass er sich nicht länger gegen die Müdigkeit wehren kann. Seine Brust hebt und senkt sich in gleichmäßigen Atemzügen.

Ich lasse mich in den mit dunkelblauem Samt verkleideten Ohrensessel fallen und ziehe die Knie an die Brust. Meine Füße stecken noch immer in den potthässlichen, aber dafür extrem bequemen Plüschpantoffeln, die mir Lenny letztes Jahr zu Weihnachten geschrottwichtelt hat. Ohne darüber nachzudenken, greife ich nach meinem Handy, ziehe es aus der Jackentasche des übergroßen Cardigans und beginne zu tippen.

Eliza: Bist du wach?

Es dauert keine Minute, bis das Display aufleuchtet und mir einen eingehenden Videoanruf anzeigt. Glücklicherweise habe ich das Gerät vor dem Schlafengehen auf lautlos gestellt. Ein Blick hinüber zum Bett verrät mir, dass Jack noch immer tief und fest schläft.

»Was gibt's?« Lenny hält sich nicht mit einer Begrüßung auf und kommt direkt zur Sache.

»In meinem Bett liegt ein Mann«, erwidere ich flüsternd und ohne besagten Mann aus den Augen zu lassen.

»Jane-Austen-Edward oder *Titanic*-Jack?«, fragt Lenny und ich höre im Hintergrund das Klappern von Werkzeug. Wie so oft schlägt sie sich die Nacht in der Werkstatt um die Ohren.

»Da Edward sich bisher leider nicht als mein persönlicher Mr Darcy entpuppt hat, darfst du zweimal raten«, gebe ich zurück.

»Und was sagen deine Eltern dazu, dass du lieber mit einem Kellner anbandelst als mit ihrem Schwiegersohn in spe?« Sie grinst verschlagen.

»Nichts, weil es nichts zu erzählen gibt.« Selbst mir fällt auf, dass ich enttäuscht klinge. »Er ist seekrank geworden und auf dem Weg zurück zu seiner Kabine fast die Treppe heruntergefallen. Und da ich über ein großes Herz verfüge, habe ich ihm mein Bett angeboten.«

»Bist du dir sicher, dass das nicht eher deine große Libido zu verantworten hat?« Lenny lässt ihre Augenbrauen anzüglich auf und ab hüpfen.

»Ich würde seine Situation niemals ausnutzen!« Meine Wangen werden heiß, als ich daran denke, dass ich ihn mir vorhin oben ohne vorgestellt habe.

»Ich ziehe dich doch nur auf, El.« Meine Freundin zwinkert mir zu, bevor sie herzhaft gähnt.

Ein Blick auf die Uhranzeige meines Handys verrät mir, dass es mittlerweile kurz vor drei Uhr und somit mitten in der Nacht ist.

»Hast du bis eben noch geschraubt?«, frage ich und klinge wie eine besorgte Glucke.

»Was soll ich machen? Seit meine Eltern mich zu diesem bescheuerten Praktikum verdonnert haben, lebe ich quasi in der Kanzlei.« Sie verzieht das Gesicht. »Wenn ich die Harley in den nächsten zwei Wochen fertigbekommen will, muss ich ein paar Nachtschichten einlegen.« Damit ihre Eltern nichts von ihrem Hobby mitbekommen, das in ihren Augen sicher nicht für eine Tochter aus reichem Haus geeignet ist, hat sie sich mit dem Besitzer der Werkstatt darauf geeinigt, dass sie dort kostenfrei an ihren eigenen Projekten arbeiten darf, solange sie im Ausgleich ein paar der Aufträge von ihm übernimmt.

»Stimmt ja, du hast noch gar nichts erzählt. Wie läuft es in der Kanzlei?«, frage ich.

»Wie zu erwarten, verstehe ich kein Wort und langweile mich zu Tode. Ich weiß wirklich nicht, wieso meine Eltern denken, dass sie mich damit doch noch um den Finger wickeln können.« Sie schüttelt den Kopf, sodass sich ihre kastanienbraunen Haare wie ein Fächer vor ihr Gesicht legen. Obwohl Lenny mittlerweile im zweiten Semester des Maschinenbaustudiums ist, haben ihre Eltern die Hoffnung offenbar immer noch nicht aufgegeben, dass ihre Tochter doch irgendwann die erfolgreiche Kanzlei übernimmt. Dabei müsste ihnen klar sein, dass ein Gerichtssaal mit seinen Etiketten und Regeln ungefähr der letzte Ort ist, der zu Lenny passt. Sie, die oft schneller redet, als sie nachdenkt, und nur zu gerne auf Gesetze und Vorschriften pfeift, kann ich mir beim besten Willen nicht in Rock und Bluse vorstellen, wie sie den Geschworenen Honig ums Maul schmiert. Lenny ist eher die Sorte, die mehrfach vom Richter verwarnt wird und am Ende einen Verweis bekommt, weil sie ihrem Gegenüber ständig unerlaubt ins Wort fällt.

»Gibt's wenigstens ein paar heiße Junganwälte in Hemd und Krawatte?«, necke ich sie. Denn schließlich weiß ich, dass Lenny nichts für Anzugträger übrighat, noch dazu, wenn sie Anwälte sind.

Meine Freundin zögert kurz, bevor sie mit den Augen rollt. »Die haben alle einen Stock im Allerwertesten.«

Wir lachen beide. Jack dreht sich im Schlaf auf die Seite und gibt ein leises Seufzen von sich, was mich dazu veranlasst, den Finger an meine Lippen zu legen.

»Nicht so laut, sonst wacht mein Patient auf«, sage ich mit gesenkter Stimme.

»Wenn er im Bett schläft, wo schläfst du dann eigentlich?« Lenny mustert mich eindringlich, als könnte sie direkt in meinen Kopf blicken, wo sie zweifelsfrei ein Bild von mir und Jack aneinandergekuschelt in meinem Kingsize-Bett sehen würde.

»Auf dem Sessel«, sage ich und strecke ihr die Zunge heraus, was sie mit einem Grinsen quittiert.

»Sieh an, du bist ja wirklich eine selbstlose Samariterin!«, ruft sie mit gespielt überraschtem Tonfall.

»Du kannst mich mal!«, erwidere ich ebenfalls grinsend.

Als Lenny zum zweiten Mal herzhaft gähnt, verabschieden wir uns voneinander. Ich stelle einen Wecker für sechs Uhr früh und lege das Handy dann auf den Tisch neben mich. Bevor ich darüber nachdenken kann, was ich hier eigentlich mache, bin ich bereits aufgestanden und ans Bett herangetreten. Jacks Atemzüge sind tief und gleichmäßig. Seine Gesichtszüge weich und entspannt. Mein Körper, der offensichtlich immer noch auf Autopilot eingestellt ist, hebt eine Hand an seine Wange und fährt mit den Fingerspitzen darüber. Seine Haut ist warm und geschmeidig. Als ich über seinen Kiefer streiche, spüre ich kleine Bartstoppeln, die meine Finger kribbeln lassen. Von seinem Kinn aus taste ich mich zu seinem Mund vor, fahre die geschwungenen Konturen der Unterlippe mit dem Daumen nach. Jacks Lippen öffnen sich und ein leises Seufzen entweicht ihnen. Wie hypnotisiert starre ich auf sein schönes Gesicht und erwarte, dass er jede Sekunde die Augen aufschlägt und mich in flagranti dabei erwischt, wie ich wie eine Psychopathin sein Gesicht mit meinen Fingern antatsche.

Fuck, was stimmt eigentlich nicht mit mir?! Ich ziehe meine Hand so schnell weg, als hätte ich mich verbrannt. Sicherheitshalber weiche ich zwei Schritte vom Bett zurück. Was hat dieser Mann an sich, dass ich mich auf eine ungesunde Art und Weise zu ihm hingezogen fühle?

Um nicht erneut der Versuchung nachzugeben, ihn zu berühren, gehe ich hinüber zum Ohrensessel und kuschle mich hinein. Obwohl der Sessel bequem ist, werde ich im Sitzen vermutlich nur wenig Schlaf bekommen, aber in diesem Augenblick, mit Jack so nah bei mir, könnte ich mir Schlimmeres vorstellen.

Kapitel 17

Der Creep und Bambi

Cameron

Das Erste, was ich registriere, ist die weiche Matratze unter mir, die sich perfekt an meine Körperform anpasst. Das zweite ist das Fehlen von Lukes ohrenbetäubendem Schnarchen. Das Dritte ist der zarte Duft nach Jasmin, der dafür sorgt, dass ich meinen Kopf noch tiefer in das unanständig fluffige Kissen pressen will. Es riecht nach ihr. Nach Rose.

Einen Herzschlag später blitzen Erinnerungen an die vergangene Nacht in meinem Kopf auf. Der Sturm. Ich, der an der Reling steht und die Fische füttert. Rose, die mich mit in ihr Zimmer nimmt. Der letzte Gedanke lässt mich die Augen aufreißen. Doch ein Blick zur Seite offenbart mir, dass ich alleine im Bett liege. Die linke Betthälfte ist verwaist und wirkt nicht so, als habe bis vor wenigen Sekunden eine andere Person darin gelegen. Enttäuschung macht sich in mir breit. Dabei sollte es mich nicht wundern. Immerhin habe ich gestern Abend in ihrem Beisein nicht nur einmal, sondern gleich dreimal meinen Mageninhalt entleert. Bei der Erinnerung reibe ich mir mit den Händen über die Augen und seufze.

Der nächste Gedanke sorgt dafür, dass ich aufrecht im Bett sitze. *Ich befinde mich bei einem weiblichen Gast in der Kabine. In ihrem Bett!* Wenn mich jemand hier findet, fliege ich in hohem Bogen von Bord. Gehetzt blicke ich im Raum umher und bleibe an den rot leuchtenden Ziffern unterhalb des Fernsehbildschirms hängen, die mir zeigen, dass es Viertel vor sechs ist und mein Fehlen somit noch nicht aufgefallen sein dürfte.

Ich entspanne mich augenblicklich und nehme mir dieses Mal

mehr Zeit, meine Umgebung wahrzunehmen. Das Zimmer liegt im Halbdunkeln vor mir, lediglich die kleine Lampe auf dem Nachttisch taucht den Raum in ein schummriges Licht. Dahinter erstreckt sich eine Glasfront, hinter der sich der Himmel soeben von einem Schwarz in ein Dunkelblau verfärbt. Kurz träume ich davon, wie es sein muss, den Sonnenaufgang von diesem Bett aus zu beobachten und nicht wie in unserer Kabine unten auf die graue Stahlwand zu starren. Ich sehe hinüber zur Sitzgruppe auf der anderen Seite. Zwei Ohrensessel stehen an einem runden Tisch aus dunklem Holz, vermutlich Mahagoni oder Kirsche. Doch was meinen Blick fesselt, ist die Gestalt, die sich auf einem der Sessel zusammengerollt hat. Rose hat die Knie eng an ihren Oberkörper herangezogen, sodass nur ihre Füße über den Rand baumeln. An ihrem rechten Fuß hängt noch der Plüschpantoffel. Der andere liegt auf dem Boden.

So leise wie möglich erhebe ich mich von der Matratze und gehe zu ihr hinüber. Ihr Mund ist leicht geöffnet, blonde Haarsträhnen fallen ihr ins Gesicht und bewegen sich bei jedem Atemzug wie ein Vorhang im Luftzug. Bevor mein Verstand mich bremsen kann, strecke ich eine Hand aus und streiche ihr die Strähnen hinters Ohr. Dabei streifen meine Finger ihre Wange. Ein kaum merklicher Ruck geht durch ihren Körper und ihre Augenlider flattern träge.

O shit!, denke ich, während ein schadenfreudiger Teil von mir gleichzeitig lacht und *»Geschieht dir Recht«*, denkt. *Was zur Hölle habe ich mir nur dabei gedacht, wie ein perverser Creep ihre Haare anzufassen?!* Ich schaffe es in letzter Sekunde, meine Hand wegzuziehen, bevor sie die Agen endgültig öffnet und mich mit einem Ausdruck von Verwirrung mustert, der mir verrät, dass sie noch halb am Träumen ist.

»Guten Morgen«, sage ich mit kratziger Stimme.

Sie blinzelt zweimal auf eine wirklich süße Art und Weise, die mich an Disneys *Bambi* denken lässt, bevor ihr die Ereignisse der letzten Nacht wieder einzufallen scheinen.

»Ich bin tatsächlich eingeschlafen«, sagt sie und wirkt erstaunt über sich selbst und ihre Fähigkeit, in einer derart unbequemen Haltung schlafen zu können. Sie streckt die Beine aus und verzieht das Gesicht. »Anscheinend ist noch ein bisschen mehr von mir eingeschlafen.«

Sofort macht sich das schlechte Gewissen in mir breit.

»Du hättest mir wirklich nicht das Bett überlassen sollen«, sage ich und kratze mich verlegen mit der Hand im Nacken.

»Du hattest es eindeutig nötiger.« Sie grinst mich an und für einen Augenblick bin ich von ihren zauberhaften Grübchen abgelenkt.

»Das kann ich bestätigen«, ertönt eine weibliche Stimme, von der ich mich zu erinnern glaube, sie bereits gestern in meinem Delirium gehört zu haben. Ich sehe mich hektisch im Raum um. »Wer war das?«, frage ich Rose im Flüsterton.

»Ich bin Aurora, Ihr Assistenzsystem für alle Fälle«, schallt es aus den Lautsprechern wie in einem einstudierten Werbeslogan. »Nett dich kennenzulernen, Jack. Wenn du gestern nicht mit dem Kopf über der Schüssel gehangen hättest, hätte ich mich schon früher vorgestellt«, fügt sie in einem deutlich lässigeren Tonfall hinzu.

Ich blinzle ein paar Mal, bevor ich hilfesuchend zu Rose hinübersehe, die sich ein Grinsen nur schwer verkneifen kann.

»Möglicherweise bin ich beim Versuch, Auroras steifes Verhalten aufzulockern, etwas über das Ziel hinausgeschossen«, sagt sie schulterzuckend.

»Geht es ihm jetzt gut genug für einen Witz?«, fragt Aurora eindeutig an Rose gewandt, denn ich verstehe nur Bahnhof.

»Aber danach verabschiedest du dich ins Off«, erwidert Rose, während sie mir gleichzeitig einen entschuldigenden Blick zuwirft.

»Also Jack, welchen Satz hört ein Hai am liebsten?«, fragt Aurora.

»Ähm, was?« Ich bin noch damit beschäftigt, Auroras Existenz und ihre Fähigkeiten zu verdauen, weshalb mir auf die Schnelle keine schlaue Antwort einfällt.

»›Mann über Bord!‹«, löst Aurora auf.

Rose rollt mit den Augen, gleichzeitig umspielt ein Lächeln ihre Lippen.

»Entschuldige. Ist ein Insider zwischen uns. Sie versorgt mich immer mit schlechten Seemannswitzen, aber gestern habe ich es ihr verboten, weil es dir … na ja … nicht so gut ging.« Das ist wohl die Untertreibung des Jahres. Bei dem Gedanken daran, dass ich vor wenigen Stunden in ihre Toilette gekotzt habe, möchte ich am liebsten im Erdboden versinken oder, der Situation angemessener, im tiefsten Tiefseegraben des Ozeans.

»Danke. Für alles.« Ich mache eine vage Handbewegung, die sie und das Zimmer mit einschließt. »Ich glaube, ich habe noch nie zuvor in einem derart bequemen Bett geschlafen. Ich bin dir definitiv was schuldig.«

»Das ist wirklich nicht der Rede wert«, erwidert sie und lächelt mich an.

»Ich würde dich ja im Gegenzug zum Essen ausführen, aber wenn ich den Tisch immer verlassen muss, sobald ich dir das Gericht serviert habe, zählt das irgendwie nicht so richtig.« Ich ziehe eine Grimasse.

»Ich erwarte dafür keine Gegenleistung. Ich habe lediglich getan, was jede Heldin an meiner Stelle getan hätte, als sie einen jungen Herold in Not gesehen hat.« Sie sagt es derart feierlich, dass ich lachen muss.

»Okay, aber falls dir doch etwas einfallen sollte, wie ich mich revanchieren kann, lass es mich wissen«, erwidere ich.

In dem Moment beginnt ihr Handy auf dem Tisch zu vibrieren und ein immer lauter werdender Ton schrillt aus den Lautsprechern, der uns beide zusammenzucken lässt. Rose greift nach dem Gerät und bringt es mit einer Wischbewegung zum Schweigen.

»Sorry, ich hatte ganz vergessen, dass ich den Wecker gestellt hatte.« Sie legt das Handy zurück auf die Tischplatte.

»Ich hätte dich nicht für die Sorte Mensch gehalten, die schon vor Sonnenaufgang auf den Beinen ist.« Ich muss lachen, als sie herzhaft gähnt und sich mit Verspätung eine Hand vor den Mund hält, um es zu verbergen.

»Der Wecker war auch nicht für mich, sondern für dich, Schlafmütze! Immerhin habe ich dir versprochen, dass ich aufpasse, damit dich niemand hier oben im Gästebereich erwischt. Und ich weiß, wie verdammt bequem die Betten hier sind. Ein Wunder, dass du von alleine aufgewacht bist.« Sie wirft mir einen gespielt anerkennenden Blick zu.

»Das ist dann wohl mein Stichwort, um mich auf den Weg zu machen.« Ich deute mit dem Kinn in Richtung des Flurs, der zur Kabinentür führt.

Rose springt auf die Füße, nur um im nächsten Augenblick wegzusacken, als ihre Knie nachgeben. Gerade noch rechtzeitig kann ich sie auffangen und sie wieder in eine aufrechte Position ziehen.

»Shit! Es fühlt sich an, als wären meine Beine über Nacht zu einem Ameisenhaufen mutiert. Inklusive besonders aktiver Ameisenpopulation.« Rose verzieht das Gesicht.

Ich will lachen, doch es bleibt mir im Hals stecken, als ich bemerke, wie nahe sie mir ist. Meine Arme sind um ihren Oberkörper geschlungen, wodurch ihre weichen Rundungen sich gegen meine Brust drücken. Hitze schießt von dort aus in heißen Blitzen durch den Rest meines Körpers. Sie hebt ihr Kinn und schaut mich an und am liebsten würde ich in das Tiefblau ihrer Augen eintauchen. Würde mich in ihnen verlieren. Doch da ist immerhin noch ein kleines bisschen Verstand in mir übrig, das mich darauf hinweist, dass der Wecker eben nicht grundlos geklingelt hat und sich mit jeder Sekunde, die verstreicht, die Chance erhöht, dass ich erwischt werde. Also zwinge ich mich dazu, Rose ein Stückchen von mir wegzuschieben, sodass ich sie immer noch halten kann, wir uns aber nicht mehr so nahe sind, dass sich unsere Oberkörper berühren.

Ich höre, wie sie die Luft ausstößt, als habe sie sie unbewusst angehalten. Als habe sie sich genauso darauf vorbereitet, in mir zu versinken.

Fuck, verlier nicht den Fokus!, ermahne ich mich, als ich merke, wie mein Blick zu ihren Lippen huscht, die verführerisch rosig sind.

»Geht es wieder?«, frage ich, und obwohl ich mich geräuspert habe, klingt meine Stimme belegt.

Rose nickt und stützt sich mit einer Hand an der Sessellehne ab, während sie mit der anderen ihre Wade massiert. »Ja, alles gut. Und jetzt geh, bevor dich jemand erwischt.« Sie lässt kurz von ihrem Bein ab, um mich mit einer wedelnden Handbewegung in Richtung des Ausgangs zu scheuchen.

Ich habe das Zimmer schon halb durchquert, als sie mir hinterherruft: »Sehen wir uns beim Abendessen?«

Bei dem Gedanken, mich noch einmal mit ihrem Vater herumschlagen zu müssen, seufze ich innerlich. Doch wenn ich Rose dadurch nahe sein kann, ist es den Ärger mehr als wert. Also nicke ich und werde dafür mit einem strahlenden Lächeln belohnt, das meinen Herzschlag aus dem Takt geraten lässt.

Kapitel 18

Der Lifestyle eines Kunststudenten

Cameron

Glücklicherweise bin ich nicht der Einzige, den der Sturm nicht kaltgelassen hat. Alles scheint heute etwas langsamer zu gehen, als hätten alle an Bord gestern eine epische Party gefeiert und jetzt einen fetten Kater. Mir war es nur recht, denn so lagen die Flure verlassen vor mir, als ich mich gegen sechs Uhr in meine Kabine geschlichen habe. Luke hat mein Fehlen nicht einmal bemerkt. Er hat geschlafen wie ein Stein und sieht heute Morgen so frisch aus, dass es verboten gehört. Nach dem Frühstück schleppe ich mich hinter ihm zur allmorgendlichen Sicherheitseinweisung. Einige Plätze bleiben leer, auf anderen sitzen Leidensgenossen, die dunkle Ringe unter den Augen haben und deren Köpfe mehrfach zur Seite rutschen, als sie wegdösen.

Den Passagieren scheint es kaum besser zu gehen. Viele lassen das Frühstück ausfallen oder bestellen sich nur einen Tee aufs Zimmer, weshalb der Vormittag unter Deck ungewöhnlich ruhig verläuft. Ich nutze die Gelegenheit, um endlich meine kleine Schwester anzurufen. Normalerweise telefonieren wir mehrmals die Woche, doch seit ich auf dem Schiff bin, habe ich ihr nur ein paar Textnachrichten und Schnappschüsse geschickt, die ich heimlich geknipst habe.

»Hallo Cammybär!« Sie nimmt nach dem ersten Klingeln ab und grinst in die Kamera.

»Hey Bonbon!« Beim Klang ihres Spitznamens zieht sie die Nase kraus, dabei darf sie sich nicht beschweren. Immerhin hat sie damit angefangen. Obwohl ich es niemals zugeben würde, liebe ich den Spitznamen, den sie mir verpasst hat, als sie vier war und das erste

Mal einen Gummibären gegessen hatte. Sie war so begeistert, dass sie ihre Freude sofort mit mir teilen musste. Dabei hat sie meinen Namen mit dem Wort Gummibär gemischt und damit einen Spitznamen geschaffen, den meine Mutter und sie seitdem mit größter Begeisterung verwenden. Mein *Bonbon* anstelle von Bonnie ist dagegen nicht allzu weit hergeholt, wie ich finde.

»Wie geht es dir? Ich dachte schon, euer Schiff hätte einen Eisberg gerammt, weil ich nichts mehr von dir gehört habe«, sagt sie in halb vorwurfsvollem Tonfall.

»Es war zwar kein Eisberg, aber ein Sturm. Und es gab definitiv Momente, in denen ich am liebsten mit Jack und Rose getauscht hätte.« Ich ziehe eine Grimasse.

»Aber es ist nichts passiert, oder?« Meine kleine Schwester, die mit ihren siebzehn Jahren gar nicht mehr so klein ist, richtet sich auf. Besorgnis schimmert in ihren hellblauen Augen auf.

»Sagen wir so, die Fische haben sich über eine zusätzliche Fütterung gefreut. Aber mittlerweile ist der Sturm weitergezogen und es geht mir gut.« Letzteres ist zwar übertrieben, doch ich will um jeden Preis den angespannten Ausdruck auf Bonnies Gesicht verscheuchen.

Tatsächlich hellt sich ihre Miene auf und sie schüttelt lachend den Kopf. Dabei rutscht die dicke Daunendecke von ihren Schultern, die mir erst jetzt auffällt.

»Liegst du noch im Bett? Bist du krank?« Selbst mit der Zeitverschiebung ist es bei meiner Schwester mittlerweile halb zehn. Und wenn meine Schwester eines ist, dann das absolute Gegenteil von einer Langschläferin. Sie pulsiert nur so vor Energie und jede Minute Schlaf grenzt für sie an Vergeudung kostbarer Lebenszeit.

»Hier in Chicago zieht gerade eine Kaltfront durch.« Sie schüttelt sich und schlingt die Decke enger um ihre Schultern. »Es kann ja nicht jeder bei sommerlichen Temperaturen auf einem Schiff durch die Karibik schippern«, fügt sie hinzu. Obwohl ihr Tonfall neckend ist, ist da etwas in ihren Augen, das mich misstrauisch macht.

»Hat Mom die Gasrechnung nicht bezahlt?«, platzt es aus mir heraus.

»Es ist alles in Ordnung, Cam. Du musst dir nicht immer gleich Sorgen machen«, erwidert sie und mir ist vollkommen bewusst, dass sie meine Frage nicht beantwortet hat.

»Bonnie, funktioniert eure Heizung?«

Sie seufzt. »Ich habe das Geld gestern überwiesen, aber es war wohl schon zu spät. Die Frau bei der Hotline hat mir versprochen, dass sie sie spätestens morgen wieder einschalten.«

Ich fluche leise. »Warum hast du mir nicht Bescheid gesagt?! Ich hätte euch etwas geschickt.«

»Es ist wirklich kein großes Ding. Ich habe mir einfach eine Höhle aus Decken gebaut, so wie früher, als wir noch klein waren.« Sie zwinkert mir zu und für einen Augenblick fühle ich mich tatsächlich zurück in die Vergangenheit versetzt. Zu kalten Wintertagen, an denen wir nicht nur Höhlen, sondern ganze Forts aus Decken gebaut haben, in die wir uns zusammen mit einer Tasse heißem Kakao hineingekuschelt und uns gegenseitig Geschichten erzählt haben. Es gehört zu den guten Erinnerungen. Zu denen aus der Zeit davor. Trotzdem lasse ich mich nicht so leicht vom eigentlichen Thema ablenken.

»Ich könnte heute noch mit meinem Chef sprechen und ihn fragen, ob ich einen Vorschuss bekommen kann. Das Geld sollte in drei Tagen bei euch auf dem Konto eingehen«, überlege ich laut.

Bonnie seufzt. »Genau deshalb habe ich es dir nicht erzählt. Du machst dir nur unnötig Sorgen. Außerdem kannst du das Geld gut selbst gebrauchen. Und sag mir nicht, dass es nicht so ist.« Sie hebt mahnend den Zeigefinger, als ich ihr widersprechen will.

»Ich bin Kunststudent. Da gehört arm sein zum Lifestyle«, erwidere ich trotzdem.

»Man muss nicht bei jedem Trend mitmachen.« Ihr Tonfall ist so trocken, dass ich trotz des ernsten Themas lachen muss.

»Das stimmt, aber es würde mir das Studieren deutlich leichter machen, wenn ich mir keine Sorgen machen müsste, dass du in der Zwischenzeit Finger oder Zehen an die Kälte verlieren könntest.« Ich ziehe eine Grimasse.

»Nächste Woche habe ich meinen ersten Arbeitstag im Kino. Mit zwei Einkommen können wir aus dem Wohnzimmer eine Sauna machen.«

»Du hast dir einen Nebenjob gesucht? Was ist mit der Schule?«

»Du hattest deinen ersten Job mit fünfzehn und hast es trotzdem zu etwas gebracht. Also ... je nachdem, wie man es sieht.« Sie grinst.

»Erstens, das ist etwas vollkommen anderes gewesen und zweitens, hey!« Ich fuchtele gespielt empört mit meinem Zeigefinger in der Luft herum.

»Selber hey. Warum soll das etwas anderes sein? Weil du ein Mann bist und ich eine Frau?« Ihre Stirn furcht sich unter ihrem Pony.

»Es ist etwas anderes, weil wir damals keine andere Wahl hatten. Und danke dafür, dass du mich für einen Chauvi hältst.«

»Entschuldige. Ich will einfach nur, dass du auch mal an dich denkst. Gib mir und Mom noch ein paar Tage, um das selbst zu regeln. Okay?« Sie sieht mich bittend an.

Wenn meine Schwester nicht heimlich meine Bewerbungsmappe an die Tisch School geschickt hätte, würde ich vermutlich noch immer in Chicago wohnen. Es erschien mir damals selbstsüchtig, sie zurückzulassen, nur um meinen Träumen hinterherzujagen. Doch die beiden haben mich am Ende vor vollendete Tatsachen gestellt und mich quasi vor die Tür gesetzt. Bei dem Gedanken stiehlt sich ein Lächeln auf meine Lippen.

»Okay, aber bitte melde dich, wenn ihr doch Hilfe braucht. Ich werde hier auf dem Schiff genug verdienen, dass ich euch locker einen Teil davon schicken kann.« Auch wenn das Geld eigentlich dafür gedacht war, mir ein Semester ohne Geldsorgen zu finanzieren, indem ich mich voll auf mein Studium konzentrieren kann ... Ich würde meiner Schwester und meiner Mutter, ohne eine Sekunde zu zögern, den gesamten Betrag überweisen und mich wieder mit meinem Kellnerjob über Wasser halten.

»Deal!«, erwidert meine Schwester. »Und jetzt erzähl mir mehr von dem Luxusleben an Bord!«

»Haha, davon kann ich hier drin nur träumen.« Ich lasse die Kamera einmal durch die enge Kajüte schweifen.

Bonnie zieht die Nase kraus. »Das ist in der Tat eher enttäuschend. Hast du wenigstens schon jemand Berühmtes gesehen?«

»Nicht, dass ich wüsste.«

»Du würdest einen Promi ja nicht mal erkennen, wenn er dich fragen würde, ob du ein Selfie mit ihm machen willst.« Sie bedenkt mich mit einem mitleidigen Ausdruck. Nachdem mich Bonnie noch ein paar weitere Minuten lang über das Leben und Arbeiten auf hoher See ausgefragt hat, verabschieden wir uns voneinander.

Ich verstaue gerade das Handy in meiner Hosentasche, als Luke die Tür aufreißt und mich strahlend angrinst.

»Hast du schon den Dienstplan für morgen gesehen?«, fragt er mich. Er gibt mir gar keine Gelegenheit zu antworten, sondern fährt direkt fort: »Wir zwei Glückspilze haben morgen Landgang und das bedeutet, wir werden die Britischen Jungferninseln unsicher machen!«

Bei dem Gedanken daran, den morgigen Tag nicht umgeben von stählernen Wänden, sondern an weißen Stränden mit türkisfarbenem Wasser zu verbringen, idealerweise mit einer Kokosnuss in der Hand, kribbelt mein Körper vor Vorfreude. Sobald ich die *Goddess of the Sea* hinter mir gelassen habe, bin ich kein Kellner mehr, sondern ein simpler Tourist, der die Insel erkunden will. Genau dieser Gedanke ist es, der mich auf eine Idee bringt.

»Wie schlimm fändest du es, wenn du dir für morgen eine andere Begleitung suchen müsstest?«, frage ich meinen besten Freund.

Kapitel 19

Vorsicht, bissig!

Eliza

Mit einem zufriedenen Seufzen tauche ich aus dem kühlen Nass auf und stütze mich mit den Unterarmen auf dem Beckenrand ab. Der polierte Marmor bildet mit seiner glatten Oberfläche den perfekten Kontrast. Seit die *Goddess of the Sea* den Hafen in San Juan verlassen hat, habe ich den Großteil der Zeit in meiner Suite verbracht, um weder meinen Eltern noch Edward versehentlich über den Weg zu laufen. Doch da meine Mutter die nächsten drei Stunden beim Friseur verbringen wird und mein Vater sich niemals die Blöße geben würde, in der Öffentlichkeit lediglich mit Badehose bekleidet gesehen zu werden – Edward schätze ich ähnlich ein –, war es mir das Risiko wert, mich aus meinem Versteck zu wagen.

Es ist heiß und die Brise, die über das Deck weht, ist quasi nicht existent. Daher bietet der fünfundzwanzig Meter lange Swimmingpool eine willkommene Abkühlung. Bis auf zwei Männer, die mit Schwimmbrille und Speedos bewaffnet durch das Wasser pflügen, ist der Pool leer. Die Mehrheit der größtenteils weiblichen Passagiere fläzt am Beckenrand auf Liegestühlen, die eher an Betten erinnern. Auf den Nasen tragen sie große eckige Sonnenbrillen von Louis Vuitton oder Gucci. Die Fingernägel sind perfekt manikürt und in knalligen sommerlichen Farben lackiert. Ich rolle bei dem Anblick mit den Augen.

Ein weiterer Grund, warum ich die Abgeschiedenheit meiner Suite bevorzuge, ist die Angst davor, mich mit einer dieser Upper-East-Side-Prinzessinnen unterhalten zu müssen. Oder vielmehr die eine oder andere gut getarnte Spitze auszutauschen, während ein falsches Lächeln auf unseren Lippen festgetackert wäre. Bei dem Gedanken durchfährt mich ein Schauer und ich tauche schnell wieder hinab ins Wasser. Genieße die seidige Textur, die meinen Körper umschmeichelt und die Außenwelt für einen Moment verstummen lässt. Lediglich ein sanftes Gluckern umgibt mich, während der strahlend blaue Himmel über mir und der reflektierende hellblaue Boden unter mir es so wirken lassen, als bestünde meine Welt nur aus Blautönen.

Meine Gedanken wandern frei umher und landen wie so oft in den letzten Tagen bei Jack. Wie er wohl nur in eine Badehose gekleidet aussieht? Trotz des angenehm kühlen Wassers wird mir warm und ich stoße mich kraftvoll mit den Füßen vom Boden ab, um im nächsten Augenblick die Wasseroberfläche zu durchbrechen. Leise Loungemusik, das entfernte Kreischen von Kindern und das Geräusch des Cocktailshakers, das von der Bar herüberschwebt, hüllen mich ein und lassen die Bilder von einem oberkörperfreien Jack langsam verblassen. Nachdem er mein Zimmer heute Morgen in aller Frühe verlassen hat, konnte ich lange nicht wieder einschlafen, obwohl ich nach der kurzen Nacht hundemüde war. Doch der Gedanke daran, dass er nur wenige Minuten zuvor in denselben Laken geschlafen hat, seine Wange dasselbe Kissen berührt hat, hat meinen Körper in einen absoluten Ausnahmezustand versetzt. Ich habe mir sogar eingebildet, den schwachen Hauch seines einzigartigen Geruchs nach Limetten und Minze wahrzunehmen. Außerdem lief in meinem inneren Kopfkino der Moment in Dauerschleife, in dem er mich aufgefangen hat und wir uns so nah waren, dass ich seinen Herzschlag an meiner Brust gespürt habe. Meine blühende Fantasie hat an der ein oder anderen Stelle möglicherweise noch etwas mehr Körperkontakt hinzugedichtet. *Wie sich seine Lippen wohl auf meinen anfühlen würden? Ob er nicht nur nach Limette und Minze riecht, sondern auch schmeckt?*

»Eliza? Bist du das?« Die glockenhelle Stimme einer Frau reißt mich aus meinem viel zu plastischen Tagtraum.

Irritiert drehe ich meinen Kopf und entdecke Abigail Marryweather, die auf einer der bettähnlichen Liegen am Beckenrand liegt und mit ihrer manikürten Hand in meine Richtung winkt. Ich setze mein höfliches Lächeln auf, das ich exakt für solche Situationen einstudiert habe. Als ich noch jünger war und bei meinen Eltern in New York gewohnt habe, haben sie mich zu einigen Galas mitgeschleppt, bei denen es in erster Linie darum ging, gesehen zu werden. Abigail ist der Prototyp einer reichen Tochter der New Yorker High Society. Ihr Vater besitzt eine erfolgreiche Hotelkette, die überall auf der Welt Häuser hat, was Abigail bei jeder Gelegenheit zu erwähnen pflegt.

Ich schlucke das genervte Seufzen herunter, das mir auf den Lippen liegt, und wate zu ihr hinüber an den Beckenrand. Dort angekommen stütze ich mich mit den Händen auf dem glatten Marmor ab und stemme mich nach oben. Als ich klitschnass, wie ich bin, zu ihr schlendere, hebt sie ihre Augenbrauen und blinzelt mehrfach, als könnte sie nicht fassen, dass ich mich gerade dermaßen unladylike aus dem Wasser gehievt habe.

»Abigail, lange nicht mehr gesehen«, begrüße ich sie lächelnd, obwohl ich auf ein Wiedersehen mit ihr in etwa so viel Wert lege wie auf Fußpilz.

Abigail, die sich anscheinend von meinem Auftritt erholt hat, schenkt mir ein Lächeln, bei dem ich ihre schneeweiß gebleichten Zähne in ihrer vollen Pracht bewundern darf.

»Du weißt doch, meine Freunde nennen mich Abby.« Sie macht eine wedelnde Bewegung mit der Hand.

Ich lächle neutral, denn das Letzte, was ich will, ist Abigail zur Freundin zu haben. Dann doch lieber Fußpilz. Abigail ist eine von denen, die in jeder anderen Frau entweder eine Konkurrentin oder eine Untergebene sehen. Meistens ist sie von einer Traube Gleichgesinnter umgeben, die sie für die ungekrönte Königin der Upper-East-Side halten – vielleicht hat sie als Teenie zu viel *Gossip Girl* geschaut. Rechts und links von Abigails Liege rekeln sich zwei ihrer

Freundinnen in ihren Designer-Bikinis und blicken neugierig zu uns herüber.

»Ich hätte nicht erwartet, dich hier zu sehen.« Sie mustert mich über den Rand ihrer großen Sonnenbrille hinweg.

»Hier, wie in ›auf der Jungfernfahrt des neusten Schiffs unserer Reederei‹?«, frage ich freundlich nach und wringe meine Haare aus. Ein Schwall Chlorwasser prasselt neben meinen Füßen auf den Boden und bespritzt Abigails Ralph-Lauren-Flipflops, was Abigail dazu veranlasst, die Nase zu kräuseln.

»Es ist nur so, dass man dich kaum auf offiziellen Anlässen sieht, seitdem du in Yale angefangen hast. Was studierst du noch gleich? Mathematik?« Sie nippt an ihrem Wasserglas, in dem eine Gurkenscheibe schwimmt. Noch so eine Sache, die ich niemals verstehen werde: Die Begeisterung der Oberschicht für überteuertes Wasser mit schalem Gurkengeschmack.

»Maschinenbau«, korrigiere ich.

»Ah, wusste ich doch, dass es etwas Nerdiges war.« Abigail lacht und ihre beiden Hofdamen stimmen pflichtschuldig ein. Wenn sie ein Hund wäre, dann einer von der Sorte, bei der die Besitzer ein Schild mit der Aufschrift »Vorsicht, bissig!« am Eingang anbringen müssten.

»Was studierst du noch mal?«, frage ich, obwohl ich weiß, was sie studiert.

»BWL an der Columbia.« Sie reckt ihr Kinn bei der Nennung einer der Elite-Universitäten Amerikas. Unter anderen Umständen wäre ich beeindruckt, doch es ist ein offenes Geheimnis, das sie nur aufgrund einer besonders großzügigen Spende der Familie dort aufgenommen worden ist.

»Ah, stimmt, das Studienfach, das alle wählen, die nicht wissen, was sie sonst machen sollen.« Mein freundliches Lächeln steht im krassen Kontrast zu meinen Worten, sodass Abigail einige Sekunden benötigt, um die Beleidigung zu registrieren.

Ihr Mund klappt auf – vermutlich vor Verwunderung darüber,

dass es tatsächlich jemand gewagt hat, ihre spitzen Bemerkungen zu erwidern. Doch sie sammelt sich schnell wieder und lacht gekünstelt.

»Ich hatte ganz vergessen, dass du einen sehr speziellen Humor hast, Elli.«

Ich verziehe meine Lippen zu etwas, das als Lächeln durchgehen könnte, obwohl ich ihr am liebsten antworten würde, dass mich niemand Elli nennt. Lenny ist die einzige Person, die mir einen Spitznamen verpassen durfte, und irgendwie mag ich es, wenn sie mich El nennt. Das klingt so viel wilder und rebellischer als Eliza. Aber wenn ich eines nicht bin, dann eine verniedlichte Form meines Vornamens wie Elli.

»Ich dachte gestern Abend schon, dass ich dich gesehen hätte, aber dann war ich mir nicht sicher, weil du in Gesellschaft von Edward Whitney warst. Kennst du ihn schon länger?« Ihr Blick ist lauernd und endlich verstehe ich, warum sie mich überhaupt angesprochen hat. Denn ich glaube nicht, dass sie mich in den letzten Monaten auf offiziellen Veranstaltungen auch nur im Entferntesten vermisst hat.

»Er ist ein Geschäftspartner meines Vaters«, erwidere ich so neutral wie möglich.

»Ich wünschte, mein Vater hätte so interessante und aufmerksame Geschäftspartner wie deiner. Wo findet man heute noch Männer, die einer Frau einfach so einen Strauß Rosen schenken?« Sie seufzt.

Am liebsten würde ich ihr sagen, dass sie Edward gerne für sich beanspruchen kann, aber ich habe es meinen Eltern versprochen. Es steht zu viel auf dem Spiel.

Ich nicke bestätigend. »Edward ist wirklich ein Gentleman.«

»Und noch dazu einer der begehrtesten Junggesellen New Yorks«, fügt Abigail hinzu und klingt schwärmerisch. Vermutlich sollte es mich nicht wundern, dass sie ein Auge auf ihn geworfen hat. Immerhin wird er eines Tages das Vermögen seiner Eltern erben und der Frau an seiner Seite damit quasi einen royalen Status ermöglichen. Etwas, das mich nicht weniger interessieren könnte, für Frauen wie Abigail jedoch der Heilige Gral sein dürfte.

Die Wassertropfen trocknen langsam auf meiner Haut. Der Chlorfilm hinterlässt ein unangenehmes Ziehen. Die Mittagssonne, die auf meinen Kopf strahlt, tut ihr Übriges, dass ich mich zurück in meine Suite wünsche.

»Ich muss mich leider auf den Weg machen. Ich bin mit meiner Mutter zum Kaffeetrinken verabredet und will mich vorher noch frisch machen.« In einer entschuldigenden Geste deute ich auf meine nassen Haare.

»Natürlich, ich will dich gar nicht weiter aufhalten. Wir sehen uns bestimmt bald wieder.« Sie lächelt honigsüß.

Irgendetwas sagt mir, dass ich beim nächsten Mal in Gesellschaft von Edward sein werde.

•••

Glücklicherweise war das Treffen mit meiner Mutter nur eine Notlüge und so verbringe ich den Nachmittag unbehelligt auf dem Balkon meiner Kabine und blicke hinaus auf den Ozean. Heute liegt er glatt wie ein Spiegel vor mir. Die einzigen Wellen, die zu sehen sind, verursacht das Schiff auf seinem Weg in Richtung der Britischen Jungferninseln. Obwohl man problemlos zwei volle Wochen nur an Bord verbringen kann, ohne sich zu langweilen, sehne ich mich nach Land unter meinen Füßen. Nach Sand zwischen meinen Zehen und dem bunten Trubel der vielen kleinen Orte, die es hier in der Karibik gibt.

Vielleicht kann ich mich morgen, wenn das Schiff im Hafen von Road Town vor Anker liegt, alleine von Bord stehlen und mich auf Erkundungstour begeben. Meine Mutter, die sämtliche Länder jenseits der Vereinigten Staaten für unzivilisiert hält, wäre entsetzt, wenn sie von meinen Plänen wüsste. Mein Vater würde mir lediglich Edward aufs Auge drücken und uns dazu nötigen, an einer der organisierten Touren teilzunehmen, die die Reederei anbietet. Bei meinem Glück würde es damit enden, dass ich in einer Touri-Bimmelbahn zwischen Edward und Abigail eingekeilt wäre und drei Stunden lang Zeugin wäre, wie diese versucht, sich einen zukünftigen Ehemann zu angeln.

Viel zu schnell vergeht die Zeit und als die Sonne schließlich tief am Horizont steht, erhebe ich mich seufzend, um mich für ein weiteres Abendessen fertigzumachen. Lediglich der Gedanke daran, Jack wiederzusehen, lässt mich lächeln. Gleichzeitig frage ich mich, wie ich es bewerkstelligen soll, ihn länger als nur für ein Abendessen zu sehen. Zumal diese auch nicht wirklich zählen, da die Anwesenheit meiner Eltern und Edward jegliche offene Kommunikation zwischen uns verhindert. Dabei will ich ihn unbedingt näher kennenlernen. Will mehr über sein Leben erfahren. Über sein Studium. Seine Kunst. Seine Familie.

Ich beiße mir auf die Unterlippe, als ich merke, wie gefährlich die Richtung ist, in die sich meine Gedanken und Gefühle entwickeln. Als ich ihn an diesem ersten Abend an Bord getroffen habe, war da eine Anziehung zwischen uns, die ich auf die Situation und eine körperliche Attraktivität hätte schieben können. Eine Szene wie in einem Film, wie Jack so schön gesagt hat. Wer würde da nicht schwach werden. Doch je öfter ich ihn sehe, je mehr Zeit ich mit ihm verbringe, desto stärker wird mein Interesse an ihm. Dabei ist das in unserer aktuellen Situation weder für ihn noch für mich eine Option.

Mit diesen widersprüchlichen Gefühlen betrete ich den Speisesaal. Doch kaum habe ich Jack erblickt, ist da wieder dieses Kribbeln, das von mir Besitz ergreift. Sein Lächeln, als er erst meine Eltern, dann Edward und schließlich mich begrüßt, lässt einen ganzen Schwarm Schmetterlinge – oder dem Ort angemessener Seepferdchen – in meinem Bauch umherschnellen. Jeder seiner zufälligen Berührungen ist wie ein kleiner Stromstoß. Er bringt mich derart durcheinander, dass ich dem Gespräch am Tisch nur mit halbem Ohr lausche. Erst als meine Mutter meinen Namen nennt, tauche ich aus dem Wirrwarr meiner Gedanken auf.

»Ja«, erwidere ich und versuche, es nicht wie eine Frage klingen zu lassen.

Offensichtlich war das die richtige Antwort, denn meine Mutter nickt zufrieden.

»Dann ist es abgemacht. Ihr werdet morgen einen Ausflug nach Tortola machen.« Sie greift nach ihrem Weinglas und nimmt einen Schluck.

»*Ihr?* Tortola?«, frage ich mit einem unguten Gefühl.

»Die größte der Britischen Jungferninseln, an der das Schiff morgen anlegen wird. Du wolltest mit Edward einen Ausflug über die Insel machen. Darüber haben wir doch gerade geredet, Schatz.« Sie schüttelt tadelnd den Kopf.

Die Seepferdchen in meinem Magen werden von einem Haifischschwarm verschluckt.

Am liebsten würde ich mir das Steakmesser in die Hand rammen. Wollte ich nicht genau das verhindern?! Ich muss endlich damit aufhören, mich in Tagträumen über Jack zu verlieren, der für mich sowieso unerreichbar ist, und mich besser auf die Katastrophe konzentrieren, die sich mein Leben nennt.

»Ich habe gehört, es soll dort wunderschöne Strände geben«, sagt Edward an mich gewandt.

Um ein Haar wäre mir ein sarkastisches Lachen entfleucht. Wunderschöne Strände in der Karibik? Was er nicht sagt. Doch ich kann mich gerade rechtzeitig bremsen. Schließlich kann er nichts dafür, dass ich mich in diese Situation navigiert habe. Außerdem ist er objektiv betrachtet ein gut aussehender Mann, der noch dazu Manieren hat und meine Gesellschaft offensichtlich mehr zu schätzen weiß, als es andersherum der Fall ist.

Trotzdem fällt es mir schwer, Begeisterung zu heucheln. Immerhin habe ich mich bereits auf einen Ausflug alleine gefreut. Ohne mich verstellen zu müssen oder Interesse für Dinge vorzutäuschen, die mich nicht weniger interessieren könnten. Als Jack erneut an den Tisch tritt, um das Geschirr aufzuräumen, stelle ich mir kurz vor, wie es wäre, ihn am Arm zu packen und mit ihm aus dem Saal zu flüchten. Aus dieser verkorksten Situation zu fliehen, die mein Leben ist. Stattdessen fegt Jacks Ellbogen meine Serviette, die neben meinem Teller auf dem Tischtuch liegt, zu Boden. Bevor ich reagieren kann, hat er sich schon danach gebückt und drückt mir im nächsten Augenblick das Stoffknäuel in die Hand.

»Entschuldigen Sie bitte.« Er zwinkert mir im selben Moment zu, in dem ich durch den gestärkten Baumwollstoff der Serviette hindurch etwas Glattes an meinen Fingerspitzen spüre.

Mein Puls beschleunigt sich, als ich das Stück Papier unter dem Stoff hervorziehe und es unter der Tischplatte entfalte. Nachdem ich sichergestellt habe, dass meine Sitznachbarn sich der Dessertkarte zugewandt haben, blicke ich hinab auf meinen Schoß und lese die paar Zeilen, die dort in schiefer Schrift notiert worden sind.

Mir ist doch eine Möglichkeit eingefallen, wie ich dich zum Essen einladen kann. Wir könnten sogar an einem Tisch sitzen. Ich habe morgen frei. Was sagst du zu einem Ausflug nach Tortola?

Mein Herz beginnt mit fünffacher Geschwindigkeit Blut durch meine Adern zu pumpen. Ein breites Grinsen will sich auf meinen Lippen ausbreiten, doch ich ringe es nieder und knülle den Zettel zu einer kleinen Kugel zusammen.

»Darf ich Ihnen noch ein Dessert servieren?« Jack hat das schmutzige Geschirr mittlerweile in die Küche getragen und steht nun mit Block und Stift bewaffnet neben mir. Pflichtschuldig notiert er sich die Bestellungen von Edward und meinen Eltern.

»Darf es für Sie auch noch etwas sein?« Die Worte, die aus seinem Mund kommen, sind vollkommen unschuldig, doch die Frage, die in seinen Augen mitschwingt, lässt erneut einen Schwarm Seepferdchen Kreise in meinem Bauch ziehen.

»Ja, sehr gerne.« Ich mache eine kurze Pause, bevor ich nicke, um sicherzugehen, dass er versteht, dass ich mich auf seine Einladung beziehe.

Seine hellblauen Augen funkeln und es fällt ihm sichtlich schwer, seine professionelle Miene von gelassener Freundlichkeit aufrechtzuhalten.

»Du musst ihm schon sagen, was du willst, Eliza. Er kann schließlich nicht in deinen Kopf schauen.« Die Stimme meines Vaters lässt die Blase zerplatzen. Mir war gar nicht bewusst, dass sich meine kurze Pause so lange hingezogen hat.

»Einmal die vegane Crème brulée bitte«, sage ich schnell, um meine Eltern nicht misstrauisch zu machen.

»Mit Vergnügen.« Jack schenkt mir ein strahlendes Lächeln, bevor er in Richtung der Küche verschwindet.

Ich verberge mein breites Grinsen hinter meinem Wasserglas und nehme einen Schluck.

»Das Servicepersonal ist wirklich ausnehmend freundlich«, stellt Edward fest und ich verschlucke mich prompt an meinem Wasser.

»Beinahe schon zu freundlich«, erwidert meine Mutter. Ich spüre ihren forschenden Blick auf mir.

Ich zwinge das Wasser meine Kehle herab und versuche, vollkommen gelassen zu wirken. Hat sie etwas gemerkt?

Als Jack kurze Zeit später an unseren Tisch zurückkehrt, meide ich sicherheitshalber seinen Blick. Den Zettel, den er zwischen Schale und Unterteller platziert hat, lasse ich so unauffällig wie möglich und mit klopfendem Herzen in meiner Tasche verschwinden.

Kapitel 20

Undercover-Touristen

Eliza

Ich ziehe die Krempe meines ausladenden Hutes tiefer in die Stirn, während ich gleichzeitig die Sonnenbrille mit den XXL-Gläsern etwas höher auf die Nase schiebe. Die Rufe von Möwen erfüllen die Luft, zu meinen Füßen schwappt das kristallblaue Wasser gegen den Landungssteg. Das aufgeregte Geplapper der anderen Passagiere umgibt mich wie eine Wolke.

Langsam schlendere ich die Gangway hinab und blicke dabei verstohlen nach rechts und links.

Offiziell dürfte ich gar nicht hier sein. Offiziell liege ich in meinem abgedunkelten Zimmer und habe Migräne. Zumindest ist das die Geschichte, die ich Edward heute Morgen aufgetischt habe, als er um zehn Uhr an meine Tür geklopft hat. Die Besorgnis in seinem Blick hat mein schlechtes Gewissen aufflammen lassen wie ein brennendes Streichholz eine Benzinlake. Sein Angebot, mir höchstpersönlich etwas aus der Apotheke zu besorgen, hat dieses Gefühl noch verstärkt. Nur mit einiger Überredungskunst ist es mir gelungen, ihn davon zu überzeugen, dass ich lediglich einen Tag im Bett benötige und er die Zeit auf Tortola genießen soll. Die Enttäuschung war ihm überdeutlich anzumerken.

Doch was hätte ich tun sollen? Es ist eine einmalige Gelegenheit und immerhin hat mein Vater nur davon gesprochen, dass ich Edward das Schiff und nicht die Karibik schmackhaft machen soll. Trotzdem ist es Edward gegenüber nicht fair und so hat das schlechte Gewissen sich von meinem Bauch aus wie eine Schlingpflanze im Rest meines Körpers ausgebreitet. Wenn das so weitergeht, habe ich am Ende der Kreuzfahrt ein Magengeschwür. Gerade überdeckt jedoch ein nervöses Flattern jede andere Emotion.

Treffpunkt: Morgen um elf Uhr am Steg.
J.

Den zweiten Zettel hat Jack mir gestern Abend gemeinsam mit meinem Dessert serviert. Ich musste schmunzeln, als ich die Nachricht im Spionagestil gelesen habe. Er hat nicht seinen richtigen Namen zum Unterzeichnen genommen, sondern das Kürzel seines Decknamens. Ob er heute Hut, Sonnenbrille und Trenchcoat trägt?

Mittlerweile habe ich den Steg erreicht und sehe mich um. Außer unserem Schiff liegt noch ein weiteres im Hafen vor Anker und so tummeln sich Passagiere, Angestellte und Hafenmitarbeiter auf der Anlage. Ich halte Ausschau nach dem mir inzwischen so vertrauten karamellfarbenen Man Bun, zu dem Jack seine Haare zusammenzufassen pflegt. Doch egal, wohin ich schaue, ich kann ihn nicht entdecken. Ob er aufgehalten worden ist? Vielleicht musste er spontan für einen Kollegen einspringen. Bei dem Gedanken sickert Enttäuschung wie zähflüssiger Teer durch meine Adern.

In diesem Augenblick ertönt ein Pfiff zu meiner Rechten. Es ist nicht der unangenehme Pfiff von Männern, die glauben, es sei vollkommen in Ordnung, Frauen zu ihrem Lustobjekt zu degradieren. Vielmehr erinnert er mich an das geheime Signal zwischen Ganoven bei einem Überfall. Ich merke, wie ich lächle, und drehe den Kopf in Richtung des Verursachers. An einen der Pflöcke gelehnt steht er – mit schulterlangen hellbraunen Haaren, die von der Sonne leicht ausgebleicht sind. Er trägt einen Strohhut mit hochgeklappter Krempe und eine schwarze Sonnenbrille. Mit anderen Worten: Er ist das männliche Pendant zu mir. Sein strahlendes Lächeln bestätigt meine Vermutung. Es ist Jack. Als ich näher komme, lässt er kurz die getönten Brillengläser ein Stück nach unten rutschen, sodass ich das Funkeln in seinen hellblauen Augen sehen kann.

»Netter Hut.« Er deutet mit seinem Kinn auf meinen weißen Sonnenhut, mit dem ich problemlos die Hauptrolle in einem Raffaello-Werbespot spielen könnte.

»Gleichfalls.« Ich tippe gegen die Krempe seines Strohhuts.

»Ich würde sagen, wir sind die perfekten Undercover-Touristen«, erwidert er zwinkernd, bevor er die Sonnenbrille wieder auf seine Nase schiebt.

Wenn ich unsere Outfits betrachte, hat er vollkommen recht. Ich trage eine kurzärmelige, schlichte weiße Bluse, dazu Shorts aus hellem Jeansstoff und weiße Sneakers. Jack trägt ein einfarbiges T-Shirt in demselben hellen Blauton seiner Augen, dazu locker sitzende Bermudas in einem dunklen Blau und ebenfalls weiße Sneakers. Wir verschmelzen förmlich in der Masse der Urlauber und Urlauberinnen, die in Richtung der Hafenstadt Road Town pilgern.

»Bereit für ein Abenteuer?«, fragt Jack und bietet mir seinen Arm an. Das Kribbeln in meinem Magen verstärkt sich. Eine Mischung aus Adrenalin, Vorfreude und der Erleichterung, dem Schiff und meiner Rolle, die ich dort zu spielen habe, für die nächsten Stunden zu entkommen.

»Immer.« Ich hake mich bei ihm ein.

Gemeinsam schlendern wir über den Steg auf die Ansammlung von Häusern zu, die sich beim Näherkommen als eine Art Shoppingmall entpuppt. Boutiquen von namhaften Designern, Juweliere und Feinkostgeschäfte reihen sich aneinander.

»Schön zu sehen, dass der Massentourismus keine Spuren hinterlassen hat«, kommentiere ich ironisch, als wir uns an einer Gruppe Frauen vorbeiquetschen, jede von ihnen mindestens vier Einkaufstüten in den Händen.

»Ich bin mir sicher, dass es noch ein paar abgeschiedene Ecken auf der Insel gibt. Und genau die werden wir heute entdecken«, sagt Jack voller Zuversicht und zieht mich in Richtung eines Autoverleihs.

Eine Viertelstunde später stehen wir mit einem Schlüssel für ein

Moped und jeweils einem Helm unter dem Arm wieder auf der Straße. Unser fahrbarer Untersatz ist in einem knalligen Orange lackiert und sieht weniger in die Jahre gekommen aus, als ich bei dem günstigen Mietpreis befürchtet habe.

Jack verstaut seinen Strohhut in der kleinen Box, die hinter dem Sitz angebracht ist, und setzt sich stattdessen den Helm auf.

»Bist du so was schon mal gefahren?«, frage ich mit einem skeptischen Blick auf das Moped.

»Ich kann Fahrrad fahren, da sollte das hier ein Kinderspiel sein«, erwidert er grinsend und setzt sich auf den länglichen Ledersitz.

»Sehr beruhigend«, murmle ich so laut, dass er es hören kann, und tue es ihm gleich, indem ich meinen Hut ebenfalls in der Box verstaue und gegen den muffig riechenden Helm eintausche.

»Eliza?« Die Stimme dringt durch die Kopfbedeckung nur gedämpft an meine Ohren, trotzdem schlägt sie mit der Wucht eines Blitzschlags ein.

Ich hebe den Kopf und sehe Abigail, die offensichtlich soeben aus einer der Boutiquen getreten ist und eine große Tasche in der Hand hält. Sie schiebt ihre Sonnenbrille ein Stück nach unten und kneift die Augen zusammen, ihren Blick auf mich gerichtet.

Fuck! Das ist der einzige Gedanke, der mir durch den Kopf schießt.

Im nächsten Augenblick klettere ich hinter Jack auf das Moped.

»Wenn wir weiterhin inkognito bleiben wollen, solltest du jetzt schnellstens Gas geben!«, zische ich ihm zu und wippe nervös mit meinen Füßen auf den Streben, die zu beiden Seiten des Mopeds angebracht worden sind und mir als Stütze dienen.

Jack kommt meiner Bitte umgehend nach und dreht den Schlüssel im Schloss. Mit einem lauten Knattern erwacht der Motor zum Leben und im nächsten Augenblick schießt unser Gefährt nach vorne, als Jack Gas gibt.

Wir lassen den Hafen hinter uns und durchqueren den kleinen Ort. Bunte Häuser in allen Farben des Regenbogens säumen den Straßenrand. Holzhäuser mit gelber Fassade und türkisen Fensterläden, gekrönt von einer lilafarbenen Haustür. Häuser in einem knalligen Feuerwehrrot und einer sonnengelben Veranda. Um keine der farbenfrohen Kombinationen zu verpassen, wende ich den Kopf so schnell abwechselnd von rechts nach links, dass ich dabei vermutlich aussehe wie einer dieser Wackeldackel, mit denen vorwiegend ältere Leute die Ablage ihrer Autos zu dekorieren pflegen.

Bald schon werden die Häuser durch dichte grüne Bäume ersetzt und die Geräusche der Stadt versickern in der Botanik. Stattdessen erklingt das sanfte Rauschen von Blättern, lediglich unterbrochen vom Zwitschern der Vögel und dem Knattern unseres Mopeds. Der Fahrtwind fegt uns den intensiven Duft nach Moos und nasser Erde um die Nase. Durch das Blätterdach stiehlt sich von Zeit zu Zeit ein Sonnenstrahl, der auf meiner Haut prickelt. Ich schließe die Augen und genieße das Gefühl von Freiheit.

Als wir eine besonders scharfe Kurve nehmen und sich das Moped dabei leicht zur Seite neigt, entweicht mir ein Schrei und ich klammere mich mit beiden Händen an Jacks Taille fest. Ich spüre sein Lachen als Vibration an meiner Brust und piekse ihn in die Seite. Erst jetzt wird mir bewusst, wie nah wir uns sind. Ich schmiege mich an seinen Rücken, mein Gesicht ist nur wenige Zentimeter von seinem Nacken entfernt, meine Handflächen liegen an seinem Bauch. Durch den dünnen Stoff meiner Bluse spüre ich seine Wärme. Unter meinen Fingerspitzen fühle ich seine definierten Bauchmuskeln.

Ich gebe dem Impuls nach und schmiege mich an ihn. Mein Kinn stütze ich auf seiner rechten Schulter ab und versuche, nicht allzu offensichtlich seinen markanten Duft einzuatmen.

»Haben wir eigentlich ein Ziel?«, frage ich, obwohl ich nichts dagegen einzuwenden hätte, einfach den ganzen Tag an Jack gekuschelt über die Insel zu düsen.

»Lass dich überraschen. Wir sollten gleich da sein«, erwidert er geheimnisvoll.

Also genieße ich seine Nähe und das satte Grün, das uns umschließt wie ein Kokon. Nachdem ich in den letzten Tagen nur von Blautönen umgeben war, ist es eine willkommene Abwechslung. So sehr ich die Meeresbrise an Bord liebe, den frischen Duft und den Geschmack von Salz, den sie mit sich trägt, so wenig kann ich mich an dem intensiven erdigen Geruch des Regenwalds satt riechen. Eine Kurve später lichtet sich der Wald plötzlich und gibt den Blick auf den Hafen und die umliegenden Inseln frei. Kleine, grün bewaldete Hügel, die aus dem türkisfarbenen Meer herausragen.

Kaum hat Jack das Moped in eine Parkbucht gelenkt und den Motor abgestellt, rutsche ich vom Sitz. Noch während ich den Helm vom Kopf ziehe, gehe ich zur Aussichtsplattform. Ich drehe mich langsam einmal um mich selbst und sauge das Panorama ein. Auf dem Weg hierher ist mir nicht aufgefallen, wie viele Höhenmeter wir zurückgelegt haben, doch jetzt liegt uns die Insel buchstäblich zu Füßen. Obwohl Tortola von der Größe her überschaubar ist, scheinen sich die bewaldeten Hügel bis zum Horizont zu erstrecken. Immer wieder durchbrechen kleine Siedlungen den grünen Teppich aus Bäumen. Die Küste ist geprägt von malerischen Buchten mit weißem Sand und türkisfarbenem Wasser.

Ein mechanisches Klicken ertönt und reißt mich aus meinem traumgleichen Zustand. Jack steht neben mir, eine Kamera in den Händen, das Objektiv auf mich gerichtet.

»Entschuldige, ich konnte nicht widerstehen.« Er zieht eine schuldbewusste Grimasse und lässt die Kamera sinken.

»Wie könnte ich dir das bei der Aussicht verdenken«, erwidere ich lächelnd.

»Ja, atemberaubend«, stimmt er zu, doch sein Blick bleibt auf mir haften und wird so intensiv, dass mir ein angenehmer Schauer über den Rücken läuft.

»Ist Fotografie dein Schwerpunkt im Studium?«, frage ich in erster Linie, um mich abzulenken, aber auch, weil es mich wirklich interessiert. Weil er mich interessiert.

Er nickt, seine Augen glänzen. »Als ich noch klein war, habe ich im Arbeitszimmer meines Vaters eine Polaroidkamera entdeckt. Seitdem kann ich davon einfach nicht genug bekommen. An der Uni belege ich natürlich auch andere Kurse, aber mein Herz gehört der Fotografie.«

»Und was fotografierst du so?«

»Gebäude, Menschen, Situationen. Alles, was mich fasziniert. Das klang jetzt ziemlich nach Künstler-Geschwafel, oder?« Er fährt sich in einer verlegenen Geste durchs Haar. In der Sonne wirkt es beinahe wie gesponnenes Gold.

»Überhaupt nicht. Du solltest mich mal hören, wenn ich über meine Projekte rede, dann klinge ich wie ein absoluter Nerd.« Ich lache. »Gibt es eine Ausstellung von deiner Uni oder etwas anderes, wo man sich deine Werke anschauen kann?«, knüpfe ich an unser vorheriges Thema an. Ich würde zu gerne sehen, was er mit der Kamera zaubert.

»Nächsten Monat macht mein Kurs eine Ausstellung. Von mir sind ein paar Bildmontagen dabei. Das ist eine Technik, bei der man mehrere Bilder übereinanderlegt, um ein neues zu kreieren. Ich will zeigen, wie New York sich mit seiner Architektur in den Leuten widerspiegelt und andersrum. Es ist mein Abschlussprojekt für das Semester. Mit anderen Worten, ich mache mir schon seit Wochen deswegen in die Hose. Es ist das erste Mal, dass andere als meine Familie und Kommilitonen meine Arbeiten sehen.« Er spielt an dem Trageband seiner Kamera herum.

»Das klingt total spannend. Ich bin mir sicher, dass es ein Erfolg wird«, sage ich mit so viel Zuversicht in der Stimme, dass er skeptisch die Augenbrauen hebt.

»Woher willst du das wissen? Du hast ja noch nichts von mir gesehen.«

»Das brauche ich auch nicht. Du bist sicher nicht ohne Grund an einer der elitärsten Kunsthochschulen des Landes akzeptiert worden«, erwidere ich schulterzuckend.

»Ich hoffe es.« Er seufzt und blickt gedankenverloren in die Ferne.

Kapitel 21

Schau mal, ich bin Tarzan

Cameron

Direkt neben der Aussichtsplattform befindet sich der Eingang zum Mount Sage Nationalpark, weshalb wir beschließen, einen kurzen Abstecher dorthin zu unternehmen. Schon zwei Schritte hinter der Pforte werden wir vom Grün der Natur verschluckt. Die meterhohen Bäume und Palmen haben sich zu einer Art Decke verwoben, die nur an wenigen Stellen von der Sonne durchbrochen wird. Lichtpartikel tanzen durch die von der hohen Luftfeuchtigkeit geschwängerten Luft. Es hat etwas Magisches an sich. Hier scheint die Zivilisation so weit entfernt zu sein wie die Milchstraße. Und mit ihr auch die *Goddess of the Sea* und all die Gründe, die mich daran hindern, Rose nahe zu sein.

Noch immer prickelt die Haut in meinem Nacken von ihrem Atem, der wie eine zärtliche Berührung darüber geglitten ist. Noch immer kann ich den sanften Druck ihrer Finger spüren, die sich in mein T-Shirt gegraben haben. Noch immer schlägt mein Herz schneller, wenn ich daran denke, wie sie sich an meinen Rücken geschmiegt hat, wie sich ihre weichen Kurven an mich gepresst haben. Hitze breitet sich in meinem Bauch aus und bewegt sich mit der Geschwindigkeit eines Lauffeuers in südlichere Gefilde.

Fuck, reiß dich zusammen! Bist zu zwölf oder zweiundzwanzig?, fragt meine innere Stimme. Denn natürlich ist sie nicht die erste Frau, zu der ich mich hingezogen fühle. Und doch ist es mit ihr anders. Aufregend und neu, was nicht nur daran liegt, dass unsere Treffen verboten sind. Auch wenn ich zugeben muss, dass es jeden einzelnen Augenblick, den wir miteinander verbringen, umso besonderer macht. Aber es ist nicht nur das. Es ist die Art, wie sie mich ansieht. Ihre Art zu lachen, die mich süchtig macht. Es sind ihre Augen und die Ernsthaftigkeit und Entschlossenheit, die darin liegen. Es ist der verlorene Ausdruck, der manchmal in ihrem Blick mitschwingt, wenn sie mit ihren Eltern am Tisch sitzt. Es ist der Wunsch tief in mir, mehr über sie zu erfahren. Sie kennenzulernen. Zeit mit ihr zu verbringen.

»Schau mal!« Rose reißt mich aus meinen Gedanken.

Sie steht vor einem bizarr geformten Baum, der aussieht, als habe er sich aus dem Boden erhoben, um aufzustehen. Seine Wurzeln ragen weit aus der Erde heraus und bilden eine Art Durchgang. Während ich noch damit beschäftigt bin, dieses natürliche Kunstwerk zu bewundern, zwängt sich Rose durch das Geflecht, bis sie buchstäblich unter dem Baum steht. Ich hebe meine Kamera und schieße ein paar Fotos von ihr, wie sie andächtig mit den Händen über die Wurzeln streicht und sich mit leuchtenden Augen umsieht wie ein kleines Mädchen, das zum ersten Mal ein Feuerwerk bestaunt. Ich könnte den ganzen Tag nichts anderes tun, als Aufnahmen von ihr zu machen.

»Pass lieber auf, dass du nicht versehentlich durch einen geheimen Durchgang fällst und im Wunderland oder in Narnia landest«, rufe ich ihr zu.

»Soll mich das etwa abhalten?«, gibt sie breit grinsend zurück.

»Also ich fände es auf jeden Fall bedauerlich, wenn die Herzkönigin dich einen Kopf kürzer machen würde.«

Sie lacht, schlängelt sich aber ihren Weg zurück durch das Wurzelgeflecht.

»Es ist wirklich wie in einem Märchen hier, oder?«, fragt sie und legt den Kopf in den Nacken, um hinauf zu dem schillernden Blätterdach zu schauen. Ein Lichtstrahl trifft auf ihre blonden Haare und lässt sie aufleuchten.

Mein Finger betätigt wie von selbst den Auslöser.

»Hey, du Paparazzi!« Sie klopft mir spielerisch mit der Hand gegen den Oberarm. »Ich muss dich allerdings warnen, die Presse wird dir dafür nichts bezahlen. Meine Familie mag zwar reich sein«, sie stockt kurz und schüttelt den Kopf, »aber nicht berühmt.«

Augenblicklich lasse ich die Kamera sinken. »So etwas würde ich niemals tun«, sage ich ernst.

»Das war doch nur ein Scherz.« Sie macht eine wegwerfende Handbewegung.

»Ich will trotzdem, dass du weißt, dass so was nicht meine Art ist. Ich würde nie ein Bild veröffentlichen, ohne das Einverständnis der Person zu haben.« Obwohl mir bewusst ist, dass sie nur gescherzt hat, ist es mir wichtig, dass sie mich nicht für diese Art Mensch hält, die andere ausnutzt.

»Das weiß ich«, erwidert sie genauso ernst und legt ihre Hand auf meine, um unsere Finger im nächsten Augenblick miteinander zu verschränken.

Ein Kribbeln wandert über meinen Unterarm. Meine Haut prickelt, als hätte ich meinen Arm in ein Ameisennest gesteckt. Ein Nest mit freundlichen Ameisen, die mich als Freund betrachten und deshalb auch nicht mit ihren Bissen zerfleischen.

In die Stille hinein ertönt plötzlich ein lautes Grummeln. Roses Wangen färben sich in ein herrliches Rosa und sie presst die freie Hand auf ihren Bauch.

»Entschuldige, ich habe heute Morgen das Frühstück verpasst.« Sie beißt sich verlegen auf die Unterlippe.

»Klang so, als hättest du außerdem auch das gestrige Abendessen ausgelassen«, erwidere ich vollkommen ernst.

Einen Wimpernschlag lang sieht sie mich perplex an, dann lacht sie.

»Hey! Fordere mich nicht heraus, sonst komme ich am Ende noch auf die Idee, an dir zu knabbern.« Sie drückt mir ihren Zeigefinger gegen die Brust.

»Soll mich das etwa abhalten?«, wiederhole ich ihre Worte von vorhin.

Ihre Augen weiten sich und ihre Lippen öffnen sich kaum merklich. Ich mache einen Schritt auf sie zu, frage sie still um Erlaubnis. Anstelle einer Antwort legt sie ihre flache Hand auf meine Brust und benetzt ihre Unterlippe mit ihrer Zungenspitze. Unendlich langsam beuge ich mich zu ihr herab. Kämpfe gegen meine Ungeduld an, gegen den Wunsch, sie so schnell wie möglich zu küssen. Ich will jede Sekunde genießen. Will ihrem zittrigen Atem lauschen, ihren Duft inhalieren. Unsere Lippen sind nur noch Millimeter voneinander entfernt. Ich kann die Hitze spüren, die von ihr ausgeht.

»Dad!« Der Aufschrei eines Kindes lässt uns auseinanderfahren. »Dad! Schau mal, ich bin Tarzan!«

Perplex sehen Rose und ich uns an, bevor wir hinüber zu dem Jungen in Hawaii-Hemd und Kaki-Shorts blicken, der soeben versucht, an den dicken Wurzeln des Baums hinaufzuklettern.

»Nicht zu hoch, Teddy! Nicht, dass du dir wehtust!«, erklingt die Stimme einer Frau hinter uns, vermutlich Teddys Mutter.

»Hör auf deine Mutter«, ergänzt eine männliche Stimme schnaufend.

Als wir uns umdrehen, stapfen Teddys Eltern auf uns zu. Sein Vater trägt einen Tropenhut, Outdoorhemd und die dazugehörige Hose sowie Sandalen mit weißen Socken. Seine Frau könnte hingegen genauso gut den Laufsteg auf der New Yorker Fashionweek entlangschreiten. Sie trägt ein weißes, eng anliegendes Kleid, das ihr bis zu den Knien reicht und Pumps mit Pfennigabsätzen, mit denen sie das herabgefallene Laub wie mit einer Spitzhacke aufspießt.

Ich blicke zurück zu Rose, die sich kaum das Lachen verkneifen kann. Ist das gerade wirklich passiert? Hat dieser kleine Möchtegern-Tarzan uns wirklich um einen magischen ersten Kuss gebracht?!

»Und so schnell wird aus einem Märchen wieder Realität«, flüstert Rose mir grinsend zu. »Ich würde sagen, das ist unser Zeichen, weiterzuziehen.«

Ihr Bauch gibt erneut ein bestätigendes Grummeln von sich, das mich endlich aus meiner Starre reißt und ebenfalls zum Lachen bringt.

»Okay, dann kümmern wir uns zuerst um deinen Magen«, erwidere ich. »Und danach ...«

Kapitel 22

Von ersten Dates und der Erregung öffentlichen Ärgernisses

Cameron

»Alles schmeckt so viel besser, wenn man es mit den Fingern isst!« Rose beißt in ihren Burrito, der mit Guacamole, gestampften Kochbananen und gegrilltem Gemüse gefüllt ist.

»Wenn das deine Eltern hören würden«, ziehe ich sie auf und nehme ebenfalls einen großen Bissen von meinem Burrito.

»Willst du mir den Appetit verderben?« Rose verzieht das Gesicht, als hätte sie Zahnschmerzen.

»Okay, deine Eltern sind ein Stimmungskiller, ist notiert.« Ich schreibe mit meinem imaginären Stift auf einen imaginären Block, woraufhin Rose mit ihrer Schulter gegen meine stößt.

»Hast du Geschwister, über die du ebenfalls nicht reden willst?«, frage ich sie in neckendem Tonfall.

»Einzelkind«, erwidert sie mit vollem Mund und bei ihr klingt es wie ein Todesurteil.

Einige Minuten lang sitzen wir einfach nebeneinander und genießen unser Essen und die Aussicht. Wir sind mit dem Moped den Berg hinab auf die andere Seite der Insel gefahren und haben uns an einem Straßenstand zwei prall gefüllte Maisfladen besorgt, mit denen wir uns an den nahe gelegenen Strand gesetzt haben.

Ich grabe meine Zehen in den weichen, warmen Sand und beobachte die Wellen, die das glasklare Wasser gemächlich an Land spülen. Eine sanfte Brise streicht durch mein Haar, das nach der Fahrt mit dem Helm unangenehm feucht an meinem Kopf klebt.

Nachdem wir die letzten Reste unseres Essens verputzt und die Servietten zu kleinen Kugeln zusammengerollt haben, lässt Rose sich rücklings in den Sand fallen. Ich tue es ihr gleich und rolle mich auf die Seite. Mit dem Ellbogen stütze ich mich ab und lege meinen Kopf in meine Handfläche, um Rose besser betrachten zu können. Sie sieht mich ebenfalls an und legt eine Hand zum Schutz vor der Sonne über ihre Augen. Ein zufriedenes Lächeln umspielt ihre Lippen.

»Du hast da noch Soße im Gesicht«, sage ich.

Sie kneift konzentriert die Augen zusammen, während sie mit der Zungenspitze zuerst den rechten und dann den linken Mundwinkel inspiziert.

»Weg?«

Ich schüttle den Kopf und hebe meine freie Hand, um sie an Roses Kinn zu legen. Mit dem Daumen streiche ich sanft über ihre Unterlippe. Die Luft zwischen uns scheint zu knistern. Das Rauschen der Wellen geht im tosenden Schlagen meines Herzens unter.

»Jack?«, flüstert sie.

»Mhm.« Ich bin zu fokussiert auf den Bogen, den ihre Lippe macht, um ausreichend Gehirnkapazität für das Bilden von Worten zur Verfügung zu haben.

»Da ist gar keine Soße in meinem Gesicht, oder?« Sie verzieht den Mund zu einem wissenden Lächeln.

»Vielleicht«, gebe ich zu, lasse meinen Daumen aber an Ort und Stelle.

Ein Funkeln tritt in ihre Augen und im nächsten Augenblick benetzt ihre Zunge meinen Finger. Zuerst stupst ihre Zungenspitze nur neckend gegen meine Fingerkuppe, dann schließen sich ihre Lippen vollständig um meinen Daumen. Als sie sanft daran saugt, entweicht mir ein Stöhnen. Unwillkürlich beuge ich mich zu ihr herüber, bis mein Gesicht Schatten auf ihres wirft. Sie gibt meinen Daumen frei und ich streiche mit der angefeuchteten Fingerkuppe über ihre weichen Lippen. In ihren meerblauen Augen blitzt die gleiche Begierde auf, die in mir wie flüssige Lava pulsiert und alles andere unter sich begräbt.

Dieses Mal zögere ich es nicht weiter hinaus. Wer weiß, ob Teddy und seine Eltern nicht gleich hier auftauchen und ihr Sprössling laut verkündet, dass er Nemo der Clownfisch ist. Ich senke meine Lippen auf ihre und koste sie. Sie schmeckt nach der würzigen Soße des Burritos und nach dem süßen Saft der Kokosnuss, die wir uns geteilt haben. Beinahe zeitgleich entfährt uns ein erleichtertes Seufzen, was uns wiederum beiden ein Lächeln entlockt.

Doch dann dominiert das drängende Bedürfnis, ihr so nah wie möglich zu sein. Ihre Lippen öffnen sich und laden meine Zunge ein, in ihr zu versinken. Und genau das tue ich. Mit meiner Zungenspitze erkunde ich ihren Mund und verschlinge gierig jedes Keuchen, das ich ihr mit der Liebkosung entlocken kann. Sie tastet sich über meine Brust hinauf zu meinen Schultern und verschränkt die Hände in meinem Nacken, um mich näher zu ziehen. Ich stütze mich im Sand ab und streiche mit der freien Hand über ihre Schläfe. Von dort aus wandere ich mit den Fingerspitzen an ihrem Hals entlang bis zu ihrem Schlüsselbein. Ich spüre, wie sich eine Gänsehaut auf ihrer Haut ausbreitet. Ihre Finger greifen in meine Haare, ihre Fingernägel streifen meine Kopfhaut und verursachen ein Kribbeln, das über mein Rückgrat wandert. Unser Kuss wird ungezügelter und verlangender. Als sie ihr Becken anhebt und es gegen meine Mitte presst, entweicht mir ein Stöhnen. Meine eigentlich locker sitzende Hose erscheint mir mit einem Mal viel zu eng. Schwer atmend löse ich mich von ihren Lippen und bringe etwas Abstand zwischen uns.

»Wenn unser erstes Date nicht mit einer Verhaftung wegen Erregung öffentlichen Ärgernisses enden soll, müssen wir dringend aufhören«, sage ich und merke selbst, dass ich atemlos klinge.

Rose öffnet blinzelnd die Augen und sieht aus, als wäre sie soeben aus einem Traum erwacht. Aus einem ziemlich heißen Traum. Ihre Wangen sind gerötet und ich bin mir zu hundert Prozent sicher, dass es nichts mit der Sonne zu tun hat. Ihr Blick ist auf diese ganz bestimmte Art verschleiert. Und verdammt, sie sieht so unglaublich sexy aus, dass ich vorsichtshalber von ihr herunterrutsche, um den Sicherheitsabstand zu vergrößern.

»Oh ja. Klar!« Sie rappelt sich auf und fährt sich verlegen mit der Hand durch ihr verstrubbeltes Haar.

»Was hältst du von einem Strandspaziergang?«, frage ich, weil ich meinen Körper dringend beschäftigen muss, bevor er erneut auf dumme Gedanken kommt.

Als Rose nickt, stehe ich auf und reiche ihr meine Hand, um sie auf die Füße zu ziehen. Sie ergreift sie und ein Schauer aus Sandkörnern rieselt zu Boden, als sie ihre Haare ausschüttelt.

»Ich liebe den Strand, aber ich hasse es, dass man selbst nach Wochen noch überall Sand findet.« Sie zieht die Nase kraus.

»Da hilft nur eines.«

»Und das wäre?« Sie kneift skeptisch die Augen zusammen.

»Ein gründliches Bad!« Im nächsten Augenblick habe ich ihre Oberschenkel mit meinen Armen umschlossen und sie hochgehoben. Mit großen Schritten laufe ich auf das Meer zu, das sich in sanften Wellen am Strand bricht.

Als Rose klar wird, was ich vorhabe, entfährt ihr ein Kreischen und sie beginnt wild mit ihren Füßen zu strampeln.

»Das wagst du nicht!«, ruft sie lachend und krallt sich an meinen Schultern fest.

»Du kannst doch keinen Urlaub in der Karibik machen, ohne wenigstens einmal im Meer gewesen zu sein«, erwidere ich. Das Wasser umspült bereits meine Füße.

»Wenn ich untergehe, dann nicht alleine!«

Eine Sekunde später wird ihre Drohung von einem Quietschen abgelöst, als ich meinen Griff um ihre Beine für einen Sekundenbruchteil löse und sie so weit hinabrutscht, bis ihre Zehen ins Wasser eintauchen. Erst mit Verspätung wird mir bewusst, dass sich meine Arme nun knapp unterhalb ihres Pos befinden und ihr Dekolleté vor meinem Gesicht schwebt. Ich hebe den Kopf und blicke in ihre Augen, in denen es verräterisch flackert.

»Wie war das noch gleich mit der Verhaftung wegen Erregung öffentlichen Ärgernisses?«, neckt sie mich, doch ihre raue Stimme verrät sie.

»Ich bin hier nicht derjenige, der seine Finger nicht bei sich lassen kann«, behaupte ich.

»Das habe ich aber anders in Erinnerung«, erwidert sie und umfasst mein Kinn, um mit ihrem Daumen hauchzart über meine Unterlippe zu streichen, so wie ich es zuvor am Strand bei ihr gemacht habe.

»Touché«, flüstere ich und lasse sie langsam aus meiner Umklammerung zu Boden gleiten, bis sie bis zu den Waden im türkisblauen Wasser steht.

Einige Sekunden lang stehen wir einander gegenüber und kämpfen gegen die Versuchung an. Am Ende ist es Rose, die die knisternde Spannung zwischen uns durchbricht, indem sie ihre Hand von meinem Gesicht nimmt und sie stattdessen in den Ozean taucht, nur um im nächsten Augenblick eine Salve Wasser in meine Richtung zu spritzen.

»Fang keinen Krieg an, den du nicht gewinnen kannst«, warne ich sie mit einem, wie ich hoffe, diabolischen Grinsen und mache einen Schritt auf sie zu.

»Okay, okay, Frieden!«, ruft sie und rettet sich lachend ans Ufer.

Ich lege den Kopf zur Seite und tue so, als müsste ich erst darüber nachdenken. Schließlich nicke ich und komme langsam auf sie zu. Gemeinsam spazieren wir am Strand entlang. Außer uns ist nur eine Handvoll Menschen in der Bucht. Dafür tummeln sich auf dem Wasser umso mehr kleine Jachten und Segelboote.

»Du hast bestimmt schon oft in der Karibik Urlaub gemacht, oder?«, frage ich sie.

Sie zuckt mit den Schultern. »Als ich noch jünger war, haben meine Eltern mich häufig auf irgendeine Kreuzfahrt mitgeschleppt. Aber seit ich sechzehn bin, konnte ich mich erfolgreich wehren.«

»Ich könnte mir Schlimmeres vorstellen, als auf einer luxuriösen

Riesen-Jacht über die Sieben Weltmeere zu schippern«, ziehe ich sie auf.

»Wenn man ausblendet, wie viele Tonnen Kohlenstoffdioxid man mit diesen schwimmenden Umweltverpestern in die Atmosphäre pustet, dann bestimmt«, erwidert sie schnaubend.

Ich ziehe die Augenbrauen in die Höhe. »Das sind radikale Ansichten für eine Reederei-Erbin.«

»Weshalb ich meine Ansichten, wenn es nach meinem Vater geht, auch für mich behalten sollte. Inklusive klimafreundlicherer Optimierungsvorschläge.« Rose kickt mit ihren Zehen in den Sand und lässt Sandkörner durch die Luft wirbeln.

»Du hast andere Pläne für die Reederei?«

»Es gibt so viele Möglichkeiten, wie man Schifffahrten grüner gestalten könnte. Die Forschung hat sich in den letzten Jahren signifikant weiterentwickelt. Windräder, Solarpaneele, Rotoren, mit denen man sich die Wasserströmung zunutze machen könnte.« Rose gestikuliert wild mit den Armen.

»Das klingt wahnsinnig spannend«, sage ich und meine es auch so.

Sie nickt bestätigend. In ihren Augen liegt ein Glanz, der mir verrät, wie sehr ihr Herz für das Thema brennt.

»Soll ich dir etwas verraten?«, frage ich sie.

Sie legt den Kopf fragend zur Seite.

»Als mein Kumpel Luke mich gefragt hat, ob ich kurzfristig für den Job auf der *Goddess of the Sea* einspringen will, habe ich zuerst Nein gesagt, weil ich es nicht mit meinem ökologischen Fußabdruck vereinbaren konnte, auf einem Kreuzfahrtschiff mitzufahren.«

Rose grinst. »Was hat deine Meinung geändert?«

»Die absurd gute Bezahlung«, gestehe ich und fahre mir verlegen mit der Hand durch die Haare.

»Dann muss ich wohl ausnahmsweise froh sein, dass der Kapitalismus gesiegt hat, sonst hätten wir uns vielleicht niemals getroffen.« Rose schenkt mir ein schiefes Grinsen.

»Wenn du all deine Pläne umsetzt, kann ich beim nächsten Mal mit einem guten Gewissen an Bord gehen«, erwidere ich und stoße sanft mit meiner Schulter gegen ihre.

Rose lacht, doch es klingt bitter. Nach Enttäuschung und Hoffnungslosigkeit.

»Nicht, wenn es nach meinem Vater geht. Eher würde er mich enterben, als zuzulassen, dass ich das Unternehmen mit meinen idealistischen Ideen in den Ruin treibe«, sagt sie und die Art und Weise, wie sie die letzten Worte betont, lässt mich vermuten, dass sie ihren Vater zitiert.

»Das kann ich mir nicht vorstellen. Vielleicht braucht er nur Zeit, um sich an den Gedanken zu gewöhnen, dass die Erderwärmung wirklich ein Ding ist«, sage ich in dem Versuch, sie aufzuheitern. Das Bedürfnis, sie zu trösten, ist so stark, dass sich mein Herz um ihretwillen schmerzhaft zusammenzieht.

»Vielleicht.« Ihr Lächeln wirkt gezwungen, so als würde sie nicht wirklich damit rechnen. Gedankenverloren blickt sie hinaus aufs Meer.

Ob mein Vater die Entscheidungen, die ich bisher getroffen habe, gutheißen würde? Ob er stolz auf mich wäre, wenn er noch leben würde? Die Gedanken kommen so plötzlich, dass ich nicht rechtzeitig meine Schutzmauern hochfahren kann. Der Schmerz des Verlusts trifft mich mit voller Härte. Obwohl es schon so lange her ist, fühlen sich die Wunden an manchen Tagen so frisch an, als sei es erst gestern passiert. Verzweifelt sehe ich mich nach etwas um, an dem ich mich festhalten kann. Mein Blick fällt auf Roses Ring.

»Und was ist mit deiner Großmutter?«, frage ich, um mich von dem Stechen in meiner Brust abzulenken.

Ein Lächeln breitet sich auf ihren Lippen aus und sie dreht abwesend an dem Ring, mit dem alles angefangen hat.

»Meine Granny war das schwarze Schaf in der Familie. Sie hat sich von niemandem etwas vorschreiben lassen. Als ihr Mann, mein Großvater, schon früh gestorben ist, hat sie beschlossen, ihr Leben ihrer zweitgrößten Liebe zu widmen – dem Reisen. Gefühlt war sie überall auf der Welt. Sie ist auf einem Kamel durch die Wüste geritten, ist einen Monat lang mit einem Frachtschiff über den Atlantik geschippert und hat sogar mit einem Sherpa den Mount Everest bestiegen. Als ich noch klein war, habe ich ihre Geschichten geliebt. Sie hatte jedes Mal eine neue und jede war abenteuerlicher und aufregender als die letzte.« Ein sehnsuchtsvoller Ausdruck gräbt sich in ihr schönes Gesicht. »Als sie vor fünf Jahren gestorben ist, habe ich zwei Tage lang am Stück geheult und mich in meinem Zimmer verkrochen.«

Ohne darüber nachzudenken, greife ich nach ihrer Hand und verschränke meine Finger mit ihren. Es fühlt sich so natürlich an wie atmen.

Sie blickt zu mir herüber und drückt meine Hand, ihre Augen schimmern feucht.

Kapitel 23

Jack und Jack

Eliza

»Nachdem mein Dad gestorben ist, habe ich eine Woche lang nicht mehr gesprochen.« Überrascht sehe ich Jack an, der selbst verwundert aussieht. Als könnte er nicht glauben, dass er mir dieses sehr persönliche Detail aus seinem Leben soeben während eines Strandspaziergangs anvertraut hat.

Ich drücke erneut sanft seine Hand, eine stille Geste der Anteilnahme. Obwohl mein Vater und ich kein gutes Verhältnis zueinander haben, kann ich mir nicht vorstellen, wie mein Leben ohne ihn aussehen würde. An dem Ausdruck in Jacks Augen erkenne ich, dass er und sein Dad sich im Gegensatz zu mir und meinem Vater sehr nahegestanden haben müssen.

»Ich glaube, es war der Schock«, spricht er weiter. Den Blick hält er auf den Sand zu unseren Füßen gerichtet. »Ich war dabei, als er gestorben ist. Es war ein Sonntag und wir waren auf dem Weg zu einem Spiel der Chicago Bears. Ich erinnere mich noch, wie wir im Bus saßen und ich meinem Dad erzählt habe, dass ich es in das Team der Schülerzeitung geschafft hatte. Dass ich die Fotos machen würde und dass ich deshalb eine Dunkelkammer bei uns zu Hause einrichten will. In der einen Sekunde hat er gelacht und in der nächsten hat er sich plötzlich an den Kopf gefasst und die Augen zusammengekniffen. Dann ist er einfach zur Seite in den Mittelgang gekippt. Ich weiß noch, dass ein Mädchen geschrien und der Busfahrer eine Vollbremsung gemacht hat. Aber ich konnte nichts sagen. Ich war wie betäubt, als eine Frau einen Krankenwagen gerufen hat. Ich hatte das Gefühl, außerhalb von meinem Körper zu sein, und habe nur zugesehen, wie ein Mann versucht hat, erste Hilfe zu leisten. Ich kann das Geräusch von seinen brechenden Rippen noch heute hören.« Seine Hand verkrampft sich in meiner und ich halte sie, so fest ich kann. Halte ihn und mich gleichzeitig aufrecht, während heiße Tränen meine Wangen hinabrinnen.

»Er ist noch auf dem Weg ins Krankenhaus gestorben. Ein Hirnaneurysma, das geplatzt ist. Mein Vater hatte keine Chance. Er hatte die Tage davor immer wieder Kopfschmerzen. Das waren wohl die ersten Symptome. Auch an dem Morgen des Spiels hatte er Kopfschmerzen, aber er ist mir zuliebe mitgegangen. Was wäre gewesen, wenn er stattdessen ins Krankenhaus gegangen wäre? Wenn er dort gewesen wäre, als es passiert ist? Ob er dann vielleicht eine Chance gehabt hätte? Ob er dann jetzt noch hier wäre?« Jack stößt wackelig die Luft aus.

»Du weißt, dass es nicht deine Schuld ist, oder?« Ich wische mir so unauffällig wie möglich über meine feuchten Wangen, bevor ich ihn ansehe. Wenn er eines in diesem Moment ziemlich sicher nicht gebrauchen kann, dann sind es meine Tränen oder mein Mitleid.

»Hier oben schon …« Er tippt gegen seine Stirn, bevor er die Hand auf seine Brust legt. »Aber hier nicht immer.«

Er schweigt kurz und ich gebe ihm die Zeit, die er braucht, um wieder zurückzufinden. Um seine Erinnerungen hinter sich zu lassen.

»Das habe ich bisher noch nie jemandem erzählt.« In seinen Augen schimmern keine Tränen, dafür kann ich die Leere darin sehen, die der Tod hinterlassen hat. Eine Lücke, die sich nicht schließen lässt, wie ich aus eigener Erfahrung weiß.

Jack schüttelt sich kaum merklich, als würde er die Melancholie aus seinem Körper vertreiben wollen.

»Entschuldige, das war gerade ein echter Stimmungskiller. Lass uns lieber über etwas anderes reden, damit das hier nicht das traurigste Date deines Lebens wird.« Er lächelt mich an, doch nichts an der Geste wirkt natürlich.

Ich mache einen Schritt vor ihn und stelle mich ihm in den Weg, sodass wir uns gegenüberstehen. Dann gehe ich auf die Zehenspitzen und hauche einen zarten Kuss auf seinen Mund.

»Danke, dass du das mit mir geteilt hast. Das bedeutet mir viel.« Ich sehe ihm fest in die Augen, damit er die Aufrichtigkeit hinter meinen Worten erkennen kann. »Und was unser Date angeht: Das ist das mit Abstand beste, auf dem ich jemals war. Du könntest es nicht mal dann versauen, wenn du zum Abschluss vorschlagen würdest, dass wir in eins dieser Touri-Spas gehen und unsere Füße in Aquarien stecken, damit kleine Fische unsere Hautschuppen abknabbern.«

Jack sieht mich mehrere Herzschläge lang perplex an. Ich befürchte schon, die Stimmung durch meinen Scherz verdüstert, statt aufgelockert zu haben. Aber dann lacht er so laut und herzhaft, dass mir ganz warm wird. *Was hat dieser Mann bloß mit mir angestellt, dass ich schon jetzt süchtig nach seinem Lachen bin?*

»Okay, Besuche in einem Fisch-Spa ... Das kommt ebenfalls auf die Liste mit Stimmungskillern.« Er hakt mit seinem Finger eine imaginäre Liste in der Luft ab. Ein Lächeln spielt um seine Mundwinkel. Und ohne dass er es sagen muss, weiß ich, dass das seine Art ist, mir dafür zu danken, die Schwermut aus unserer Unterhaltung vertrieben zu haben.

»Zu deinem Glück – und zu meinem –, habe ich was anderes geplant.« Er wirft einen Blick auf seine Uhr. »Und genau deshalb sollten wir jetzt aufbrechen.«

•••

Eine halbe Stunde später stoppt Jack den Roller vor einem unscheinbaren zweistöckigen Bauwerk, das mitten auf einer Zuckerrohrplantage liegt. Auf ein verwittertes Holzschild hat jemand mit weißer Farbe *Rum Distillery* gepinselt. Das Gebäude ist aus grauen Steinblöcken gefertigt worden und sieht so aus, als entstammte es einer längst vergessenen Zeit. Pflanzen wuchern auf dem Wellblechdach, das an einigen Stellen durchgerostet ist. Wir kommen an den Überresten eines Brunnens vorbei, aus dessen Tiefen sich eine Palme emporreckt. Gerade als ich Jack fragen will, ob er auch das Gefühl hat, dass das hier der Beginn eines Horrorfilms sein könnte, erscheint ein breit grinsender bärtiger Mann im Türrahmen, den ich auf Mitte zwanzig schätze. Er trägt ein weites, weißes T-Shirt mit einem bunten Hanfblatt als Aufdruck, das um seinen schlaksigen Oberkörper wogt. Seine schwarzen lockigen Haare hat er zu einem lockeren Zopf zusammengebunden, der ihm bis zur Mitte des Rückens reicht.

»Willkommen, willkommen, meine Freunde des guten Geschmacks!«, ruft er uns zu und deutet in einer einladenden Geste in Richtung des Innenraums.

Ich werfe Jack einen skeptischen Blick zu. Der Typ sieht zwar nicht unbedingt wie ein Axtmörder aus, aber wenn man Axtmördern ansehen würde, dass sie Axtmörder sind, würden die Leute sicher nicht zu ihnen ins Auto steigen oder sie in ein verwittertes Gebäude begleiten. Oder?

»Hier soll es den besten Rum der ganzen Insel geben. Ein Geheimtipp«, raunt Jack mir verschwörerisch zu.

»Erstens ist Tortola so klein, dass man es in zwei Stunden umrunden kann, und zweitens … Ist deine geheime Quelle zufälligerweise Google?«, frage ich neckend.

»Hey! Jetzt zerstör doch nicht den Charme dieses Orts.« Er hakt mich unter und zieht mich zu der offenen Tür, durch die unser selbst ernannter Freund soeben verschwunden ist.

Das Innere des Gebäudes unterscheidet sich so vollkommen von seinem Äußeren, dass mir kurz der Mund offensteht. An der uns gegenüberliegenden Wand hat jemand mit blauer Farbe einen Ozean inklusive Himmel, Sonne und marshmallowförmigen Wolken gepinselt. Der Verkaufstresen besteht aus Holzplanken, die den Bug eines Segelschiffs darstellen sollen, was ich an der geschnitzten Meerjungfrau zu erkennen meine. Auf ihrem ausgestreckten Arm sitzt ein Papagei, der uns mit schräg gelegtem Kopf mustert.

»Ich heiße Carlos und das ist Jack«, stellt unser neuer Freund zuerst sich und dann den Vogel vor.

»Ist der nicht süß, Jack?«, frage ich meinen Begleiter grinsend.

»Wen nennst du hier süß, Lady?«, krächzt es vom Tresen her.

Verdutzt sehe ich zu dem Papagei, der mit den Flügeln schlägt, als wollte er mir demonstrieren, wie stattlich er ist.

»Jack ist etwas eigen«, erklärt Carlos und schirmt seine Worte dabei mit der Hand vor seinem Haustier ab. »Eine Frau hat ihn mal als Wellensittich bezeichnet.« Er zieht eine Grimasse.

»Das kam vermutlich nicht gut an?«, mutmaßt der Jack neben mir.

Carlos schüttelt heftig seinen Kopf. »Ich hatte Glück, dass sie es bei einer Ein-Sterne-Bewertung auf Google belassen hat«, murmelt er.

Jack und ich tauschen einen kurzen Blick. Was der Papagei wohl angestellt hat? Der Dame ein paar Schimpfworte an den Kopf geworfen oder ihr vielleicht sogar ein paar Haare ausgerupft?

»Aber ihr könnt gerne ein gemeinsames Foto machen«, sagt Carlos, jetzt wieder ganz aufmerksamer Gastgeber.

Als er unsere skeptischen Blicke sieht, ergänzt er: »Er mag euch. Außerdem hat er eine Schwäche für schöne Frauen, nicht wahr, Jack?«

Der Papagei gibt einen zustimmenden Laut von sich, der mich auflachen lässt.

»Der Vogel hat Geschmack«, wispert Jack mir zu und als seine Finger beiläufig über meinen Oberarm streichen, kribbelt meine Haut.

Carlos navigiert uns vor das Wandgemälde und setzt Jack, den Papagei, auf meine rechte Schulter. Ich kann seine Krallen durch den dünnen Stoff meiner Bluse spüren, doch es fühlt sich nicht unangenehm an, eher wie eine Massage. Langsam rutscht er immer näher an meinen Hals heran, bis er schließlich seinen Kopf an mich schmiegt und ein gurrendes Geräusch ausstößt.

»Du musst es ihm echt angetan haben. Er ist sonst nicht der Schmusetyp.« Carlos grinst und zaubert hinter dem Tresen eine antik aussehende Polaroidkamera hervor.

»Hey, Freundchen, das hier ist mein Date«, sagt der menschliche Jack an den Vogel gewandt.

Der Papagei klappert anstelle einer Antwort mit dem Schnabel, was Jack dazu veranlasst, sicherheitshalber den Arm zurückzuziehen, den er soeben um mich legen wollte.

Dann knipst Carlos ein Bild und streckt Jack dem Papagei seinen Arm entgegen, damit dieser von meiner Schulter klettern kann. Doch er scheint sich bei mir sehr wohlzufühlen. Ein leichtes Ziepen fährt durch meine Kopfhaut, als er an einer meiner Haarsträhnen zupft. Erst als Carlos ihm ein Stück Banane vor den Schnabel hält, hopst er aufgeregt pfeifend zu ihm.

»Also ich würde dich nicht für eine Banane fallen lassen«, flüstert Jack mir zu, während er das Polaroid, auf dem bisher nur Schemen zu erkennen sind, in seiner Hosentasche verstaut.

»Haha.« Ich versetze ihm einen Stoß gegen den Oberarm, doch er grinst nur.

»Sag mal, stört es dich eigentlich, dass ich dich immer mit Jack anspreche und nicht mit deinem richtigen Namen?« Es kommt mir so natürlich vor, ihn Jack zu nennen, dass ich manchmal vergesse, dass es nicht sein richtiger Name ist.

»Nein. Stört es dich, wenn ich dich Rose nenne?«

»Nein, es gefällt mir. Es fühlt sich dadurch irgendwie besonders an. Wie ein Insiderjoke, den nur wir kennen.« Ich schenke ihm ein Lächeln, das er sofort erwidert. Dass es sich manchmal sogar wie eine kurzzeitige Flucht vor meinem eigentlich Leben anfühlt, verrate ich ihm nicht. Ich will nicht schon wieder an meine Eltern denken. An all die Erwartungen, die sie an mich haben und die ich nie erfüllen kann.

Kapitel 24

Und ne Buddel voll Rum

Eliza

»Seid ihr bereit, den besten Rum eures Lebens zu probieren?« Carlos steht hinter dem Tresen und schwenkt verführerisch eine Flasche mit goldbrauner Flüssigkeit darin in der einen Hand, während er mit der anderen zwei Shotgläser auf der Holzplanke aufreiht.

»Für mich nur einen kleinen Probierschluck. Ich muss noch fahren.« Jack macht eine bedauernde Geste.

Carlos nickt und taucht dann erneut hinter dem Bug seiner Schiffsattrappe unter, nur um keine Sekunde später eine andere Flasche und ein weiteres Glas zutage zu fördern. Der Goldton ist dunkler, mehr wie Bernstein.

»Wenn du nur einen probieren kannst, dann bekommst du den besten, den wir zu bieten haben.« Der Stolz schwingt nicht nur in seinen Worten mit, sondern lässt auch seine dunkelbraunen Augen strahlen.

Er schenkt großzügig aus und hebt dann auffordernd sein Glas in unsere Richtung.

Eigentlich bin ich kein großer Rum-Fan, doch ich will Jack nicht die Freude verderben. Immerhin scheint er gestern Abend noch einige Recherchen betrieben zu haben, um mir ein unvergessliches erstes Date zu bescheren.

»Das ist unser edelster Rum. Er wird aus reinem Zuckerrohrsaft hergestellt und reift zehn Jahre in Eichenfässern«, erklärt Carlos.

»Na dann, Prost!«, sagt Jack und nimmt sich eines der Gläser.

»Salud!«, stimmt Carlos mit ein.

Während die beiden Männer den Shot in einem Zug leeren,

schnuppere ich zunächst an der Flüssigkeit. Sie riecht leicht holzig und auf eine schwere Art und Weise süß wie Waldhonig. Vorsichtig nippe ich an dem Getränk. Zu meiner Überraschung fühlt sich der Alkohol nicht beißend, sondern angenehm weich auf der Zunge an. Eine würzige Süße lässt den Alkoholgeschmack in den Hintergrund treten.

»Gar nicht schlecht«, urteile ich.

»Nicht schlecht?!« Jack zieht die Augenbrauen hoch. »Das ist der beste Rum, den ich je getrunken habe.«

»Du hast mich nicht ausreden lassen. Gar nicht so schlecht dafür, dass ich Rum sonst nicht mag.« Ich ziehe eine entschuldigende Grimasse.

Bevor Jack jedoch auf mein Geständnis reagieren kann, kommt ihm Carlos zuvor.

»Du wärst nicht die erste, die ich bekehren kann«, sagt er und zwinkert mir zu.

Dann greift er zu der Flasche, die er zuerst auf den Tresen gestellt hat, und schenkt sich und mir nach. Für Jack gibt es ein Glas Zuckerrohrsaft, in den Carlos eine frische Limette presst. Ich schiele etwas neidisch hinüber zu dem alkoholfreien Drink.

Als Carlos erneut prostend sein Glas hebt, tue ich es ihm gleich. Die Farbe des Rums ist deutlich heller und der Geruch sehr viel süßer. Mehr wie Wildblumenhonig. Und fast genauso schmeckt er auch. Obwohl der Rum vierzig Prozent hat, übertönt der Alkohol die anderen Komponenten des Getränks nicht. Stattdessen fühlt es sich an, als würde ich flüssigen Honig trinken, mit einem Hauch Vanille.

»Wow, der ist wirklich gut!«, gestehe ich und lecke mir die letzten Tropfen von der Unterlippe.

»Wir haben ihn nicht umsonst den Womanizer genannt«, raunt Carlos Jack zu, der laut lacht.

Ich rolle nur mit den Augen, lasse mir aber eine zweite Runde einschenken. Danach überredet mich Carlos dazu, noch zwei weitere Sorten zu probieren. Doch keine kommt an den süffigen Geschmack des Honigrums heran, wie ich ihn getauft habe, da mir *Womanizer* zuwider ist. Am Ende verlassen wir mit einer Flasche Honigrum für mich und einer Flasche von dem zehn Jahre alten Rum für Jack die Destillerie. Erst als ich aufstehe, spüre ich den Alkohol. Mein Kopf fühlt sich an, als hätte ich ihn mit Zuckerwatte gestopft. Meine Beine sind schwer und leicht zugleich und nur Jacks stützendem Arm ist es zu verdanken, dass ich nicht über die Türschwelle stolpere und höchst unelegant auf der Nase lande.

»Geringe Toleranz für Alkohol ... Das notiere ich mir«, kommentiert Jack meine anschließenden Versuche, den Sitz des Mopeds unfallfrei zu besteigen.

»Hey, das ist nicht fair! Immerhin musste ich für zwei trinken.« Ich hebe protestierend einen Zeigefinger in die Luft und lehne mich mit dem Hintern gegen den Sitz.

»Ich wüsste zu gerne, wie der Womanizer geschmeckt hat«, sagt er. Bedauern liegt in seiner Stimme und etwas anderes, Dunkleres. Sein Blick wandert zu meinen Lippen, als würde an ihnen noch immer der Geschmack des Honigrums haften. Da mir Carlos zum Abschied ein letztes Mal davon eingeschenkt hat, ist der Gedanke tatsächlich nicht so abwegig.

Ich strecke meine Hand nach Jack aus und bekomme den Saum seines T-Shirts zu fassen. Mit Nachdruck ziehe ich ihn zu mir, bis er zwischen meinen Beinen steht.

»Vielleicht gebe ich dir eine kleine Kostprobe«, flüstere ich.

Keinen Herzschlag später küssen wir uns. Mit den Zähnen knabbert er sanft an meiner Unterlippe und saugt an ihr. Ein leises Wimmern entschlüpft mir. Ich habe das Gefühl, dass der Alkohol jede meiner Empfindungen verhundertfacht. Verlangen lodert in mir auf und ich schlinge meine Arme um Jacks Taille, um ihn noch näher an mich zu ziehen. Dabei vergesse ich kurz, dass ich mit dem Hintern am Roller lehne, der unter unserem Gewicht gefährlich zu schwanken beginnt. Bevor es zu einem Unfall kommen kann, greift Jack nach dem Lenker.

Sanft löst er den Kuss. »Wir sollten langsam wieder zurück, nicht, dass das Schiff ohne uns ablegt.«

Ich weiß, er meint es als Scherz – doch in diesem Augenblick wünsche ich mir, dass genau das passiert. Dass Jack und ich hier alleine auf Tortola zurückbleiben. Nur wir beide. Kein Versteckspiel mehr. Ein paar Tage im Paradies.

•••

»Es war ein wunderschöner Tag«, sage ich und stecke jeden Funken Glück, den ich heute gespürt habe, in mein Lächeln.

Wir stehen im Treppenhaus der *Goddess of the Sea*. Jedes Mal, wenn in der Ferne eine Tür auf- oder zuschlägt, das Getrappel von Füßen zu hören ist, die die Treppenstufen hinauf- oder hinabsteigen, zuckt Jacks Blick nervös zur Seite. Als erwarte er, jeden Augenblick erwischt zu werden. Trotzdem stehen wir schon seit über zehn Minuten hier im Halbdunkel. Die Luft riecht nach Metall und Reinigungsmittel. Und doch mache ich keine Anstalten zu gehen. Denn solange wir hier stehen, muss ich mich nicht von Jack verabschieden, von dem gemeinsamen Abenteuer, das mein Herz vor Freude und Zuneigung für diesen Mann hat überquellen lassen.

»Ohne überheblich klingen zu wollen, aber ich finde, der Tag war perfekt.« Schalk tanzt in Jacks Augen.

»Unser Salsa-Tanz hat gefehlt«, erinnere ich ihn.

»Irgendwas muss ich mir für unser nächstes Treffen aufheben.« Er lächelt.

Ein Glücksgefühl breitet sich in mir aus und lässt die bedrückende Schwere verschwinden, die sich seit der Abfahrt des Schiffs in San Juan auf mich gelegt hat. Auch wenn ich weiß, dass es schwierig werden wird, uns einen weiteren Tag zu stehlen, erfüllt mich die Aussicht darauf mit kribbeliger Vorfreude.

Stille legt sich über uns, weil jedes Wort unseren Abschied näherbringt. Jack spielt mit dem Trageband seiner Kamera.

»Du hast mir noch nichts von deinen Werken gezeigt«, sage ich und deute auf die Kamera, die um seinen Hals baumelt.

»Dann wirst du wohl zu der Ausstellung kommen müssen«, sagt er und grinst verschmitzt, als wäre es sein Masterplan, mich damit zu einem weiteren Treffen in New York zu überreden. Dabei ist das nicht einmal notwendig. Als er mir von der Ausstellung erzählt hat, habe ich mir bereits eine mentale Notiz gemacht, später danach zu googeln und auf jeden Fall bei der Eröffnung dabei zu sein.

»Wenn ich deine Kunstwerke jetzt noch nicht sehen kann, könntest du mir doch wenigstens zeigen, wie du arbeitest?« Ich klimpere unschuldig mit den Wimpern.

»Ich habe heute bestimmt hundert Fotos geschossen«, erwidert er lachend und wackelt mit der Kamera vor meiner Nase herum.

»Das zählt nicht, da warst du in erster Linie als Touri unterwegs. Ich will sehen, wie du professionell arbeitest, wenn du Bilder für ein Projekt machst.«

Da er noch immer unentschlossen wirkt, schiebe ich hinterher: »Ich könnte dein Model spielen. Bei deinem Projekt geht es doch um New Yorker. Und ich bin zufälligerweise eine waschechte New Yorkerin.« Dass ich mittlerweile in New Haven lebe, ist nur ein unwichtiges Detail.

Er sieht mich überrascht an.

»Du hättest kein Problem damit, wenn ich die Bilder für meine Ausstellung verwende?«, fragt er skeptisch.

Ich schüttle den Kopf, obwohl mein Herz verräterisch schnell schlägt.

»Das sind zwar Bildmontagen, aber man würde dich trotzdem erkennen«, gibt Jack zu bedenken.

Ich zucke lässig mit den Achseln, als würde mich der Gedanke, dass ein Haufen fremder Menschen mich in Überlebensgröße an einer Wand hängend betrachten könnte, nicht so fühlen lassen, als befände ich mich in einer Achterbahn.

»Ich könnte tatsächlich noch ein oder zwei Bilder für die Ausstellung gebrauchen. Wenn du dir wirklich sicher bist?« Er gibt mir die Chance, einen Rückzieher zu machen.

»Ich bestehe sogar darauf«, erwidere ich.

»Okay.« Jacks Augen leuchten selbst im Halbdunkel der Treppenhausbeleuchtung. »Die Frage ist nur, wann und vor allen Dingen wo wir die Bilder machen können.« *Ohne dass wir erwischt werden*, schwingt in seinen Worten mit.

»Jetzt in meiner Kabine«, schlage ich vor und hoffe, dass ich nicht zu aufdringlich wirke.

»Wirst du nicht zum Abendessen erwartet?« Er blickt auf seine Armbanduhr. »Es ist schon sechs und das Shooting wird bestimmt eine Stunde dauern«, gibt er zu bedenken.

»Das ist kein Problem, ich sage einfach, dass ich mich nicht so gut fühle.« Nachdem ich heute Morgen schon die Notlüge mit der Migräne verbreitet habe, wird mir vermutlich niemand meine Abwesenheit beim Essen übel nehmen. Mal von meinem Vater abgesehen, der alles persönlich nimmt.

»Okay, dann hole ich schnell noch ein anderes Objektiv aus meiner Kabine und hoffe, dass meine Verkleidung nicht auffliegt.« Er tippt sich an den Hut und wirft mir ein verschwörerisches Grinsen zu.

»Bis gleich!« Mein Herz hüpft aufgeregt in meiner Brust, als ich mich zum Gehen wende. Denn so sehr ich mich darüber freue, die nächste Stunde mit Jack zu verbringen, so nervös bin ich gleichzeitig, was das Shooting betrifft. Ich habe noch nie gerne Bilder von mir machen lassen. Irgendetwas hat mich immer gestört. Entweder war mein Lächeln zu künstlich, meine Haare zu widerspenstig, mein Bauch nicht straff genug, die Dehnungsstreifen an meinen Hüften zu ausgeprägt. Doch etwas sagt mir, dass es mit Jack anders sein wird. Wenn er mich ansieht, verblassen alle Makel, die mein Unterbewusstsein mir einreden will.

Kapitel 25

Bitte lächeln!

Cameron

»Das Kinn noch etwas nach oben und leg deine Handfläche auf das Glas. Genau so.« Ich drücke gleich mehrmals hintereinander auf den Auslöser. Nachdem sich Rose zu Beginn des Shootings augenscheinlich unwohl gefühlt hat, ihre Posen verkrampft und unnatürlich gewirkt haben, scheint sie die Kamera mittlerweile beinahe vergessen zu haben.

Mit abwesendem und zugleich sehnsüchtigem Blick schaut sie hinaus aufs Meer. Ihr Atem lässt die Scheibe leicht beschlagen. Ihre blonden Haare fallen ihr in sanften Wellen über die Schulter. Sie sieht so wahnsinnig schön aus, dass es mir schwerfällt, sie nicht einfach nur anzustarren und mich stattdessen auf die Kamera in meinen Händen zu konzentrieren. In diesem Augenblick darf sie nicht mehr als ein Model sein. Immerhin wollte sie wissen, wie meine professionelle Arbeit aussieht.

»Welchen Hintergrund willst du als Nächstes ausprobieren?«, fragt sie, nachdem ich einige Dutzend Bilder von ihr am Fenster geschossen habe. Ein Lächeln stiehlt sich angesichts ihres Enthusiasmus auf meine Lippen.

Ich lasse meinen Blick durchs Zimmer schweifen und bleibe an ihrem Kingsize Bett hängen. Die weißen Laken sind leicht zerwühlt und werfen Wellen aus Seide auf die Matratze. Kurz durchzucken mich Erinnerungen an die Nacht, in der ich in genau diesem Bett geschlafen habe. Der schwache Jasminduft, der an dem Bezug gehaftet hat und mich von Rose hat träumen lassen. Schnell konzentriere ich mich wieder auf meine Aufgabe.

»Ich würde gerne noch ein Close-up von deinem Gesicht machen. Kannst du dich aufs Bett legen und deine Haare wie einen Fächer um deinen Kopf verteilen?«, bitte ich sie.

Sie zögert keine Sekunde und läuft hinüber zum Bett. Dort lässt sie sich rücklings auf die Matratze fallen. Ich folge ihr und frage mich kurz, ob es ein kolossaler Fehler war, dieses Möbelstück als Setting zu wählen. Mein Mund fühlt sich trocken an, als sie mich aus großen meerblauen Augen anschaut. Das seidene Laken schmiegt sich um ihre Kurven.

Fokus!, rufe ich mich selbst zur Ordnung und verpasse mir eine mentale Ohrfeige.

Einige ihrer Haarsträhnen haben sich ineinander verwoben, weshalb ich mich zu ihr herabbeuge.

»Darf ich?«, frage ich und deute auf ihre Haare.

Sie nickt und löst ihren Blick dabei keine Sekunde von mir.

Vorsichtig streiche ich mit den Fingerspitzen durch ihre Haare, die sich genauso weich und seidig anfühlen wie das Laken, auf dem sie liegt. Während ich die Strähnen sorgsam arrangiere, entgeht mir nicht, dass Roses Atem plötzlich flacher zu gehen scheint. Erst mit Verspätung wird mir bewusst, wie nah wir uns sind. Ich kann die Wärme spüren, die sie ausstrahlt, kann ihren unverwechselbaren Jasminduft riechen, kann hören, wie sie den Atem anhält, als meine Finger versehentlich ihren Hals streifen. Der Drang, sie zu küssen, fühlt sich einen Augenblick lang übermächtig an. Zu wissen, wie weich sich ihre Lippen auf meinen anfühlen, zu wissen, wie gut sie schmeckt, macht es nicht unbedingt leichter zu widerstehen.

»Okay, so ist es perfekt«, sage ich und räuspere mich.

Schnell bringe ich wieder einen Sicherheitsabstand zwischen uns und verstecke mich hinter meiner Kamera. Doch nicht einmal das inzwischen leicht verschmierte Sichtfenster kann den Effekt, den sie auf mich hat, dämpfen. Wenn ich nicht aufpasse, werde ich in ihren tiefblauen Iriden versinken und nie wieder auftauchen. Ich lasse die Kamera langsam sinken und betrachte sie, wie sie da liegt. Die Augen glänzend, die Wangen leicht gerötet, der Mund verführerisch geöffnet.

»Du bist wunderschön.« Die Worte entschlüpfen mir, bevor ich sie zurückhalten kann. Nicht, dass sie nicht der Wahrheit entsprechen, aber wir balancieren sowieso schon auf viel zu dünnem Eis.

Rose richtet sich langsam auf der Matratze auf. Ohne mich aus den Augen zu lassen, hebt sie ihre Hände zum Kragen ihrer kurzärmligen Bluse und beginnt, den obersten Knopf zu öffnen. Ich schlucke schwer, bin wie hypnotisiert von dem Anblick. Mit jedem geöffneten Knopf entblößt sie mehr von ihrer zartgebräunten, glatten Haut. Mit jedem geöffneten Knopf wird meine Kehle trockener.

»Was ist, bist du etwa schon fertig?« Sie deutet mit dem Kinn auf meine Kamera, die nutzlos von meiner rechten Hand herabbaumelt. Ihre Stimme klingt rau und sorgt dafür, dass meine Hose im Schritt bedrohlich eng wird.

Fuck, ich stecke so was von in Schwierigkeiten!

Trotzdem hebe ich die Kamera vor mein Gesicht und banne Roses Bewegungen auf Film. Eine Nahaufnahme ihrer Finger, die einen der perlmuttfarbenen Knöpfe öffnen. Ein Porträt, das ihre grazilen Schlüsselbeine hervorhebt. Ein Bild von ihrer nackten Schulter, als sie den Stoff darüber streift und mir, oder vielmehr der Kamera, ein spielerisches Lächeln schenkt. Und dann sitzt sie nur noch mit einem weißen Spitzen-BH und Shorts bekleidet vor mir. Sie lässt ihre Hände über ihre Seiten gleiten und fährt mit den Fingerspitzen bis zum Bund ihrer Hose, hakt die Daumen in die vorderen Gürtelschlaufen und sieht mich herausfordernd an. Ich zwinge meine Finger dazu, ein Bild zu schießen, auch wenn der Rest meines Körpers wie eingefroren ist. Gebannt von ihrer Performance.

Als sie auf ihrem Rücken nach dem Verschluss ihres BHs tastet, atme ich zischend Luft durch meine Zähne und ändere meine Sitzhaltung, um die Enge in meinem Schritt erträglicher zu machen. Rose scheint zu bemerken, welche Wirkung sie auf mich hat. Ein Lächeln erscheint auf ihren Lippen; ihre Augen funkeln wie der

Ozean in der Sonne. Wie ferngesteuert betätige ich den Auslöser, als Rose die BH-Träger über ihre Schultern schiebt und ihre Arme danach so vor ihrer Brust verschränkt, dass sie trotz des mangelnden Stoffs nicht vollkommen unbedeckt ist.

»Fuck«, zische ich durch zusammengebissene Zähne. »Ich denke, wir sollten jetzt aufhören«, sage ich lauter und erkenne meine eigene Stimme kaum wieder, so belegt klingt sie.

»Okay«, erwidert sie scheinbar vollkommen ruhig. Doch ihre sich schnell hebende und senkende Brust verrät mir, dass sie genauso unter Strom steht wie ich.

»Wie ist das eigentlich, bekommen Models nicht eine Bezahlung für ihre Dienste?«, fragt sie und legt unschuldig den Kopf zu Seite.

Ich muss lachen. »Wenn der Fotograf das Model um die Bilder gebeten hat, schon. Aber wenn sich das Model quasi aufgedrängt hat, wird sie automatisch zur zahlenden Kundin.«

Rose nickt langsam, als würde sie sich meine Worte durch den Kopf gehen lassen. Dann löst sie die Arme vor ihrer Brust und rutscht auf der Matratze zu mir herüber, bis unsere Knie sich berühren. Es gelingt mir nur mit äußerster Willenskraft, meinen Blick oberhalb ihres Dekolletés zu behalten.

»Und was schulde ich dir?«, fragt sie, ihre Stimme nicht mehr als ein Flüstern, ihr Augenaufschlag pure Versuchung.

Kapitel 26

Eine hohe Toleranzschwelle

Eliza

Ich kann kaum glauben, dass ich diese Worte gerade wirklich gesagt habe. Dass ich Jack oben ohne gegenübersitze und mich noch nie in meinem Leben selbstbewusster und begehrenswerter gefühlt habe.

Zu Beginn des Shootings war ich mir sicher, einen Fehler gemacht zu haben, als ich mich ihm als Fotomotiv angeboten habe – oder vielmehr aufgedrängt. Doch mit jedem Bild, mit jeder Pose sind die Zweifel weiter in den Hintergrund gerückt. Habe ich mich nicht mehr gefragt, ob ich den Bauch einziehen sollte. Ob mein Hintern in den Shorts nicht zu flach und meine Oberschenkel nicht straff genug sind. Denn unter Jacks Blick kann ich nicht anders, als mich schön zu fühlen. In seinen hellblauen Augen liegt so viel Bewunderung und Begehren, dass es meinen gesamten Körper elektrisiert. Vielleicht hat er damit eben eine Sicherung durchbrennen lassen.

Trotzdem kämpfe ich gegen den Impuls an, meine Arme wieder schützend um meinen Oberkörper zu winden oder mir meine Bluse überzustreifen. Ich sehe, wie Jack schwer schluckt und sein Blick zu meinen Lippen wandert. Mehr braucht es nicht. Ich überwinde den ohnehin kaum vorhandenen Abstand zwischen uns und küsse ihn. Erst vorsichtig und zart, dann stürmischer, als ihm ein leises Seufzen entschlüpft. Er streicht über meinen Hinterkopf, seine Finger gleiten in mein Haar und er zieht mich näher an sich heran. Ich gebe dem Impuls nach und setze mich auf seinen Schoß. Als meine Mitte auf seine trifft, keucht er auf. Ich kann seine Härte deutlich durch den Stoff unserer Hosen spüren. Ein angenehmes Ziehen breitet sich zwischen meinen Beinen aus, was sich verstärkt, als ich beginne, mich auf seinem Schoß langsam vor- und zurückzubewegen. Er krallt seine Finger fester in mein Haar. Das Kribbeln, das über meine Kopfhaut schießt, läuft in einem sanften Schauer mein Rückgrat hinab.

Doch es reicht nicht. Ich will mehr von ihm. Mit fahrigen Bewegungen ziehe ich an seinem Shirt, bis er die Arme hebt, sodass ich es ihm über den Kopf streifen kann. In der kurzen Pause, in der unsere Lippen sich nicht aneinanderdrängen, nutze ich die Gelegenheit, um seinen Anblick in mich aufzusaugen. Seine Oberarme und Brustmuskeln sind kräftig und definiert – *ob Kellnern und das Tragen von schweren Tabletts eine Art Workout für ihn sind?* Seine Bauchmuskeln sind angedeutet, darunter verschwindet ein schmaler Streifen dunkler Haare im Bund seiner Hose. Meine Finger machen sich selbstständig und streicheln über seine nackte Haut. Beinahe augenblicklich breitet sich eine Gänsehaut auf seinem Oberkörper aus und als ich mit dem Daumen über seine harte linke Brustwarze streiche, keucht er auf. Mit den Fingerspitzen male ich unsichtbare Linien auf seine Brust, fahre die angedeuteten Außenlinien seiner Bauchmuskeln nach und folge schließlich dem zarten Flaum zum Bund seiner Hose.

Als ich jedoch versuche, den Knopf zu öffnen, legt er seine Hände auf meine. Verunsichert blicke ich ihn an. Bin ich zu weit gegangen? Habe ich die Situation falsch interpretiert und mich ihm aufgedrängt?

»Wir müssen das nicht tun«, sagt er und klingt dabei atemlos.

»Willst du nicht?« Ich verspüre den Drang, meine Hände zurückziehen, doch er hält sie fest.

Er lacht heiser. »Fuck, macht das etwa den Eindruck auf dich, als ob ich nicht interessiert wäre?« Er hebt sein Becken leicht an, sodass ich seine Härte an meiner Mitte spüren kann. Wir keuchen beide gleichzeitig auf.

»Was ist es dann?«, frage ich, irritiert davon, wie sehr sich seine Worte von den Reaktionen seines Körpers unterscheiden.

»Ich will nicht, dass du denkst, dass du das hier tun müsstest, weil du mir etwas schuldest oder so was. Weil du denkst, dass ich es erwarte.« Er beißt sich auf die Unterlippe und sieht dabei so verdammt heiß aus, dass ich kurz den Faden verliere.

»Hä?«, erwidere ich wenig wortgewandt.

Die Unsicherheit verschwindet aus seinen Zügen und wird von einem vorsichtigen Lächeln abgelöst. »Du willst das hier also wirklich? Du fühlst dich nicht von mir bedrängt?«, hakt er nach.

»In Anbetracht dessen, dass ich auf deinem Schoß sitze und dich gerade dazu genötigt habe, dein Shirt auszuziehen, sollte vermutlich eher ich dich fragen, ob du dich bedrängt fühlst.« Ich hebe fragend die Augenbrauen, grinse ihn an.

»Du darfst mich gerne so viel bedrängen, wie du möchtest. Ich habe eine sehr hohe Toleranzschwelle«, sagt er und lacht leise.

»Also macht es dir nichts aus, wenn ich dir jetzt deine Hose ausziehe?«

Als er den Kopf schüttelt und meine Hände freigibt, öffne ich den Knopf seiner Hose, ziehe den Reißverschluss herunter und streife ihm den Stoff über die Beine.

»Und es macht dir auch nichts aus, wenn ich meine Shorts ausziehe und mich wieder auf deinen Schoß setze?«, frage ich, die Hände bereits an besagtem Kleidungsstück.

Sein Lächeln gerät ins Wanken und das Schwarz seiner Pupillen verschluckt beinahe vollständig das Blau um sie herum. Er schüttelt den Kopf und ich spüre seine Blicke wie Berührungen auf meiner Haut, als ich aus meiner Hose schlüpfe und mich nur in einer Panty auf seinem Schoß niederlasse. Ohne den hinderlichen dicken Jeansstoff kann ich seine Erektion deutlich spüren, die sich an meine Mitte presst.

Uns entkommt beiden gleichzeitig ein heiseres »Fuck«, und wir grinsen uns an. Mit Jack ist alles so verdammt leicht. Jede Berührung wirkt vertraut, da ist keine Unsicherheit, kein Unbehagen. Unsere Lippen finden sich erneut und ich versinke in seiner Wärme.

Er legt seine Hände auf meine Hüften und streichelt an meinen Seiten sanft auf und ab, nur um jedes Mal zu stoppen, sobald seine Knöchel die Unterseite meiner Brüste streifen.

»Meine Brüste würden sich übrigens auch nicht bedrängt fühlen, wenn du dich dazu entschließen solltest, sie zu berühren«, murmle ich an seinen Lippen und spüre sein Lächeln.

Als seine Hände wieder an meinen Seiten hinaufstreicheln, zögert er nicht und gleitet weiter über die Rundungen. Mit den Daumen reizt er die sensiblen Spitzen, bis sie sich unter seinen Liebkosungen aufrichten und ich mich noch enger an ihn schmiege. Das Ziehen in meinem Becken ist mittlerweile so drängend geworden, dass es mich fast um den Verstand bringt, wie langsam und zärtlich Jack meinen Körper erkundet. Als seine Finger schließlich den Bund meines Slips finden und er mich ansieht, meine Zustimmung abwartend, recke ich ihm mein Becken so energisch entgegen, dass er lacht. Doch dann wird er mit einem Mal vollkommen ernst. Sein Blick bohrt sich dunkel in meinen. »Zeig mir, was du brauchst.«

Seine Aufforderung schickt eine Gänsehaut über meinen Oberkörper. *Verflucht, kann dieser Mann noch perfekter sein?* Ich greife nach seiner Hand und schiebe sie unter den weißen hauchzarten Stoff. Seine Fingerspitzen kitzeln mich leicht, als sie durch den Flaum an Haaren streichen, der meinen Venushügel bedeckt. Ich spüre, wie meine Atmung schneller wird, mit jedem Millimeter, den ich ihn in Richtung der Stelle navigiere, an der ich ihn am dringendsten brauche. In dem Moment, in dem seine Fingerkuppe meinen Kitzler berührt, fangen meine Nervenenden augenblicklich Feuer. Ein leises Wimmern entfährt mir und ich kippe mein Becken, sodass sein Finger über die sensible Haut reibt und weiter nach unten rutscht. Ich bin so lächerlich feucht, dass er ohne jeglichen Widerstand in mich gleitet.

Jack gibt ein Geräusch von sich, das irgendwo zwischen Knurren und Stöhnen liegt, als er einen zweiten Finger hinzunimmt und tief in mich stößt.

»Du fühlst dich so verdammt gut an«, raunt er an meinem Hals, zwischen Küssen, die er darauf haucht.

Ich will ihm sagen, dass er sich genauso gut auf mir, an mir und in mir anfühlt, doch in diesem Augenblick beginnt Jack mit seinem Daumen Kreise über meine Klitoris zu ziehen und mein Verstand schaltet sich komplett aus. Da sind nur noch Empfindungen, die durch mein Innerstes wirbeln und mich mit sich reißen.

Jack taucht immer wieder mit seinen Fingern in mich ein und trifft dabei eine Stelle, die meinen gesamten Körper erbeben lässt, wann immer er sie berührt. Mein Herzschlag ist außer Kontrolle, meine Atmung kurz vorm Hyperventilieren. Und trotzdem kann ich nicht genug bekommen.

»Ich brauche ... Ich ...«, keuche ich, außerstande einen vollständigen Satz zu formulieren, solange er mich auf diese himmlische und zugleich teuflische Art und Weise reizt.

»Was brauchst du, Rose?«, fragt er, die Stimme rau und so verflucht verführerisch. Dass er mich so nennt, lässt die Hitze in mir noch weiter aufflammen. Und dann ist da kein Raum mehr für Worte. Ungeduldig zerre ich am Bund meines Slips, um das hinderliche Stück Stoff endlich loszuwerden.

Jack lacht leise und das Geräusch lässt mich erschauern. »Eigentlich wollte ich ganz Gentleman sein und dich noch mal fragen, ob du wirklich weitermachen willst.« Er hakt seine Daumen in mein Höschen, um mir dabei zu helfen, es über meine Beine zu ziehen. »Aber das scheint wohl nicht notwendig zu sein.«

Ich fühle mich wacklig, als hätte ich soeben einen Halbmarathon hinter mich gebracht.

»Wir wissen doch beide, dass ich es nicht so mit Gentlemen habe«, murmle ich atemlos an seinem Hals, bevor ich an der empfindsamen Haut dort knabbere.

»Wo wir gerade von Gentlemen sprechen – du hast nicht zufälligerweise Kondome hier? Da ich selbstverständlich ohne Hintergedanken in deine Kabine gekommen bin, habe ich keins dabei.«

Ich löse mich widerwillig von ihm und wende mich dem Nachttisch zu. In der Schublade finde ich neben einem Notizblock samt Stift ein quadratisches Plastikpäckchen mit dem Logo der Reederei. Das Kondom triumphierend in die Höhe gestreckt, drehe ich mich zu Jack um.

Der nickt anerkennend.

»Wie mein Chef sagte: Auf diesem Schiff wird Sicherheit großgeschrieben«, verkündet er mit einer solchen Ernsthaftigkeit in der Stimme, dass ich laut lachen muss.

Ich ziele mit dem Päckchen auf sein Gesicht, doch er fängt es spielend leicht in der Luft auf. Gebannt verfolge ich, wie er sich das Kondom überstreift, bevor er die Hand nach mir ausstreckt. Ich ergreife sie und lasse mich von ihm zurück auf seinen Schoß ziehen. Er schlingt einen Arm um meine Taille. Mit den Händen stütze ich mich auf seinen Schultern ab und gleite langsam nach unten. Jacks Brust hebt und senkt sich unter schweren Atemzügen. Sein Adamsapfel hüpft, als die Spitze seiner Erektion auf meine feuchte Mitte trifft. Ich kreise mein Becken, genieße die Reibung, mit der seine Härte über meinen Kitzler fährt. Immer wieder lasse ich mich gerade so weit nach unten sinken, dass seine Spitze in mich eintaucht. Jack stöhnt jedes Mal auf, seine Finger graben sich fester in meine Hüfte. Sein Glied zuckt und ich sehe es an dem Verlangen in seinem Blick, dass er mich am liebsten auf seinen Schoß hinabdrücken würde. Dass er es kaum erwarten kann, vollkommen in mir zu sein. Trotzdem macht er keine Anstalten, das Tempo zu beschleunigen. Er will, dass ich mir nehme, was ich brauche. Und das tue ich. Es fühlt sich machtvoll und zugleich erregend an, die Kontrolle zu haben. Doch irgendwann kommt der Punkt, an dem auch ich es nicht länger hinauszögern will.

Als ich mich wieder auf ihn herabsenke, halte ich nicht im letzten Moment inne. Ich kralle meine Fingernägel in Jacks Schultern, während ich ihn Zentimeter für Zentimeter in mir aufnehme. Unsere Blicke sind miteinander verwoben. Unser zittriger Atem vermischt sich zu einem. Als unsere Becken aufeinandertreffen und er völlig in mich eintaucht, keuchen wir beide zeitgleich auf. Es fühlt sich unglaublich an, vollkommen von ihm ausgefüllt zu werden. Als gäbe es keine Grenzen zwischen uns. In diesem Augenblick ist es egal, dass wir aus unterschiedlichen Welten stammen. Dass das, was wir hier gerade tun, gegen jede Regel verstößt.

Denn wie kann etwas, das sich so gut, so richtig anfühlt, verboten sein?

Unsere Lippen finden sich zu einem Kuss, unsere erhitzten Körper verschmelzen zu einem. Seine Zunge erobert meinen Mund, gierig erforscht er mich und ich lasse es nur zu gerne geschehen. Knabbere an seiner Unterlippe, bis er eine Mischung aus Stöhnen und Knurren von sich gibt. Ein Geräusch, das wie eine Woge der Erregung erst über mein Rückgrat rollt, um sich in meinem Becken in spritzende Gischt zu verwandeln.

Auf der Suche nach Erlösung hebe ich meine Hüfte, um erneut auf ihn herabzugleiten. Doch meine Beine beginnen unkontrolliert zu zittern. Jack bemerkt es sofort und legt seine Hände an meine Seiten. Mühelos hebt er mich in die Höhe, bevor er mich wieder auf sich hinabdrückt und seine Härte mich auf die schönste Art und Weise dehnt.

»Wenn ich zu schnell bin, sag Bescheid«, flüstert er heiser.

»Ich denke nicht, dass das möglich ist«, erwidere ich mit vor Verlangen rauer Stimme.

Seine Erwiderung ist ein atemraubender Kuss. Und noch während seine Zungenspitze meine umspielt, beschleunigt er das Tempo seiner Stöße. Ich versuche, ihm so gut es geht entgegenzukommen. Kippe mein Becken, um ihn tiefer in mich aufnehmen zu können. Bis wir beide vor Anstrengung und Erregung keuchen. Ich spüre, dass Jack kurz davor ist, zu kommen. Spüre, dass er sich zurückhält, damit ich vor ihm den Höhepunkt erreiche. Doch obwohl die Hitze in meinem Becken wie ein wildes Tier wütet und Jack eine Stelle in mir trifft, die ein Kribbeln durch meinen gesamten Körper jagt, reicht es nicht. Jack scheint es ebenfalls zu merken, denn mit einem Mal umfasst er meine Taille nur noch mit einem Arm und schiebt seine Hand zwischen uns. Als sein Daumen über meine Klitoris reibt, verhundertfacht sich das Kribbeln in meinem Inneren. Mit jedem Streicheln baut sich der Druck weiter in mir auf, wie eine Welle, die Anlauf nimmt, bevor sie an den Klippen zerschellt. Und dann reißt sie mich schließlich mit sich fort. Der Orgasmus fegt so plötzlich und mit solcher Wucht über mich hinweg, dass meine Umgebung verschwimmt. Da ist nur noch das berauschende Gefühl der vollkommenen Ekstase, das all meine Zellen, all meine Sinne erfüllt. Meine Muskeln zittern, meine Synapsen feuern Endorphine in alle Richtungen. Nur am Rande bekomme ich mit, wie Jack ebenfalls seinen Höhepunkt erreicht. Er gräbt seine Hände in meine Hüfte, als er mich so nah wie möglich an sich zieht. Sein donnernder Herzschlag an meiner Brust ist ein Echo meines eigenen. Eng umschlungen bleiben wir in der Position, bis unsere Atemzüge zu einem ruhigen Rhythmus zurückgefunden haben und unser Puls nicht mehr wie eine Flutwelle durch unsere Adern rauscht.

Langsam rutsche ich von seinem Schoß, meine Beine fühlen sich an wie Wackelpudding. Mit einem zufriedenen Seufzen lasse ich mich auf die kühlen Seidenlaken fallen.

Nachdem Jack kurz im Bad verschwunden ist, liege ich in seinem Arm und genieße das bizarre Gefühl von Leichtigkeit und Schwere zugleich, das von meinen Gliedern Besitz ergriffen hat. Jack streicht behutsam über die empfindsame Stelle direkt oberhalb meines Steißbeins. In regelmäßigen Abständen reagiert mein Körper mit einem leichten Schauer auf seine Streicheleinheiten. Das Gefühl, nie genug hiervon, nie genug von ihm bekommen zu können, überfallt mich so plötzlich, dass es mir kurz den Atem raubt. Es ist lange her, dass ein Mann solche Empfindungen in mir hervorgerufen hat. Wenn ich genauer darüber nachdenke, hat es bisher niemand geschafft. Als ich noch zu Hause bei meinen Eltern wohnte, habe ich in dieser Blase von Reichtum und Oberflächlichkeit gelebt. Eine Gesellschaft, in der nur der äußere Schein zählt, der Ruf, der Einfluss, die Macht. Schwächen durften nicht mal hinter geschlossenen Türen offenbart werden. Je höher man aufgestiegen ist, desto mehr Menschen wollten einen fallen sehen. Hinter vorgehaltenen Händen und manchmal auch offen wurde über das Privatleben, den Körper und angebliche Verfehlungen hergezogen.

Ich erinnere mich an Partys, bei denen Mädchen sich in der Toilettenkabine neben mir übergeben haben, weil fiese Stimmen sie als nicht dünn, nicht schön genug betitelt haben. Mit jedem Tag habe ich diese Welt mehr zu hassen und zu fürchten gelernt. Aber egal, wie sehr ich versucht habe, mich ihr zu entziehen, war ich doch immer ein Teil von ihr. Erst als ich vor einem Jahr nach New Haven gezogen bin, um dort auf die Yale University zu gehen, habe ich den Absprung geschafft. Habe die High Society mit ihren Intrigen und Oberflächlichkeiten hinter mir gelassen. Bis meine Eltern mich wieder mitten hineingezerrt haben.

Jacks Magen gibt ein lautes Grummeln von sich. Seine Finger, mit denen er bis eben noch träge über meinen Rücken gestrichen hat, stoppen abrupt.

»Entschuldige.« Er räuspert sich im selben Moment, in dem mein Magen mit einem lauten Grummeln antwortet.

Wir lachen beide gleichzeitig los. Die unschönen Gedanken, die sich eben wie Spinnenfäden um mich gewickelt haben, zerreißen und fallen in sich zusammen.

»Ich glaube, es wird Zeit fürs Abendessen«, sage ich noch immer grinsend und setze mich auf.

Jack nickt und greift nach seinen Boxershorts. »Dann lasse ich dich jetzt wohl besser mal alleine.«

Ich lehne mich über ihn und schnappe mir das Stück Stoff, um es im nächsten Augenblick mit einem Wurf außerhalb seiner Reichweite zu befördern.

»Wer hat denn hier etwas von Gehen gesagt?« Ich wedele tadelnd mit dem Zeigefinger vor seinem Gesicht herum.

»Aber ich dachte, du wolltest etwas essen gehen?« Jack sieht so verwirrt aus, dass mein Herz zum wiederholten Mal an diesem Tag dahinschmilzt.

»Wozu gibt es denn Zimmerservice? Und wen soll ich bitte schön zum Nachtisch vernaschen, wenn du mich hier alleine lässt?« Ich fahre mit einem Finger über seine nackte Brust und spüre, wie sich seine Muskeln anspannen.

»Vielleicht sollten wir das Dessert heute mal vorziehen«, flüstert er und beugt sich zu mir herüber.

Noch bevor seine Lippen meine berühren, ertönt ein derart lautes Grummeln, dass er mitten in der Bewegung innehält.

Jack seufzt resigniert. »Okay, dann doch erst der Hauptgang.«

Kapitel 27

Auf frischer Tat ertappt

Cameron

»Du hattest eine Uniform? So richtig mit Blazer, Bluse und Faltenrock?«, frage ich und versuche, mir Rose mit Pferdeschwanz und Schuluniform vorzustellen. Eine schlechte Idee, wie sich herausstellt. Denn kaum materialisiert sich ein Bild von dem karierten Faltenrock in meinem Kopf, der ihre langen schlanken Beine betont, spüre ich, wie mein Blut südwärts wandert.

»Eigentlich war es gar nicht so übel. Immerhin musste ich mir morgens nicht überlegen, was ich anziehen soll.« Sie zuckt mit den Achseln und nimmt sich eine Süßkartoffelpommes von ihrem Teller. »Nur die Krawatte war eine Zumutung.«

»Ihr musstet eine Krawatte tragen?!«

»Jup, am Tag unseres Schulabschlusses haben wir sie uns gegenseitig mit einer Schere abgeschnitten.« Sie grinst breit bei der Erinnerung.

»Ich hatte auch eine Uniform«, sage ich und lecke mir die Finger ab, an denen Mayonnaise von meinem Club-Sandwich klebt.

Rose sieht mich fragend an. Sie knabbert an einer der Gurkenscheiben, die wie Blumen angerichtet worden sind und die vermutlich mehr Kunst als Beilage sein sollen.

»Ich habe jeden Tag denselben Hoodie getragen und dazu schwarze Jeans und Doc Martens«, sage ich.

»So einer warst du also.« Rose grinst mich an und ich weiß, dass sie mich nur aufziehen will, trotzdem kann ich nicht verhindern, dass sich ein Knoten in meinem Bauch formt. Ich lege das angebissene Sandwich ab und nehme einen großen Schluck Wasser.

»Nachdem mein Dad gestorben ist, habe ich ein Jahr lang keine bunten Klamotten mehr getragen. Es hat sich irgendwie nicht richtig angefühlt«, sage ich und überrasche mich damit selbst.

Rose, die gerade eine weitere Süßkartoffelpommes in ihren Mund schieben will, lässt das Stück frittierte Kartoffel zurück auf den Teller fallen.

»Ich kann mir nicht mal ansatzweise vorstellen, wie das für dich gewesen sein muss.« Sie greift nach meiner Hand und drückt sie.

»Es war ein totales Durcheinander. Ich war so voller Trauer und Wut. Mein ganzes Leben ist von einem auf den anderen Tag in sich zusammengestürzt und ich konnte nichts dagegen tun. Meine Mom war am Boden zerstört, sie hat monatelang ihr Bett nicht verlassen. Also habe ich mich zusammengerissen und versucht, alles weiter am Laufen zu halten. Habe uns mit Nebenjobs über Wasser gehalten, bis meine Mutter stark genug war, um ohne Dad weiterzumachen.« Ich balle meine Hände zur Faust. »Entschuldige, das ist jetzt schon das zweite Mal heute, dass ich meinen emotionalen Ballast bei dir ablade.« Ich zwinge ein Lächeln auf meine Lippen, um die Schwere, die in der Luft liegt, zu durchbrechen.

»Du musst dich nicht entschuldigen. Nicht dafür. Niemals. Das ist ein Teil von dir. Und es hat dich zu dem gemacht, der du bist. Und ich beginne, diesen Menschen langsam, aber sicher sehr zu mögen.« Die Wärme in Roses Blick könnte ganze Gletscher in Sekundenschnelle schmelzen lassen.

Ich erwidere ihren Blick und hoffe, dass sie den stummen Dank, der darin mitschwingt, erkennt.

»Wie hast du überhaupt die Zeit gefunden, zu fotografieren und Bewerbungsmappen für die Unis zusammenzustellen?«, fragt sie.

»Ich hatte im letzten Schuljahr so viele Fehlstunden, dass ich beinahe den Abschluss nicht bekommen hätte.« Ich schneide eine Grimasse. »Und das mit der Bewerbung geht aufs Konto meiner Schwester und meines besten Freundes.«

»Wie das?« Rose legt fragend den Kopf schief.

»Ich wollte eigentlich nicht an die Uni. Und schon gar nicht, um so was Brotloses wie Kunst zu studieren.« Ich grinse schief, obwohl es der Wahrheit entspricht. »Bei uns war das Geld schon immer knapp, aber nachdem mein Dad gestorben und meine Mutter sich in ihrer Trauer eingeigelt hat, mussten wir jeden Cent zweimal umdrehen. Ein Studium kam für mich nicht infrage. Aber meine Schwester ...« Beim Gedanken an sie breitet sich Wärme in mir aus. »Sie hat heimlich eine Mappe mit Arbeitsproben zusammengestellt und bei der Uni eingereicht. Als die Einladung zum Bewerbungsgespräch kam, bin ich aus allen Wolken gefallen. Zuerst wollte ich absagen, aber dann ... Ich wollte wissen, ob ich das Zeug dazu habe. Also bin ich zusammen mit meinem Kumpel nach New York gefahren. Und das Gespräch lief gut. Besser als gut. Die Zusage kam ein paar Tage später und meine Schwester wollte ein Nein nicht akzeptieren. Aber am Ende war es Mom, die mich überredet hat. Ich glaube, das Ganze hat sie wachgerüttelt. Als hätte sie die Aussicht darauf, dass mein Traum zum Greifen nahe war, aus der Teilnahmslosigkeit gerissen.« Ich nehme einen großen Schluck von meinem Wasser. Meine Kehle fühlt sich rau an von den vielen Worten, von den Erinnerungen, die sie aufgewirbelt haben. Ich weiß nicht, wann ich das letzte Mal so offen mit jemandem über meine Vergangenheit gesprochen habe. Keiner meiner Mitstudierenden kennt die Geschichte, die mich nach New York geführt hat. Doch Rose gibt mir das Gefühl, ihr alles erzählen zu können.

»Klingt so, als hättest du eine ziemlich tolle Schwester«, sagt sie.

Ich nicke. »Sie ist der wichtigste Mensch in meinem Leben. Nach dem Tod meines Dads haben wir uns gegenseitig Halt gegeben, als meine Mom es nicht konnte.«

»Manchmal wünschte ich, ich hätte auch eine Schwester oder einen Bruder, damit sich die geballte Enttäuschung meiner Eltern wenigstens etwas besser verteilen könnte.« Rose starrt auf die Bettdecke. Trotz ihres scherzhaften Tons ist da etwas Verletzliches in ihrer Miene.

»Du studierst Maschinenbau in Yale. Wie können deine Eltern da auch nur ansatzweise enttäuscht sein?« Ich neige mich zur Seite und stoße sanft mit meiner Schulter gegen ihre.

Sie lacht, doch es klingt traurig. »Ich kann dir eine ganze Liste an Dingen nennen, weshalb meine Eltern enttäuscht von mir sind, aber ich fürchte, so viel Zeit hast du nicht. Also beschränken wir es besser auf die Top fünf.«

Die Bitterkeit in ihrer Stimme schneidet wie ein Messer durch meine Eingeweide. Ich kenne Rose erst seit ein paar Tagen, doch selbst in der kurzen Zeit habe ich sie als eine willensstarke, liebenswerte, offenherzige, intelligente und lustige Frau kennengelernt. Und das ist nur ein Ausschnitt der Adjektive, die ich mit ihrer Persönlichkeit in Verbindung bringe. Der Gedanke, dass ausgerechnet ihre Eltern das nicht sehen können, schmerzt.

»Fangen wir mal damit an, dass ich Maschinenbau studiere. Mein Vater will, dass ich die Reederei irgendwann übernehme, und sieht BWL als einzig sinnvolles Studienfach an. Dann wäre da noch mein Engagement für den Klimaschutz, weshalb ich ihn andauernd mit unsinnigen Ideen nerve, wie wir unsere Schiffe klimaneutral gestalten könnten. Außerdem bin ich schrecklich undankbar, weil ich mich zu selten auf New Yorker High-Society-Events zeige. Unerzogen bin ich übrigens auch, weil ich ihm ständig Kontra gebe. Aber hey, ich bin einer der wenigen Menschen, die nicht auf seiner Gehaltsliste stehen, irgendjemand muss es schließlich tun.« Sie zuckt mit den Schultern, als wäre es keine große Sache, doch ihre Lippen verziehen sich zu einem dünnen Strich, als sie kurz eine Pause macht. »Und dann ist da noch Edward ...«

»Was ist mit ihm?« Unwillkürlich beuge ich mich ein Stück näher zu ihr. Etwas Heißes brennt in meiner Brust und ich muss mir eingestehen, dass es Eifersucht ist. Obwohl es mir nicht zusteht, so zu empfinden, kann ich doch nichts dagegen tun. Rose lässt mein Herz schneller schlagen. In ihrer Gegenwart fühle ich mich so lebendig wie seit Monaten nicht mehr. Ich will so viel Zeit wie möglich mit ihr verbringen und der Gedanke, dass sie stattdessen Edward trifft, schnürt mir die Kehle zu.

»Es ist kompliziert«, erwidert Rose nur.

Bevor ich nachbohren kann, schnappt sie sich die inzwischen leeren Teller und läuft damit hinüber zum Couchtisch. Der Anblick ihrer nackten Rückseite sorgt dafür, dass die Gedanken an einen anderen Mann gemeinsam mit dem Druck auf meiner Brust verpuffen. Mit einem Satz springe ich aus dem Bett und folge ihr mit großen Schritten.

»Wie war das noch mal mit dem Nachtisch?«, frage ich dicht an ihrem Ohr und schlinge die Arme um ihre Mitte. Ich spüre ihre warme Haut und als ich beginne, langsam ihren Hals zu küssen, läuft ein Schauer über Roses Nacken.

»Nachtisch klingt nach einer verdammt guten Idee«, raunt sie, bevor sie sich in meinen Armen umdreht, ihre Lippen auf meine legt und mein Verstand sich ausschaltet.

•••

Das Treppenhaus und die Gänge liegen still und verlassen vor mir, als ich mich um kurz vor sechs Uhr in der Früh zurück in meine Kabine schleiche. Obwohl der Flur mit Teppichboden ausgelegt ist, habe ich das Gefühl, dass meine Schritte durch den Korridor dröhnen. Immer wieder blicke ich mich um, in der ständigen Erwartung, plötzlich Mr Thomson gegenüberzustehen. Mit jedem Meter, den ich meiner Kabine näherkomme, löst sich die Anspannung aus meinen verkrampften Muskeln mehr. Als ich nach einer gefühlten Ewigkeit meine Hand auf die Klinke lege, atme ich erleichtert aus.

»Wo kommen Sie denn um diese Uhrzeit und in diesem Aufzug her, Mr Price?« Mr Thomsons Frage lässt mich merklich zusammenzucken.

Mein Kopf ist mit einem Mal komplett leergefegt. Jede auf dem Weg hierher zurechtgelegte Ausrede hat sich in Luft aufgelöst. Als hätte die Schärfe in Mr Thomsons Tonfall sie zum Platzen gebracht wie zu prall gefüllte Luftballons.

Langsam löse ich meine Finger von der Klinke und drehe mich zu meinem Chef um. *Lass dir etwas einfallen!*, befehle ich mir selbst. Denn wenn ich ihm die Wahrheit sage, wird er mich ohne mit der Wimper zu zucken von Bord werfen. Und seitdem ich mit meiner kleinen Schwester telefoniert habe, weiß ich, dass ich das Geld dringender brauche denn je. *Wie konnte ich nur derart leichtsinnig sein?* Dieser Tag mit Rose fernab vom Schiff hat mich in einem Gefühl falscher Sicherheit gewiegt. Auf Tortola kannte uns niemand. Dort konnte ich mit ihr lachen. Mit ihr Hand in Hand über den Strand spazieren. Sie küssen. Doch jetzt sind wir zurück auf der *Goddess of the Sea*. Zurück an einem Ort, an dem meine Gefühle für sie verboten sind. So verboten, dass ich mir keinen Moment der Unachtsamkeit erlauben darf. Mit dem Fotoshooting und der gemeinsamen Nacht wollte ich die Realität noch etwas weiter hinauszögern. Jetzt hat sie mich eingeholt.

»Ich kann das erklären«, starte ich mit der wohl lahmsten Einleitung, seit es Soap-Operas gibt.

»Da bin ich aber gespannt.« Obwohl ich noch kein Wort gesagt habe, furchen tiefe Falten seine Stirn. Wie immer sieht er aus wie aus dem Ei gepellt. Die Haare perfekt frisiert, nicht der Hauch eines Bartschattens ist zu sehen. Gekleidet ist er in ein weißes Hemd und Anzughose sowie Lederschuhe. Ich habe ihn bisher nie in so etwas wie legerer Freizeitkleidung gesehen.

Apropos Freizeitklamotten. Ich trage noch immer die Shorts und das T-Shirt, in der Hand halte ich den Strohhut. Alles an mir schreit nach Walk-of-Shame.

»Ich warte.« Mr Thomson trommelt mit seinen Fingern auf den verschränkten Unterarmen.

»Äh ja. Also ich …«, setze ich an. »Es ist gestern Abend etwas spät geworden und …« *Denk nach, denk nach, denk nach!*

In diesem Augenblick öffnet sich die Tür zu meiner Kabine. Lukes verwuschelter Haarschopf erscheint im Türrahmen.

»Da bist du ja endlich. Ich wollte schon einen Suchtrupp aussenden«, verkündet er und boxt mir spielerisch gegen den Oberarm. »Wenn du das nächste Mal bei Sandy übernachtest, schick mir wenigstens eine Nachricht, damit ich mir keine Sorgen machen muss, dass wir dich versehentlich im letzten Hafen vergessen haben«, plappert er weiter.

Sprachlos starre ich ihn an. *Sandy? Suchtrupp? Nachricht?* Als ich gestern kurz in der Kabine war, um das andere Objektiv zu holen, habe ich ihm erzählt, dass ich auf dem Weg zu Rose bin. Und überhaupt würde ich mich niemals an eine Frau ranschmeißen, an der mein bester Kumpel bereits Interesse bekundet hat.

Erst als Luke mich unauffällig mit dem Ellenbogen anstößt und vielsagend die Augenbrauen hebt, fällt bei mir der Groschen.

»Ähm ja, entschuldige. Es war eigentlich nicht geplant, dass ich über Nacht drüben bleibe.« Ich fahre mir in einer, wie ich hoffe, verlegen wirkenden Geste durchs Haar.

Mr Thomson gibt ein missbilligendes Schnauben von sich.

»Ich würde Ihnen empfehlen, die Nächte zukünftig in ihrem eigenen Bett zu verbringen. Romanzen am Arbeitsplatz bringen nur Ärger.« Er mustert mich mit einem strengen Blick, aber mehr kann er nicht tun. Immerhin sind Beziehungen unter Kollegen nicht verboten.

Ich nicke reumütig. »Es wird nicht wieder vorkommen, Mr Thomson.«

Dieser nickt zufrieden und bedeutet uns mit einer Geste, dass wir gehen können.

Schnell flüchte ich hinter Luke in die Kabine und drücke die Tür mit Nachdruck ins Schloss.

Ich stoße einen Schwall Luft aus, den ich unbewusst angehalten habe. »Puh, das war verdammt knapp«, flüstere ich. »Danke, Kumpel, du hast mir den Hintern gerettet!«

»Aber gerne doch. Dafür will ich jetzt aber jedes noch so kleine Detail von deinem Date hören.« Luke grinst anzüglich.

»Es war absolut perfekt. Sie ist absolut perfekt«, erwidere ich und kann nichts dagegen tun, dass sich ein fettes Grinsen auf meinen Lippen ausbreitet.

»Mit anderen Worten, du steckst ganz schön in der Scheiße«, urteilt Luke und zieht eine Grimasse.

»Wir müssen es ja nur für die nächsten paar Tage geheim halten. Wenn wir von diesem Schiff runter sind …« Ich mache eine wegwerfende Handbewegung.

Luke schweigt und weicht meinem Blick aus.

»Komm schon, was ist?« Ich kann ihm an der Nasenspitze ansehen, dass ihm etwas auf dem Herzen liegt. Er will es nicht aussprechen, weil er weiß, dass ich es nicht hören will.

»Bist du sicher, dass es mehr als eine Affäre für sie ist? Und nicht bloß ein bisschen Nervenkitzel für eine gelangweilte Tochter aus reichem Haus?« Er beißt sich auf die Unterlippe.

Mein erster Impuls ist es, ihm zu sagen, wie sehr er sich in Rose täuscht. Doch da ist ein kleiner Teil in mir, der sich dieselbe Frage stellt. *Kann eine Beziehung zwischen uns funktionieren? Ist die Regel, die eine Affäre zwischen Angestellten und Gästen untersagt, wirklich das einzige, das zwischen uns steht?* Ihre Welt ist so vollkommen anders als die meine. Die *Goddess of the Sea* ist das beste Beispiel. Überall Luxus und Überfluss. Nichts davon kann ich ihr bieten.

»Sorry, ich wollte dir nicht die Stimmung verderben.« Luke sieht zerknirscht aus.

»Schon okay. Irgendjemand muss ja die Stimme der Vernunft spielen. Ist doch schön, wenn unsere Rollen zur Abwechslung mal vertauscht sind.« Luke antwortet mir mit einem Augenrollen.

Obwohl ich versuche, das Ganze nicht zu zerdenken, bildet sich ein Kloß in meinem Hals. Um mich abzulenken, frage ich: »Apropos, wie läuft's denn mit Sandy?«

Luke sieht hinab zu seinen Zehenspitzen, die in Flipflops stecken, und wirkt ertappt.

»Habe ich dir nicht gesagt, dass du dein Herz nicht schon wieder direkt verschenken sollst?« Ich seufze theatralisch.

Luke grinst. »Sie ist einfach perfekt«, wiederholt er meine Worte von vorhin.

»Sieht so aus, als ob wir beide ganz schön in der Scheiße stecken.« Ich lege ihm den Arm um die Schultern und versuche, die Zweifel aus meinem Herzen zu verscheuchen.

Kapitel 28

Von Notlügen und Doppelgängern

Eliza

Der gleichmäßige Druck, den die Masseurin mit geschickten Fingern auf meinen Rücken ausübt, gepaart mit den Klängen der verträumten Musik, sorgen dafür, dass ich in der Gegenwart meiner Mutter so entspannt bin wie lange nicht mehr. Die Luft ist geschwängert vom durchdringenden Duft nach Lavendel. Das Licht ist gedimmt. Meine Glieder fühlen sich zunehmend schwerer an, mein Nacken ist weich wie Butter, die in der Sonne dahinschmilzt. Meine Gedanken wandern zurück zur vergangenen Nacht. Zurück zu Jacks Küssen, zu seinen Händen, die meinen Körper erkundet und verwöhnt haben.

»Passen Sie doch auf oder wollen sie mir das Rückgrat brechen?!« Die gereizte Stimme meiner Mutter trifft mich mit der Wucht eines Hammers und befördert mich zurück in die Realität.

Ich zucke zusammen, die Muskeln angespannt, obwohl ich mir ziemlich sicher bin, dass dieses Mal nicht ich es bin, die ihren Unwillen auf sich gezogen hat.

»Entschuldigen Sie, Madam. Ist es so besser?«, höre ich die piepsige Stimme der Angestellten.

Meine Mutter gibt ein Brummen von sich, das als Zustimmung durchgehen kann.

»Ist bei Ihnen alles in Ordnung? Soll ich weniger Druck ausüben?« Offensichtlich fürchtet meine Masseurin, dass ihr ein ähnliches Schicksal zuteilwerden könnte wie ihrer Kollegin.

»Nein, danke. Es ist alles perfekt«, versichere ich ihr und versuche, mich wieder fallen zu lassen.

»Habe ich es dir nicht gesagt: Eine Massage wirkt bei Kopfschmerzen wahre Wunder«, verkündet meine Mutter von der benachbarten Liege.

Bei ihren Worten verspannen sich meine Muskeln noch mehr. Das schlechte Gewissen nagt an mir. Immerhin habe ich nicht nur Edward, sondern auch meinen Eltern etwas vorgeschwindelt.

»Ja, danke, dass du mich überredet hast«, erwidere ich. Eigentlich wäre ich am liebsten den gesamten Tag im Bett geblieben, nachdem Schlaf letzte Nacht deutlich zu kurz gekommen ist. Das Grinsen stiehlt sich wie von selbst auf meine Lippen.

»Wir haben dich gestern beim Essen vermisst. Vor allen Dingen der arme Edward. Er hatte sich schon so auf den Ausflug mit dir gefreut.« Die Stimme meiner Mutter klingt tadelnd. Obwohl sie tatsächlich allen Grund dazu hätte, mich für meine gestrige Notlüge zurechtzuweisen, ärgert mich ihr Verhalten. Denn schließlich kann sie nicht wissen, dass die Migräneattacke nur erfunden war.

»Ich bin mir sicher, dass Edward sich auch ohne mich gut amüsiert hat«, erwidere ich spitz.

»Es wäre trotzdem eine gute Gelegenheit gewesen, um euch näher kennenzulernen.« Sie seufzt.

»Ich denke, ich kenne ihn bereits gut genug«, erwidere ich mit einer Endgültigkeit in meiner Stimme, die ihr hoffentlich klar macht, dass ich das Thema nicht vertiefen will. Es ist eine Sache, Edward zu bespaßen, aber eine vollkommen andere, mich von meiner Mutter dazu drängen zu lassen, mehr daraus zu machen.

»Er ist so ein anständiger junger Mann. Ich bin mir sicher, er würde alles für seine Angebetete tun«, schwärmt sie und klingt dabei exakt wie eine Rolle aus einem Jane-Austen-Film. Kein Wunder, dass sie und Edward auf einer Wellenlänge liegen.

»Mit *alles* meinst du, seinen Geldbeutel weit zu öffnen?« Die Worte sind so schnell über meine Lippen geschlüpft, dass ich sie nicht zurückhalten konnte.

Mom zieht scharf die Luft ein. Der intensive Duft des Massageöls, der den Raum erfüllt, wirkt mit einem Mal nicht mehr beruhigend, sondern erdrückend. Ich höre das Rascheln von Stoff, gefolgt vom Knarzen der Liege neben mir. »Danke, das reicht. Sie können jetzt gehen«, ertönt die Stimme meiner Mutter.

Seufzend richte ich mich ebenfalls auf und ziehe das Handtuch dabei fest um meinen nackten Oberkörper.

Meine Mutter, die sich mittlerweile in einen der dicken royalblauen Frotteebademäntel gehüllt hat, drückt den beiden Masseurinnen jeweils einen Fünfzig-Dollar-Schein in die Hand. Die beiden strahlen sie an und deuten eine leichte Verbeugung an, bevor sie sich zurückziehen.

Kaum ist die Tür hinter ihnen ins Schloss gefallen, verengen sich Moms Augen.

»Eliza, das war vollkommen unangebracht! Was hast du dir dabei gedacht? Was ist, wenn die Angestellten darüber in Gegenwart anderer Gäste tratschen?« Ihr Tonfall ist so anklagend wie damals, als ich mich zunächst geweigert habe, am Debütantinnenball teilzunehmen. Was in den Augen meiner Mutter einer Kriegserklärung gleichkam.

»Das Einzige, das hier unangebracht ist, sind deine Verkupplungsversuche. Wir sind hier nicht im achtzehnten Jahrhundert, wo Mütter ihre Töchter an reiche Grafen verschachert haben, um die Familie finanziell abzusichern.« Ich verschränke die Arme vor der Brust.

»Dein Vater und ich wollen nur das Beste für dich.«

Ich lache freudlos auf. »Meinst du nicht eher, das Beste für euch?«

Sie erhebt sich ruckartig von der Liege und strafft die Schultern. »Das muss ich mir wirklich nicht anhören. Dank uns hat es dir in deinem Leben nie an etwas gemangelt. Du bist auf die besten Schulen gegangen, studierst an einer Eliteuniversität und musstest dir nie Gedanken um Geld machen.«

Plötzlich fühle ich mich schlecht. Obwohl ich oft das Gefühl habe, die Erwartungen meiner Eltern nicht erfüllen zu können, hat sie recht damit, dass sie mir ein sorgenfreies Leben ermöglicht haben. Etwas, das nicht selbstverständlich ist, wenn ich an Jacks Schicksal denke.

»Es tut mir leid, Mom. Ich weiß, dass ihr es nur gut meint«, versuche ich sie zu beschwichtigen, auch wenn ich mir bei meinem Vater nicht so sicher bin. »Aber es läuft doch gut. Edward ist begeistert, die Gäste zufrieden und bis auf den Tropensturm scheint alles nach Plan zu laufen.«

Meine Mutter nickt widerstrebend.

»Ich verstehe allerdings nicht, wie es sein kann, dass Dad die Firma derart in Gefahr gebracht hat. Er ist doch sonst immer so vorsichtig. Kalkuliert jedes Risiko und trifft keine Entscheidung, bevor er nicht einen hundertseitigen Businessplan aufgestellt hat.« Ich versuche, das kritische Thema etwas aufzulockern, in der Hoffnung, mehr über das Ausmaß der finanziellen Schwierigkeiten aus meiner Mutter herauslocken zu können. Wenn ich meinen Vater darauf anspreche, würde dieser vermutlich lediglich mit der Faust auf den Tisch hauen und mich anschnauzen, dass ich nichts davon verstehe. Denn immerhin habe ich mich entgegen seinem Wunsch für ein ingenieurwissenschaftliches Studium entschieden und nicht für BWL.

Meine Mutter verzieht das Gesicht, als habe sie in eine Zitrone gebissen.

»Das ist kein Thema, das wir jetzt und hier besprechen sollten.« Sie sieht über ihre Schulter, als erwarte sie, dass eine der Masseurinnen sich hinter der Liege versteckt hat, um uns zu belauschen.

Ich unterdrücke den Impuls, mit den Augen zu rollen. Wenn es wirklich so schlimm steht, wie mein Vater angedeutet hat, finde ich, dass wir sehr wohl darüber sprechen sollten. Im Zweifelsfall lieber früher als später. Andererseits überrascht es mich nicht, dass meiner Mutter das Thema unangenehm ist. Immerhin ist ihr Leitspruch: Über Geld spricht man nicht, man zeigt lediglich, dass man welches hat.

»Was ich eigentlich sagen wollte – ich habe kein Problem damit, für meinen Unterhalt selbst aufzukommen. Ich kann mich für eines der günstigeren Wohnheimzimmer auf dem Campus bewerben und mir einen Nebenjob suchen. Ich könnte zum Beispiel in einem Café arbeiten oder …« Ich verstumme mitten im Satz, als ich den Gesichtsausdruck meiner Mutter bemerke. Sie sieht mich an, als hätte ich soeben vorgeschlagen, mein Studium hinzuschmeißen, um bei einem Wanderzirkus Löwendompteurin zu werden.

»Meine Tochter wird auf keinen Fall als Kellnerin arbeiten und den Dreck anderer Leute wegräumen. Wie sieht das denn aus?!« Manchmal vergesse ich, was für ein Snob meine Mutter ist, aber dass sie selbst in dieser Situation darauf besteht, den äußeren Schein zu wahren, verschlägt mir die Sprache.

»Du kannst im Golfclub ja behaupten, dass es ein Sozialexperiment ist, wenn es dich glücklich macht«, scherze ich. Wobei ich stark bezweifle, dass sich meine Eltern die Mitgliedschaft dort weiter leisten können, sollte es wirklich so schwarz um die Zukunft des Unternehmens bestellt sein, wie mein Vater behauptet hat.

Meine Mom schüttelt entschieden den Kopf. »Das ist doch absurd, Eliza. Und jetzt genug von dem Thema.« Sie zieht den Gürtel des Bademantels fester, wie um ihre Worte zu unterstreichen.

Da unser Gespräch damit offensichtlich beendet ist, tue ich es ihr seufzend nach. Gemeinsam verlassen wir den Raum und folgen dem mit Milchglas gesäumten Flur entlang in Richtung der Rezeption des Spa-Bereichs. Meine Mutter läuft dabei immer einen Schritt vor mir her, als wollte sie wortwörtlich vor einem weiteren unangenehmen Gespräch über Geld flüchten.

»Elli!« Ich erkenne Abigails Stimme sofort und habe gerade noch Zeit, mir ein künstliches Lächeln auf die Lippen zu pflastern, bevor sie auch schon auf mich zusteuert. Ihre beiden Freundinnen bleiben am Tresen zurück und wirken leicht überfordert davon, dass Abigail sie einfach hat stehen lassen.

»Abigail, wie schön Sie zu sehen. Sagen Sie Ihrer Mutter bitte, dass ich ihre Einladung zum Tee nicht vergessen habe«, grätscht meine Mutter dazwischen, bevor ich etwas erwidern kann.

»Die Freude ist ganz meinerseits, Mrs Fortner. Meine Mutter freut sich schon darauf, aber sie weiß natürlich, wie beschäftigt Sie sind«, versichert Abigail ihr, bevor sie sich mir zuwendet.

»Ich habe dich gestern am Hafen gesehen und nach dir gerufen, aber du hast mich über den Lärm eures Mopeds wohl nicht gehört. Wer war denn der gutaussehende Mann, mit dem du unterwegs warst? Den langen hellbraunen Haaren nach zu urteilen, war es nicht Edward.« Abigail klimpert unschuldig mit ihren Wimpern, während ich erstarre.

Ich spüre den bohrenden Blick meiner Mutter auf mir und kämpfe gegen die aufkeimende Panik an. Mein Mund wird trocken, meine Handflächen dafür umso feuchter. *Fuck! Fuck! Fuck!* Wie konnte ich allen Ernstes glauben, dass sie die Sache einfach auf sich beruhen lassen würde?!

»Du musst mich verwechselt haben. Ich war gestern den ganzen Tag in meiner Kabine, weil ich Migräne hatte.« Ich zwinge meine Lippen dazu, sich zu einem unschuldigen Lächeln zu formen.

»Ach wirklich? Ich hätte schwören können, dass du es warst. Aber wie sagt man so schön, jeder von uns hat angeblich einen Doppelgänger.« Sie lacht glockenhell, während meine Mutter mich noch immer mit Blicken durchbohrt.

»Muss wohl so sein«, erwidere ich gezwungenermaßen. Eine unnatürliche Stille senkt sich über uns, bevor Abigail Luft holt, um den nächsten verbalen Schlag auszuteilen. Doch ich grätsche dazwischen: »Wir müssen dann mal weiter. Viel Spaß im Spa!« Das falsche Lächeln schmerzt in meinen Mundwinkeln, trotzdem halte ich eisern daran fest. »Die Massage ist der absolute Wahnsinn.«

»Danke für den Tipp, das klingt perfekt. Wir sehen uns bestimmt später noch.« Aus ihrem Mund hört es sich an wie eine Drohung.

»Ich kann es kaum erwarten«, erwidere ich, obwohl ich mich lieber wie eine Galionsfigur an den Bug des Schiffs schnallen lassen würde, als ein weiteres oberflächliches Gespräch mit ihr zu führen.

Abigail zeigt uns ihre perlweißen Zähne und hebt dabei gleichzeitig ihre perfekt manikürte rechte Hand, um uns huldvoll zuzuwinken.

Kaum ist die Glastür hinter uns ins Schloss gefallen, hakt sich meine Mutter bei mir unter. Ihr Griff ist fest und unnachgiebig.

»Warum dachte Abigail, dass sie dich gestern am Hafen mit einem Mann auf einem Moped gesehen hat?«, zischt sie mir mit gesenkter Stimme zu.

»Ich habe doch eben schon gesagt, dass sie mich verwechselt haben muss. Wie du weißt, habe ich den ganzen Tag im Bett gelegen.« Ich schlucke das schlechte Gewissen herunter, das mich wegen der Notlüge überkommt.

»Alles, was ich weiß, ist, dass ich gestern Mittag an deine Tür geklopft habe und niemand geöffnet hat.« Sie bleibt so abrupt stehen, dass ich es erst zwei Schritte später merke und zu ihr herumgerissen werde. Aus grau-blauen Augen starrt sie mich an; auf ihrer Stirn hat sich eine steile Falte gebildet.

Ich bin aufgeflogen! In meinem Kopf schrillen die Sirenen los. Rote Warnleuchten überstrahlen jeden klaren Gedanken.

»Wo warst du gestern, Eliza?«, setzt meine Mutter nach, als ich vor Schock erstarrt stumm bleibe. »Und wer war der Mann?«

»Ich weiß nicht, wieso du Abigail mehr Glauben schenkst als deiner Tochter!« Es sollte anklagend klingen, doch selbst in meinen Ohren hört es sich defensiv an.

»Dieser Kellner, der dir beim Abendessen neulich so viel Aufmerksamkeit geschenkt hat, hat der nicht hellbraune schulterlange Haare?« Ihre Augen sind leicht verengt wie die eines Falken, der seine Beute ins Visier genommen hat. Sekunden bevor er sich auf sie stürzt, um sie zu erlegen. »Jetzt, da ich darüber nachdenke, fällt mir ein, dass er gestern Abend ebenfalls nicht da war!«

Die Sirenen in meinem Kopf sind nun ohrenbetäubend und es

kostet mich jedes kleinste Fitzelchen Selbstbeherrschung, um meine Gesichtszüge nicht entgleisen zu lassen. *Es geht hier nicht nur um dich!*, erinnert mich meine innere Stimme. *Reiß dich zusammen!* Wenn schon nicht um meinetwillen, dann wenigstens für Jack. Denn für ihn steht deutlich mehr auf dem Spiel als nur ein Tadel meiner Mutter.

Verflucht, ich habe nicht damit gerechnet, dass ihr das aufgefallen ist.

Ich lache und schüttle den Kopf. »Das ist doch absurd, Mom. Ich habe den ganzen Tag das Bett nicht verlassen. Wenn ich mittags die Tür nicht geöffnet habe, dann habe ich wahrscheinlich geschlafen. Kopfschmerzen des Todes, du erinnerst dich?« Ich tippe mit dem Finger gegen meine Stirn.

Sie sieht mich noch immer prüfend an, aber nicht mehr wie ein Raubtier. Unser Blickduell hält fünf weitere – für mich quälend lange – Sekunden an, bevor sie seufzt und sich mit Daumen und Zeigefinger die Nasenwurzel reibt.

»Verzeih mir, meine Nerven liegen in letzter Zeit blank. Ich sehe offensichtlich schon Gespenster.« Sie lächelt entschuldigend, bevor sich ihre Miene wieder bewölkt. »Ich bin trotzdem der Meinung, dass das Verhalten unseres Kellners dir gegenüber unangebracht ist. Vielleicht sollte ich mal ein Wort mit seinem Vorgesetzten wechseln.«

Verdammt, warum kann sie das Thema nicht einfach fallen lassen?!

»Er will bestimmt nur alles richtig machen und wirkt dadurch etwas zu engagiert. Ich bin mir sicher, dass er es nicht absichtlich gemacht hat. Mir ist es nicht einmal aufgefallen«, sage ich, und versuche gleichzeitig unbedarft und besorgt zu klingen. Besorgt genug, damit meine Mutter Jack in Ruhe lässt, aber nicht so, dass sie erneut misstrauisch wird. »Wenn du mit seinem Vorgesetzten sprichst, wird er Ärger bekommen.«

Meine Mutter öffnet den Mund und an ihrem Gesichtsausdruck kann ich ablesen, dass sie mir widersprechen will. Also tue ich das

Einzige, was mir einfällt: Das Gespräch auf ihr Lieblingsthema lenken.

»Ich habe überlegt, Edward zu fragen, ob er morgen unseren gemeinsamen Landgang nachholen möchte«, sage ich also schnell, bevor sie ihre Bedenken weiter ausführen kann.

Augenblicklich hellt sich ihre Miene auf. Als hätte ich vorgeschlagen, mit dem Thronfolger der britischen Krone höchstpersönlich auszugehen.

»Das ist eine wunderbare Idee! Lasst euch am besten an der Rezeption beraten, was es für Ausflüge gibt.« Endlich gehen wir weiter, während meine Mutter mir die verschiedensten Aktivitäten aufzählt, die wir gemeinsam unternehmen können.

Ich lasse sie reden und nicke gelegentlich zustimmend. Erst als wir vor meiner Kabine ankommen und ich mich von ihr verabschiedet habe, fällt die Anspannung von mir ab. Meine Nackenmuskulatur ist derart verspannt, dass niemand glauben würde, dass ich gerade von einer Massagesitzung komme.

»Willkommen zurück, Eliza.« Auroras Stimme umhüllt mich mit ihrem gewohnt dezenten Singsang, der vermutlich beruhigend wirken soll.

Ich gebe nur ein Brummen als Antwort zurück. Noch auf dem Weg zum Schlafzimmer folgt der obligatorische Witz zur Begrüßung. Nie habe ich mich für den Einfall, ihr Flachwitze beizubringen, mehr gefeiert und gleichzeitig verflucht, als Aurora fragt: »Welche Schuhe tragen Raubfische am liebsten?«

»Taucherflossen?«, frage ich.

»Tsst«, erwidert Aurora und klingt dabei wie der Buzzer einer Quizshow, wenn man die falsche Antwort eingeloggt hat. Wenn Edward und mein Vater wüssten, wozu ich ihre Schöpfung verformt habe, würde Ersterer vermutlich in Ohnmacht fallen und Letzterer einen Tobsuchtsanfall bekommen.

»Okay, ich gebe auf. Erleuchte mich.«

»Hai-Heels.« Sie sagt es derart trocken, dass ich ein paar Sekunden brauche, um den Witz, der definitiv in die Kategorie flach fällt, zu verstehen.

Dann lache ich laut los. Nein, ich pruste richtiggehend. Und endlich löst sich auch der letzte Rest Anspannung in Luft auf.

Kapitel 29

Unfälle und fliegende Parmesannester

Cameron

Ich spüre Mr Thomsons Blick auf mir wie das Fadenkreuz eines Scharfschützen, als ich durch den Speisesaal in Richtung Küche gehe. Anscheinend hat er mir meine Notlüge nicht ganz abgekauft. Dass Sandy Luke vorhin vor seinen Augen einen fetten Schmatzer auf die Backe gedrückt hat, hat vermutlich ebenfalls nicht dazu beigetragen, mein gefaktes Alibi zu stützen. Wenn ich meinen Job behalten will, muss ich mich heute um jeden Preis unauffällig verhalten. Dazu gehört, Rose aus dem Weg zu gehen.

Es hat mich einiges an Überzeugungskraft gekostet und einen Fünfziger on top, bis ich Ted so weit hatte, dass er seinen ursprünglichen Bereich zurücknimmt. Vermutlich war das nicht der cleverste Schachzug, aber immer noch besser, als Rose gegenübertreten zu müssen. Ich bin mir sicher, dass ich bei ihrem Anblick nicht anders könnte, als sie wie ein verliebter Vollpfosten anzustarren. Und das wäre zumindest berufstechnisch mein Untergang.

Daher lautet meine Strategie für den heutigen Abend, Rose vollkommen zu ignorieren. Bei dem Gedanken zieht sich mein Magen schmerzhaft zusammen. Hoffentlich interpretiert sie mein abweisendes Verhalten nicht falsch und denkt, dass ich einer dieser Typen bin, die das Interesse an einer Frau verlieren, kaum dass sie sie in ihr Bett gelassen hat. Das komplette Gegenteil ist nämlich der Fall. Ich kann es nicht erwarten, sie wiederzusehen. Sie zu berühren. Ihre weiche Haut unter meinen Finger zu spüren. Ihren betörenden Duft einzuatmen. Ihre Lippen zu küssen.

Ein Schnipsen direkt vor meiner Nase reißt mich aus meinem

Tagtraum und bringt mich zurück in die Restaurantküche. Die Luft hier drin ist trotz mehrerer Lkw-großer Abzugshauben heiß und stickig. Unterschiedlichste Gerüche vermischen sich zu einem explosiven Potpourri aus fruchtigen, herzhaften und rauchigen Komponenten, die mich in der Nase kitzeln. Alles um mich herum ist in Bewegung. Kellner stellen leere Teller auf der Theke ab, bevor sie mit einer neuen Bestellung durch die Schwingtür im Saal verschwinden. Das Klappern von Geschirr lässt die Luft förmlich vibrieren. Darunter mischen sich Anweisungen von Köchen an ihre Gehilfen, das wütende Zischen von heißem Fett und das Geräusch hektisch rotierender Schneebesen. Vor mir steht Meryl, die für das Anrichten der Salate zuständig ist, und fuchtelt mit ihren Fingern vor mir in der Luft herum.

»Also ist doch jemand zu Hause«, sagt sie grinsend, als ich sie irritiert anblinzele.

»Was?« Ich schüttle den Kopf, um die letzten Gedanken endgültig zu verscheuchen.

»Der Salat wird zwar nicht kalt, aber wenn du noch lange hier herumstehst und Löcher in die Luft starrst, wird er welk«, zieht sie mich auf und deutet mit ihrem Kinn in Richtung der Edelstahltheke zwischen uns. Darauf stehen drei Teller mit kunstvoll arrangiertem Salat in einem Nest aus filigranem Parmesangebäck.

»Entschuldige, ich bin schon unterwegs!« Ich salutiere vor ihr, bevor ich die Teller auf meinem Tablett platziere.

Glücklicherweise hat Mr Thomson meinen kleinen Aussetzer eben nicht mitbekommen. Erleichtert atme ich aus und verpasse der Schwingtür einen energischen Stoß.

Das Erste, was ich sehe, ist Rose, die in diesem Augenblick den Speisesaal betritt. Sie sieht wie immer umwerfend aus. Ihre blonden Haare fangen das warme Licht der Kerzenständer auf und leuchten in einem Goldton. Ein dunkelblaues Cocktailkleid unterstreicht das Ozeanblau ihrer Augen, das ich selbst auf die Entfernung hinweg ausmachen kann.

Das zweite, was ich sehe, ist der Typ, an dessen Arm sie sich eingehängt hat. Es ist dieser Edward.

Obwohl Rose mir versichert hat, dass er lediglich ein Arbeitskollege ihres Vaters ist, spüre ich Eifersucht wie spitze Nadeln in meinen Eingeweiden. Ich weiß nicht, was von beidem mich in der Bewegung erstarren lässt, auf jeden Fall sorgt es dafür, dass mir im nächsten Augenblick die Schwingtür, die ich eben aufgestoßen habe, mit einer besorgniserregenden Geschwindigkeit entgegenkommt. Nur meinen schnellen Reflexen ist es zu verdanken, dass ich rechtzeitig einen Schritt zur Seite mache und die Tür damit lediglich sacht meine Schulter streift, anstatt mit vollem Karacho in mein Gesicht zu knallen.

Um die Parmesannester nicht doch noch versehentlich durch den Raum fliegen zu lassen wie kleine knusprige Ufos, reiße ich meinen Blick von Rose und ihrem Begleiter los. Die Salate erreichen ihr vorgesehenes Ziel unfallfrei und ich rette mich zurück in die Küche. Durch eine Seitentür gelange ich in den Bedienstetengang, dem ich folge, bis ich wenige Schritte später auf die massive Metalltür stoße, die hinaus ins Freie führt.

Der Abend empfängt mich mit einer frischen Brise. Gierig sauge ich die salzige Luft ein und genieße den kurzen Augenblick der Stille um mich herum. Hier höre ich nur noch das Rauschen der Wellen, wenn sie an den Rumpf des Schiffs stoßen. Während ich eben noch gegen die unangebrachten Bilder von Rose angekämpft habe, die sich unter mir auf den weißen Laken rekelt, bekomme ich nun den Anblick von ihr und diesem Edward nicht mehr aus dem Kopf. Dabei sollte ich das dringend ändern. Ansonsten werde ich den Rest des Abends damit beschäftigt sein, Blickkontakt mit Rose herzustellen, um sicherzugehen, dass zwischen uns alles in Ordnung ist. Dass es nicht nur ein einmaliges Abenteuer für sie war, ein Aufbegehren gegen ihren Vater und die Gesellschaft, in der sie sich bewegt.

So ist Rose nicht!, meldet sich meine innere Stimme zu Wort. Ein anderer Teil von mir fragt sich, woher ich das so genau wissen will.

Immerhin kenne ich sie erst seit wenigen Tagen. Die Stimme klingt verdächtig nach Lukes.

Wenn ich nur mit ihr reden könnte. Doch ich habe keine Ahnung, wie ich das anstellen soll. Frustriert schlage ich auf das Geländer, nur um im nächsten Augenblick laut zu fluchen, als sich der Schmerz durch meinen Handballen bis hinauf in meinen Unterarm frisst. Mein Fluchen wird von der Vibration meines Handys unterbrochen, das ich in der Hosentasche trage. Eigentlich dürfen wir die Geräte während unserer Schicht nicht benutzen, doch seit meinem Gespräch mit Bonnie kann ich die Sorge um sie und meine Mom nur schwer unterdrücken. Es hilft mir, zu wissen, dass meine kleine Schwester mich jederzeit erreichen kann, wenn sie Hilfe braucht. Meine Finger kribbeln noch immer, als ich das Handy hervorziehe. Auf dem Display leuchtet mir tatsächlich Bonnies Name entgegen. Mein Herz schlägt sofort schneller und Fantasien düsterer Szenarien fluten meinen Kopf. Als ich das Foto sehe, bin ich beruhigt. Es ist ein Selfie von ihr, wie sie in einem bunt gemusterten Bikini-Top auf dem Sofa sitzt und ein Eis am Stiel in die Luft reckt. Betitelt ist das Foto mit: »Die Gasrechnung ist bezahlt. Jetzt kann ich hier in Chicago genauso einheizen wie die karibische Sonne dir.« Es folgt eine weitere Nachricht.

Bonnie: Und jetzt hör auf, dir Sorgen zu machen!!!

Ich antworte, dass ich eine höhere Auflösung brauche, damit ich sicher sein kann, dass da keine Gänsehaut auf ihren Armen ist. Das kommentiert meine Schwester mit einer ganzen Salve an Emojis, die mir die Zunge herausstrecken.

Als ich wenig später wieder in die Küche gehe, ist mir etwas leichter ums Herz und es gelingt mir tatsächlich, den Rest des Abends nicht allzu oft in Roses Richtung zu sehen. Doch jedes Mal, wenn ich es tue, wünsche ich mir vergeblich, dass sie meinen Blick erwidert. Stattdessen scheint sie förmlich an den Lippen von diesem

Edward zu hängen. Als sie einmal laut auflacht, nachdem er anscheinend etwas wahnsinnig Lustiges erzählt hat, bin ich kurz davor, Ted das Tablett mit den Kaffeetassen abzunehmen, um eine davon auf Edwards weißem Hemd zu verschütten. Ganz aus Versehen, versteht sich.

Ich weiß nicht, ob ich erleichtert oder traurig sein soll, als Rose, ihre Eltern und Edward schließlich aufstehen und in Richtung des Ausgangs davonspazieren. Über den Kopf des Mannes hinweg, dem ich gerade das Dessertangebot herunterbete, obwohl er es genauso gut in der Karte nachlesen könnte, sehe ich ihr hinterher. Im allerletzten Augenblick, bevor sie hinter den großen Flügeltüren verschwindet, dreht sie sich noch einmal um und unsere Blicke treffen sich. Es ist nicht mehr als ein Zwinkern, das sie mir schenkt, doch mit dieser kleinen Geste verpuffen alle Zweifel zu Staub.

Kapitel 30

Der Herr über die Zugänge

Eliza

Erleichterung durchströmt mich, als Jacks Augen aufleuchten, kaum dass ich ihm zugezwinkert habe. Sie durchfließt mich wie heiße Schokolade an einem kalten Wintertag. Wärmt mich von innen und löst die Anspannung in meinen Muskeln, die sich dort während des Essens angestaut hat.

Jack komplett zu ignorieren war notwendig, aber auch verdammt schmerzhaft. Alles in mir hat sich danach gesehnt, Blickkontakt mit ihm zu suchen. Dass er heute Abend nicht für unseren Tisch zuständig gewesen ist, habe ich zunächst als glücklichen Umstand gewertet, mit jeder quälend langsam verstrichenen Minute jedoch zunehmend verflucht. Immer wieder musste ich den Drang niederkämpfen, nach ihm Ausschau zu halten. Dass ich Jacks Blicke dabei von Zeit zu Zeit wie heiße Stecknadeln auf meiner Haut gespürt habe, hat die Anspannung noch verstärkt. Wenn ich ihn doch mal angesehen habe, waren Unsicherheit und Enttäuschung in seinen hellblauen Augen deutlich zu erkennen.

Jacks Blicke waren jedoch nicht die einzigen, die während des Abendessens auf mich gerichtet gewesen sind. Meine Mutter hat mich keine Sekunde aus den Augen gelassen. Besonders nicht, als sie extra laut angemerkt hat, dass unser vorheriger Kellner wohl nicht mehr für uns zuständig sei. Mein Vater hat lediglich die Stirn gerunzelt, vermutlich sehen die Servicekräfte für ihn alle gleich aus. Edward hat es ebenfalls nicht kommentiert, während ich mir ein neutrales Lächeln abgerungen habe. Das Gespräch mit Abigail muss mich einige Vertrauenspunkte gekostet haben.

Also habe ich mir alle Mühe gegeben, die Bedenken meiner Mutter zu zerstreuen. Hauptsächlich um Jacks Willen. Ich habe zum ersten Mal, seit ich auf diesem vermaledeiten Schiff bin, wirklich an der Unterhaltung teilgenommen. Meine Nachfragen zu Edwards Landgang auf Tortola haben ihn förmlich aufblühen lassen. Und ich kann seine Begeisterung nur zu gut nachvollziehen. Ein paar Mal hätte ich mich beinahe verplappert, als er von den perlweißen Sandstränden und den grün bewaldeten Hügeln der Insel geschwärmt hat. Seine Schilderungen haben Erinnerungen an den gestrigen Tag mit Jack aufblühen lassen. Das Gefühl von Freiheit, als ich hinter ihm auf dem Moped gesessen habe und wir über die kurvigen Straßen gesaust sind. Der würzige Geschmack des Burrito auf meiner Zunge. Der Geruch von Moos und Erde im Nationalpark. Das Gefühl von Jacks Fingern, die sich mit meinen verschränkt haben wie zwei Puzzleteile, die perfekt ineinandergreifen.

Mein Lächeln war das Einzige, das heute Abend nicht vorgetäuscht gewesen ist, auch wenn der arme Edward vermutlich keine Ahnung hatte, dass es nicht ihm und seinen Erzählungen galt. Augenblicklich regt sich in mir wieder das schlechte Gewissen. Am liebsten würde ich ihm reinen Wein einschenken. Denn im Grunde genommen, und es widerstrebt mir zutiefst, meiner Mutter zustimmen zu müssen, ist Edward ein feiner Kerl. Er ist aufmerksam, verständnisvoll und viel zu nett für die Welt. Außerdem scheint er wirklich an mir interessiert zu sein, was das Ganze noch komplizierter macht. Aber solange meine Mutter auch nur den geringsten Verdacht hegt, dass ich etwas mit Jack am Laufen haben könnte, ist Edward meine beste Chance, sie vom Gegenteil zu überzeugen.

Mein Vorschlag, morgen mit ihm einen Landgang zu machen und uns gemeinsam Antigua anzusehen, ist wenig überraschend von allen am Tisch mit Begeisterung aufgenommen worden – im Falle meines Vaters mit einem wohlwollenden Nicken.

»Sollen wir direkt bei der Rezeption vorbeigehen und fragen, welche Exkursionen sie anbieten?«, wende ich mich deshalb an Edward, kaum dass wir durch die Flügeltüren des Speisesaals hinaus auf den Flur getreten sind.

»Sehr gerne, allerdings muss ich vorher noch einen kurzen Abstecher zum Spa-Bereich machen«, erwidert er zu meiner Überraschung.

»Hoffst du auf ein Schokoladenbad als Nachtisch?«, frage ich nur halb im Scherz.

Er schüttelt lachend den Kopf. »Das klingt zwar verlockend, aber um diese Uhrzeit stehen meine Chancen dafür wohl eher schlecht. Nein, ich möchte noch mal persönlich die Zugangsberechtigungen an den Türen prüfen. In den letzten Tagen gab es ein paar technische Probleme.«

»Sehr löblich, wenn der Chef sich Problemen persönlich widmet«, kommentiert mein Vater und klopft ihm jovial auf den Rücken. Vermutlich träumt er bereits davon, Edward als Schwiegersohn in spe in das Familiengeschäft einführen zu können. Dass die beiden deutlich mehr auf einer Wellenlänge liegen als wir, ist nur zu offensichtlich.

»Kein Problem, dann begleite ich dich. Nach dem Essen kann ein bisschen Bewegung nicht schaden«, erwidere ich und wende mich in Richtung der Treppe.

Ich höre, wie Edward sich von meinen Eltern verabschiedet und rolle innerlich mit den Augen, kann mir ein Grinsen aber nicht verkneifen.

»Den englischen Gentleman bekommt man nicht so einfach aus dir heraus, oder?«, ziehe ich ihn auf, als er mich auf der ersten Treppenstufe einholt.

»Was soll ich sagen? Fünf Jahre in einem Jungeninternat in England hinterlassen ihre Spuren.« Er zuckt mit den Schultern.

»Oh, wow, fünf Jahre England? Das klingt … kalt und regnerisch«, sage ich, während ich eigentlich einsam meine. Dabei ist es in unseren Kreisen nichts Außergewöhnliches, seine Kinder nach Europa in ein Internat abzuschieben. Dass mir dieses Schicksal erspart geblieben ist, habe ich vermutlich meinem Vater zu verdanken, der dachte, dass er mich besser kontrollieren könne, wenn ich mit ihm unter einem Dach wohne. Eine Rechnung, die er ohne mich gemacht hat.

»Manchmal kam sogar die Sonne raus.« Edward zwinkert mir zu. Seit unserem ersten Aufeinandertreffen ist er mit jedem Tag lockerer geworden. Obwohl sich unsere Gespräche mittlerweile ungezwungen anfühlen und ich beginne, ihn zu mögen, wandern meine Gedanken doch immer wieder zurück zu Jack.

»Haben deine Eltern dich regelmäßig besucht?«, frage ich, als wir den Flur hinab in Richtung Wellnessbereich laufen.

»Mein Vater war immer viel zu beschäftigt mit seinen Geschäften.« Ein leises Schnauben entweicht Edward und ich blicke ihn erstaunt an. Es ist das erste Mal, dass er so etwas wie Kritik gegenüber seinem Vater äußert. »Über Weihnachten bin ich für zwei Wochen nach New York geflogen und die Sommerferien habe ich oft bei einem Schulfreund und seiner Familie verbracht.«

Mir entgeht nicht, dass er New York gesagt hat, anstelle von zu Hause, und kurz kämpfe ich gegen den Impuls an, nach seiner Hand zu greifen und sie zu drücken. Obwohl mein Vater schon immer streng war und hohe Erwartungen an mich hatte und meine Mutter mich mit ihren Benefizgalas und Co. manchmal in den Wahnsinn getrieben hat, hatte ich trotzdem ein richtiges Familienleben.

Edward blickt hinab auf seine Schuhe, deren Sohlen in dem dicken marineblauen Teppich versinken.

»Habe ich das eben richtig gehört, dass auf dem Internat nur Jungs waren? Bitte sag mir, dass ihr gleich gegenüber ein Mädcheninternat hattet?«, frage ich, um ihn aus seinen offensichtlich trüben Gedanken zu reißen.

Es klappt. Edward hebt den Blick und lacht.

»Nicht direkt gegenüber, aber zweihundert Meter die Straße runter.« Er grinst und seine Augen leuchten.

»Klingt nach wilden Mitternachtspartys«, erwidere ich. Immerhin habe ich als Zwölfjährige genug Internatsgeschichten gelesen, um mich ab und an sehnsüchtig an ein Internat zu wünschen. Mich nachts mit Freundinnen treffen, heimlich Pyjamapartys feiern ...

»Es gab natürlich strenge Regeln, besonders was den Kontakt zu Mädchen anging.« Edward macht eine kurze Pause, bevor er fortfährt: »Aber je älter wir wurden, desto besser waren wir darin, sie zu brechen.« Als er mir zuzwinkert, wünsche ich mir, das Thema nicht angeschnitten zu haben.

Jetzt ist er eindeutig auf Flirtkurs. Glücklicherweise erreichen wir in diesem Moment den Eingang zum Wellnessbereich. Der Geruch nach gechlortem Wasser hängt trotz der geschlossenen Türen in der Luft.

»Da wären wir«, kommentiere ich unnötigerweise, um Edwards Aufmerksamkeit von mir weg zu lenken.

Er zieht sein Smartphone aus der Hosentasche und hält es vor den Sensor, der auf Brusthöhe rechts neben den Eingangstüren an der Wand montiert worden ist. Nachdem Edward ein paar Mal auf dem Display seines Handys hin und her gewischt hat, dreht er sich zu mir um.

»Könntest du mal deinen Daumen an den Sensor halten?«, fragt er mich und tritt ein Stück zur Seite, um mir Platz zu machen.

»Ich bin zwar die Tochter vom Chef, aber leider verleiht mir das nicht automatisch Zugang zu sämtlichen Räumen«, sage ich mit Bedauern in der Stimme.

»Tja, mit dem Chef der Softwarefirma befreundet zu sein, der sich um die Technik an Bord kümmert, hingegen schon.« Er grinst und deutet einladend in Richtung des Bedienpads an der Wand.

Ich werfe ihm einen skeptischen Blick zu, komme dann aber seiner Aufforderung nach. Drei Sekunden lang passiert rein gar nichts, doch als ich Edward schon für seine Großspurigkeit aufziehen will, ertönt ein Klicken zu meiner Linken. Beinahe geräuschlos schwingen die Türen zur Seite, als Edward einen Schritt auf den Eingang zum Wellnessbereich zumacht.

»Netter Trick!« Ich pfeife anerkennend durch die Zähne.

»Ich hätte noch ein paar weitere auf Lager«, sagt er und wie er mich jetzt ansieht, ist eindeutig mehr als nur freundschaftlich.

O Shit! Das ist gar nicht gut. In meinem Bestreben, meine Mutter davon zu überzeugen, dass ich kein Interesse an Jack habe, muss ich es mit der Annäherung an Edward etwas übertrieben haben.

»Man sollte sein Pulver nie auf einmal verschießen«, erwidere ich und versuche erneut, ihn abzulenken. »Außerdem wollten wir doch noch zur Rezeption.«

»Stimmt. Wir können sofort los. Ich muss nur eine Sache überprüfen.« Edward tritt einen Schritt zurück, bis er nicht mehr im Bereich der Lichtschranke steht. Die Türen aus Milchglas schließen sich und gleiten auch dann nicht zur Seite, als Edward sich der Tür erneut nähert. »Okay, die Zeitschaltung funktioniert. Bis morgen um acht Uhr lässt sich die Tür nur vom Personal öffnen. Und von dir«, fügt er mit einem Zwinkern hinzu.

Kapitel 31

Stripper oder Tänzer

Cameron

»Hat dir das Hackbällchen irgendwas getan?« Luke mustert mich mit einem teils amüsierten, teils besorgten Ausdruck.

Ich sehe auf meinen Teller, auf dem die Tomatensoße und das einstige Hackbällchen inzwischen zu einer unansehnlichen, einheitlichen Masse verschmolzen sind.

»Vielleicht hatte ich einfach mehr Lust auf Spaghetti Bolognese«, gebe ich zurück und lasse die Gabel sinken.

»Mhm.« Lukes Skepsis ist mit Händen greifbar. »Es hat also nichts damit zu tun, dass deine Gedanken schon den ganzen Tag bei einer gewissen Reederei-Erbin sind?«

Ertappt! Seitdem ich Rose gestern Abend beim Essen gesehen habe, überlege ich, wann und wie ich sie wieder treffen kann. Dass ich den Bereich im Speisesaal getauscht habe, macht es nicht unbedingt leichter, ihr einen Zettel zuzustecken. Meine Kollegen will ich ebenfalls nicht mit hineinziehen. Je weniger Leute Bescheid wissen, desto besser. Schon jetzt habe ich das Gefühl, dass Mr Thomson mich im Auge behält. Damit ist es ausgeschlossen, dass ich ihre Nähe in der Öffentlichkeit suche. Das Bedürfnis, Rose wiederzusehen, wächst dafür mit jeder Sekunde, die ich nicht mit ihr verbringen kann. Diese Frau hat mich voll und ganz in ihren Bann gezogen.

»Du erinnerst dich an den Kodex, der an Bord gilt?«, fragt Luke, der auch ohne meine Bestätigung weiß, dass er mit seiner Vermutung recht hat.

Ich brumme unwillig und schiebe mir eine Gabel Spaghetti in den Mund.

»Was auf See geschieht, bleibt auf See«, wiederholt er. »Alles andere führt nur zu Liebeskummer.«

Etwas in meiner Brust verkrampft sich.

»Sie hat gesagt, dass sie zu meiner Ausstellung nach New York kommen wird«, erwidere ich und kann nicht verhindern, dass es wie eine Rechtfertigung klingt.

»Mhm.« Luke wirkt keineswegs überzeugt.

Das unsichtbare Band, das sich um meine Brust geschlungen hat, zieht sich fester zusammen. Vielleicht hat er recht. Vielleicht sollte ich es genießen, solange es andauert. Keine zu großen Erwartungen aufbauen, nur damit sie an der Realität zerbrechen. Ich erinnere mich an das Gefühl, das mich gestern in seinen Klauen gefangen gehalten hat. Die nagenden Zweifel, als Rose mich während des Essens ignoriert hat.

Als sie gegangen ist, hat sie dich angelächelt, erinnert mich der Teil von mir, der eindeutig mehr will als nur eine Urlaubsaffäre.

»Hallo zusammen. Darf ich kurz um eure Aufmerksamkeit bitten?« Maria steht an unserem Tisch und blickt sich in dem fensterlosen, zweckmäßig eingerichteten Raum um, in dem wir Angestellten unser Mittagessen serviert bekommen. Der Lärm von klapperndem Besteck auf Porzellan, vermischt mit Gesprächen und Gelächter ebbt langsam ab.

»Wie ihr bestimmt mitbekommen habt, findet heute Abend der große Maskenball statt und ich suche ein paar Freiwillige, die als Tanzpartner einspringen können. Beginn ist um neun Uhr. Solltet ihr parallel für eine andere Schicht eingeteilt worden sein, werdet ihr dann für die Veranstaltung freigestellt. Es wäre super, wenn ihr irgendwann schon mal einen Tanzkurs gemacht habt. Für alle Interessierten biete ich nach dem Mittagessen aber zusätzlich einen Crashkurs an. Wer Lust hat, kann sich gerne bei mir melden.« Maria sieht hoffnungsvoll in die Runde. »Das war's auch schon. Lasst es euch schmecken!«

Kaum hat sie ihre Ansprache beendet, branden die Gespräche erneut auf. Meine Gedanken rotieren so schnell in meinem Kopf, dass mir schwindelig wird. Das Timing von Marias Ankündigung fühlt sich beinahe schicksalhaft an. Eben noch habe ich nach einer Möglichkeit gesucht, wie ich Rose nahe sein kann, jetzt könnte ich die Lösung gefunden haben.

»Hey Jungs, wie sieht es bei euch aus? Irgendwelche Freiwilligen?« Als hätte Maria gewusst, was in mir vorgeht, steht sie plötzlich neben mir.

Doch bevor ich antworten kann, grätscht Luke dazwischen. »Nein, danke. Wenn ich mich von reichen Frauen hätte angrapschen lassen wollen, wäre ich Stripper geworden.«

Als ich irritiert die Augenbrauen hebe, ergänzt er: »Glaub mir, besonders die älteren Ladys kennen keinen Anstand auf dem Parkett.«

Ich blicke hinüber zu Maria, die den Kopf schüttelt. »Er übertreibt maßlos.«

»Mein Rekord liegt bei zehn versehentlichen Po-Grapschern innerhalb von einem Lied«, wirft Sam ein, der uns gegenübersitzt. »Immerhin hat sie mir danach Trinkgeld zugesteckt.«

»Ich sag's ja. Wir sind Frischfutter für die reichen, einsamen Ladys, die in den Armen eines knackigen Typen liegen wollen, während ihre Ehemänner irgendeinen Business-Deal aushandeln und ihnen keine Beachtung schenken«, kommentiert Luke.

Maria seufzt. »Wie sieht es bei dir aus, Cameron? Dein Salsa-Schritt sah beim letzten Mal sehr gut aus.«

Kurz bin ich verunsichert von den Kommentaren meiner Kollegen, weshalb ich zögere. Was ist, wenn ich den ganzen Abend nur damit beschäftigt bin, mir ältere Damen vom Leib zu halten, die auf ein Abenteuer aus sind?

»Und wenn dir wirklich eine Tanzpartnerin zu nahe kommen sollte, kannst du ihr immer noch auf die Zehen treten. Das lässt das Interesse meistens ziemlich schnell versiegen«, ergänzt Maria und lacht.

Wem will ich eigentlich etwas vormachen? Selbst wenn ich mich durch eine ganze Schar sexuell frustrierter Frauen tanzen muss – für einen einzigen Tanz mit Rose würde ich das jederzeit in Kauf nehmen. Bei dem Gedanken daran, sie in meinen Armen über die Tanzfläche zu führen, beginnt es in meinem Bauch aufgeregt zu kribbeln.

»Ich bin dabei«, sage ich deshalb voller Überzeugung, was Maria mit einem freudigen Quietschen und Luke mit einem Seufzen quittiert.

»Super. Komm einfach nach dem Mittagessen ins Theater, dann kann ich euch noch ein paar Grundschritte eintrichtern. Außerdem kannst du die hier schon mal einstecken.« Sie reicht mir eine Maske aus schwarzem Samt.

Ich fahre mit dem Daumen über den weichen Stoff und kann mir das Lächeln nicht verkneifen. Ein Abend mit Rose. Ein Abend, an dem wir uns nicht verstecken müssen. Ein Abend ohne jegliche Konsequenzen.

Wirklich ohne jegliche Konsequenzen?, fragt die leise Stimme in mir, die meinem Herzen gehört.

Kapitel 32

Das Gentleman-Gen

Eliza

»Es macht euch wirklich nichts aus, wenn ich mich euch anschließe?« Abigail klimpert so intensiv mit den Wimpern, dass sie jeder Kosmetikreklame Konkurrenz machen könnte. Dass sie dabei lediglich Edward anblickt und mir im wahrsten Sinne des Wortes die kalte Schulter zeigt, – natürlich hat sie sich zwischen Edward und mich auf die Sitzbank gequetscht – überrascht mich nur wenig.

Hätte ich nicht schon nach ihrem Auftritt gestern geahnt, was ihre Motive für den heutigen Ausflug sind, wäre es mir spätestens beim Einsteigen in den Minibus klar geworden. Sie hat sich an mir vorbeigedrängelt, um sich auf den Platz neben Edward fallen zu lassen.

Ich weiß nicht, ob sie sich absichtlich in der Nähe der Rezeption auf die Lauer gelegt hat oder ob sie nur zufällig vorbeikam, als Edward und ich uns über das Ausflugsangebot für Antigua informiert haben. Ihre Behauptung, dass keine ihrer Freundinnen Zeit hätte, um sie zu begleiten, habe ich ihr keine Sekunde abgekauft. Sie würden sich vermutlich eher den kleinen Zeh oder die Ferse abhacken wie die bösen Stiefschwestern bei Cinderella, wenn sie dafür den Tag mit ihrer selbst ernannten Königin verbringen könnten. Doch Abigail hat ihre eigenen Pläne. Und so, wie sie Edward anstrahlt, ist es kein großes Geheimnis, was sie vorhat.

Vermutlich sollte ich mich über die Dreistigkeit aufregen, mit der sie sich uns aufgedrängt hat, stattdessen bin ich erleichtert. Obwohl Edward mit jedem unserer Treffen weiter aufgetaut ist und sich zu einem wirklich angenehmen Gesprächspartner entwickelt hat, bin ich froh, dass Abigail durch ihre Anwesenheit den Date-Charakter dieses Ausflugs bereits im Keim erstickt hat. Und selbst wenn das hier heute ein Date werden sollte, spiele definitiv nicht ich die weibliche Hauptrolle.

Während der Minibus über die gewundene Küstenstraße fährt, klinke ich mich aus dem Gespräch aus und lasse den Blick über die Landschaft streifen. Hinter jeder Kurve wartet eine neue Bucht auf uns. Weiße Sandstrände und kristallklares Meerwasser. Segelboote und Jachten, die in einiger Entfernung zum Ufer ankern. Urlauber auf Jetskis und in Gummireifen sausen über das Wasser und ziehen Bahnen auf die tiefblaue See wie weiße Pinselstriche auf eine Leinwand. Ich ertappe mich bei dem Wunsch, das alles mit Jack teilen zu können. Obwohl unser Date erst zwei Tage her ist, vermisse ich ihn. Nicht offen mit ihm sprechen zu können, fühlt sich wie eine besonders niederträchtige Form von Folter an. Doch bereits heute Abend könnte sich das ändern. Seit ich gestern die Einladung zum Maskenball zusammen mit einer schwarzen, mit Spitze verzierten Maske vor der Tür gefunden habe, hoffe ich darauf, Jack wiederzusehen. Von anderen Veranstaltungen dieser Art weiß ich, dass unter den Tänzern auch immer ein paar Angestellte sind. Sie sollen dafür sorgen, dass besonders die weiblichen Gäste, die mit tanzfaulen Männern gestraft wurden, trotzdem zum Tanzen aufgefordert werden. Ich hoffe, dass Jack einer von ihnen ist.

Im Hintergrund plappert Abigail irgendetwas über ihre Pläne für den Sommer. Ich meine, etwas über Martha's Vineyard zu hören, gefolgt von einer Einladung an Edward, das Familienanwesen einmal zu besuchen. Edward, ganz der Gentleman, der er ist, bedankt sich höflich, bevor er sich in eine vage Antwort flüchtet. Beinahe bekomme ich ein schlechtes Gewissen, dass ich ihn Abigail zum Fraß vorgeworfen habe.

»Warst du schon mal schnorcheln, Abigail?«, schalte ich mich in das Gespräch ein.

Edward wirft mir einen dankbaren Blick zu, als sich ihre Aufmerksamkeit von ihm löst. Aus dem Augenwinkel beobachte ich, wie er den obersten Knopf seines Polo-Shirts öffnet und tief durchatmet. Ich kann mir das Grinsen nur gerade so verkneifen.

»Schnorcheln?« Abigail sieht mich derart pikiert an, als habe ich stattdessen gefragt, ob sie schon mal barfuß auf heißen Kohlen getanzt habe.

»Das ist diese Aktivität, bei der man sich Taucherbrille und Schnorchel aufsetzt und dann mit Flossen durchs Wasser paddelt«, erkläre ich ihr mit einem zuckersüßen Lächeln.

»Ich weiß, was Schnorcheln ist«, erwidert sie schnippisch. »Ich sehe nur keinen Sinn darin, meinen Kopf unter Wasser zu halten, wenn ich die Fische genauso gut vom Boot aus beobachten kann.«

»Hast du dir das Programm für heute überhaupt durchgelesen?« Ich hebe die Augenbrauen.

Abigails überlegener Gesichtsausdruck weicht Unsicherheit – und dieses Mal kann ich mir mein schadenfrohes Grinsen nicht verkneifen. Offenkundig war es ihr vollkommen egal, was für heute auf dem Plan stand, Hauptsache sie kann sich an Edward ranmachen.

»Das Schnorcheln war als optional angekündigt. Man kann sicher auch auf dem Katamaran bleiben«, springt Edward ein, bei dem das Gentleman-Gen wohl wieder durchkommt.

Am liebsten würde ich seufzen, weil ich genau weiß, was als nächstes kommen wird. Edward offensichtlich nicht.

»Wundervoll, du leistest mir doch sicherlich Gesellschaft, oder?« Abigail schenkt Edward ein strahlendes Lächeln.

»Ich ... also ...«, beginnt er zu stottern, dann räuspert er sich. »Eigentlich habe ich Eliza versprochen, sie zu begleiten.«

Noch vor wenigen Minuten hätte ich ihn gerettet, doch indem er Abigail zu Hilfe geeilt ist, hat er seine Chance verspielt. Außerdem kann ich so möglichen Annäherungsversuchen aus dem Weg gehen, die ein Schwimmausflug in leicht bekleidetem Zustand mit sich bringen könnte.

»Mach dir um mich keine Gedanken. Beim Schnorcheln hat man,

wie Abigail so treffend festgestellt hat, sowieso die meiste Zeit den Kopf unter Wasser. Ich kann euch später erzählen, wie es war«, sage ich.

»Wie wundervoll.« Abigail klatscht in die Hände und dieses Mal wirkt das Lächeln, das sie mir schenkt, beinahe echt. Edward hingegen erinnert an eine in die Enge gedrängte Katze, die am liebsten flüchten würde.

•••

»Die Stachelrochen hier sind an Menschen gewöhnt und sehr friedliche Lebewesen. Trotzdem gibt es ein paar Regeln, die Sie beachten sollten. Da die Tiere meist nah am Boden schwimmen, bewegen Sie sich bitte vorsichtig, damit sie nicht versehentlich auf einen Rochen treten. Sie können sie gerne anfassen, warten Sie aber bitte, bis die Tiere sich von alleine nähern. Wir geben gleich Futter an Sie aus, mit dem Sie sie zu sich locken können. Wenn Sie einen Stachelrochen anfassen möchten, tun Sie dies immer sanft und von der Seite aus. Vermeiden Sie es, den Schwanz zu berühren, da dieser giftige Stacheln hat. Und jetzt wünsche ich Ihnen viel Spaß.« Unser Guide Javier hält einen Eimer mit kleinen Tintenfischen in den Händen, die er uns anbietet.

Adrenalin vibriert in meinen Adern, als ich mir eine Handvoll der wabbeligen Snacks schnappe. Das Wasser reicht mir bis zum Bauchnabel. Es ist so klar, dass ich jedes Sandkorn zu meinen Füßen erkennen kann. Trotzdem baumelt die Taucherbrille einsatzbereit um meinen Nacken. In ein paar Schritten Entfernung ziehen schwarze Schatten über den weißen Untergrund. Die Rochen haben uns bemerkt und nähern sich auf der Suche nach Futter. Obwohl Javier uns versichert hat, dass die Tiere uns nichts tun werden, klopft mein Herz viel zu schnell, als sich einer der Meeresbewohner von der Gruppe löst und majestätisch auf mich zugleitet. Wie von unserem Guide angewiesen lege ich den Tintenfisch auf meine ausgestreckte Handfläche und halte sie unter Wasser.

Ein nervöses Kribbeln erfasst mich, als der Rochen sich langsam nähert. Das Tier misst vermutlich nicht mehr als einen Meter, trotzdem erscheint er mir in diesem Augenblick gigantisch. Meine Finger zittern leicht, doch ich widerstehe dem Impuls, die Hand wegzuziehen. Und dann ist es zu spät, um einen Rückzieher zu machen. Der Rochen ist mir jetzt so nah, dass ich die schwarzen Tupfen erkennen kann, die seinen Rücken sprenkeln. Bei der ersten Berührung halte ich unwillkürlich den Atem an. Die Haut des Tiers fühlt sich überraschend weich und geschmeidig an. Ein Kitzeln breitet sich auf meiner Handfläche aus, als der Stachelrochen den Tintenfisch frisst. Seine Flossen bewegen sich dabei leicht auf und ab, wie Gardinen, die im Windzug flattern. Vermutlich bilde ich es mir nur ein, doch in dem Moment kommt es mir so vor, als würde mich der Rochen aus seinen schwarzen Augen anblicken, die auf der Oberseite seines Körpers sitzen, während Mund und Kiemen sich auf der Unterseite befinden. Es ist ein magischer Augenblick. In diesen wenigen Sekunden gibt es nur mich und den Rochen. Ich blende die anderen Urlauber aus, die die Bucht mit ihren freudigen Rufen füllen. Konzentriere mich nur auf das Tier, das noch immer sanft über meine Hand streift. Schließlich erkennt es, dass es bei mir kein weiteres Futter finden wird, und entfernt sich. Ich ziehe die Taucherbrille auf und sinke hinab unter die Wasseroberfläche. Ein paar Schwimmstöße lang folge ich dem Tier, beobachte fasziniert die geschmeidigen Bewegungen seiner Flossen, bevor mich der Rochen mit Leichtigkeit abhängt. Ich treibe im Wasser und blicke ihm nach, während ich versuche, die Erinnerung zu konservieren. Sie in einem imaginären Bilderrahmen zu verewigen, damit ich mich auch in vielen Jahren noch an die Begegnung erinnern kann.

Kapitel 33

Bridgerton lässt grüßen

Eliza

»Was meinst du, lieber das blaue oder das grüne?« Ich halte mir abwechselnd die beiden Kleider vor den Körper.

Anstelle einer Antwort ertönt ein anerkennender Pfiff. »Da plant wohl jemand, heute Nacht nicht alleine zurückzukommen«, flötet Aurora.

»Ich habe nicht mit dir gesprochen«, erwidere ich genervt.

Lenny lacht. »Sie hat nicht ganz unrecht.«

»Stachel sie nicht auch noch an«, gebe ich zurück. Aurora hat in der kurzen Zeit, die wir zusammen verbracht haben, eine wirklich steile Lernkurve hingelegt. Meistens fühlt es sich nicht so an, als würde ich mich mit einer künstlichen Intelligenz unterhalten, sondern eher mit einer guten Freundin.

»Du siehst in beiden Kleidern gut aus, aber in dem blauen wird dein lieber Jack Schwierigkeiten bekommen, seine Finger bei sich zu lassen«, beantwortet Lenny meine ursprüngliche Frage. Dass ich nicht einmal weiß, ob Jack überhaupt anwesend sein wird, behalte ich für mich. Genau wie die Enttäuschung darüber, ihn heute nicht beim Abendessen gesehen zu haben. Da mir auf die Schnelle kein alternativer Plan eingefallen ist, um ihm eine Botschaft zukommen zu lassen, bleibt mir nur zu hoffen, dass er auftauchen wird.

»Genau das, was ich bewirken will.« Ich nicke zufrieden und werfe das grüne Kleid aufs Bett, bevor ich lediglich mit einem Slip bekleidet in das blaue steige. Es kostet mich einige akrobatische Verrenkungen, bis ich den Reißverschluss am Rücken geschlossen habe.

Das ist der Nachteil, wenn beide Gesprächspartnerinnen nur virtuell zugeschaltet sind.

Aurora lässt ein »Oh, la la« hören, als ich mich vor dem Spiegel einmal um meine eigene Achse drehe.

»Und wie sieht dein Plan für Mister Darcy aus?«, fragt Lenny aus dem Off. Auf dem Bildschirm ist lediglich ein Ausschnitt unserer Küchenzeile zu sehen. Ich höre, wie sie im Hintergrund mit Töpfen hantiert.

»Ich setze darauf, dass Abigail ihn sich direkt unter den Nagel reißen wird. Sie klebt schon den ganzen Tag an ihm wie ein Blutegel.«

Edward wirkte richtiggehend erleichtert, als ich von dem Ausflug zu den Rochen zurückgekommen bin. Während ich ihm von der magischen Begegnung mit dem sanften Riesen erzählt habe, konnte ich sehen, wie viel lieber er sich mir angeschlossen hätte. Vielleicht wird es ihm eine Lehre sein, sich nicht immer von seinem Gentleman-Gen leiten zu lassen.

»Hast du für heute Abend noch etwas geplant?«, frage ich Lenny, setze mich an den Schminktisch und ziehe einen Lidstrich.

»Essen, Sofa, Netflix.«

»Wann warst du das letzte Mal draußen unterwegs?«, frage ich, denn ich mache mir wirklich Sorgen um das Sozialleben meiner Freundin. Seitdem sie das Praktikum begonnen hat, ist sie entweder in der Kanzlei oder in der Werkstatt.

»Ich bin erst gestern Abend eine Runde mit dem Bike gefahren«, sagt sie wenig überraschend.

»Das war nicht das, was ich mit draußen unterwegs sein meinte.« Ich seufze, weil sie die Intention hinter meiner Frage sehr wohl durchschaut hat und die Worte absichtlich zu ihrem Vorteil gedreht hat.

»Ich habe aktuell echt keinen Nerv für Smalltalk. Den muss ich auf der Arbeit schon oft genug über mich ergehen lassen. Außerdem bist du doch bald wieder da und kannst dafür sorgen, dass ich sozial nicht vereinsame«, erwidert sie grinsend.

In meinem Magen verknotet sich etwas. Auf der einen Seite freue ich mich, wieder nach Hause zu kommen. Auf der anderen Seite bedeutet es, dass ich mich von Jack verabschieden muss. Noch immer plagen mich Zweifel, wie es mit uns weitergehen soll. Denn dass ich ihn wiedersehen muss, steht für mich fest. Die Frage ist nur, ob er es genauso sieht. Er hat mich zwar zu seiner Ausstellung eingeladen, aber vielleicht wollte er nur höflich sein. Vielleicht mache ich mir etwas vor, wenn ich denke, dass ich mehr für ihn bin als eine Affäre. Obwohl es den Angestellten verboten ist, sich mit Gästen einzulassen, weiß ich, dass es immer wieder vorkommt. Manche suchen gezielt den Reiz des Verbotenen. *Ob Jack dazugehört?*

In diesem Augenblick klopft es an der Tür.

»Mister Darcy?«, fragt Lenny grinsend. Mittlerweile hat sie wieder vor dem Bildschirm Platz genommen. Vor ihr steht eine dampfende Schüssel voller Nudeln, die von einer dickflüssigen, goldgelben Soße bedeckt sind. Mac and Cheese, nehme ich an.

Obwohl ich Edward gesagt habe, dass er mich nicht abholen muss, würde ich einen Hunderter darauf verwetten, dass er es ist. Der Mann ist einfach unverbesserlich. Die Frau, die ihn irgendwann einmal an ihrer Seite haben wird, kann sich verdammt glücklich schätzen.

»Jackpot«, bestätigt Aurora, während ich damit beschäftigt bin, meine Maske anzuziehen.

»Das ist dann wohl mein Zeichen.« Ich gehe hinüber zum Couchtisch, auf dem der aufgeklappte Laptop steht.

»Viel Spaß«, wünschen Lenny und Aurora mir im Chor.

Bevor ich das Gespräch endgültig beenden kann, ruft Lenny: »Erzähl mir morgen all die dreckigen Details!« Und ich frage mich, ob sie mit mir oder mit Aurora gesprochen hat.

•••

Obwohl ich weiß, dass mein Vater sich mit nicht viel weniger als absoluter Perfektion zufriedengibt, bin ich trotzdem überwältigt von dem Aufwand, mit dem der Maskenball auf die Beine gestellt worden ist. Die aufwendige Dekoration könnte genauso am Filmset einer Bridgerton-Folge zu finden sein. Silberne Kerzenständer mit echten Kerzen stehen an den Wänden. Blumenbouquets schmücken jede freie Fläche und erfüllen die Luft mit dem Duft nach Lilien. Royalblaue Stoffbahnen aus Samt umhüllen die tragenden Säulen, die den Tanzbereich säumen. Zu den Klängen eines Streichquartetts gleiten Tanzpaare übers Parkett. Die Frauen tragen prächtige Abendkleider und haben ihre Haare zu Kunstwerken aufgetürmt. Die Männer sind ebenfalls echte Hingucker. Schwarze Anzüge und weiße Hemden mit Krawatte, so weit das Auge reicht. Einige haben sogar einen Frack angezogen. Doch ich schenke jedem von ihnen nur so lange meine Aufmerksamkeit, bis ich zweifelsfrei ausgeschlossen habe, dass es sich um Jack handelt.

Edward ist glücklicherweise kurz nach Betreten des Saals von seinem klingelnden Handy in Beschlag genommen worden. Ich bin mir sicher, Abigail war darüber deutlich enttäuschter als ich. Doch je länger ich im Saal meine Runden drehe, desto mehr schwindet meine Hoffnung darauf, Jack unter den Tänzern zu entdecken. Obwohl alle Gäste heute Abend eine schwarze Maske tragen und die schummrige Beleuchtung den Raum mit Schatten füllt, weiß ich, dass ich Jack auf Anhieb erkennen würde. So vertraut ist mir inzwischen alles an ihm. Seine hellblauen Augen, mit denen er seine Umgebung stets so aufmerksam mustert. Seine karamellfarbenen Haare, die sich seidig weich zwischen meinen Fingern anfühlen. Sein kehliges Lachen, das mir jedes Mal einen wohligen Schauer beschert.

Seufzend wende ich mich dem Buffet zu, das am Ende des Saals aufgebaut wurde und auf dem sich allerlei Leckereien wie Macarons, Cupcakes und Finger-Sandwiches mit Lachs und Frischkäse befinden. Ich beschließe, auf dem Weg dorthin einen Abstecher bei der Champagnerpyramide einzulegen, um meine Enttäuschung mit Zucker und Alkohol herunterzuspülen. All die Vorfreude ist verflogen, geblieben ist die Ernüchterung. Jack ist nicht gekommen. Es wird keinen Tanz mit ihm geben. Keine gestohlenen Minuten, die sich unbemerkt zu Stunden ausdehnen könnten, weil die Zeit zusammen mit ihm nur so verfliegt.

Ich glaube, ich brauche mehr als nur ein Glas Champagner.

Zielstrebig steuere ich auf die Pyramide aus filigranen Champagnerflöten zu. Im Kerzenschein sieht der Inhalt aus wie flüssiges Gold. Doch bevor ich auch nur zwei Schritte gemacht habe, kreuzt jemand meinen Weg und zwingt mich damit zum Anhalten. Seine selbstbewusste Haltung verrät mir, dass es kein Versehen war. Ich schlucke ein genervtes Seufzen herunter. Er ist nicht der erste Mann, der mich heute Abend zu einem Tanz auffordert, und er wird nicht der letzte sein, dem ich einen Korb geben werde.

Ich hole tief Luft und hebe den Blick, um meinem Gegenüber ins Gesicht sehen zu können, wenn ich ihm freundlich, aber bestimmt mitteile, dass ich kein Interesse habe.

Doch er kommt mir zuvor: »Würden Sie mir diesen Tanz schenken, Mylady?«

Mir stockt der Atem. Diese Stimme würde ich überall erkennen. Enttäuschung wird zu Vorfreude, als ich in hellblaue Augen blicke.

Kapitel 34

Zeit, die Masken fallen zu lassen

Eliza

»Du bist hier.« Ich kann die Freude nicht verbergen, die meine Stimme Purzelbäume schlagen lässt.

»Freigang kombiniert mit gratis Häppchen und Schampus, wie hätte ich da Nein sagen können.« In seinen Augen blitzt der Schalk auf, dann lässt er seinen Blick an mir herabgleiten. Tastet sich langsam über mein Dekolleté, verliert sich in meinem Ausschnitt und wandert hinab bis zu den blauen Riemchensandalen. »Und die Gesellschaft ist auch nicht zu verachten«, ergänzt er. Seine Stimme ist rau und kratzt über genau die richtigen Stellen. Ein heißer Schauer läuft mir über den Rücken und das Kribbeln in meinem Bauch ist intensiver als jeder Rausch, den ein Glas Champagner mir versprechen könnte.

»Ja? Hast du schon jemanden entdeckt, der dich interessiert?«, frage ich betont unbeteiligt und mustere ihn nun meinerseits. Anstelle des schwarzen Hemds, das er sonst in seiner Funktion als Kellner zu tragen pflegt, besteht sein Outfit heute Abend aus einem gestärkten weißen Hemd und einem schwarzen Sakko. Letzteres ist an den Ärmeln eine Spur zu kurz, dafür schmiegt es sich geradezu perfekt an seinen Oberkörper.

»Bisher nicht, aber das hat sich gerade eben geändert.« Er sieht mich derart eindringlich an, dass mir die Knie weich werden.

»Du siehst atemberaubend aus.«

»Danke, du siehst selbst nicht schlecht aus. Ich habe eine Schwäche für Männer in Anzügen« Ich lege meine Hand auf seine Schulter, bevor ich mit den Fingern über das Revers fahre.

»Dann sollte ich das wohl besser ausnutzen.« Er hält mir seine rechte Hand wie eine Einladung entgegen.

Ohne zu zögern, ergreife ich sie und lasse mich von ihm auf die Tanzfläche geleiten. Noch bevor wir uns in die tanzenden Paare einreihen können, verklingen die letzten Töne des Liedes, und das Quartett stimmt einen neuen Song an. Jack zieht mich näher an sich heran und legt seine rechte Hand zwischen meine Schulterblätter. Alicia Keys *If I Ain't Got You* erfüllt den Raum mit zarten Geigenklängen und der imposanten Stimme der Sängerin.

»Wenn mich nicht alles täuscht, ist das ein langsamer Walzer«, sagt Jack und lässt es wie eine Frage klingen. Ein Blick hinüber zu den anderen Paaren, die im Dreivierteltakt ihre Schritte setzen, scheint seine Vermutung zu bestätigen. Im nächsten Augenblick dirigiert mich Jack auch schon über die Tanzfläche. Sein Griff ist fest und sicher. Während ich immer wieder nach unten zu meinen Füßen schaue, bleibt sein Blick auf mein Gesicht gerichtet.

»Hast du heimlich geübt?«, frage ich.

»Vielleicht ein klitzekleines bisschen. Ich konnte doch nicht riskieren, dir auf die Zehen zu treten und damit die Romantik zu zerstören«, erwidert er grinsend.

Ich lehne mich ihm entgegen, bis meine Brust federleicht die seine streift, und raune: »Wenn nicht das halbe Schiff anwesend wäre, würde ich dir zeigen, wie sehr ich deine Bemühungen zu schätzen weiß.«

Sein Kehlkopf hüpft, als er hart schluckt. Seine Fingerkuppen graben sich tiefer in meine Haut, als hätte er eine ziemlich genaue Vorstellung davon, was ich im Sinn habe.

»Die anderen haben mich davor gewarnt, dass reiche Frauen versuchen würden, mir an die Wäsche zu gehen. Aber ich wollte ihnen nicht glauben.« Er schüttelt den Kopf, als sei er über sich selbst und seine Leichtgläubigkeit verwundert.

Ich hingegen bin für einen Wimpernschlag lang so perplex, dass ich den nächsten Schritt verpasse. Jacks warme Hand in meinem

Rücken schiebt mich jedoch stoisch weiter, sodass mir gar keine Zeit bleibt, um völlig aus dem Takt zu geraten.

»Ich wollte nicht … Also nur wenn du auch …«, stammele ich und spüre, wie meine Wangen heiß werden. Hoffentlich verbirgt das schummrige Licht meine Verlegenheit.

Ein Glucksen unterbricht mein Gestammel. Als ich es wage, Jack ins Gesicht zu blicken, erkenne ich, dass er sich zusammenreißen muss, um nicht in lautes Gelächter auszubrechen.

»Ich ziehe dich doch nur auf«, sagt er grinsend, woraufhin ich seine linke Hand, die meine umschlossen hält, fest drücke.

»Nicht lustig«, erwidere ich.

»Du bist aber tatsächlich nicht die erste Dame heute, die Interesse an mir gezeigt hat«, flüstert er, dieses Mal deutlich ernster als zuvor. »Mrs Merton hat mehrfach meine äußerst wohlgeformten Oberarme bewundert und Mrs Middleton wollte mir unbedingt die Briefmarkensammlung ihres kürzlich verstorbenen Ehemanns zeigen.«

»Nicht dein Ernst!« Unwillkürlich sehe ich mich im Raum um und entdecke Mrs Merton, die selig lächelnd in den Armen eines jungen Mannes über die Tanzfläche schwebt. Vermutlich ein weiterer Angestellter, der keine Wahl hatte. »Das ist ja hier schlimmer als in Kellermann's Resort.«

»Als wo?« Jack runzelt die Stirn.

»Dirty Dancing?«

»Ah, von dem Film habe ich schon mal gehört.« Er nickt, wirkt aber so, als habe er maximal irgendwo das Filmcover gesehen.

»Es geht um Frances, die von allen Baby genannt wird, und ihre Familie, die jedes Jahr im Kellermann's Resort Urlaub machen. Baby verliebt sich in den heißen Tanzlehrer, der von den einsamen reichen Damen gerne mal als Callboy gebucht wird. Dann gibt es noch eine ungewollte Schwangerschaft, einen Tanzwettbewerb und das übliche Drama. Und Herzschmerz«, fasse ich zusammen.

»Dann bin ich also der heiße Tanzlehrer? Damit kann ich leben.« Er grinst.

Ich schnaube, doch dann gehe ich auf sein Geplänkel ein. Langsam fahre ich mit den Fingerspitzen über seinen Nacken, bevor ich sie in seinem Haar vergrabe. »Vielleicht kannst du mir im Anschluss ja eine Privatstunde geben«, raune ich.

Im nächsten Augenblick hat Jack die Hand von meinem Rücken genommen und zieht mich hinter sich her.

»Das Lied hätten wir ruhig noch zu Ende tanzen können«, sage ich, als ich ihm durch die tanzenden Paare zum Rand der Tanzfläche folge.

Jack hält so abrupt inne, dass ich beinahe in ihn hineinlaufe.

»Wir können auch wieder umdrehen und weiter tanz…«, beginnt er, aber ich schüttele schnell den Kopf.

»Dachte ich es mir doch.« Ein Grinsen zupft an seinen Mundwinkeln. Grübchen graben sich in seine Wangen und lassen etwas in meinem Bauch flattern.

Ich umfasse seine Hand fester und dieses Mal bin ich es, die es kaum erwarten kann, den Saal zu verlassen. Wir erreichen den Ausgang. Bei dem Gedanken daran, was für Dinge wir gleich miteinander anstellen werden, pulsiert kribbelige Vorfreude durch meine Adern.

»Eliza!« Die Stimme meiner Mutter ist so spitz und zielgenau wie ein Dolch.

Fuck! Fuck! Fuck! All die Endorphine, die bis eben noch durch mich hindurchgewirbelt sind, müssen meinen Verstand ausgeschaltet haben. Wieso habe ich Jack nicht gesagt, dass wir uns irgendwo treffen und in einem unauffälligen Abstand zueinander den Saal verlassen? Die Maske, die ich trage, mag meine Identität zwar vor Leuten verschleiern, die mich nicht gut kennen, aber nicht vor meiner Mutter. Und dass es sich bei dem braunhaarigen Jack nicht um Edward handelt, kann keine Maskerade der Welt verbergen.

Bevor die Zweifel zu laut werden, treffe ich die nächste leichtsinnige Entscheidung. Ohne einen Blick zurückzuwerfen, renne ich los und ziehe Jack dabei hinter mir her zur Treppe. Wir jagen die Stufen hinab und mit jedem Schritt, der uns weiter weg von meiner Mutter trägt, lässt die Enge in meiner Brust nach. Bis das Adrenalin auch die letzten Bedenken weggespült hat und ein Lachen meinen Lippen entschlüpft. Ich merke, dass es unbeschwert klingt, beinahe übermütig, denn genauso fühle ich mich, wenn Jack bei mir ist. In diesem Augenblick will ich nicht an die Konsequenzen denken, sondern die Zeit mit ihm genießen.

Erst als wir in einen der Flure abgebogen sind, die tiefer hinein ins Schiff und weg vom geschäftigen Treiben auf dem Hauptdeck führen, bleiben wir stehen. Mein Herz schlägt viel zu schnell, mein Atem kommt keuchend und ich fühle mich so lebendig wie nie zuvor. Ich lehne mich gegen die mit goldenen Ankern bedruckte Tapete und hole tief Luft. Jack folgt mir und stützt sich mit seinen Händen zu beiden Seiten meines Gesichts an der Wand ab. In seinen hellblauen Augen funkelt die gleiche Energie, die auch mich durchflutet. Im selben Augenblick, in dem er sich zu mir herunterbeugt, recke ich mich ihm entgegen. Doch bevor sich unsere Lippen treffen können, verhakt sich seine Maske in meiner und wir müssen beide lachen.

»Zeit, die Masken fallen zu lassen«, raunt Jack mir zu und fährt im selben Augenblick mit den Fingern in mein Haar, um die Seidenbänder zu lösen.

Ich tue es ihm gleich und öffne bei der Gelegenheit nicht nur die Schleife, die seine Maske an Ort und Stelle hält, sondern befreie auch seine Haare aus dem Man Bun, damit ich meine Finger durch sie gleiten lassen kann. Die Masken fallen achtlos zwischen uns zu Boden. Meine Aufmerksamkeit wird vollkommen von dem hungrigen Ausdruck in seinen Augen gefangen genommen. Dieses Mal treffen unsere Lippen ungehindert aufeinander. Keine Sekunde später gleite ich mit meiner Zungenspitze in seinen Mund und setze den prickelnden Tanz von vorhin mit seiner Zunge fort. Jack schmeckt nach den salzigen Erdnüssen, die überall im Saal auf den Stehtischen bereitgestanden haben, und nach Gingerale. Mit jeder Sekunde, die vergeht, mit jedem Kuss, den wir tauschen, wird das Bedürfnis drängender, mehr von ihm zu spüren. Seine Hände, die langsam, aber beständig immer weiter von meinem Nacken hinab in Richtung meines Reißverschlusses wandern, befeuern den Drang noch.

Ich will meine Lippen gerade so lange von seinen lösen, um ihm vorzuschlagen, zu mir zu gehen, als der laute Knall einer zuschlagenden Tür durch den Flur hallt. Unwillkürlich fahren wir auseinander. Jacks Blick schnellt in die Richtung, aus der das Geräusch gekommen ist. Dann flucht er leise: »Fuck!«

Als ich meinen Kopf nach rechts drehe, verstehe ich, warum. Nur drei Türen entfernt nähert sich uns ein Mann, der eindeutig zum Servicepersonal gehört. Leider handelt es sich nicht um irgendeinen Kellner, sondern um den Leiter des Restaurants *The Pearl*, der uns am ersten Abend willkommen geheißen hat. Mit einem Mal verfluche ich mich für unsere Leichtsinnigkeit. Ohne die Masken ist eine Verwechslung ausgeschlossen. Im selben Augenblick, in dem ich Jack ein »Schnell weg hier!« zuraune, sieht Jacks Vorgesetzter mir direkt in die Augen.

Ich packe Jack am Ellbogen und reiße ihn in die entgegengesetzte Richtung herum. So schnell wie möglich laufen wir über den nicht enden wollenden Flur. Der Takt unserer Schritte ist lediglich einen Hauch entfernt von Rennen. Es sind nur noch wenige Meter bis zu der Stelle, an der sich der Weg in zwei Gänge gabelt, als die Stimme von Jacks Chef zu uns herüberschallt: »Entschuldigen Sie bitte einen Moment?«

Doch anstatt stehen zu bleiben, beschleunigen wir unser Tempo und beginnen zu rennen, kaum dass wir um die Ecke gebogen sind. Wir folgen dem linken Gang weiter hinein ins Innere des Schiffes. Der Teppich verschluckt unsere Schritte, sodass ich lediglich meinen aufgepeitschten Puls in meinen Ohren dröhnen höre.

»Junger Mann, bitte warten Sie einen Augenblick!«

Jack flucht leise, als die Stimme seines Chefs uns den Gang hinab folgt. Solange er uns nicht erwischt, hat er nicht mehr als einen Verdacht gegen ihn in der Hand. Also laufen wir unbeirrt weiter. Folgen dem Flur im Zickzack erst nach rechts und dann nach links. Als wir um die dritte Ecke biegen, bleibt Jack mit einem Mal so abrupt stehen, dass ich beinahe in ihn hineinlaufe.

»Scheiße, das ist eine Sackgasse!« Panik schwingt in seinen Worten mit, die augenblicklich auch von mir Besitz ergreift.

Ich habe mir geschworen, ihn nicht in so eine Situation zu bringen. Dass meine Mutter seine Identität aufdecken könnte, ist eine Sache. Aber wenn sein Chef ihn in flagranti erwischt – mit mir –, wird er seinen Job verlieren. Verzweifelt suche ich nach irgendeinem Ausweg. Ich muss den Jubelschrei herunterschlucken, als ich tatsächlich einen finde.

Zehn Schritte entfernt von uns prangt ein Schriftzug in geschwungenen schwarzen Lettern über der breiten Glastür: »Wellnessbereich«

»Schnell, ich weiß, wo wir uns verstecken können.« Ich lasse ihm keine Zeit, etwas zu erwidern, sondern ziehe ihn mit mir hinüber.

»Ich bin Kellner und kein Masseur, Rose. Ich habe keinen Zugang zu diesem Bereich.« Frustriert ballt er die freie Hand zu einer Faust.

»Na, wie gut, dass du mich dabeihast«, sage ich und schicke ein stummes Stoßgebet an den Himmel, dass Edward mir die Schließberechtigung nicht entzogen hat.

Kapitel 35

Whirlpool-Party

Cameron

Drei schrecklich lange Sekunden geschieht nichts. Drei Sekunden, in denen ich mich mental bereits darauf vorbereite, dass Mr Thomson gleich um die Ecke biegen und mich in hohem Bogen feuern wird. *Wie konnte ich derart leichtsinnig sein?* Ein weiteres Mal habe ich mich von meinen Gefühlen leiten lassen und meine Vernunft dabei ausgeschaltet. Die Vernunft, die mich daran erinnert hätte, dass ich diesen Job nicht verlieren darf, weil zu viel daran hängt.

Plötzlich ertönt ein Klacken und als Rose mich in Richtung der beiden Türen aus Milchglas schiebt, schwingen diese geräuschlos auf und gewähren uns Einlass.

»Was? Wie? Warum hast du einen Zugang hierfür?«, stammle ich, während wir in den dunklen Flur des Wellnessbereichs stolpern.

»Sagen wir einfach, ich kenne die richtigen Leute«, erwidert sie und zuckt so lässig mit den Schultern, als wäre es nicht der Rede wert. Ihre Absätze verursachen klackernde Geräusche auf den Fliesen, die in dem leeren Gang nur umso lauter widerzuhallen scheinen.

Panisch werfe ich einen Blick zurück. Die Türen haben sich hinter uns geschlossen, trotzdem kann ich durch das milchige Glas verschwommen die Lampen erkennen, die den Gang säumen, den wir soeben hinter uns gelassen haben. Selbst wenn Mr Thomson uns nicht hierher folgen kann, wird er unsere Silhouetten definitiv durch das durchlässige Material ausmachen können. Weil ich nicht weiß, wie nah er uns auf den Fersen ist, schiebe ich Rose vor mir her auf eine der imposanten Tonvasen zu, die den Eingangsbereich des Spas zu beiden Seiten säumen. Das riesige Ungetüm, das üppig mit Blumen bepflanzt ist, sollte uns ausreichend Sichtschutz bieten. So zumindest meine Hoffnung.

Da die Vase zwar einen Meter in die Höhe reicht, jedoch maximal einen halben in die Breite, dränge ich mich so nah an Rose, dass sich unsere Oberkörper berühren. Ihre Brust hebt und senkt sich in schnellem Rhythmus. Jedes Mal, wenn sie mich dabei streift, läuft ein angenehmer Schauer mein Rückgrat hinab. Ihr zarter Duft nach Jasmin vermischt sich mit dem schweren der Blumenpracht und lässt mich für einen Augenblick vergessen, warum wir hier sind.

Dann höre ich ein leises Fluchen jenseits der Türen, das gedämpft zu uns herüberschwappt. Unwillkürlich rutsche ich ein Stück näher in Richtung der Wand und damit gleichzeitig näher an Rose. Ihre weichen Rundungen pressen sich an genau den richtigen Stellen an mich. Ihr Atem streift mein Schlüsselbein und ich kann hören, wie sie schwer schluckt. Dass wir beide bis zum Zerreißen angespannt und in höchster Alarmbereitschaft sind, hilft der Sache nicht wirklich.

»Wo können sie sein?« Mr Thomsons Stimme ist so leise, dass ich die Worte mehr errate, als dass ich sie verstehe.

Langsam drehe ich meinen Kopf nach links und spähe durch die Blumen hindurch in Richtung der Eingangstür. Durch das Milchglas kann ich deutlich Mr Thomsons Silhouette ausmachen, die in diesem Augenblick direkt vor dem Eingang zum Stehen kommt. Als mein Chef sich in unsere Richtung wendet, halte ich den Atem an. Wenn die Türen sich jetzt öffnen, bin ich so was von geliefert. Doch nichts geschieht. Nach ein paar Sekunden, die sich wie Stunden anfühlen, macht Mr Thomson auf dem Absatz kehrt und verschwindet aus meinem Sichtfeld den Gang hinab.

Rose ist die Erste, die zittrig ausatmet. »Das war echt verdammt knapp.«

»Aber auch verdammt aufregend.« Jetzt, da die Gefahr gebannt ist, verwandelt sich die Anspannung, die jede Zelle meines Körpers mit Adrenalin geflutet hat, in eine kribbelige Lebendigkeit.

Rose scheint es ähnlich zu gehen, denn ihre Augen funkeln selbst im Halbdunkel des Ganges so hell wie Sterne am Nachthimmel.

»Weißt du, worauf ich jetzt Lust hätte?«, frage ich sie.

Sie schüttelt den Kopf, doch ihr Blick wandert zu meinen Lippen, als hätte sie eine ziemlich genaue Vorstellung von dem, was *sie* will.

»Auf ein Bad im Whirlpool«, sage ich und grinse breit.

Ihre Augenbrauen schießen in die Höhe. Mit dieser Antwort hat sie eindeutig nicht gerechnet.

»Aber wir haben keine Badesachen dabei«, gibt sie zu bedenken.

»Umso besser.« Meine Stimme ist nicht mehr als ein Raunen. Begehren fließt wie heiße Lava durch mich hindurch, als ich in Roses Augen sehen kann, wie sie die Botschaft entschlüsselt.

»Ich mag es, wie du denkst«, erwidert sie und ihre Worte klingen dabei genauso heiser wie meine zuvor.

Keine Sekunde später schlüpft sie aus ihren Sandalen und läuft barfuß über die Fliesen an der Rezeption vorbei. Ich tue es ihr gleich und entledige mich meiner Lederschuhe, bevor ich ihr hinein in die Dunkelheit folge. Je weiter wir uns vom Eingangsbereich entfernen, desto schwächer wird die Beleuchtung. Lediglich die in einem grellen Grünton leuchtenden Schilder, die den Weg zum nächsten Notausgang kennzeichnen, zeigen uns, wo es langgeht. Rose entweicht immer wieder ein Lachen, wenn wir im Halbdunkeln miteinander oder mit den Wänden kollidieren. Und jedes Mal breitet sich dabei eine Wärme in meinem Brustkorb aus, die ich in dieser Intensität noch nie für eine Frau verspürt habe.

Mit ein paar Umwegen – einmal landen wir in der Männerumkleide, ein anderes Mal im Vorraum einer der Saunen –, erreichen wir endlich den Schwimmbereich. Ein kleines Schwimmbecken bildet den Mittelpunkt des Raums. Kreisrunde Lampen, die sich unterhalb der Wasseroberfläche befinden, lassen das Wasser in einem unnatürlichen Hellblau schimmern, das nicht von dieser Welt zu sein scheint. Der Geruch von Chlor erfüllt die Luft, durchmischt vom Duft ätherischer Öle, die ein Potpourri aus Lavendel, Fichtennadel und Zedernholz ergeben.

Ich schaue mich um und entdecke zwei kreisrunde Becken auf der gegenüberliegenden Seite. Bei dem Gedanken, dort gleich zusammen mit Rose zu sitzen, durchfährt mich ein aufgeregtes Kribbeln. Erinnerungen an unsere gemeinsame Nacht füllen meine Gedanken. Rose, die sich den Träger ihres BHs über die Schulter streift. Roses zartgebräunte Haut, die einen perfekten Kontrast zur schneeweißen Bettwäsche bildet. Ihr wohliges Seufzen, das bei meinen Liebkosungen in ein Stöhnen übergegangen ist. Das Gefühl vollkommener Schwerelosigkeit, als ich mich in ihr verloren habe.

Hitze breitet sich in meinem Körper aus. Rose scheint es genauso zu gehen. Wie festgewachsen steht sie neben mir und sieht mich einfach nur an. In ihren Augen spiegeln sich so viele unterschiedliche Emotionen, dass ich beinahe von ihnen mitgerissen werde. Mein Atem klingt zu laut in meinen Ohren, verglichen mit dem sanften Plätschern des Wassers, das träge über den Beckenrand schwappt.

Ohne ein Wort zu sagen, dreht Rose sich um, sodass sie mir den Rücken zukehrt. Ich folge dem Schnitt ihres Kleids mit den Augen. Bewundere das eng anliegende Oberteil, das sich wie ein Korsett an sie schmiegt, während der weit ausgestellte Tüllrock sich um ihre Beine bauscht. Rose räuspert sich und ein leises Lachen schwingt darin mit.

»Ich könnte hier deine Hilfe gebrauchen«, sagt sie und wackelt mit den Schultern, um meine Aufmerksamkeit auf den Reißverschluss zu lenken, der in dem Tal zwischen ihren Schulterblättern ruht.

Mein Mund fühlt sich augenblicklich trocken an und mein Herzschlag schaltet in den Turbogang. Mit den Fingern fahre ich hauchzart über ihren Nacken, bis ich den metallenen Zipper erreiche. Ich lasse mir Zeit, obwohl der sexgesteuerte Höhlenmensch in mir danach verlangt, ihr den Stoff so schnell wie möglich vom Körper zu reißen. Aber ich genieße es viel zu sehr, ihre Reaktion zu beobachten. Wie ein Schauer sie erfasst, wann immer ich mit den Fingerspitzen über ihre nackte Haut streiche.

Doch das reicht mir nicht. Ich überwinde die geringe Distanz zwischen uns und beuge meinen Kopf so weit hinab, bis meine Lippen ihren Nacken streifen. Ein Laut, der wie eine Mischung aus einem Keuchen und einem Stöhnen klingt, entweicht ihr und bringt das Blut in meinen Adern zum Kochen. Mit den Zähnen kratze ich hauchzart an der empfindsamen Haut seitlich ihres Halses. Ihre Schultern sinken nach unten, als würde sie sich mit ihrem gesamten Körper in meine Berührungen hineinfallen lassen. Sie seufzt leise, als ich dem Weg des Reißverschlusses an ihrem Rücken hinab mit Küssen folge. Das Geräusch sorgt dafür, dass sämtliches Blut in meinen Schritt geleitet wird. Trotzdem zwinge ich mich dazu, mein langsames Tempo beizubehalten und jeden Zentimeter ihrer nackten Haut mit meinen Lippen zu liebkosen. Als der Zipper schließlich auf Widerstand trifft, bin ich beinahe enttäuscht. Doch das Gefühl verfliegt schnell bei der Erkenntnis, dass Roses Oberkörper nun vollkommen entblößt ist.

In einer grazilen Bewegung steigt sie aus dem Kleid, das in sich zusammenfällt. Bevor ich die Gelegenheit bekomme, den Anblick ihres Hinterns in einem schwarzen Spitzenhöschen gebührend zu würdigen, dreht sie sich zu mir herum. Die indirekte Beleuchtung zaubert Schatten auf ihren Körper. Umschmeichelt ihre perfekten Brüste, taucht in ihren Bauchnabel ein und schmiegt sich an ihre Hüften. Der Fotograf in mir verflucht sich kurz dafür, dass er keine Kamera zur Hand hat.

Doch der Gedanke verfliegt so schnell, wie er gekommen ist, als Rose einen Schritt auf mich zu macht und mit beiden Händen nach dem Revers meines Sakkos greift, um es mir über die Schultern zu streifen. Meine Fliege folgt der Jacke auf den Boden, bevor sie mein Hemd aufknöpft. Dabei lässt sie sich genauso viel Zeit wie ich mir zuvor mit ihrem Kleid. Während ihre Finger geschickt einen Knopf nach dem anderen lösen, küsst sie sich gemächlich meinen Oberkörper hinab. Ich schließe die Augen und genieße das Gefühl ihrer weichen Lippen auf meiner Haut, die gelegentlich durch ihre Zungenspitze abgelöst werden. Als Rose jedoch nach meiner Gürtelschnalle tastet, lege ich meine Hände sanft auf ihre.

»Wenn du möchtest, dass wir es noch ins Wasser schaffen, solltest du jetzt dringend deine Finger bei dir behalten«, raune ich und es ist Warnung und Einladung zugleich.

Sie hebt den Blick. Ihre Pupillen sind so groß, dass das Blau kaum noch zu erkennen ist.

»Dann sollte ich mir wohl besser merken, wo wir aufgehört haben. Für später.« Ihre Stimme ist die reinste Versuchung und ich verpasse mir innerlich zwei harte Ohrfeigen, um die Kontrolle über meinen Körper zu behalten.

»Ich werde dich beim Wort nehmen«, verspreche ich ihr und mir zugleich. Einen Sekundenbruchteil später hat sie sich von mir gelöst und läuft in Richtung des Whirlpools davon.

»Wer zuerst im Wasser ist!«, ruft sie mir über die Schulter zu. Ein ungestümes Lachen schwingt in ihren Worten mit.

»Hey, du hast geschummelt! Das war ein Frühstart«, beschwere ich mich, während ich den Gürtel meiner Hose öffne und im Laufen versuche, den Stoff über meine Beine zu zerren, ohne auf den Fliesen auszurutschen.

»Ich höre nur Mimimi!«, gibt Rose zurück, die nur noch wenige Schritte vom Whirlpool trennt.

Da ich keine Chance mehr habe, sie rechtzeitig einzuholen, tue ich das Erste, was mir stattdessen in den Sinn kommt: Nur in Boxershorts gekleidet springe ich in das Schwimmbecken gleich neben mir – wobei *fallen* es vermutlich eher trifft. Als ich wenige Sekunden später prustend wieder an der Oberfläche auftauche, steht Rose, die Hände in die Seiten gestemmt, am Beckenrand und blickt auf mich hinab.

»*Das* war geschummelt!«, ruft sie.

»Du hast nicht gesagt, in welches Wasser wir springen sollen.« Ich schüttele den Kopf, um ein paar verirrte Wassertropfen aus meinem Gehörgang zu entfernen.

»Du warst doch derjenige, der mit dem Whirlpool angefangen hat«, hält sie dagegen.

Ich stemme mich am Beckenrand empor und komme nass, wie ich bin, vor Rose zum Stehen.

»Du musst nur ein Wort sagen und ich werde heute Abend noch dafür sorgen, dass du dich wie eine Gewinnerin fühlst«, raune ich ihr zu.

Sie zuckt zusammen, als ein Wassertropfen von meinem Kinn auf ihrem Schlüsselbein landet und in das Tal zwischen ihren Brüsten rinnt. Kurz sehe ich Begehren in ihren Augen aufblitzen, doch dann schüttelt sie lachend den Kopf.

»Wo hast du denn den Spruch her? Sind das Flirttipps aus dem *Playboy*?« Sie hebt spöttisch die Augenbrauen.

Einen Herzschlag lang sehe ich sie sprachlos an, dann pruste ich laut los und die sexuelle Spannung, die sich wie ein Energiefeld zwischen uns ausgebreitet hat, wird durch ein sanftes Knistern ersetzt.

»Wir werden ja sehen«, necke ich sie und stoße mit meiner Hüfte gegen ihre.

Sie rollt bloß mit den Augen, grinst jedoch, als sie langsam die Treppe hinab in den Whirlpool steigt. Ich folge ihr umgehend und seufze wohlig, als ich neben ihr auf die Sitzbank sinke und das warme Wasser mich umhüllt.

»Etwas fehlt noch«, sagt Rose, bevor sie sich zum Beckenrand dreht und einen Knopf betätigt, der neben dem Geländer in die Fliesen eingelassen ist. Beinahe augenblicklich steigen Luftblasen aus der Mitte des kreisrunden Beckens an die Oberfläche. Keine Sekunde später strömen sie zusätzlich aus kleinen Öffnungen, die überall auf der Sitzbank verteilt sind. Es fühlt sich wie eine sanfte Massage an. Ich schließe die Augen und lasse meinen Kopf in den Nacken fallen.

»Das machst du also den ganzen Tag, während ich in meiner acht Quadratmeter großen Kabine ohne Tageslicht eingesperrt bin und auf meinen Einsatz warte«, ziehe ich sie auf.

»Heute war ich zur Abwechslung tatsächlich mal an Land«, erwidert sie in der Tonlage des verwöhnten Upper-East-Side-Mädchens, von dem ich weiß, dass sie es nicht ist.

Damit hat sie meine volle Aufmerksamkeit. Ich drehe meinen Kopf zur Seite, um sie ansehen zu können. Wie ich zuvor hat sie sich so weit ins Wasser sinken lassen, dass es ihr bis knapp unters Kinn reicht. Bei dem Gedanken, was sich unter der von Luftblasen aufgewühlten Oberfläche versteckt, verliere ich kurz den Faden.

»Und wie war es auf … Wo waren wir heute noch mal? Antigua?«, frage ich, weil ich mir tatsächlich nicht sicher bin. Außer an unseren freien Tagen haben wir sowieso keine Gelegenheit, das Schiff zu verlassen, daher erscheint einem ein Tag an Bord wie der andere.

»Hundert Punkte für den Kandidaten. Es war Antigua und es war traumhaft. Wir sind auf einem Katamaran gesegelt und sind mit Stachelrochen geschwommen.« Ihre Augen strahlen bei der Erinnerung.

»Okay, ich sehe schon, die Stachelrochen haben mich und mein Date im wahrsten Sinne des Wortes ausgestochen.« Ich seufze theatralisch.

»Vielleicht gebe ich dir noch eine weitere Chance«, erwidert sie mit einem schelmischen Grinsen.

»Wo sind wir in drei Tagen und was hast du geplant?«, frage ich wie aus der Pistole geschossen.

»Ich lehne mich mal weit aus dem Fenster und vermute, dass wir dann im Hafen irgendeiner malerischen karibischen Insel ankern werden.« Sie lacht. »Und was meine Pläne angeht, bin ich offen für Vorschläge.«

»Dann werde ich mir was Schönes einfallen lassen«, verspreche ich ihr. »Wie lange bleibst du eigentlich auf der *Goddess of the Sea*?«

Ich habe Angst vor ihrer Antwort, gleichzeitig beschäftigt mich der Gedanke seit unserem ersten Date.

»Der Trip war für zwei Wochen geplant, also habe ich jetzt noch …« Sie beginnt an ihren Fingern die Tage abzuzählen und mit jedem Finger, den sie herunternimmt, wird der Knoten in meinen Eingeweiden fester. »… acht Tage«, sagt sie schließlich.

Etwas mehr als eine Woche. *Es könnte schlimmer sein*, rede ich mir gut zu.

»Und dann gehst du zurück nach Yale?«, frage ich. Bis jetzt haben wir nicht darüber gesprochen, was passieren wird, wenn wir das Schiff verlassen und in die Realität zurückkehren. Während ich auf ihre Antwort warte, kribbelt die Aufregung in meinem Magen wie die Luftblasen im Whirlpool.

Rose nickt. »Ich brauche dringend eine Auszeit von meinen Eltern. Außerdem freue ich mich darauf, meine Mitbewohnerin wiederzusehen. Lenny ist meine beste Freundin.« Bei der Erwähnung ihrer Freundin beginnen ihre Augen erneut zu strahlen.

»Studiert sie auch Maschinenbau?«

Rose nickt. »Wir haben uns direkt am ersten Tag kennengelernt und schnell gemerkt, dass wir viel gemeinsam haben – reiche Familien und eigene Ideen für unsere Zukunft, die von unseren Eltern nicht gerne gesehen sind. Außerdem hatte Lenny ein freies Zimmer in ihrem Apartment und ich war froh, dass ich keine weitere Nacht in einem der Wohnheimzimmer auf dem Campus verbringen musste. Hast du dir schon mal zwölf Quadratmeter mit einer Person geteilt? Ohne Wände, ohne Privatsphäre, ohne …« Sie bricht abrupt ab, als sie mein breites Grinsen bemerkt. »Natürlich hast du das«, stellt sie fest und schlägt sich mit der flachen Hand gegen die Stirn.

»Fairerweise ist das hier an Bord aber nur ein Arrangement auf Zeit. In etwas mehr als drei Wochen habe ich wieder mein eigenes Bett und werde nicht mehr mitten in der Nacht von Lukes Schnarchkonzert geweckt«, sage ich und ziehe eine Grimasse.

»Lenny hat mich auch schon das ein oder andere Mal mitten in der Nacht aus dem Bett geworfen, wenn sie aus der Werkstatt kam und sich erst mal ihre Metal-Musik angemacht hat. Sie schraubt in ihrer Freizeit an Motorrädern«, fügt sie erklärend hinzu.

»Bist du manchmal auch in New York City? Übers Wochenende oder so?« Ich versuche, die Frage so beiläufig wie möglich zu stellen, doch es misslingt mir gnadenlos.

»Ich werde auf jeden Fall zu deiner Ausstellung kommen, wenn es das ist, was du wissen willst«, erwidert sie mit einem warmen Ausdruck in den meerblauen Augen.

Ihre Antwort sorgt gleichzeitig für ein Flattern und einen Knoten in meinem Bauch. Es freut mich, dass sie extra für meine Ausstellung in die Stadt kommen will. Auf der anderen Seite hatte ich gehofft, sie schon früher wiederzusehen.

»Würdest du auch nur für mich kommen?« Die Frage ist meinem vorschnellen Mund entschlüpft, bevor ich sie herunterschlucken kann. Mit einem Mal fühle ich mich entblößter als in dem Augenblick, in dem Rose mich aus meinen Klamotten geschält hat.

Anstatt mir zu antworten, stößt sie sich mit den Händen vom Beckenrand ab, sodass sie inmitten des wirbelnden Strudels aus Luftblasen treibt. Ihr Blick lässt meinen dabei keine Sekunde los. Langsam gleitet sie durch das Wasser auf mich zu, bis ihre Knie meine berühren. Dann rutscht sie auf meinen Schoß, ihre Hände klammern sich Halt suchend an meinen Schultern fest. Ihr Becken schwebt nur wenige Millimeter über meinem.

»Für dich würde ich überall hin und auf jede Art und Weise kommen.« Ihre Worte sind ein Raunen, das in dem Geräusch der blubbernden Bläschen beinahe untergeht. Als wir uns dieses Mal küssen, ist klar, dass wir so schnell nicht wieder damit aufhören werden.

Kapitel 36

Eine flutschige Angelegenheit

Eliza

Ich weiß nicht, ob es noch am Adrenalin der Verfolgungsjagd liegt, aber alles fühlt sich intensiver an. Jacks Lippen auf meinen, seine Zunge, die meine in einem genauso vertrauten wie aufregenden Rhythmus umspielt, seine Hände in meinem Haar. Jede seiner Berührungen feuern das Verlangen, das in meinem Inneren brodelt, weiter an. Also gebe ich dem Drang nach und senke mein Becken herab, bis wir nur noch von unserer Unterwäsche getrennt werden, von der ich mir in exakt diesem Augenblick wünschte, dass sie sich einfach in Luft auflösen und mit den Luftbläschen davonschweben würde.

Jacks Kehle entkommt ein heiseres Stöhnen, als meine Mitte auf seine trifft, was mich dazu veranlasst, mein Becken in langsamen Kreisen auf seinem Schoß zu bewegen. Durch den dünnen Stoff spüre ich seine Erektion an genau den richtigen Stellen. Es fühlt sich so verdammt perfekt an, dass ich nicht genug davon bekommen kann. In einem immer schneller werdenden Rhythmus lasse ich meine Mitte gegen seine stoßen, bis mein Atem mehr wie ein Keuchen klingt und ich meine Fingernägel in seine Schulterblätter kralle, um nicht laut aufzuschreien. Dass Jacks Lippen mittlerweile von meinem Mund über mein Kinn und seitlich hinab an meinem Hals entlanggewandert sind, hilft mir nicht dabei, einen klaren Kopf zu behalten. Ganz im Gegenteil verursacht das zärtliche Knabbern seiner Zähne an meiner Haut im Sekundentakt eine Art Blackout in meiner Schaltzentrale. Als er dann auch noch mit den Fingerspitzen über mein Rückgrat bis hinab zu der Kuhle fährt, die sich knapp oberhalb meines Steißbeins befindet, beschließt mein Körper, dass das Vorspiel hiermit offiziell beendet ist.

Ich schiebe meine Zeigefinger in seine Boxershorts und zerre ungeduldig an dem Stück Stoff. Doch bevor ich das unliebsame Kleidungsstück auch nur einen Zentimeter weiterbewegt habe, hält Jack mich auf.

»So verlockend es auch ist, und glaub mir, es ist verdammt verlockend, ist das hier nicht der richtige Ort für du weißt schon was«, raunt er mir zu und ich sehe das Bedauern in seinen Augen, als er meine Finger vom Bund seiner Hose löst.

»Warum nicht? Ich finde, es ist perfekt«, widerspreche ich und küsse ihn stürmisch.

Er erwidert den Kuss und ich kann das Lächeln auf seinen Lippen spüren. Sanft schiebt er mich ein Stück von seinem Schoß herunter.

»Ich bin mir nicht sicher, ob das Kondom das genauso sieht«, sagt er mit einem skeptischen Gesichtsausdruck.

»Oh«, ist das Einzige, was mir dazu einfällt. Dann fällt mir glücklicherweise noch etwas anderes ein. »Wir brauchen kein Kondom. Ich nehme die Pille und habe mich erst vor Kurzem testen lassen. Und ich vertraue dir.« Obwohl ich ihn nicht lange kenne, schätze ich ihn nicht wie einen Mann ein, der Frauen wechselt wie andere Leute ihre Handtücher. Außerdem halte ich ihn für verantwortungsvoll genug, dass er sich regelmäßig testet.

Sein Blick wird weich und dieses Mal ist er es, der mich küsst. Es ist ein sanfter Kuss voller Zuneigung und Wärme und das lässt die heiße Flamme des Begehrens beinahe noch heißer brennen als jede seiner Berührungen zuvor.

»So sehr ich das Angebot zu schätzen weiß. Mir ist nicht wohl bei dem Gedanken, meine DNA in diesem Pool zu verteilen. Das ist, wie wenn kleine Kinder ins Wasser pinkeln.« Er zieht dabei eine so komische Grimasse, dass ich lachen muss.

»Ja, wer weiß, am Ende schwängerst du noch versehentlich eine Jungfrau übers Poolwasser und gründest damit eine neue Religion.«

»Das klingt schon fast wieder verlockend«, erwidert er grinsend.

Ich verpasse ihm einen spielerischen Klaps gegen den Oberarm und rutsche dabei auf seinem Schoß leicht nach vorne. Bei der Bewegung spüre ich erneut seine Härte zwischen meinen Beinen. Wir keuchen beide gleichzeitig auf. Fieberhaft suche ich nach einer Alternative zu dem Fliesenboden, auf dem ich ihn im Notfall aber auch verschlingen würde. Endlich habe ich eine Idee und rutsche von seinem Schoß herunter. Er gibt einen protestierenden Laut von sich, doch ich lache nur und strecke ihm meine Hand entgegen.

»Komm schon. Ich glaube, ich weiß, wo wir ungestört sind.«

Jack lässt sich nicht lange bitten und folgt mir hinüber zu der Glastür, die in den halbdunklen Flur führt. Unsere nassen Füße verursachen quietschende Geräusche auf den Fliesen und hinterlassen Fußabdrücke. Auf dem Weg sammeln wir unsere Klamotten ein.

Im Flur ist es deutlich kühler als im Schwimmbereich. Gänsehaut breitet sich auf meinem gesamten Körper aus und ich beschleunige meine Schritte. Es kann nicht länger dauern als eine halbe Minute, trotzdem jubele ich beinahe, als ich endlich die Tür erreiche, nach der ich gesucht habe. Der Zugang zur Männerumkleide, durch die wir vorhin versehentlich gestolpert sind.

Ich taste nach dem Lichtschalter und augenblicklich wird die Umkleide mit Licht geflutet. Es handelt sich um einen schlichten Raum, der zu beiden Seiten mit graulackierten Spinden versehen ist. In der Mitte dazwischen befinden sich hölzerne Bänke, die mich ein bisschen an die Sportumkleiden in der Schule erinnern. Ich werfe mein Kleid und die Schuhe achtlos darauf, bevor ich mich nach meinem eigentlichen Ziel umsehe.

»Ich erkenne den Charme in dem Highschool-Football-Cheerleader-Szenario … Aber drüben im Schwimmbad war es deutlich wärmer. Da waren sogar Liegen«, wirft Jack in dem Moment ein, in dem ich die gläserne Tür an der gegenüberliegenden Seite der Umkleide entdecke.

»Keine Angst, ich sorge schon dafür, dass dir warm wird«, verspreche ich ihm grinsend und greife nach seiner Hand, um ihn hinter mir herzuziehen.

Er folgt mir zögernd und lässt seine Klamotten ebenfalls auf einer der Bänke zurück. Erst als wir durch die Glastür treten und uns in einer sehr extravaganten Gemeinschaftsdusche wiederfinden, pfeift er anerkennend. Der Duschbereich besteht nicht aus einem großen Raum, sondern aus sechs einzelnen Duschkabinen, die man für mehr Privatsphäre hinter sich zuschließen kann.

»Ich nehme alles zurück«, sagt Jack grinsend und steuert auf eine der Kabinen zu.

Noch bevor er die Tür ganz aufgestoßen hat, fallen wir übereinander her. Wir machen genau dort weiter, wo wir eben im Whirlpool aufgehört haben. Seine Finger in meinem Haar, meine Lippen auf seinen, unsere Zungen ineinander verschlungen. Einzig das Gefühl von seinem Oberkörper, der über meinen reibt, fühlt sich um Längen besser an als zuvor im Wasser. Meine Brustwarzen haben sich durch die Kälte zusammengezogen und reagieren besonders empfindlich auf die Reibung, die zwischen uns entsteht.

Ich stöhne in seinen Mund, als er seine Arme um meine Taille schlingt und uns einander näher bringt. Wir geraten ins Taumeln und prallen gegen die gläserne Trennwand. Der Kontrast des kalten Glases zu seiner brennend heißen Haut lässt mich erschauern. Blind taste ich mit einer Hand nach dem Wasserhahn. Als ich endlich das kühle Metall des Griffs spüre, drehe ich ihn bis zum Anschlag nach links und keine Sekunde später treffen uns die ersten Wassertropfen.

»Fuck, ist das kalt!«, ruft Jack, während mir lediglich ein überraschtes Quietschen entkommt. Ich presse mich enger an ihn und spüre die Gänsehaut, die sich über seinen gesamten Oberkörper erstreckt.

»Es wird bestimmt jede Sekunde warm«, sage ich mit zitternder Stimme.

Es dauert eine gefühlte Ewigkeit, bis aus dem eisigen Schauer ein warmer Sommerregen wird. Doch selbst als sich die Tropfen nicht mehr wie Nadelstiche, sondern wie schmeichelnde Liebkosungen auf meiner Haut anfühlen, löse ich mich nicht von Jack. Er hält mich genauso fest umklammert. Seine Arme liegen um meine Taille, seine Nase hat er in meinem Haar vergraben. Ich spüre das gleichmäßige Auf und Ab seiner Brust unter meinen Fingerspitzen und würde am liebsten für immer so mit ihm hier stehen.

Doch dann beginnt er, sich mit seinen Händen langsam einen Weg an meinen Seiten hinauf bis zum Ansatz meiner Brüste zu bahnen. Und das Feuer in mir erwacht erneut zum Leben. Es hat nicht mehr dieselbe Zerstörungswut wie vorhin – es fühlt sich eher an wie das sanfte Knistern von Holzscheiten im Kamin. Ich löse mich gerade weit genug von ihm, um Platz für seine Hände zu schaffen, mit denen er augenblicklich beginnt, meine Brüste zu liebkosen. Seine Fingerspitzen zeichnen Kreise auf meine Haut, seine Daumen reizen die Spitzen, bis ich den Kopf in den Nacken werfe und keuche. Heiße Wassertropfen prasseln auf mein Gesicht, fließen über meinen Oberkörper und fühlen sich wie ein zusätzliches Paar Hände an, das mich streichelt.

Ich schließe die Augen und genieße jede Liebkosung. Während die eine Hand unablässig meine Brüste verwöhnt, findet seine andere den Bund meines Höschens und zieht es über meine Hüften. Halt suchend taste ich nach der Duschstange, die ich hinter mir vermute, und umklammere sie, als ich mit einem Mal Jacks Lippen an der Innenseite meines Oberschenkels spüre. Zärtlich küsst er die empfindsame Haut und jagt damit einen Schauer nach dem anderen über meinen Rücken. Bereitwillig spreize ich die Beine und er belohnt mich mit weiteren Küssen. Unendlich langsam bahnt er sich seinen Weg nach oben. Leckt gelegentlich einen Wassertropfen fort oder lässt mich seine Zähne spüren. Wenn ich eben gedacht habe, dass die Sache im Whirlpool heiß war, muss ich diese Meinung revidieren. Denn unter dem Strahl einer heißen Dusche von Jack mit dem Mund verwöhnt zu werden, ist noch so viel besser. Und dann bin ich nicht mehr in der Lage, auch nur einen vernünftigen Gedanken zu fassen. Jacks Lippen erreichen die Stelle zwischen meinen Beinen, die sich so sehr nach ihm sehnt, dass es schmerzt. Die erste Berührung sendet Schockwellen durch mein System. Die zweite reißt mich mit sich und die dritte lässt meinen Körper zerfließen.

Ein lautloses »Fuck« entweicht mir, als seine Zunge über meinen sensibelsten Punkt streicht und ich mich ihm unwillkürlich entgegenstrecke. Ich kralle meine Finger so fest es geht ins Metall der Duschstange, in dem Versuch, mich aufrecht zu halten, während Jack dafür sorgt, dass sich meine Beine in Pudding verwandeln. Unermüdlich leckt, knabbert und küsst er meine Mitte. Meine Atmung wird hektischer, das Rauschen in meinen Ohren stammt nicht mehr länger nur von dem prasselnden Wasser, sondern von meinem aufgepeitschten Puls, den Jack mit jedem Schlag seiner Zungenspitze weiter in die Höhe treibt. Es fühlt sich beinahe zu gut an und ich versuche, ein Stück zurückzuweichen, um mir eine kurze Auszeit zu verschaffen. Doch Jack schnalzt mit der Zunge und hält mich sanft fest, sodass mir nichts anderes übrig bleibt, als mich fallen zu lassen. Doch bevor ich falle, lässt Jack mich fliegen. Immer und immer weiter katapultiert er mich in unbekannte Höhen, bis ich ihm nichts mehr entgegenzusetzen habe und mit einem lauten Stöhnen komme. Mein Unterleib zuckt unkontrolliert. Wassertropfen laufen mir in den Mund, als ich die Kontrolle verliere und mich von dem berauschenden Gefühl hinforttragen lasse, das durch meinen Körper prickelt wie Brausepulver. Einzig und allein Jacks starken Armen ist es zu verdanken, dass ich nicht mit dem Rücken an den Fliesen hinabgleite.

Als ich wieder sicher stehen kann, richtet er sich langsam auf.

»Und, fühlst du dich schon wie eine Gewinnerin?«, fragt er und mustert mich mit einem schelmischen Grinsen.

Ich brauche ein paar Sekunden, bis der Orgasmusnebel meinen Verstand so weit freigegeben hat, dass ich mich an seinen Kommentar vorhin am Pool erinnern kann. Und daran, wie ich ihn für diesen Playboyspruch aufgezogen habe.

Mit dem letzten verbliebenen Rest an Energie hebe ich meine Mundwinkel zu einem Lächeln. »Es hat auf jeden Fall fürs Siegertreppchen gereicht«, erwidere ich matt.

Das belustigte Funkeln in seinen Augen verwandelt sich in etwas Dunkleres. »Na wie gut, dass ich mich gerade erst warm gemacht habe.« Es klingt wie ein Versprechen und eine Warnung zugleich und mein Herz macht bei seinen Worten einen flattrigen Hüpfer.

Kapitel 37

Wenn man den Weihnachtsmann bei Wish bestellt

Eliza

»Die Luft ist rein!« Ich winke Jack so enthusiastisch zu, dass mein Arm vermutlich einer sich rotierenden Schiffsschraube ähnelt.

Die Gummisohlen seiner Schlappen verursachen ein quietschendes Geräusch auf den Fliesen, als er sich aus dem Halbdunkel des Eingangsbereichs hinaus in den hellen Flur traut. Ich sehe ihn an und kann nicht verhindern, dass ich glucksen muss. Der weiße Frotteebademantel endet kurz unterhalb seiner Knie und reicht ihm an den Armen nicht einmal ansatzweise bis zu den Handgelenken. In Kombination mit den zu kleinen Schlappen, aus denen seine Zehen leicht überstehen, und der Kapuze, deren Saum er immer wieder in sein Gesicht zieht, sieht er aus, als hätte er die Waschmaschine zu heiß eingestellt.

»Du brauchst gar nicht so schadenfroh zu lachen«, erwidert er und blickt nun seinerseits mit einem erheiterten Grinsen auf mein Outfit.

Während Jack seinen Bademantel fast sprengt, versinke ich beinahe in meinem. Der Stoff reicht bis zum Boden, sodass ich vorhin zweimal mit meinen Schlappen, die mir ebenfalls drei Nummern zu groß sind, darauf getreten bin und mich dabei um ein Haar auf die Nase gelegt hätte. Sobald ich die Kapuze aufsetze, fühle ich mich wie ein Pferd mit Scheuklappen, da der Saum bis zu meiner Nasenspitze fällt und ich den Kopf jedes Mal in den Nacken legen und darunter hervorschielen muss, wenn ich etwas sehen will.

»Ein Grund mehr, dass wir uns beeilen. Je schneller wir in meiner Kabine sind, desto eher können wir die wieder ausziehen«, sage ich und wedele demonstrativ mit meinem Arm in der Luft herum, sodass der Stoff nur so flattert.

»Das klingt nach einem hervorragenden Plan. Ich helfe dir gerne beim Ausziehen«, raunt Jack mir zu und das Feuer, das dabei in seinen Augen aufleuchtet, lässt Bilder von der Dusche in meinem Kopf entstehen. Meine Fingerkuppen sind noch immer schrumpelig von der langen Zeit, die wir in der Kabine verbracht haben. Denn Himmel, Jack hat nicht gelogen, als er behauptet hat, dass er sich gerade erst warm gemacht hätte. Hitze breitet sich in mir aus, als ich an all die Liebkosungen denke, mit denen er meinen Körper ein ums andere Mal zum Erbeben gebracht hat.

Mittlerweile ist es weit nach Mitternacht und der Flur liegt verlassen vor uns. Trotzdem wollten wir auf Nummer sicher gehen, dass uns niemand entdeckt. Da wir unsere Masken dummerweise im Eifer des Gefechts verloren haben, kamen uns die beiden verwaisten Bademäntel, die wir in der Umkleide gefunden haben, wie gerufen. Dass die Größen leider weder für Jack noch für mich schmeichelhaft sind, lässt sich allerdings nicht leugnen.

So schnell wie möglich, jedoch ohne zu rennen, laufen wir durch den stillen Flur. Nur unsere gedämpften Schritte auf dem Teppich sind zu hören. Wir trauen uns nicht, miteinander zu reden, doch immer wieder werfen wir uns Blicke zu, was jedes Mal darin endet, dass wir einen Lachanfall zurückhalten müssen. Wir sehen einfach zu komisch aus in unseren Outfits. Jack hat zusätzlich einen großen Leinensack geschultert, den wir ebenfalls in der Umkleide gefunden haben. Wir haben sein Sakko und mein Kleid darin versteckt. Wenn der Bademantel rot wäre, könnte er als Weihnachtsmann durchgehen. Allerdings nur in der Version, die man versehentlich bei *Wish* bestellt hat. Der Gedanke bringt mich erneut zum Kichern, was Jack dazu veranlasst, mir mit dem Finger seiner freien Hand in die Seite zu pieksen.

Als wir die Weggabelung erreichen, die uns zu dem großen Treppenaufgang führt, wenden wir uns nach links, in Richtung der anderen Seite des Schiffs. Hier befindet sich das weniger pompöse und dafür deutlich zweckdienlichere Treppenhaus, das in erster Linie für das Personal gedacht ist. Nachdem wir uns zuerst versichert haben, dass sich außer uns niemand darin aufhält, rennen wir die drei Etagen bis zu dem Deck hinauf, auf dem meine Kabine ist. Unsere Schlappen knallen auf den Treppenstufen und unser Gelächter hallt durch die Stille.

Etwas aus der Puste drücke ich schließlich die Tür zum Flur auf und stolpere lachend hindurch. Jack folgt mir, den Zeigefinger mahnend auf die Lippen gepresst, jedoch ebenfalls breit grinsend. Unser kleines Versteckspiel lässt Adrenalin in mir umhersausen wie Flipperkugeln. Es sorgt dafür, dass ich mich trotz des langen und aufregenden Tages, der hinter mir liegt, wach und lebendig fühle. Auf den letzten Metern bis zum rettenden Eingang meines Zimmers greife ich nach Jacks Hand und verflechte meine Finger mit seinen. Ein angenehmes Prickeln breitet sich von meiner Handfläche über meinen Arm bis in den Rest meines Körpers aus. Es fühlt sich ein bisschen so an wie heute Mittag, als ich mich im warmen Wasser vor Antigua habe treiben lassen. Sonnenstrahlen, die meine Haut gewärmt haben. Sanfte Wellen, die mich geschaukelt haben. Das beruhigende Rauschen des Ozeans in meinen Ohren. Jack lässt diese Gefühle in mir aufsteigen. Doch es ist nicht nur Geborgenheit, die mich in seiner Gegenwart überkommt. Da ist so viel mehr. Da ist Wildheit, wie das aufbrausende Meer während eines Sturms. Da ist Spannung, wie die sich überschlagenden Wellen, wenn sie sich am Strand brechen. Da ist Ruhe, wie die spiegelglatte Wasseroberfläche an einem Tag ohne Brise.

Als ich die Tür zu meiner Kabine schließlich öffne und Jack stürmisch hinter mir herziehe, spüre ich ein breites Lächeln auf meinen Lippen und den beinahe übermächtigen Drang in mir, ihm zu sagen, wie ich mich fühle. Was er mit mir macht. Dass ich nicht genug davon bekommen kann. Doch bevor ich auch nur ein Wort sagen kann, funkt mir Aurora dazwischen.

»Herzlichen Glückwunsch! Wie ich sehe, war dein Beutezug erfolgreich«, kommentiert sie Jacks Anwesenheit in meiner Suite.

Dieser zieht fragend die Augenbrauen in die Höhe, bevor er sich an Aurora wendet: »Entschuldige bitte mal, hast du mich gerade als Beute bezeichnet?« Empörung schwingt in seinen Worten mit.

»Offensichtlich hat die Kleine dich nach allen Regeln der Kunst abgeschleppt.« Auroras Tonfall klingt so sachlich, als würde sie uns den Wetterbericht vorlesen.

»Da hat sie nicht ganz Unrecht«, stimme ich ihr zu.

Jacks Augen weiten sich erst, bevor ein gefährliches Glitzern in ihnen aufblitzt. »Hat sie das?«, hakt er nach und macht einen Schritt auf mich zu. Seine Bewegungen sind trotz des engen Bademantels fließend und erinnern mich an die eines Panthers. Dass sein Blick dabei auf mich gerichtet ist, lässt mich sicherheitshalber ein Stück von ihm zurückweichen.

»Vielleicht können wir uns darauf einigen, dass wir uns gegenseitig abgeschleppt haben?«, schlage ich lachend vor.

Jack kratzt sich mit Daumen und Zeigefinger am Kinn, als würde er darüber nachdenken. Dann schüttelt er den Kopf und bevor ich mich auch nur umdrehen kann, macht er einen Satz nach vorne und bekommt mich an der Taille zu fassen. Ich kichere und versuche, ihn mit den Händen von mir wegzuschieben. Doch er ist so unnachgiebig wie der Eisberg, der die Titanic zum Sinken gebracht hat. Und so baumle ich keine Sekunde später bäuchlings über seiner Schulter.

»Hey, was soll das?! Lass mich sofort wieder runter!«, protestiere ich und piekse ihn mit meinen Zeigefingern in die Seiten, was jedoch wenig bringt, da der dicke Frotteestoff ihn vor meinen Angriffen schützt.

Mittlerweile hat Jack mich durch den kleinen Flur bis hinüber ins Schlafzimmer getragen.

»Wenn ich den Sicherheitsdienst rufen soll, sag Bescheid«, meldet sich Aurora. Ihr Tonfall klingt jedoch eher so, als würde sie das Schauspiel genießen. Ich bilde mir sogar kurz ein, das Rascheln von

Popcorn durch die Lautsprecher zu hören. Vielleicht ist es aber auch nur das Rauschen meines Bluts, das mir langsam in den Kopf steigt.

»Okay, wir haben es verstanden. Du bist der Mann. Du bist der Jäger. Kannst du mich jetzt wieder runterlassen?« Um meinen Punkt zu unterstreichen, haue ich ihm auf den in Frottee gekleideten Hintern.

»Na gut«, stimmt Jack zu meiner Überraschung umgehend zu. Doch bevor ich mich weiter wundern kann, gleite ich auch schon von seiner Schulter und lande mit einem schrillen Quietschen rücklings auf dem Bett.

Ich meine Aurora so etwas wie »Typisch Mann« murmeln zu hören und kann mich ihrer Meinung nur anschließen. Trotzdem muss ich grinsen, als Jack mit vor Stolz gerecktem Kinn und in die Seiten gestemmten Armen vor mir steht. Die Kapuze noch immer auf dem Kopf, erinnert er mich ein bisschen an einen Boxer, der eine Show für sein Publikum abzieht. Durch die Pose spannt sich der Bademantel allerdings an so vielen Stellen gleichzeitig, dass ich gar nicht weiß, auf welche Naht ich meinen Wetteinsatz setzen soll. Am Ende ist es der rechte Ärmel, der mit einem Ratschen nachgibt. Der linke folgt ihm nur einen Atemzug später. Jack sieht mit einer Mischung aus Verwirrung und Bestürzung an seinen Armen herab, was mich so sehr zum Lachen bringt, dass ich kaum Luft bekomme.

Als Jack auch noch anfängt, den Bademantel zu verfluchen, und bei dem Versuch, sich aus dem Kleidungsstück zu winden, im Kreis taumelt, gibt es für mich kein Halten mehr. Zwischen zwei Lachanfällen japse ich nach Luft. Meine Seiten schmerzen vom vielen Lachen. Endlich hat Jack den Kampf gegen den Bademantel gewonnen und lässt sich neben mich aufs Bett fallen.

»Eins zu null für Eliza, würde ich sagen«, ertönt Auroras Stimme und dieses Mal kann ich deutlich hören, wie sie währenddessen virtuell auf einem Stück Popcorn kaut. Manchmal lässt sie mich beinahe vergessen, dass sie nicht real ist. Dass sie nur eine Software ist, die so gut trainiert wurde, dass sie sich mit mir unterhalten kann.

Jack neben mir schnaubt. Doch er klingt ebenfalls belustigt und als ich mich auf die Seite drehe, blicke ich in seine poolblauen Augen, die mich voller Zuneigung mustern.

»Wie genau kann man sie noch mal zum Schweigen bringen?«, fragt er nur halb im Spaß mit einem Blick zu den Boxen an der Decke, durch die Auroras Stimme in jedes Zimmer übertragen wird.

»Vorsicht, Tiger! Wusstest du, dass ich die Kontrolle über das Warmwasser habe? Wenn du morgen keine Eisdusche nehmen willst, empfehle ich dir, an deinen Umgangsformen zu arbeiten«, erwidert Aurora.

Jacks Augen weiten sich. »Kann sie das wirklich?«, raunt er mir zu und der Blick, den er dieses Mal in Richtung Decke wirft, wirkt deutlich verunsichert.

Ich zucke mit den Achseln. Da Aurora als Assistenzsystem implementiert wurde, ist es durchaus denkbar, dass sie dafür sorgen kann, dass das Duschwasser eine bestimmte Temperatur hat. Immerhin kann sie auch auf Zuruf das Licht ausschalten.

»Vielleicht gehst du besser auf Nummer sicher und hältst für heute Abend die Füße still«, rate ich ihm mit einem Zwinkern.

Nach einem kurzen Besuch im Badezimmer liegen wir beide zehn Minuten später zusammen unter der Bettdecke. Ich habe mir eines meiner übergroßen Schlafshirts übergeworfen und Jack ist in seine Boxershorts geschlüpft, die er im Wellnessbereich in den Trockner geworfen hat. Er legt sich neben mich und schlingt seine Arme um meine Taille. Zieht mich so nah an sich heran, dass ich seine harten Brustmuskeln an meinem Rücken spüren kann. Zärtlich küsst er meinen Nacken und ich kuschle mich noch enger an ihn. Genieße seinen vertrauten Duft, der ihn selbst nach unserer gemeinsamen Dusche umgibt.

»Gute Nacht, Rose«, flüstert er mir zu, bevor er etwas lauter sagt: »Gute Nacht, Aurora.«

Anstelle einer Antwort erlischt die Nachttischlampe und das Zimmer versinkt in Dunkelheit.

»Gute Nacht, Jack«, erwidere ich leise, obwohl mir noch mehr Worte auf den Lippen liegen. Aber das hat Zeit. Und der Gedanke erfüllt mich mit Leichtigkeit und Wärme. Denn heute haben wir zum ersten Mal darüber gesprochen, was passieren wird, wenn wir das Schiff verlassen. Haben ausgesprochen, dass wir uns wiedersehen wollen. Dass wir mehr wollen. Doch unter die strahlenden Glücksgefühle mischt sich auch Unbehagen. Meine Eltern werden es uns nicht leicht machen. Sie werden nicht das in ihm sehen, was ich sehe. Sie werden nur sehen, dass er nicht Edward ist.

Edward. Bei dem Gedanken spannt sich alles in mir an. Es wird höchste Zeit, dass ich ihm reinen Wein einschenke. Es ist nicht fair, so zu tun, als hätte er eine Chance bei mir, obwohl mein Herz längst einem anderen gehört. Mit dem Vorsatz, mich morgen mit Edward zu treffen, schlafe ich ihn Jacks Armen ein.

Kapitel 38

Bilder lügen nicht

Cameron

Auf Zehenspitzen schleiche ich mich durch das noch verwaiste Treppenhaus. Einmal lege ich mich beinahe auf die Nase, als mein übermüdeter Verstand denkt, dass ich bereits das Ende der Treppe erreicht habe. Der nicht eingeplante Höhenunterschied der letzten Stufe bringt mich ins Straucheln. Glücklicherweise greife ich intuitiv nach dem Lauf des Treppengeländers, sodass ich mit einer schwungvollen Drehung vor dem Ausgang zum Stehen komme. Doch selbst wenn ich stattdessen mit dem Kopf gegen die Wand geprallt wäre, hätte dies vermutlich nichts an meinem Grinsen geändert. Es ist dort festbetoniert, seit ich gestern Abend mit Rose im Arm eingeschlafen bin. Wäre mein Leben eine Serie, wäre heute die Episode dran, in der alle Leute plötzlich aus unerfindlichen Gründen im Musical-Style singen und tanzen.

Ich bin zwar hundemüde, weil ich nicht mehr als vier Stunden Schlaf bekommen habe, aber ich bereue nichts. Verdammt, ich würde das Schlafen komplett einstellen, wenn es möglich wäre, solange es bedeutet, dass ich mehr Zeit mit dieser umwerfenden Frau verbringen kann.

Während ich die dicke Metalltür aufdrücke, bete ich im Stillen, dass Mr Thomson tief und fest schläft. Nachdem er mich gestern Abend fast enttarnt hätte, will ich mein Glück nicht mit einer Notlüge überstrapazieren. Als ich durch den Türspalt in den langen Flur spähe, liegt dieser genauso verlassen vor mir wie das Treppenhaus. Ich seufze erleichtert, dennoch beschleunige ich meine Schritte. In meinem zerknitterten Hemd und der Anzughose von gestern ist es kein Geheimnis, dass ich die letzte Nacht nicht in meiner eigenen Koje verbracht habe. Und wenn Mr Thomson zwei und zwei zusammenzählt, wird ihm klar sein, dass der Mann, den er gestern Abend durch die Gänge gejagt hat, niemand anderer war als ich.

Ich kann mein Glück kaum fassen, als ich tatsächlich ungesehen bis zur Tür meiner Kabine gelange. So leise wie möglich drücke ich die Klinke herab und schleiche mich auf Zehenspitzen in den dunklen Raum. Ein Blick auf mein Handy verrät mir, dass ich noch eine gute Stunde Schlaf bekommen kann, wenn ich mich jetzt direkt aufs Ohr haue. Als ich das Display jedoch gerade wieder in den Ruhemodus versetzen will, bemerke ich die Symbolleiste, die mir nicht nur einen entgangenen Anruf, sondern auch ungelesene Nachrichten anzeigt. Augenblicklich bildet sich eine Faust um meine Eingeweide. *Hat meine kleine Schwester versucht, mich zu erreichen? Ist etwas passiert?* Meine Gedanken fliegen zurück zum schlimmsten Tag meines Lebens. Zu dem Moment, in dem mein Vater neben mir im Bus saß, nur um im nächsten auf dem Boden zu liegen.

Meine Atmung wird flach, mein Herz schlägt dafür umso heftiger. Mit zittrigen Fingern entsperre ich das Display und wähle zuerst die Anrufhistorie aus. Die Luft, die ich angehalten habe, entströmt langsam meiner Lunge. Es ist alles in Ordnung. Es war nur Luke. Am liebsten möchte ich laut auflachen vor Erleichterung. Doch im nächsten Augenblick wandelt sich die Euphorie erneut in Besorgnis, als ich sehe, dass Luke mich nicht nur einmal, sondern gleich sechs Mal angerufen hat. Als ich zu meiner Nachrichten-App wechsle, springt mir auch hier sein Name entgegen. Ganze zehn neue Nachrichten befinden sich in unserem Chatverlauf. Doch bevor ich nur eine davon lesen kann, ertönt ein Rascheln gefolgt von einem Poltern direkt neben mir.

»Da bist du ja endlich! Warum zur Hölle gehst du nicht an dein beschissenes Telefon?!« Lukes Stimme durchdringt die Dunkelheit und klingt derart aufgelöst, dass sich erneut eine Klaue der Angst um meine Eingeweide schlingt. Was ist, wenn meiner Mutter und meiner Schwester doch etwas passiert ist? Eine Katastrophe, die ich nicht mitbekommen habe, weil ich mein Handy gestern Abend ausgeschaltet habe, um nicht gestört zu werden, während ich mich mit Rose vergnügt habe.

Grelles Licht flutet den Raum, als Luke den Lichtschalter neben der Tür betätigt. Geblendet kneifen wir beide die Augen zusammen. Doch mein bester Freund kümmert sich nicht weiter darum, sondern kommt stattdessen auf mich zu und packt mich an den Schultern.

»Scheiße, Mann. Du sitzt knietief, ach was sage ich, bis zum Hals in der Scheiße!«, flucht er unterdrückt, während er einen angespannten Blick in Richtung der Tür wirft.

»Wieso regst du dich so auf? Mr Thomson hat mich nicht gesehen, als ich an seiner Kabine vorbeigekommen bin.« Ich lege ihm nun ebenfalls eine Hand auf die Schulter, um ihn zu beruhigen.

Luke lacht, doch es klingt eher wie ein Seufzen. »Leider bist du sechs Stunden zu spät dafür.«

»Was meinst du damit?«, frage ich und runzle die Stirn.

»Es war gestern Abend. Nach dem Ball. So gegen elf Uhr. Ich wollte mich gerade hinlegen, als Mr Thomson plötzlich hier reingeplatzt ist. Bevor ich wusste, was los war, hat er angefangen, deine Sachen zu durchsuchen. Bis ich mich endlich so weit gefangen hatte, um zu verstehen, was hier abgeht, hatte er schon deine Reisetasche gefunden. Ich habe versucht, ihn aufzuhalten. Habe ihm gesagt, dass er nicht einfach so hier reinkommen und deine Sachen durchwühlen kann. Er meinte, dass er die Befugnis hat, wenn es einen begründeten Verdacht gibt, dass jemand gegen den Verhaltenskodex verstoßen hat.« Luke fährt sich durchs Haar und sieht so zerknirscht aus, dass ich ihn trösten würde, wenn mein Verstand nicht gerade damit beschäftigt wäre, durchzudrehen.

»Was für ein begründeter Verdacht?«, bringe ich schließlich heraus. Er kann doch unmöglich meine Sachen durchsucht haben, nur auf die Vermutung hin, dass ich der Mann war, den er mit einer

Passagierin zusammen erwischt hat. *Er hat uns nur von hinten gesehen!*

»Er meinte, dass er einen Tipp bekommen hat. Von einer *höchst vertrauenswürdigen Quelle.*« An der Stelle malt er Anführungszeichen in die Luft und verzieht das Gesicht. Aber er weicht meinem Blick aus und sieht hinab auf seine nackten Füße. »Dass du eine Affäre mit einem weiblichen Gast hast.«

Ich starre ihn ein paar Sekunden lang an, während ich versuche, die Informationen zu verarbeiten. Mr Thomson hat einen Tipp bekommen? Von wem? Und warum sollte mich jemand anschwärzen? Dann kommt mir ein anderer Gedanke, der den Griff um meine Eingeweide löst.

»Okay, aber ein Tipp ist kein Beweis und solange er keinen hat, kann er mich nicht feuern«, sage ich und klopfe Luke aufmunternd auf den Rücken. »Ich werde die nächsten Tage einfach etwas vorsichtiger sein«, ergänze ich und überlege bereits, wie ich Rose eine Nachricht zukommen lassen kann.

Luke räuspert sich und malt mit den Zehen unsichtbare Halbkreise auf den Boden. »Also ... Leider hat er einen Beweis gefunden.«

Ich runzle die Stirn. »Das kann nicht sein. Es gibt keine Be...« Ich verstumme mitten im Satz. Denn mit einem Mal wird mir klar, dass es sehr wohl einen Beweis gibt. Und nicht nur einen. Es gibt einen ganzen Berg von Beweisen. In Form der Bilder, die ich von Rose geschossen habe und die auf meiner Kamera gespeichert sind. Bilder, auf denen Rose sich für mich auszieht. Bilder, auf denen sie mich mit Begehren in den wunderschönen, meerblauen Augen ansieht.

»Fuck«, keuche ich und laufe hinüber zum Kleiderschrank.

»Ich habe wirklich versucht, ihn aufzuhalten.« Lukes Beteuerungen gehen im Rauschen des Blutes in meinen Ohren unter. Mir wird abwechselnd heiß und kalt, als ich die Holztür aufreiße und in den Fußraum greife, wo ich meine zerschlissene Reisetasche verstaut habe. Der Verschluss ist offen und die Kamera liegt oben auf. Mit zitternden Fingern schalte ich das Gerät an und wechsle direkt zur

Galerie. Und da ist er, der Beweis. Rose, wie sie mit nacktem Oberkörper vor mir kniet und die Hand nach mir ausstreckt. Das Verlangen färbt ihre blauen Augen so dunkel wie die Tiefen des Ozeans.

Es prasseln so viele verschiedene Emotionen auf mich ein, dass ich ins Taumeln gerate. Da ist Bedauern, weil diese Bilder das Ende meiner kurzen Laufzeit als Kellner an Bord der *Goddess of the Sea* bedeuten. Da ist Scham, weil ich meine Familie durch mein leichtsinniges Handeln nicht mehr länger finanziell unterstützen kann. Da ist Erleichterung darüber, dass das Versteckspiel ein Ende hat und dass Mr Thomson die SD-Karte nicht konfisziert hat. Vermutlich fehlt ihm dazu die Befugnis.

»Er hat Beweisbilder mit seinem Handy geschossen«, sagt Luke in meinem Rücken. »Es tut mir wahnsinnig leid, Cam.«

Ich schalte die Kamera aus und verstaue sie wieder sorgsam in der Reisetasche, bevor ich mich zu meinem Freund umdrehe. Mir wird übel bei dem Gedanken daran, dass Mr Thomson die Aufnahmen angesehen hat. Diese Bilder waren nicht für fremde Augen bestimmt. Sie waren ein Geschenk von Eliza an mich. Der Beweis, dass sie mir voll und ganz vertraut, dass sie sich bei mir so geborgen fühlt, dass sie sie selbst sein kann. Und genau deshalb wiegt es umso schwerer, dass ich dieses Vertrauen verraten habe. Wenn auch unabsichtlich.

»Es muss dir nicht leidtun«, beschwichtige ich Luke. Meine Stimme zittert. »Ich wusste, worauf ich mich einlasse. Und ich bereue keine einzige Sekunde.« Auch wenn es bedeutet, dass ich auf den großzügigen Lohn verzichten muss, den ich am Ende der Reise erhalten hätte. Wenn es bedeutet, dass ich meine Familie nicht unterstützen kann. Wenn ich mich nächstes Semester nicht wie geplant nur auf mein Studium konzentrieren kann. Wenn ich Doppelschichten im Restaurant schieben muss und an manchen Tagen so müde sein werde, dass ich während einer Vorlesung einschlafe. Doch damit kann ich leben. Es ist ein Zustand, der mir vertraut ist. Immerhin hat mich Bonnies letzter Anruf so weit beruhigt, dass ich mir nicht mehr permanent Sorgen mache, ob meine Mutter und meine Schwester den kalten Winter in Chicago überstehen. Trotzdem fühlt es sich so an, als hätte ich sie im Stich gelassen.

»Ich werde dich vermissen, Mann.« Luke zieht eine Grimasse, als habe man ihm gesagt, dass er von jetzt an in Einzelhaft leben muss.

»Immerhin stört dich dann niemand mehr, wenn du Zeit mit Sandy verbringen willst«, ziehe ich ihn auf.

Seine Miene verdunkelt sich. »Sandy verbringt ihre Zeit seit Neustem mit Matthew.«

Obwohl er zu Beginn groß getönt hat, dass er sich unter keinen Umständen in sie verlieben wird, kann ich unschwer erkennen, dass ihm dies gründlich misslungen ist.

»Ich weiß! Sag jetzt nichts. Sonst vermisse ich dich vielleicht doch nicht mehr so sehr«, sagt er, bevor ich auch nur ein Wort herausgebracht habe.

Also belasse ich es bei einem »Tut mir leid, Kumpel«, was er mit einem Nicken quittiert. Luke ist ein herzensguter Typ. Es tut mir in der Seele weh, ihm immer wieder dabei zusehen zu müssen, wie er sein Herz an die falschen Frauen vergibt. Andererseits hat mich mein Herz gerade meinen Job gekostet, also sollte ich mich vielleicht nicht als Vorbild aufspielen.

»Hat Mr Thomson gesagt, wie es jetzt weitergeht?«, frage ich.

»Du sollst das Schiff verlassen, sobald wir in Guadeloupe anlegen, was in genau ...« Er greift nach seinem Handy, das zum Laden auf dem Nachttisch liegt. »... drei Stunden ist.«

Kapitel 39

Ein überraschender Verrat

Cameron

Mein erster Impuls ist es, zurück zu Rose zu gehen. Doch zum einen will ich sie nicht wecken und zum anderen gibt es noch ein paar Dinge, die ich zunächst regeln muss. Wie zum Beispiel herauszufinden, wie zum Teufel ich zurück nach New York kommen soll. Nach einer kurzen Internetrecherche stelle ich fest, dass ich zumindest diesbezüglich Glück habe. Um zwölf Uhr mittags geht ein Flieger vom lokalen Flughafen Pointe-à-Pitre zum JFK-Airport. Nachdem ich unter Zähneknirschen das mit dreihundert Dollar nicht gerade günstige Flugticket gebucht habe, verstaue ich meine wenigen Habseligkeiten in meiner Tasche.

»Was denkst du, wer hat euch verpfiffen? Der Schnösel, mit dem ihre Familie immer zu Abend isst?« Luke sitzt auf meiner Matratze und sieht mir beim Packen zu.

Ich rolle eines meiner T-Shirts zusammen, während ich darüber nachdenke. Die Frage geht mir nicht mehr aus dem Kopf, seit Luke mir von dieser angeblich vertrauenswürdigen Quelle berichtet hat.

»Hm, ich weiß nicht. Rose hat gesagt, dass er nicht mehr als ein Geschäftspartner von ihrem Vater ist«, erwidere ich.

»Dafür hat er sich meiner Meinung nach aber etwas zu sehr um ihr Wohlbefinden gekümmert.« Luke zieht vielsagend die Augenbrauen hoch.

Damit hat er nicht Unrecht. Immerhin habe ich selbst zu Anfang gedacht, dass die beiden ein Paar sind. Was ist, wenn Edward sich ebenfalls Hoffnungen in diese Richtung gemacht hat und irgendwie Wind davon bekommen hat, dass Rose und ich was am Laufen haben? Waren wir doch nicht so diskret, wie wir gehofft haben? Hat er uns irgendwo gesehen und daraufhin beschlossen, mich loszuwerden? Und was wäre dann naheliegender, als mich bei meinem Chef zu verpetzen. Andererseits gehört Edward Whitney zur Elite New Yorks und hat solche Spielchen sicher nicht nötig, oder?

»Theoretisch könnte er es gewesen sein, aber der Typ ist einer von New Yorks begehrtesten Junggesellen. Er könnte vermutlich jede Frau der Upperclass haben.« In einer ruhigen Minute habe ich mir einen Artikel zu ihm durchgelesen und das hat meinem Ego mehr als nur einen kleinen Dämpfer verpasst. Der Mann ist der Inbegriff dessen, was man einen guten Fang nennt. Er stammt aus einer adligen Familie, die so viel Geld hat, dass sie gar nicht so viel ausgeben können, wie sie pro Minute einnehmen. Außerdem ist er offensichtlich nicht auf den Kopf gefallen, zumindest wurde in dem Bericht erwähnt, dass er im Vorstand von gleich mehreren Unternehmen sitzt. Dazu kommt, dass er rein objektiv betrachtet nicht schlecht aussieht. Vorausgesetzt, Frau steht auf den Typ herausgeputzter englischer Thronfolger. Glücklicherweise scheint dies auf Rose nicht zuzutreffen.

Bei dem Gedanken an sie ziehen sich die Sorgen und Zweifel augenblicklich zurück und mir wird leicht ums Herz. Denn so ungelegen mir der Rauswurf kommt, ist er gleichzeitig eine Erleichterung. Sobald Rose in einer Woche von der Kreuzfahrt zurückkommen wird, können wir uns wiedersehen. Ohne Versteckspiel. Ohne Geheimnisse. Vorfreude lässt alles in mir unendlich leicht werden.

»Aber wer war es sonst? Jemand aus dem Team?« Luke scheint diese geheime Quelle mehr zu beschäftigen als mich selbst.

»Ich habe niemandem außer dir davon erzählt. Die Einzige, die Verdacht geschöpft haben könnte, ist Maria. Vielleicht hat sie mitbekommen, wie es zwischen Rose und mir während der Tanzstunde geknistert hat, und hat uns gestern Abend auf dem Ball zusammen gesehen? Aber eigentlich glaube ich nicht, dass sie es war. Dafür ist sie viel zu nett«, überlege ich laut.

Luke nickt zustimmend. Er kratzt sich nachdenklich am Kinn. Als würde er vor seinem geistigen Auge alle Angestellten der Reihe nach durchgehen.

»Im Grunde genommen ist es egal, wer es war. Ich wusste, worauf ich mich einlasse, und habe die Quittung kassiert. Natürlich wäre ich lieber mit ein paar tausend Dollar mehr von Bord gegangen. Aber dafür habe ich Rose kennengelernt. Und sie hat gestern Abend gesagt, dass sie mich wiedersehen will.« Ohne in den Spiegel sehen zu müssen, weiß ich, dass sich ein dümmliches Grinsen auf meinen Lippen ausbreitet. Ein Teil von mir kann noch immer nicht glauben, dass sich eine Frau wie Rose für einen Typen wie mich interessiert.

»Wenn ich an deiner Stelle wäre, würde ich demjenigen, der euch verpfiffen hat, mindestens eine Salmonellenvergiftung an den Hals wünschen.« Ein diabolisches Funkeln blitzt in Lukes Augen auf.

»Das würde auch nichts daran ändern, dass ich den Job los bin.«

»Es ist fast schon ekelerregend, wie rosarot deine Brille aktuell ist.« Er schüttelt grinsend den Kopf.

Während ich den Rest meiner Sachen in der Reisetasche verstaue, denkt sich Luke ein Racheszenario nach dem anderen aus. Die meisten würdige ich nicht einmal mit einer Reaktion. Bei seinem Vorschlag, denjenigen als Galionsfigur vorne an den Bug zu schnallen, muss ich allerdings doch lachen.

Schließlich ist mein sämtliches Hab und Gut verstaut und ein Blick auf die Uhr verrät mir, dass ich noch gute vierzig Minuten habe, bevor die *Goddess of the Sea* im Hafen von Guadeloupe einläuft. Mit anderen Worten ist es höchste Zeit, Rose ein letztes Mal in ihrer Kabine aufzusuchen und mich von ihr zu verabschieden.

»Ich schätze, das war's dann wohl mit meiner Karriere als Matrose«, sage ich an Luke gewandt, der sich vom Bett erhebt.

»Ohne dich wird sich das hier deutlich mehr nach Arbeit anfühlen.« Er seufzt, während ich lache.

Wir umarmen uns zum Abschied, dann werfe ich mir den Tragriemen meiner Tasche über die Schulter und wende mich in Richtung Ausgang. Doch bevor ich die Klinke herunterdrücken kann, ertönt eine schnelle Abfolge von Schlägen und die Tür schwingt mir entgegen.

»Wie ich sehe, sind Sie aufbruchbereit. Schön, dass Sie offensichtlich doch in der Lage sind, Befehlen Folge zu leisten.« Mir gegenüber steht Mr Thomson, der seinen kritischen Blick über mich und mein Gepäck wandern lässt.

Zu überrascht, um etwas zu erwidern, stehe ich wie versteinert vor ihm. In meinem Kopf läuft ein unterdrücktes *Fuck* in Dauerschleife. Ich habe nicht damit gerechnet, dass Mr Thomson mich persönlich eskortieren würde. Wie zur Hölle soll ich jetzt ungesehen bei Rose vorbeischauen und sie wissen lassen, was passiert ist?

»Können wir dann?« Mr Thomsons Geduld ist heute Morgen anscheinend knapp bemessen.

»Ja, ich möchte mich nur schnell noch von meinem Freund verabschieden«, erwidere ich und drehe mich zu einem irritiert dreinblickenden Luke um. Immerhin sind wir mit unserer Verabschiedung eigentlich schon durch.

Während ich ihn erneut in eine Umarmung ziehe, raune ich ihm zu: »Kannst du Rose irgendwie eine Nachricht zukommen lassen? Und meine Handynummer?«

Als wir uns voneinander lösen, nickt er mir kaum merklich zu und ich atme erleichtert aus. So hatte ich mir meinen Abschied zwar nicht vorgestellt, aber wenigstens weiß ich jetzt, dass Rose mich nicht für einen Arsch halten wird, der sich ohne ein Wort aus dem Staub gemacht hat. Im Stillen verfluche ich mich dennoch dafür, ihr meine Handynummer nicht gegeben zu haben. Irgendwie waren wir bei unseren Treffen mit unseren Gedanken – und Händen – immer anderweitig beschäftigt.

»Wenn Sie mir dann bitte folgen würden.« Mr Thomson wartet gar nicht erst ab, sondern geht mit großen Schritten den Gang hinab.

Ich hebe kurz die Hand zum Abschied, bevor ich ihm folge. Auf dem Weg zum Treppenhaus kommen uns einige meiner inzwischen ehemaligen Kolleginnen und Kollegen entgegen. Sie mustern mich teils mit neugierigen, teils mit mitleidigen Blicken. Vermutlich wird sich mein Rauswurf noch vor dem Frühstück herumgesprochen haben.

»Ich muss sagen, ich hätte mehr von Ihnen erwartet, Mr Price.« Sobald die schwere Metalltür zum Treppenaufgang hinter uns zugeschlagen ist, richtet Mr Thomson zum ersten Mal wieder das Wort an mich.

»Manche Menschen sind es wert, für sie die Regeln zu brechen«, erwidere ich, ohne damit zu rechnen, dass er versteht, wovon ich spreche. Für meinen ehemaligen Vorgesetzten sind Gehorsam und Pflichtbewusstsein alles.

Dementsprechend überrascht es mich nicht, als er schnaubt. »Sie haben noch viel zu lernen, Mr Price.«

»Dem würde ich grundsätzlich zustimmen, allerdings würde das nichts ändern. Ich würde es beim nächsten Mal wieder genauso machen.« Meine Schritte sind fest und entschlossen. Meine Worte ohne Zweifel.

»Da wäre ich mir an Ihrer Stelle nicht so sicher«, erwidert Mr Thomson und klingt so, als wüsste er etwas, das ich nicht weiß.

Gerade als ich nachhaken will, drückt er die Tür zum siebten Deck auf und ich fange an, mich zu wundern. Warum führt mich Mr Thomson aufs Passagierdeck? Es gibt auf Deck vier einen separaten Ausgang für das Personal und ich bin fest davon ausgegangen, dass er mich auf direktem Weg dorthin führen wird, um die Sache so diskret wie möglich zu handhaben.

Ich folge ihm den Flur entlang in Richtung der Suiten. Kurz frage ich mich, ob Mr Thomson mir die Gelegenheit geben will, mich von Rose zu verabschieden, verwerfe den Gedanken aber sofort wieder. Nicht nur, weil das mehr als abwegig wäre, sondern weil wir in diesem Augenblick nach links abbiegen und uns damit von Roses Suite entfernen. Da es noch früh am Morgen ist, begegnen uns nur vereinzelt Gäste auf dem Flur. Sie schenken uns jedoch keinerlei Beachtung. Als wäre das Schiffspersonal für sie nicht mehr als Dekoration, die mit dem Mobiliar verschmilzt. Und traurigerweise trifft das auf viele der Multimillionäre zu, die sich auf dem Schiff befinden.

Wir lassen eine Tür nach der anderen hinter uns, bis wir uns dem Heck nähern, an dem sich die Präsidentensuite befindet. Das kann unmöglich unser Ziel sein. Mein Vergehen kann niemals so hohe Wellen geschlagen haben, dass Mr Thomson sich veranlasst sieht, mich beim Inhaber der gesamten Flotte persönlich vorzuführen? Andererseits habe ich nicht mit einer x-beliebigen Passagierin geschlafen, sondern mit seiner Tochter.

Mein Magen schlägt einen Purzelbaum und mein Mund fühlt sich mit einem Schlag so trocken an wie der Sandstrand von Tortola, über den ich vor wenigen Tagen noch gemeinsam mit Rose geschlendert bin. Als Mr Thomson die letzte mögliche Abzweigung hinter sich lässt, die zu einer geschwungenen Wendeltreppe führt, und stattdessen auf die doppelseitige Flügeltür aus poliertem dunklem Holz zusteuert, gibt es keinen Zweifel mehr.

»Entschuldigen Sie, aber was genau wollen wir hier?«, frage ich ihn. Die Nervosität lässt meine Stimme eine Oktave in die Höhe klettern.

Anstatt mir zu antworten, klopft er dreimal gegen die Tür. Ich wappne mich für die größte Strafpredigt meines Lebens. Denn welcher Vater lädt einen auf Croissants und Kaffee in seine Suite ein, um einen dafür zu belohnen, dass man seine kleine Prinzessin befleckt hat. Nachdem ich Mr Fortner bereits im Restaurant wegen deutlich geringerer Vergehen habe explodieren sehen, ist es wohl kein Wunder, dass meine Handflächen schlagartig feucht werden.

Die Tür öffnet sich geräuschlos und ich atme tief ein, in dem Versuch, meinen aus dem Takt geratenen Herzschlag unter Kontrolle zu bekommen. Doch die Luft bleibt mir im Hals stecken, als anstelle von Mr Fortner seine Frau im Türrahmen steht.

»Guten Morgen, Cameron. Ich habe Sie bereits erwartet.«

Kapitel 40

Ein Angebot, das er nicht ablehnen kann

Cameron

»Kann ich Ihnen etwas anbieten? Tee, Kaffee oder einen Orangensaft?« Mrs Fortner lässt sich auf einen der mit Samt bezogenen Stühle sinken.

Ich bin so sprachlos, dass ich lediglich den Kopf schüttle. Sie zuckt in einer Dann-eben-nicht-Geste mit den Schultern, bevor sie bedächtig mit einem grazilen Silberlöffel in ihrer eigenen Tasse herumrührt. Stille senkt sich über uns, die nur durch das leise Klirren durchbrochen wird, das immer dann entsteht, wenn Mrs Fortners Löffel in Kontakt mit dem Porzellan kommt.

Möglichst unauffällig lasse ich meinen Blick durch den Raum schweifen. Das Esszimmer von Roses Eltern ist dreimal so groß wie die Kajüte, die ich mir mit Luke geteilt habe. Vom Rest der Suite habe ich nicht viel zu sehen bekommen, doch alleine der Flur, von dem vier geschlossene Türen abzweigen, verrät mir, dass es den Bewohnern nicht an Platz mangelt. Die gesamte Inneneinrichtung schreit nach Eleganz und Wohlstand. Das dunkle Holz der Tischplatte ist so glatt poliert, dass sich der Kristalllüster darin spiegelt. Kristalle von der Größe meiner Faust hängen von den ausladenden versilberten Streben wie Wassertropfen herab. Hinter Mrs Fortner erstreckt sich eine vom Boden bis zur Decke verglaste Außenwand, die einen Panoramablick auf den tiefblauen Ozean ermöglicht. Ich bin mir sicher, dass meine Gastgeberin mich absichtlich so platziert hat, damit ich mich noch verlorener fühle als sowieso schon.

»Ich möchte wirklich nicht unhöflich sein, aber warum genau bin ich hier?« Es kostet mich meinen gesamten Mut, um die Worte stolperfrei über meine Lippen zu bekommen.

Mrs Fortner zieht den Löffel aus ihrer Tasse und tippt behutsam mit der Spitze gegen den Rand, bevor sie ihn auf dem Untersetzer ablegt und mir ihre volle Aufmerksamkeit schenkt.

»Ich möchte Ihnen ein Angebot unterbreiten«, erwidert sie lächelnd.

Ich merke, wie meine Augenbrauen wie von selbst in die Höhe wandern, doch ich halte meine Zunge im Zaum und beschließe, nicht auf ihren Köder einzugehen. Stattdessen schlucke ich den Impuls herunter, etwas Unüberlegtes zu sagen. Stoisch erdulde ich das Schweigen, das sich erneut zwischen uns ausbreitet. Ob Roses Mutter in einem anderen Leben mal eine knallharte Kommissarin war?

Gerade als ich denke, die Spannung nicht länger ertragen zu können, ergreift sie erneut das Wort.

»Wie ich gehört habe, sind Sie die neuste Waffe meiner Tochter im Feldzug gegen ihren Vater.« Sie führt die Tasse zu ihren Lippen und nimmt einen Schluck, ohne mich dabei aus den Augen zu lassen.

»Falls Sie damit andeuten möchten, dass Eliza mich lediglich benutzt, muss ich Sie enttäuschen. Unsere Beziehung hat nichts mit Ihnen oder Ihrem Mann zu tun.« Es fühlt sich merkwürdig an, Roses richtigen Namen auszusprechen. Als würde ich von einer anderen Person sprechen. Trotzdem ist meine Stimme voller Zuversicht und Entschlossenheit. Egal, was ihre Mutter geplant hat, sie wird keinen Keil zwischen uns treiben.

Mrs Fortner seufzt, der Ausdruck in ihren Augen ist nachsichtig, beinahe mitleidig. »Ich bin nicht Ihre Feindin, Cameron. Ganz im Gegenteil. Ich möchte Ihnen helfen. Denken Sie nicht, dass dieses kleine Abenteuer mit meiner Tochter Sie schon genug gekostet hat?«

Mit einem Mal fallen alle Puzzleteile an den richtigen Platz.

»Sie haben mich bei meinem Vorgesetzten verpfiffen, oder?« Ich bin eher verwundert als wütend über diese Erkenntnis.

»Glauben Sie mir, so ist es für Sie beide das Beste.« Wieder lächelt sie, doch dieses Mal erreicht es nicht ihre Augen.

»Ich fürchte, das ist etwas, das nicht Sie zu entscheiden haben«, erwidere ich, und erhebe mich von meinem Stuhl.

»Sie studieren an der Tisch School, nicht wahr?« Roses Mutter spricht einfach weiter, als hätte sie gar nicht bemerkt, dass ich aufgestanden bin.

»Ja«, erwidere ich knapp, eine Hand auf der Stuhllehne abgestützt.

»Und Sie gehören zu den wenigen Auserwählten, die in den Genuss eines Stipendiums gekommen sind.«

Das ist keine Frage, weshalb ich mir nicht die Mühe mache, ihr eine Antwort zu geben.

»Die Präsidentin Dr. Green und ich sind alte Freunde, müssen Sie wissen. Vielleicht sollte ich ihr beizeiten mal wieder einen Besuch abstatten. Meine Familie ist einer der größten Sponsoren der Universität.« Ihre Miene ist gelassen, ihre Stimme schneidend.

»Drohen Sie mir, Mrs Fortner?« Ich kralle meine Finger in die Stuhllehne.

»Ach, das ist so ein unschönes Wort. Ich würde vielmehr sagen, dass ich Ihnen eine Möglichkeit biete, weiterhin sorgenfrei zu studieren.«

Bei ihrer Antwort lache ich beinahe laut auf. *Sorgenfrei?* Mrs Fortner in ihrem Designerkleid und ihrer Penthousewohnung, die vermutlich einen Blick auf den Central Park bietet, kann sich nicht einmal ansatzweise vorstellen, mit welchen Sorgen das einfache Volk zu kämpfen hat. Selbst mit dem Stipendium lebe ich am Existenzminimum. Ohne es wird mein Traum vom Studium platzen wie ein angepiekster Kugelfisch. In mir kämpfen Verzweiflung und Wut miteinander. Gleichzeitig verspüre ich eine Hilflosigkeit, die sich wie eine Ohrfeige anfühlt. Denn ich kann ihrer Drohung nichts entgegensetzen. Mit ihrem Einfluss und ihrem Reichtum kann sie sich nehmen, was sie will, während ich den Kürzeren ziehen werde.

»Das kann doch unmöglich Ihr Ernst sein?!« Die Verzweiflung in mir gewinnt den Kampf.

»Sehe ich so aus, als würde ich scherzen?« In aller Ruhe nimmt sie einen weiteren Schluck aus ihrer Tasse. Sie wirkt so entspannt, als würden wir lediglich über das Wetter plaudern.

»Warum ist es Ihnen so wichtig, mit wem Ihre Tochter zusammen ist?« Ich verstehe nicht, wieso Sie diese Anstrengungen auf sich nimmt, nur um mich von Rose fernzuhalten.

»Sollte die Frage nicht viel eher lauten, warum Sie mit solch einer Intensität an einer Affäre festhalten, die außerhalb dieses Schiffs keinerlei Bestand haben wird?« Sie sieht mich herausfordernd an.

»Das können Sie nicht wissen.« Ich beiße die Zähne zusammen und ignoriere geflissentlich den feinen Stich des Zweifels, der sich bei Ihren Worten in mir gemeldet hat.

»Denken Sie wirklich, dass Sie der Erste sind, mit dem Eliza versucht, ihren Vater zu reizen?« Sie lacht, als hätte ich einen exquisiten Witz gemacht. »Lassen Sie mich überlegen. Da war Carlos, unser Gärtner, dann Mark, der Sohn unserer Haushälterin ... Soll ich weitermachen?«

Mein Mund steht offen, der Protest liegt mir auf der Zunge, doch die Worte wollen einfach nicht über meine Lippen. Kälte breitet sich in mir aus. *Stimmt das, was sie da erzählt?* Kann es sein, dass ich nicht mehr als eine Marionette für Rose war? *Für Eliza*, rufe ich mir in Erinnerung. Kann es sein, dass sie mir nur etwas vorgemacht hat?

Die Fragen prasseln nur so auf mich ein, versuchen die Hoffnung, die ich in mich, die ich in Rose gesetzt habe, zu zerschlagen. Sie werden so laut, dass ich meine eigenen Gedanken nicht mehr hören kann. Bis ich den Zweifeln entschieden einen Riegel vorschiebe. Obwohl ich Rose noch nicht lange kenne, kann ich sie nach der intensiven Zeit gut genug einschätzen, um zu wissen, dass das, was zwischen uns passiert ist, echt war.

»Ich glaube Ihnen nicht.« Ich lege jedes bisschen Überzeugung in meine Worte und halte Mrs Fortners durchdringendem Blick stand.

Ein nachsichtiges Lächeln breitet sich auf ihren Lippen aus. »Das ist Ihr gutes Recht, aber lassen Sie mich die Frage anders formulieren. Macht es wirklich einen Unterschied?«

Ich runzle die Stirn, weil ich nicht weiß, worauf sie hinauswill.

»Sagen wir, meine Tochter meint es tatsächlich ernst mit Ihnen.« Der Ausdruck in ihren Augen macht mir klar, dass sie vom Gegenteil überzeugt ist. Dennoch fährt sie fort: »Wie stellen Sie sich eine gemeinsame Zukunft vor? Eliza wird mal das Familienunternehmen erben. Mit dieser Rolle gehen einige Verpflichtungen einher. Sie wird stets unter Beobachtung stehen und man wird ein bestimmtes Benehmen von ihr sowie dem Mann an ihrer Seite erwarten. Es wird Benefizgalas geben, Geschäftsreisen, Termine mit der Presse, um nur einige zu nennen. Sie wird das Ziel von Klatsch und Tratsch sein, man wird nach ihren Schwachstellen suchen und diese gnadenlos gegen sie verwenden.« Bei ihren letzten Worten sieht sie mich eindringlich an.

Keine Frage, für sie bin ich eine dieser Schwachstellen. Für sie bin ich kein geeigneter Partner für ihre Tochter. Ein Kellner, der niemals von der High Society akzeptiert werden wird. Ich muss an die vergangenen Tage an Bord der *Goddess of the Sea* denken, an all die Dekadenz und den Überfluss. An die Crème de la Crème New Yorks, die sich für etwas Besseres hält. Für die wir Menschen aus der Arbeiterklasse unsichtbar und austauschbar sind. Ich versuche, mir vorzustellen, wie ich mit Rose an meinem Arm zu einem Empfang gehe. Wie die Blicke unzähliger Menschen uns mustern würden. *Mich* mustern würden. Wie sie sich hinter ihrem falschen Lächeln das Maul über mich zerreißen würden. Und plötzlich zerplatzt die Blase, die Rose und ich uns in den letzten Tagen geschaffen haben. Der Traum davon, eine vollkommen normale Beziehung führen zu können, wenn wir die *Goddess of the Sea* erst einmal verlassen haben und in unseren Alltag zurückgekehrt sind. Denn in Wirklichkeit trennen uns auch außerhalb des Schiffs Welten.

Meine Gedanken und Gefühle müssen sich auf meinem Gesicht

spiegeln, denn Mrs Fortner ergreift erneut das Wort. »Ich sehe, wir sind uns beide einig, dass es besser für Sie ist, wenn Sie von jetzt an keinen Kontakt mehr zu meiner Tochter suchen.«

Während ich noch immer wie erstarrt hinter dem Stuhl stehe und meine Finger in das Holz der Lehne kralle, erhebt sich Elizas Mutter in einer fließenden Bewegung. »Kann ich mich darauf verlassen, dass Sie Eliza nicht kontaktieren werden?«

Ich zögere. Obwohl ihre Worte mich zum Zweifeln gebracht haben, ist da noch immer mein Herz, das so voller Zuneigung für Rose ist, dass es überzulaufen droht. Kann ich meine Gefühle einfach so ignorieren? Darf ich diese Entscheidung für uns beide treffen, ohne zuvor mit ihr gesprochen zu haben?

»Oder muss ich doch meiner guten alten Freundin Dr. Green einen Besuch abstatten?« Ihre Worte haben denselben Effekt wie eine Ladung eiskaltes Wasser. Kurz hatte ich ihre Drohung, mich um mein Stipendium zu bringen, verdrängt. Plötzlich ist es nicht mehr nur eine Entscheidung für oder gegen eine mögliche Zukunft mit Eliza an meiner Seite, sondern ebenso eine für oder gegen meine Zukunft als Künstler. Nicht nur ich, sondern auch meine Familie hat Opfer gebracht, damit ich an dieser renommierten Universität studieren kann. Wenn ich das Stipendium verliere, war alles umsonst. Denn ohne die finanzielle Unterstützung werde ich es niemals schaffen, die Studiengebühren von rund achtzigtausend Dollar pro Jahr zu stemmen. Alleine die Wohnung, die ich mir mit Luke teile und die nicht viel größer als ein Schuhkarton ist, frisst meine gesamten Einnahmen aus dem Kellnerjob. Am Ende ist es der Gedanke an meine kleine Schwester, der mich nicken lässt, obwohl alles in mir schreit, es nicht zu tun. Es würde Bonnie das Herz brechen, wenn ich meinen Traum aufgeben müsste.

»Sehr schön. Dann sind wir uns ja einig, dass diese Regelung ab sofort gültig ist. Dass meine Tochter nichts von diesem Gespräch wissen muss, versteht sich, denke ich, von selbst.« Es fehlt nur noch, dass sie mir ihre Hand hinhält, um den Pakt zu besiegeln.

Als ich dieses Mal nicke, spüre ich die Resignation in jeder Zelle meines Körpers. Meine Muskeln, die bis zum Zerreißen angespannt waren, erschlaffen. Alles in mir wird still. Auch wenn ich soeben meine berufliche Zukunft gesichert habe, fühlt es sich nicht wie ein Sieg an. Ich habe gerade einmal eine Woche mit Rose verbracht und trotzdem fühlt es sich so an, als würde ich etwas Bedeutsames aufgeben. Als würde ich einen Schlussstrich unter etwas ziehen, das das Potenzial dazu gehabt hätte, mein Leben zu bereichern. Unsere gemeinsame Zeit war kurz, aber umso intensiver. Wir haben aufregende, lustige, prickelnde und emotionale Augenblicke miteinander geteilt. Haben zusammen gelacht, uns gegenseitig Halt gegeben, uns im anderen verloren und etwas Neues geschaffen. Das aufzugeben, tut verdammt weh.

Während ich Mrs Fortner aus dem Esszimmer hinaus folge, bekomme ich kaum mit, was sie mir erzählt. Irgendetwas über richtige Entscheidungen und unendliche Möglichkeiten, die vor mir liegen. Am liebsten möchte ich laut lachen. Immerhin hat sie mich soeben vor die Wahl gestellt. Hat mich zwischen zwei Möglichkeiten wählen lassen, deren Verlust die Errungenschaft der jeweils anderen mit einem bittersüßen Geschmack belegt.

»Ich wünsche Ihnen eine gute Heimreise.« Erst diese Worte schaffen es, mich aus dem betäubungsähnlichen Zustand zu wecken.

Irgendwie haben mich meine Füße bis über die Türschwelle getragen. Mrs Fortner steht mir gegenüber und greift bereits nach der Tür, um sie mir vor der Nase zuzuschlagen.

»Warten Sie.« Meine Hand schnellt wie von selbst nach vorne.

Ihr aufgesetztes Lächeln gerät in Schieflage wie ein Boot, das versehentlich auf einer Sandbank aufsetzt. Sie hebt ihre perfekt gezupften Augenbrauen und benötigt keinerlei Worte, um mir eine Botschaft zu senden. Wir sind fertig miteinander oder besser gesagt, sie mit mir. Jede weitere Sekunde, die sie gezwungen ist, mit mir zu verbringen, ist eine Verschwendung ihrer Lebenszeit.

Trotzdem – oder vielleicht auch gerade deswegen –, lasse ich mir Zeit, als ich in meine Hosentasche greife und mein Portemonnaie herausziehe. Aus dem Kartenfach fördere ich ein quadratisches Polaroid hervor. Darauf zu sehen sind Rose, ich und der Papagei Jack. Bei der Erinnerung an unseren Ausflug macht sich ein warmes Gefühl in meiner Brust breit, das von einem Stechen abgelöst wird, als mir bewusst wird, dass es unser erstes und letztes Date gewesen ist.

»Würden Sie Eliza das hier geben und ihr sagen, dass es mir leidtut?« Das Foto wird nichts ändern, dennoch möchte ich, dass sie ein Andenken an unsere gemeinsame Zeit hat.

Mrs Fortner nimmt das Polaroid mit spitzen Fingern entgegen. »Ich werde sehen, was sich machen lässt.«

Mit diesen Worten fällt die Tür endgültig vor mir ins Schloss.

Kapitel 41

Ein böses Erwachen

Eliza

Helle Lichtpunkte tanzen auf meinen geschlossenen Augenlidern. Der Vorhang ist nur halb zugezogen, weshalb buttergelbes Tageslicht das Zimmer flutet. Verschlafen blinzle ich und rolle mich auf die andere Seite. Obwohl Jack nicht mehr länger neben mir liegt, muss ich lächeln. Als er vor Sonnenaufgang aus dem Bett geschlichen ist, hat er sich alle Mühe gegeben, mich dabei nicht aufzuwecken. Doch glücklicherweise habe ich ihn gerade noch erwischt, bevor er sich heimlich aus dem Staub machen konnte. Nachdem ich ihn für einen Abschiedskuss zurück in die Kissen gezogen hatte, hat er jedoch versprochen, sich nie wieder davonzuschleichen. Und so ist aus dem anfänglichen Kuss schnell mehr geworden. Und Jacks Klamotten sind schneller wieder auf dem Fußboden gelandet, als er sie hat anziehen können.

Nur widerwillig habe ich ihn schließlich ziehen lassen. Denn obwohl ich am liebsten den ganzen Tag mit ihm im Bett verbringen würde, weiß ich, dass das noch warten muss. Auf die Zeit nach der Kreuzfahrt freue ich mich beinahe mehr als auf die verbleibenden Tage an Bord. Denn so aufregend unser Versteckspiel ist, sehne ich mich danach, Jack abseits der *Goddess of the Sea*, meiner Eltern und der vielen neugierigen Blicke der anderen Passagiere in der Öffentlichkeit küssen zu können. Mit ihm Hand in Hand über den Campus zu schlendern oder uns in eines der vielen süßen Cafés in New Haven zu setzen und gemeinsam einen Kaffee zu trinken.

»Na, auch mal wach, Dornröschen?« Aurora reißt mich aus meinen kitschigen Tagträumen.

»Verurteile mich nicht, ich habe heute Nacht kaum Schlaf bekommen«, erwidere ich. Bei der Erinnerung an all das, was Jack und ich stattdessen angestellt haben, macht sich augenblicklich ein sehnsuchtsvolles Ziehen in meinem Becken breit.

»Ich hatte auch den Eindruck, dass es der Prinz in dieser Märchenadaption etwas zu ernst mit dem Wachküssen gemeint hat.« Wenn Aurora könnte, würde sie jetzt vermutlich vielsagend mit den nicht vorhandenen Augenbrauen wackeln.

»O mein Gott, sag mir nicht, du hast uns …« Ich suche kurz nach der richtigen Bezeichnung. Bisher habe ich mir noch nie Gedanken darüber gemacht, wie Aurora an ihre Informationen gelangt. Ist der Raum verwanzt und mit versteckten Kameras ausgestattet?

»Du kannst ganz schön laut sein«, bestätigt sie meine Vermutung.

»Sag mir, dass das nicht dein Ernst ist!« Ich schlage mir die Hände vor den Mund und spüre, wie meine Wangen heiß werden. *Sie ist nur eine Software*, sage ich mir. Eine extrem clevere und aufsässige, aber trotzdem kein Mensch. Es gibt also keinen Grund, sich zu schämen.

Aurora lacht durchtrieben. »Mach dir nicht gleich ins Hemd, ich habe dich nur an der Nase herumgeführt. Meine Software ist darauf trainiert worden, solche Geräusche herauszufiltern. Für mehr Privatsphäre oder so was.«

Ich atme die Luft aus, die ich unwillkürlich angehalten habe, und kann nichts dagegen tun, dass ich erleichtert bin. Ich würde mich wirklich nicht als prüde bezeichnen, aber wenn ich mit jemandem schlafe, möchte ich dabei nicht heimlich beobachtet oder belauscht werden. Egal ob von einem Menschen oder von Elektronik.

Bevor mich Aurora weiter aufziehen kann, springe ich aus dem Bett und gehe hinüber ins Badezimmer. Nach einer kurzen Dusche – denn immerhin habe ich gestern Abend bereits eine sehr ausgiebige genossen – schlüpfe ich in einen weißen Bikini und werfe mir eine mit bunten Pailletten bestickte Tunika über. Die Wanduhr im Schlafzimmer verrät mir, dass es halb elf ist, was mein Magen mit einem lauten Knurren kommentiert. Dass man sich nur von Luft und Liebe ernähren kann, ist damit offiziell widerlegt. Ich überlege gerade, ob ich mir etwas aufs Zimmer bestellen oder mir stattdessen an der Poolbar ein Sandwich holen soll, als es an der Tür klopft.

Ob es Jack ist, der sich nach oben geschlichen hat? Mein Herz macht einen Satz, bevor mein Verstand es wieder auf den Boden der Tatsachen bringt. Es war gestern Nacht bereits leichtsinnig von ihm, mit mir aufs Zimmer zu gehen. Jetzt, bei Tageslicht, könnte er sich genauso gut seine Kündigung auf den Rücken tapen. Vielleicht ist es Edward? Ein nervöses Flattern breitet sich in meinem Bauch aus. Es ist an der Zeit, ihm endlich zu beichten, dass ich kein romantisches Interesse an ihm habe. Das ist längst überfällig und es ist keinem der Beteiligten gegenüber fair. Edward verdient etwas Besseres. Er verdient eine Frau, die sehnsüchtig die Minuten zählt, bis sie ihn das nächste Mal wiedersieht, und keine, die die Minuten zählt, bis sie wieder in den Armen eines anderen liegt. Genauso wenig ist es Jack gegenüber fair, dass ich ihn und meine Gefühle für ihn vor der Öffentlichkeit verstecken muss und noch dazu einem anderen schöne Augen machen soll. Mal ganz von dem Gefühlschaos abgesehen, das in meinem Inneren herrscht.

Ich atme einmal tief durch und straffe die Schultern, bevor ich den Flur durchquere und die Tür öffne. Doch es ist nicht Edward, der auf der anderen Seite wartet. Es ist meine Mutter, die wie immer perfekt zurechtgemacht ist. Sie trägt eine weiße Bluse mit goldenen Knöpfen, dazu einen royalblauen knöchellangen Rock und Sandalen mit Keilabsatz. Ein buntes Hermés-Seidentuch vervollständigt das Outfit. Im Vergleich zu ihr sehe ich in meinem weißen Bikini und der Tunika so aus, als wollte ich auf ein Hippie-Festival gehen. Als hätte sie denselben Gedanken gehabt, verengen sich ihre Augen, während sie mich von oben bis unten mustert.

»Hey, Mom. Was gibt's?«, frage ich, in erster Linie, um sie von meiner Kleiderauswahl abzulenken.

Sie blinzelt ein paar Mal, bevor ihr anscheinend wieder einfällt, weshalb sie an meine Tür geklopft hat.

»Ich muss mit dir reden«, sagt sie und ihr Tonfall sorgt dafür, dass sich ein ungutes Gefühl in meinem Inneren einnistet.

Wie konnte ich bloß annehmen, dass sie meine Aktion gestern Abend unkommentiert lassen würde? Vielmehr ist es ein Wunder, dass sie so lange gewartet hat, um mich zur Rede zu stellen.

Ich folge ihr ins Schlafzimmer und nehme auf einem der beiden Sessel Platz, meine Anspannung wächst mit jeder Sekunde. Denn es geht hier nicht nur um mich, sondern auch um Jack. Ich kann absolut nicht einschätzen, wie weit meine Mutter gehen würde, um ihn von mir fernzuhalten. Wird sie mir drohen? Wird sie ihm drohen? Wird sie uns auffliegen lassen und damit Jacks Kündigung in Kauf nehmen?

Wir sitzen uns in den Sesseln gegenüber. Die Stille knackt in meinen Ohren, während ich darauf warte, dass sie die Bombe platzen lässt.

»Ich weiß von dir und diesem Kellner«, sagt sie wenige Sekunden später. In ihrer Miene spiegeln sich Enttäuschung und Kummer.

Mein Herz schlägt hart gegen meine Rippen. Da ist er, der Augenblick der Wahrheit.

»Hör mir erst zu, bevor du etwas dazu sagst«, bitte ich meine Mutter, die daraufhin die Lippen zu einem schmalen Strich verzieht. »Ich weiß, ich habe euch enttäuscht. Ich weiß, ihr habt euch gewünscht, dass sich zwischen mir und Edward mehr entwickelt. Aber Mom, solche Gefühle kann man nicht erzwingen. Edward ist ein wirklich netter Mann und ich habe viel Zeit mit ihm verbracht, so wie ihr es euch gewünscht habt. Aber der Funke ist nicht übergesprungen. Wir liegen einfach nicht auf einer Wellenlänge. Mit Cameron war es von Beginn an ganz anders.« Es fühlt sich ungewohnt an, seinen richtigen Namen zu benutzen, doch die Erinnerung, die zu seinem Spitznamen geführt hat, gehört nur uns beiden. »Er bringt mich zum Lachen. Ich fühle mich geborgen bei ihm.

Wenn er nicht in meiner Nähe ist, vermisse ich ihn.« Die Worte sprudeln nur so aus mir hervor. Als hätten sie mir bereits auf der Zunge gelegen und nur auf die Chance gewartet, ans Tageslicht zu strömen. So heikel die Situation sein mag, bin ich beinahe froh, dass die Wahrheit endlich ans Licht gekommen ist. Dass ich meine Eltern nicht länger anlügen muss.

Meine Mutter verzieht keine Miene. Die Erleichterung, die ich gerade noch verspürt habe, löst sich auf wie Tinte in Wasser.

»Es tut mir leid, aber ich kann nichts gegen meine Gefühle tun«, sage ich in die angespannte Stille hinein. Dieses Mal klingt es nicht beschwichtigend, sondern trotzig.

»Du vielleicht nicht, aber ich ganz sicher.« In ihrem Blick liegt etwas, das mich zutiefst beunruhigt. *Was meint sie?* Unbehagen legt sich wie ein Schatten über mich, besetzt nach und nach meinen Körper und Geist.

»Was hast du getan?«, frage ich tonlos.

»Ich hatte ein sehr aufschlussreiches Gespräch mit deinem Cameron.« Seinen richtigen Namen aus ihrem Mund zu hören, fühlt sich wie ein Hieb in die Magengrube an. Alles daran ist so falsch, dass ich mich innerlich winde.

»Was hast du zu ihm gesagt?« Die Ungewissheit in mir verlangt nach einem Ventil. Am liebsten würde ich meine Mutter stehen lassen, um Jack zu suchen. Um sicherzugehen, dass sie diese Beziehung nicht irreparabel beschädigt hat.

»Wichtiger ist, was *er* gesagt hat, Liebes.« Ein kummervoller Ausdruck liegt in ihren grau-blauen Augen.

Mein Herz zieht sich zusammen. Alles in mir schreit danach, mir die Ohren zuzuhalten. Ich ahne, dass das, was sie gleich sagt, mich zerstören wird. Es ist wie einer dieser Final-Destination-Filme, bei denen man sich immer fragt, warum die zum Tode verurteilten Personen sich gegen jede Vernunft in potenziell tödliche Situationen bringen.

»Ich habe ihm Geld angeboten im Austausch dafür, dass er dich nicht mehr treffen wird.« Ihre Worte sind wie Zementblöcke, die sich auf meine Schultern legen und mich unter Wasser drücken.

»Du hast was?!« Ich keuche ungläubig. Gleichzeitig entspannt sich ein Teil von mir wieder. Jack würde mich niemals für Geld eintauschen.

Wirklich nicht?, fragt ein anderer Teil. Jack hat mir erzählt, dass seine Familie nie genug Geld hatte. Dass er seine Mutter und seine Schwester schon früh mit Gelegenheitsjobs über Wasser halten musste. Dass er sich das Studium nur durch sein Stipendium leisten kann.

»Er hat es genommen.« Meine Mutter rutscht auf dem Sessel so weit nach vorne, dass sie ihre Hand auf meine legen kann. Ich spüre es kaum. Der Aufruhr in meinem Inneren ist zu laut. Er übertönt jede andere Empfindung.

»Das kann nicht sein«, flüstere ich mehr zu mir selbst. Erinnerungen daran, wie ich gestern in Jacks Armen eingeschlafen bin, werden von dem Gefühl des Verrats überlagert. Das Atmen fällt mir schwer. Meine Finger zittern unkontrolliert, weshalb ich sie ineinander verschränke und so fest zusammenpresse, dass die Knöchel weiß hervortreten.

Meine Mutter nimmt ihre Hand von meiner und kramt stattdessen in ihrer Tasche. Vielleicht sucht sie nach einem Taschentuch, um potenzielle Tränen direkt im Keim zu ersticken. Denn wir Fortners zeigen nie Schwäche.

»Ich glaube dir nicht«, sage ich dieses Mal lauter. So laut, dass es meine eigenen Zweifel übertönt.

»Vielleicht überzeugt dich das.« Meine Mutter drückt mir ein Polaroid in die Hand. Noch bevor ich einen Blick auf die Vorderseite geworfen habe, weiß ich, was darauf zu sehen ist.

Kapitel 42

Enttäuschte Herzen

Eliza

Ich muss schlucken, als ich das Bild umdrehe. Mein glückliches Gesicht strahlt mir entgegen. Neben mir Jack und auf meiner Schulter der Papagei, mit dem er sich den Namen teilt. Etwas in mir dehnt sich, bis es reißt. Der Schmerz nimmt mir für ein paar Sekunden den Atem.

»Es tut mir so leid, mein Schatz. Es wird immer wieder Menschen geben, die dir etwas vorspielen. Menschen, die mehr an deinem Geld interessiert sind als an dir. Ich wünschte, ich hätte dir diese Erfahrung ersparen können.« Sie schüttelt mitfühlend den Kopf. »Deshalb bleiben wir unter uns. Bei Edward müsstest du dich nie fragen, ob er dich um deinetwillen oder nur wegen deines Erbes liebt.«

Ein Lachen entringt sich meiner Kehle, verwandelt sich in ein Schnauben.

»Du meinst also ganz im Gegensatz zu mir, die sich an ihn ranschmeißen sollte, weil er Geld hat?«, erwidere ich.

Meine Mutter erstarrt, doch sie fängt sich schnell wieder.

»Das ist etwas vollkommen anderes. Wir bewegen uns trotzdem in denselben Kreisen. Außerdem ist unsere Situation nur eine temporäre«, erwidert sie steif.

Ich schüttele den Kopf, weil ich nicht einmal weiß, warum ich mit meiner Mutter deswegen streite. Vielleicht weil es mich von dem Schmerz ablenkt, der wie eine Urgewalt in meinem Inneren wütet und auf seinem Weg nichts als Ruß und Asche zurücklässt. Es fühlt sich so an, als bekäme ich nicht ausreichend Sauerstoff in meine Lunge. In meinem Kopf dreht sich alles. Erinnerungen an Jack und die letzten Tage drängen an die Oberfläche meines Bewusstseins, während die Worte meiner Mutter sich wie ein Schwarz-weiß-Filter darüberlegen und ihnen die Farbe entziehen.

Ich stehe so ruckartig auf, dass sie zusammenzuckt.

»Eliza, was …?«, setzt sie an, doch ich beachte sie nicht.

Ich ertrage es keine Sekunde länger, hier in diesem Raum zu bleiben. Mit großen Schritten durchquere ich die Suite, reiße die Tür auf und renne beinahe über die Flure, bis ich endlich den Ausgang zum Außendeck erreiche. Ich stolpere über die erhöhte Kante, so eilig habe ich es, nach draußen zu gelangen. Japsend sauge ich die Luft ein. Schmecke das Salz auf den Lippen. Ich lege den Kopf in den Nacken und sehe den Möwen dabei zu, wie sie über einem makellos blauen Himmel ihre Kreise ziehen. Ihr Kreischen vermischt sich mit dem Lärm des Hafens, an dem wir angelegt haben müssen, während ich geschlafen habe.

Außer mir befindet sich niemand an Deck, vermutlich haben die meisten Passagiere die Gelegenheit genutzt, einen Ausflug an Land zu unternehmen. Langsam schlendere ich an der Reling entlang. Unwillkürlich schleichen sich Erinnerungen in mein Bewusstsein – der Tag in Tortola mit Jack. Das Gefühl von Leichtigkeit, als wir mit dem Moped über die kurvigen Straßen gesaust sind. Das Prickeln in meinem Bauch, das nicht nur vom Rum-Tasting stammte. Mein beschleunigter Herzschlag, wann immer Jacks Blick meinen gestreift hat. Die Wärme, die in seinen swimmingpoolblauen Augen lag.

Eine Träne löst sich aus meinem Augenwinkel und rinnt über meine Wange. Es tut weh, zu wissen, dass alles nur gespielt war. Gleichzeitig drängt sich mir die Frage auf, ob unser erstes Treffen wirklich nur Zufall war. Hat er das Risiko, erwischt zu werden, absichtlich in Kauf genommen? In der Hoffnung, einer Passagierin über den Weg zu laufen? Vielleicht war der einzige Zufall der, dass seine Wahl auf mich gefallen ist. Vielleicht hätte es genauso gut Abigail treffen können, wenn sie zur selben Zeit auf dem Deck gewesen wäre.

Eine leise Stimme in meinem Kopf protestiert. Kann ich mich wirklich so in Jack getäuscht haben? Hat meine Mutter mir die Wahrheit gesagt? Oder hat sie mich angelogen, um mich von Jack fort in Edwards Arme zu treiben? Aber woher hatte sie dann das Polaroid? Jack muss es ihr gegeben haben, was dafürspricht, dass sie sich unterhalten haben.

»Eliza?« Edwards Stimme reißt mich aus meinen Gedanken.

Ich drehe mich um und sehe ihn, wie er lächelnd näher kommt. Als er vor mir stehen bleibt, weicht seine freudige Miene einem besorgten Ausdruck.

»Ist alles in Ordnung mit dir?« Er mustert mich eindringlich.

Ich wische mir über die feuchten Augen. »Alles gut, muss eine allergische Reaktion auf die Sonnencreme sein.«

Es ist so schon schwer genug, meine Gefühle im Zaum zu behalten. Wenn ich jetzt auch noch Edward mein Herz ausschütte, wäre es vermutlich endgültig um mich geschehen. Er sieht nicht überzeugt aus, doch er bohrt nicht weiter nach. Wahrscheinlich verbietet es ihm sein Gentleman-Gen, in meine Privatsphäre einzudringen.

»Ich bin froh, dass ich dich gefunden habe. Ich habe schon überall nach dir gesucht und dachte, du hättest das Schiff verlassen.« Er wirkt ehrlich erleichtert, mich zu sehen. Was auch immer es ist, das er mir mitteilen will, scheint wichtig zu sein. Mein Magen verkrampft sich. Ob es etwas mit dem Geld zu tun hat, das mein Vater ihm schuldet? Nach dem Gespräch mit meiner Mutter habe ich keine Kraft für weitere schlechte Botschaften.

»Was gibt es denn?«, frage ich und zwinge ein Lächeln auf meine Lippen, das ich absolut nicht fühle.

»Ich muss leider spontan abreisen. Mein Vater hat mich vorhin angerufen. Es wurde ein Krisenmeeting in der New Yorker Zentrale einberufen. Eines unserer Unternehmen ist in einen Skandal verwickelt und jetzt müssen wir schnellstmöglich Schadensbegrenzung betreiben. Ich wünschte wirklich, ich könnte länger bleiben.

Besonders weil wir uns gestern Abend nicht mehr gesehen haben. Aber vielleicht können wir uns treffen, wenn du zurück bist? Entweder in New York oder ich besuche dich in New Haven?« In seinem Blick liegt ein hoffnungsvoller Schimmer.

Bei der Erwähnung des gestrigen Abends wird mein Kopf mit Bildern vom Ball geflutet. Jack in seinem Anzug. Seine warme Handfläche auf meinem Rücken. Das Adrenalin der Verfolgungsjagd. Die gemeinsame Dusche. Das Gefühl von Geborgenheit. Eisige Finger krallen ihre spitzen Nägel in mein Herz und drücken zu.

Ich schüttele unwillkürlich den Kopf, als könnte ich damit gleichzeitig die Erinnerungsfetzen loswerden.

»Oh.« Edward deutet mein Kopfschütteln als Reaktion auf seinen Vorschlag und die Hoffnung in seinem Blick erlischt. »Entschuldige, ich wollte dich nicht bedrängen. Ich dachte nur ... Wir haben uns gut verstanden und ich dachte ...« Es ist das erste Mal, dass ich ihn um Worte verlegen sehe, und es fühlt sich an wie ein weiterer Stich in mein Herz. Und dafür bin ich ganz alleine verantwortlich. Ich habe ihm das Gefühl vermittelt, dass ich Interesse an ihm habe, obwohl ich eigentlich nur meinen Eltern einen Gefallen tun und Jack aus der Schusslinie bringen wollte.

»Das ist es nicht«, sage ich, doch bevor ich damit seine Hoffnung erneut entfache, spreche ich schnell weiter: »Edward, es tut mir leid. Du bist wirklich ein klasse Kerl, ein Gentleman, wie er im Buche steht.« Ich stocke, suche nach den richtigen Worten.

»Warum habe ich das Gefühl, dass das etwas Schlechtes ist?« Er schenkt mir ein schiefes Lächeln.

Wie viel leichter wäre es, wenn man sich aussuchen könnte, wen man liebt? Wenn ich mein Herz dazu überreden könnte, für Edward zu schlagen, wären all meine Probleme wortwörtlich mit einem Schlag erledigt. Meine Eltern wären überglücklich, die finanzielle Zukunft unserer Reederei gesichert und mein Herz würde nicht in Scherben zu meinen Füßen liegen.

»So meinte ich es nicht«, protestiere ich. »Aber es gibt da jemand anderen.« *Gab*, korrigiere ich mich in Gedanken. Ein weiterer Stich direkt ins Herz.

»Ist es der Kellner, der uns vor ein paar Tagen bedient hat? Mit den langen Haaren?«, fragt Edward zu meiner Überraschung.

Meine aufgerissenen Augen müssen ihm Antwort genug sein, denn er nickt wissend.

»Woher weißt du das?« Offensichtlich waren Jack und ich nicht sonderlich geschickt darin, unsere Gefühle zu verbergen. Gefühle, von denen ich mir nun nicht mehr sicher bin, ob sie beidseitig waren.

»Es würde zumindest erklären, warum er mich beim Abendessen mit seinen Blicken aufgespießt hat.« Edward zieht eine Grimasse.

»Es tut mir wirklich leid. Ich hätte schon viel früher mit dir sprechen sollen, aber ich hatte Angst«, gestehe ich.

Er zieht die Augenbrauen zusammen. »Angst wovor?«

»Dass es Auswirkungen auf die Reederei hat.«

»Wieso das denn?« Er wirkt ehrlich verwirrt.

»Mein Vater hat mir erzählt, dass deine Familie zu den Hauptgläubigern gehört. Ich dachte, dass du es mir vielleicht übel nehmen könntest, wenn ich dir die Wahrheit sage.« Noch während ich die Worte ausspreche, frage ich mich, wie ich zu dieser Annahme gelangt bin. Edward war mir gegenüber immer nur freundlich und zuvorkommend. Ein Racheakt wegen verletzter Gefühle gegen das Unternehmen meiner Familie passt überhaupt nicht zu ihm und seinem Charakter.

»Gläubiger? Jetzt verstehe ich gar nichts mehr.« Edwards Verwirrung spiegelt sich in den tiefen Furchen, die sich auf seiner Stirn gebildet haben.

»Bist du nicht an Bord, um dich davon zu überzeugen, dass die Jungfernfahrt ein Erfolg ist und ihr euer Geld zurückbekommen werdet?«, frage ich. Wenn meine Eltern wüssten, dass ich so offen mit ihm über unsere Probleme spreche, würden sie vermutlich einen Herzinfarkt erleiden.

Edward schüttelt den Kopf. »Ich weiß nichts von einer derartigen Vereinbarung zwischen deinem Vater und meinem. Ich bin hier, um Aurora zu überwachen, oder vielmehr all die Software, die *technify* in dem Schiff verbaut hat. Mein Vater hat sich damals gegen den Kauf des Unternehmens ausgesprochen, aber ich habe an das Produkt geglaubt. Und dein Vater auch. Er hat mir die Chance gegeben, die Software im Livebetrieb zu testen, und es ist bisher ein voller Erfolg. Dein Vater ist von der Performance sogar so begeistert, dass er meiner Firma die Exklusivrechte an Aurora abkaufen will.«

Ich starre Edward sprachlos an. In meinem Kopf rattert es, während ich versuche, die neuen Informationen zu verarbeiten. Wieso hat mein Vater behauptet, dass die Reederei in finanziellen Schwierigkeiten steckt und Edwards Familie die Hauptgeldgeber sind? Wieso hat er mich dazu gedrängt, Zeit mit ihm zu verbringen, wenn unser Unternehmen offensichtlich auch ohne seine Hilfe bestens klarkommt?

»Ich bin deinem Vater wirklich dankbar für seine Unterstützung, aber ich wäre ein schlechter Geschäftsmann, wenn ich ihm einfach so die Exklusivrechte an Aurora verkaufen würde«, spricht Edward weiter »Ich könnte meinem Vater nie wieder unter die Augen treten.«

Und plötzlich greifen die Zahnräder in meinem Kopf ineinander. Es ging meinem Vater nie um Edwards Geld. Stattdessen hat er mich benutzt, um ihn emotional erpressbar zu machen. Vermutlich hat er gedacht, dass Edward eher zu einem Deal bereit wäre, wenn er und ich ein Paar wären. Außerdem hat es ihm die perfekte Entschuldigung geliefert, unseren Deal platzen zu lassen und sich nicht mit meinen Ideen für eine nachhaltige Schifffahrt beschäftigen zu müssen.

Ich greife nach der Reling, weil sich plötzlich alles um mich herum zu drehen scheint. Mein Vater hat mich von Anfang an belogen. Er hat mich als Marionette benutzt, um an seine Ziele zu gelangen.

Und meine Mutter hat es billigend in Kauf genommen. Der Verrat flammt heiß in mir auf. Verglüht mich von innen heraus.

Nur am Rande bekomme ich mit, wie Edward sich von mir verabschiedet. Ich bin zu aufgewühlt, um mich auf seine Worte zu fokussieren. Emotionen wirbeln in mir umher, vermischen sich mit unzähligen Fragen und reißen mich in einen Abgrund ohne Boden. Bis eine Frage auftaucht, die das Chaos in den Hintergrund rücken lässt. Es fühlt sich an, als befände ich mich im Auge eines Sturms.

Wenn die Geschichte mit Edward und den finanziellen Schwierigkeiten gelogen war, was war noch alles gelogen?

Kapitel 43

Das letzte Abendmahl

Eliza

Mein Herzschlag dröhnt so laut in meinen Ohren, dass ich die Geräusche um mich herum kaum wahrnehme. Den Gästen, die sich angeregt unterhalten und miteinander scherzen, schenke ich sowieso keinerlei Beachtung. Während ich meinen Eltern zu unserem gewohnten Tisch folge, lasse ich meinen Blick durch den Speisesaal wandern. Es gibt nur eine Person, die ich an diesem Abend so dringend sehen muss, dass mein gesamter Körper in Aufruhr ist. Dabei kann ich lediglich hoffen, dass Jack für eine Schicht im *The Pearl* eingeteilt worden ist. Da die Besetzung der jeweiligen Restaurants jedoch erfahrungsgemäß zu Beginn einer Reise festgelegt wird und bis zum Ende bestehen bleibt, sind meine Chancen verhältnismäßig gut.

Nach dem Gespräch mit Edward wäre ich am liebsten hinab zu dem Deck gelaufen, auf dem die Angestellten untergebracht sind. Ein paar Mal stand ich bereits im Treppenhaus, nur um jedes Mal wieder umzukehren. Mein Auftauchen dort unten hätte Jack nur Ärger eingebracht. Und selbst wenn ich zum jetzigen Zeitpunkt nicht weiß, ob seine Gefühle wirklich echt waren oder er mich bloß ausgenutzt hat, würde ich mich niemals auf diese Weise rächen. So eine Person bin ich nicht und will ich nicht sein. Besonders, da ich weiß, wie wichtig der Job für ihn ist. Er hat keine reichen Eltern, die für seine Kosten aufkommen, und das Leben in New York City ist verdammt teuer.

»Willst du dich nicht setzen, Schatz?« Das nervöse Räuspern meiner Mutter reißt mich aus meinen Gedanken.

Ich blinzle ein paar Mal, bis mir auffällt, dass wir in der Zwischenzeit am Tisch angekommen sind und ich als Einzige noch nicht auf dem mir zugedachten Stuhl Platz genommen habe.

»Natürlich. Entschuldige, ich war in Gedanken.« Ich hoffe, das Lächeln auf meinen Lippen sieht nicht so aufgesetzt aus, wie es sich anfühlt.

Es hat mich sämtliche Selbstbeherrschung gekostet, meine Eltern nicht zur Rede zu stellen für all die Lügen, die sie mir aufgetischt haben. Ich balle meine Hände unter der Tischdecke zur Faust. Grabe die Nägel in die Handballen, um die Wut zurückzuhalten, die nur Millimeter unter der Oberfläche lodert.

Noch nicht, sage ich mir selbst. Denn es gibt eine Sache, die ich klären muss. Erst dann kann ich dem Impuls nachgeben, meinen Eltern all die enttäuschten Gefühle an den Kopf zu werfen, die in mir schlummern. Ich muss wissen, was sich zwischen Jack und meiner Mutter wirklich abgespielt hat. Ob sie ihm wirklich Geld angeboten hat und er es angenommen hat. Ob unsere gemeinsame Zeit eine Lüge war. Mein Herz verkrampft sich bei der Vorstellung. Den ganzen Tag schon schwanke ich zwischen Hoffnung und Verzweiflung.

»Wissen Sie schon, was Sie trinken möchten?« Beim Anblick des Kellners, der neben meiner Mutter aufgetaucht ist, schwindet meine Hoffnung. Denn es ist nicht Jack.

Kaum ist er mit unseren Bestellungen in Richtung der Bar verschwunden, erhebe ich mich von meinem Stuhl.

»Ich muss kurz zur Toilette«, behaupte ich und mache mir nicht einmal die Mühe, eine Antwort meiner Eltern abzuwarten. Zunächst steuere ich die weit geöffneten Flügeltüren an, die hinaus in den Vorraum mit den Sanitäranlagen führen. Im letzten Moment biege ich aber scharf rechts ab und folge stattdessen dem Verlauf der Wand, bis ich die Bar erreiche. Drei Barkeeper sind damit beschäftigt, Bier zu zapfen, Weinflaschen zu entkorken und Gläser auf Tabletts zu arrangieren. Mit den Händen am Tresen abgestützt, wartet unser Kellner darauf, dass seine Kollegen die bestellten Getränke liefern. Da er mit dem Rücken zu mir steht, bemerkt er nicht, wie ich mich ihm nähere.

»Entschuldige, kann ich dich etwas fragen?« Obwohl ich mich neben ihn gestellt habe, zuckt er bei meinen Worten zusammen.

»Die Getränke sind jeden Augenblick fertig, Ms Fortner«, sagt er und ich kann die Angst in seinen braunen Augen aufleuchten sehen. Was oder besser gesagt, wer der Grund dafür ist, lässt sich leicht erraten. In der Gegenwart meines Vaters scheinen die Angestellten immer besonders aufmerksam und zuvorkommend zu sein. Vermutlich haben alle hier von seinen berüchtigten Wutanfällen gehört.

»Das ist nicht das, was ich dich fragen wollte. Und nenn mich bitte einfach Eliza.« Nie zuvor habe ich mich so unwohl dabei gefühlt, mit meinem Familiennamen angesprochen zu werden. Besteht diese sogenannte Familie doch nur aus enttäuschten Hoffnungen, Lügen und Verrat.

Der Kellner, dessen Namensschild ihn als Ted ausweist, wirkt erleichtert. Seine angespannte Haltung lockert sich und er schenkt mir ein vorsichtiges Lächeln.

»Was kann ich sonst für dich tun, Eliza?« Dieses Mal steckt deutlich mehr Neugierde in seinem Blick. Aus dem Augenwinkel bemerke ich, wie die Bewegungen des Barkeepers, der uns am nächsten ist, langsamer werden. Als würde seine Aufmerksamkeit gerade mehr auf uns als auf dem Glas liegen, das er poliert.

»Weißt du zufälligerweise, wo dein Kollege eingeteilt worden ist, der schon einmal für unseren Tisch zuständig war? Er heißt Cameron.« Ich versuche, meinen Tonfall möglichst neutral zu halten, um ihn nicht wissen zu lassen, wie verzweifelt ich mir eine positive Antwort auf meine Frage wünsche.

Teds Lächeln verrutscht leicht, seine zuvor offene Miene verschließt sich. Mein Innerstes krampft sich vor Frustration zusammen.

»Cameron ist heute nicht zum Dienst eingeteilt«, erwidert er kurz angebunden, während er nach dem Tablett mit den Getränken greift.

Für Ted ist das Gespräch damit offenkundig erledigt, doch ich stelle mich ihm in den Weg. »Und wie sieht es morgen aus? Ist er morgen hier?«

Seufzend stellt er das Tablett wieder auf der Theke ab.

»Cameron ist für gar keinen Dienst mehr eingeteilt«, raunt er mir mit gesenkter Stimme zu, als handele es sich dabei um ein gut gehütetes Geheimnis. »Er hat heute Morgen das Schiff verlassen.«

Die Gedanken überschlagen sich in meinem Kopf. Ist er gegangen, weil er den Job nicht mehr nötig gehabt hat? Weil die Geldsumme, die meine Mutter ihm angeboten hat, mehr als ausreichend war, um die Kosten für das nächste Semester zu decken? Die Zweifel zerren unerbittlich an mir, wollen den zarten Keim der Hoffnung, der nach dem Gespräch mit Edward in mir gewachsen ist, mit aller Gewalt ersticken.

»Ist er freiwillig gegangen?«, frage ich und verabschiede mich im selben Moment von meiner Würde.

Ted sieht so aus, als wäre er am liebsten überall, nur nicht hier.

»Bitte, ich bin eine Freundin von ihm. Ich muss es wissen.« Der letzte Satz war nicht für ihn bestimmt, doch in diesem Moment ist mir alles egal, solange ich nur endlich die Wahrheit erfahre.

Teds Augen weiten sich, als würde ihm etwas klar werden. »Er ist gefeuert worden. Er soll sich mit einem Gast eingelassen haben.« Sein Blick verrät mir, dass er jetzt weiß, dass ich der besagte Gast bin.

Jack ist nicht freiwillig gegangen. Er hat mich nicht freiwillig verlassen.

Erleichterung flutet mich, gefolgt von einer alles verschlingenden Wut.

»Ich sollte jetzt wirklich die Bestellung ausliefern.« Ted reißt mich aus meinen Gedanken. Er tritt nervös von einem Bein auf das andere, erneut das Tablett mit den Händen balancierend.

»Natürlich.« Ich will schon zur Seite treten, damit er an mir vorbeigehen kann, da fällt mir etwas ein. »Nur eine Sache noch. Kannst du Cameron eine Nachricht von mir zukommen lassen?« Wenn sie zusammen gearbeitet haben, waren sie vielleicht befreundet.

Teds Kopfschütteln lässt den Hoffnungsfunken direkt wieder erlöschen. In meinem Inneren ringt die Verzweiflung mit der Hilflosigkeit um die Vorherrschaft. Es fühlt sich so an, als befände ich mich in einer Sackgasse, kein Weg übrig, der mich zurück zu Jack führt. Ein weiteres Mal verfluche ich mich dafür, nicht nach Jacks Handynummer gefragt zu haben. *Wie zur Hölle soll ich ihn so erreichen?* Wie mich für den Schlamassel entschuldigen, den meine Mutter verursacht hat.

»Ich habe seine Nummer nicht, aber ich kenne jemanden, der sie haben könnte«, sagt Ted und am liebsten würde ich ihm um den Hals fallen. Nicht nur das voll beladene Tablett hält mich davon ab – es reicht, dass bereits ein Angestellter wegen mir gefeuert worden ist.

»Danke, danke, danke!« Ich sehe mich auf dem Tresen um und entdecke einen Stapel Untersetzer und einen Kugelschreiber. Schnell schreibe ich meine Handynummer auf den Pappdeckel. »Bitte gib ihm diese Nummer und sag ihm, dass es mir schrecklich leidtut und er sich bei mir melden soll.«

Ich schwebe förmlich, als ich Ted in gebührendem Abstand zum Tisch folge. Es fühlt sich an, als sei ein Gewicht von meiner Brust genommen worden. Die Zweifel und der Kummer haben mir die Luft abgeschnürt. Jetzt kann ich endlich wieder frei atmen. Obwohl ich noch immer unfassbar wütend und verletzt bin von der Shitshow, die sich meine Eltern geleistet haben, gibt es da endlich wieder etwas Helles in mir. Die Hoffnung, dass ich diese Beziehung noch retten kann. Die Hoffnung, dass Jack sich bei mir melden wird. Die Hoffnung, dass er mir verzeihen kann, dass ich in gewisser Weise für seinen Rauswurf verantwortlich bin.

Doch mit jedem Schritt, der mich dem Tisch näher bringt, türmt sich auch die Wut in meinem Inneren weiter auf – wie ein Tsunami, bereit mich jede Sekunde zu verschlingen.

»Da bist du ja endlich. Wir wollen bestellen.« Mein Vater trommelt ungeduldig mit den Fingern auf der Tischplatte.

Normalerweise wäre dies mein Zeichen dafür, die brave Tochter zu spielen, um ihn nicht weiter zu reizen. Doch heute spüre ich stattdessen eine tiefe Ruhe in mir. Ich bin das Zentrum des Sturms, von dem meine Eltern nicht einmal wissen, dass er gleich über sie hinwegfegen wird.

»Ich weiß, was du getan hast«, sage ich an meinen Vater gewandt.

Er runzelt die Stirn, während meine Mutter leise meinen Namen zischt, um mich davon abzuhalten, die Aufmerksamkeit auf uns zu lenken.

»Aha und was soll das gewesen sein?«, fragt er eher gelangweilt als interessiert.

»Die ganze Geschichte, von wegen unser Unternehmen würde in der Krise stecken, war von vorne bis hinten erlogen. Du warst nie auf das Geld von Edwards Familie angewiesen. Du wolltest, dass ich mich an ihn ranschmeiße, damit du ihn emotional erpressen kannst. Damit er dein Angebot annehmen würde, dir die Exklusivrechte für Aurora zu verkaufen.« Ich spreche vollkommen unaufgeregt, erhebe kein einziges Mal die Stimme. Zähle die Fakten emotionslos auf, als würde ich den Inhalt der Speisekarte wiedergeben.

»Eliza!« Meine Mutter schlägt sich die Hand vor den Mund.

»Keine Angst, zu dir komme ich noch«, sage ich mit einem Lächeln, an dem nichts herzlich ist.

»Na und wenn schon«, sagt mein Vater, sein Gesicht hat die Farbe einer reifen Tomate angenommen. »Edward ist ein gut erzogener, junger Mann und wäre eine hervorragende Wahl als dein zukünftiger Partner. Aber ich wusste, dass du schon aus Prinzip kein Wort mit ihm gewechselt hättest. Weil er aus dieser privilegierten Welt stammt, die du so verabscheust, obwohl du bisher nur von ihr profitiert hast. Also habe ich dir einen Anreiz gegeben, dich mit ihm zu treffen.«

Ich kann nur den Kopf schütteln. Das sieht meinem Vater so verdammt ähnlich. Kein Wort der Entschuldigung, natürlich hat er nichts falsch gemacht.

»Und dass du dir damit gleichzeitig einen Vorwand geliefert hast, dich nicht mit meinen Ideen für eine nachhaltigere Schifffahrt auseinandersetzen zu müssen, war quasi die Kirsche auf der Sahne, oder? Hattest du jemals vor, unseren Deal einzuhalten? Oder wolltest du mich einfach nur auf dieses dämliche Schiff locken?« Die Enttäuschung lässt meine Worte bitter klingen. Mein Vater verzieht die Lippen zu einem dünnen Strich, aber er streitet es nicht ab.

Sein Schweigen fühlt sich an wie ein Schlag in die Magengrube. Galle steigt meine Kehle empor.

»Eliza, bitte setz dich hin. Die Leute schauen schon.« Meine Mutter greift nach meinem Arm, doch ich schüttele sie ab.

Langsam wende ich mich ihr zu.

»Das ist das Einzige, was dich kümmert, oder? Dass unsere Familie gut dasteht in der Öffentlichkeit. Dafür kann man auch mal die Gefühle seiner Tochter mit Füßen treten.« Meine Stimme ist so scharf, dass sie Papier zerschneiden könnte.

Meine Mutter zuckt zusammen. »Ich wollte nur dein Bestes«, sagt sie flehend. Doch es ist nicht meine Vergebung, die sie sucht. Das Einzige, was sie in diesem Augenblick will, ist, dass ich keine Szene mache.

»Mein Bestes? Du hast eine merkwürdige Art, das zu zeigen. Es ist schlimm genug, dass du Cameron hast feuern lassen. Aber dass du mir danach auch noch die Lüge aufgetischt hast, dass er sich hat kaufen lassen, ist selbst für deine Verhältnisse ein Tiefpunkt.«

»Er war nicht der Richtige für dich.« Ihr Tonfall ist beinahe trotzig.

»Zu dumm, dass ich die Einzige bin, die sich darüber ein Urteil bilden darf. Es ist *mein* Leben. Meine Entscheidungen. Oder zumindest sollte es so sein.« Ich sehe zwischen meinen Eltern hin und her, doch beide wirken lediglich unangenehm berührt durch die Szene, die ich verursache. Da ist keinerlei Reue. Kein Verständnis.

»Dass du immer so dramatisch sein musst, Eliza. Am besten gehst du jetzt auf dein Zimmer und denkst erst einmal über dein Benehmen heute Abend nach. Wir sprechen morgen weiter, wenn du wieder vernünftig bist.« Die Stimme meines Vaters ist gefährlich leise, seine Halsschlagader zuckt bedenklich. Doch auch in mir flackert die Wut erneut auf. Dieses Mal sind sie zu weit gegangen. Dieses Mal werde ich nicht nachgeben.

»Ich bin kein kleines Mädchen mehr, das du ohne Abendessen auf sein Zimmer schicken kannst. Und ich bin es leid, dass ihr mich wie eines behandelt. Dass ihr Entscheidungen über meinen Kopf hinweg trefft. Dass euch meine Wünsche und Träume einen Scheißdreck interessieren. Himmel, ihr hört mir ja nie lange genug zu, um sie überhaupt zu kennen. Ich bin fertig hiermit. Ich bin fertig mit euch.« Damit mache ich auf dem Absatz kehrt und, von den Blicken der mittlerweile unverhohlen glotzenden Gäste verfolgt, fliehe ich aus dem Saal.

Kapitel 44

Zwölf Ziffern, die alles verändern können

Cameron

Seit einer Stunde starre ich auf das Bild vor mir und weiß nicht, was ich damit anfangen soll. Der professionelle Teil von mir entwirft eine brillante Idee nach der anderen, während ein weiterer Teil von mir es am liebsten löschen würde. Das Material nicht zu nutzen, käme einer Sünde gleich. Andererseits tut es unendlich weh, ihr Bild immer und immer wieder vor mir zu sehen.

Ihre tiefblauen Augen ziehen mich in ihren Bann. Die Art, wie sie mich anlächelt, als hätte sie ein Geheimnis, das nur wir beide kennen, lässt die Sehnsucht in mir überlaufen. Ich blicke hinüber zu den zwölf Ziffern, die ich gestern an den Rand meiner Notizunterlage gekritzelt habe. Ich will schon nach meinem Handy greifen, das neben meinem Laptop auf der Schreibtischunterlage liegt. Zwölf Ziffern und ich könnte endlich wieder ihre Stimme hören. Zwölf Ziffern, die mich von einer möglichen Zukunft mit ihr trennen. Zwölf Ziffern, die meine Karriere beenden könnten, bevor sie überhaupt begonnen hat.

Ich hätte ihre Handynummer direkt in dem Moment löschen sollen, in dem Luke sie mir geschickt hat. Doch etwas in mir hat es nicht über sich gebracht, diese letzte Verbindung zu kappen. Diese letzte Möglichkeit, die eigentlich keine sein darf. Noch auf dem Weg zum Flughafen der kleinen karibischen Insel Guadeloupe habe ich Luke eine Nachricht geschrieben und ihn darum gebeten, Rose nicht wie ursprünglich vereinbart meine Nummer zu geben. Verständlicherweise war er mehr als nur überrascht und wollte wissen, warum. Ich habe ihn mit vagen Ausflüchten abgespeist. Zwei verschiedene Welten, keine Zukunft, Fokus aufs Studium und noch mehr Phrasen. Er wirkte nicht überzeugt, hat es aber irgendwann auf sich beruhen lassen.

Vermutlich hätte ich ihm einfach die Wahrheit sagen sollen, doch was hätte es geändert? Außerdem kenne ich meinen besten Freund. Er hätte irgendetwas unternommen und damit seinen eigenen Job in Gefahr gebracht. Vielleicht hätte er es Rose erzählt. Die wiederum hätte ihre Mutter zur Rede gestellt und damit die Kette in Gang gesetzt, die zu meinem Rauswurf an der Tisch geführt hätte. Oder Luke wäre Roses Mutter auf dem Schiff begegnet. Vielleicht wären ihm die Sicherungen durchgebrannt und er hätte ihr vor allen Leuten eine Szene gemacht.

Egal welches Szenario ich durchgespielt habe, es hätte die ganze Geschichte nur noch verkompliziert. Für mich. Für Rose. Für alle Beteiligten.

Der Vibrationsalarm meines Handys reißt mich aus meinen trübsinnigen Gedanken. Kurz flackert die absurde Hoffnung in mir auf, dass es Rose ist. Dass Luke ihr entgegen meiner Anweisung doch meine Nummer gegeben hat. Natürlich ist es nicht Rose.

Luke: Es ist echt einsam hier ohne dich.

Es folgt eine Reihe trauriger Smileys, die mich wiederum zum Lächeln bringen.

Cameron: Gib's zu, du genießt den Extra-Platz. Ich wette einen Hunderter, dass du mein Bett schon mit deinem Kram vollgemüllt hast.

Luke: Ich würde meine hundert Dollar lieber behalten, deshalb werde ich das unkommentiert lassen.

Cameron: Erwischt!

Luke: Genug von mir. Was machst du mit all der Extra-Zeit, die du jetzt quasi gewonnen hast?

Die unfreiwilligen Ferien, die ich durch meinen Rauswurf bekommen habe, fühlen sich wie alles an, nur nicht wie ein Gewinn. Obwohl ich zugeben muss, dass ich dadurch erst die Gelegenheit erhalten habe, mein Portfolio für die Ausstellung zu erweitern. Wenn alles nach Plan verlaufen wäre, hätte ich nach meiner Rückkehr von der Kreuzfahrt nur noch wenige Tage bis zur Eröffnung gehabt, weshalb ich meine Werke schon vor Aufbruch fertiggestellt habe.

Cameron: Ich arbeite an meinen Ausstellungsstücken.

Luke: Hast du was Neues gemacht?

Ich zögere, genauso wie mit meiner endgültigen Entscheidung.

Cameron: Ich weiß nicht. Es gibt da ein Bild, das perfekt in die Reihe passen würde, aber ...

Luke: Es ist ein Selbstporträt und du bist nackt darauf zu sehen?

Mein bester Freund schafft es immer, mich zum Lachen zu bringen.

Cameron: Nein, aber es zeigt jemanden, den ich lieber vergessen würde.

Die Worte fühlen sich schrecklich falsch an, denn sie sind genau das Gegenteil von dem, was in meinem Inneren vor sich geht. Jede Erinnerung, die ich an die Zeit mit Rose habe, ist kostbar. Gleichzeitig sind sie aber auch schmerzhaft. Es wäre schlau, sie in eine imaginäre Box zu packen und mit einem Vorhängeschloss zu sichern.

Luke: Ich habe über diese Person vielleicht Informationen, die dir bei der Entscheidung helfen könnten.

Natürlich weiß er sofort, von dem ich spreche. Ich kaue auf meiner Unterlippe herum und lese seine Nachricht ein weiteres Mal. Es wäre besser, nicht nachzufragen. Aber was ist, wenn ihr etwas passiert ist? Die Ungewissheit ist es schließlich, die mich tippen lässt.

Cameron: Was ist passiert? Geht es ihr gut?

Luke: Schwer zu sagen. Sie ist nicht mehr an Bord.

Seine Worte sorgen für ein Gedankenchaos in meinem Kopf. Wieso ist Rose nicht mehr auf der *Goddess of the Sea*, obwohl die Jungfernfahrt noch nicht beendet ist? Ist sie freiwillig abgereist? Hatte sie einen Unfall und musste ins Krankenhaus?

Cameron: Jetzt sag schon! Muss ich dir alles aus der Nase ziehen?

Drei hüpfende Punkte verraten mir, dass Luke eine Antwort tippt. Für meinen Geschmack braucht er dafür allerdings viel zu lange. Als die Punkte schließlich verschwinden, weil er die Nachricht anscheinend gelöscht hat, übernimmt die Ungeduld das Ruder. Ich drücke auf die Anruftaste. Ich muss wissen, dass es Rose gut geht.

»Was ist mit Rose?«, frage ich, kaum dass Luke abnimmt.

»Dafür, dass du mir vor zwei Tagen erst erklärt hast, dass das mit euch der Vergangenheit angehört, klingst du gerade so, als wärst du noch mittendrin.« Ich kann sein Grinsen förmlich vor mir sehen.

»Wieso ist sie nicht mehr an Bord? Ist ihr etwas zugestoßen?«, frage ich, seinen Kommentar absichtlich ignorierend.

»Entspann dich. Es ist alles in Ordnung. Wobei Mr und Mrs Fortner das vermutlich anders sehen würden.«

»Kannst du bitte aufhören, in Rätseln zu sprechen? Ich verstehe kein Wort.« Immerhin macht es nicht den Anschein, als würde Rose in unmittelbarer Gefahr schweben. Luke kann zwar manchmal eine echte Nervensäge sein, aber er ist kein gefühlloses Arschloch, das mich absichtlich hinhalten würde, wenn etwas Schlimmes passiert wäre.

»Ich habe dir doch erzählt, dass Eliza sich an dem Abend deiner Abreise in der Öffentlichkeit mit ihren Eltern gestritten hat. Sie ist direkt danach abgerauscht, noch bevor die Familie das Abendessen beendet hatte.«

»Mhm«, bestätige ich brummend. Zu gerne wüsste ich, worum es bei dem Streit gegangen ist, doch Luke war gerade in der Küche und Ted nicht nah genug dran, um zu hören, worüber sie gesprochen haben. Insgeheim habe ich gehofft, dass es um mich ging. Dass Rose herausgefunden hat, dass ich gefeuert worden bin und ihre Mutter diejenige war, die uns verraten hat. Obwohl es nichts an unserer Situation ändern würde, wäre es schön zu wissen, dass ihr Handeln auch für Roses Mutter Konsequenzen hatte.

»Anscheinend hat sie noch am selben Abend ihre Taschen gepackt und ist von Bord gegangen und seitdem nicht zurückgekommen.« Luke verstummt und erwartet offensichtlich eine Reaktion von mir.

Doch ich bin zu sehr damit beschäftigt, die Stimme in meinem Inneren zum Schweigen zu bringen. Sie brüllt mich förmlich an, mich sofort bei Rose zu melden.

»Mensch, Kumpel. Eliza ist wegen dir gegangen. Ohne dich wollte sie keine Minute länger auf dem Schiff bleiben. Mann, das ist so romantisch, dass man beinahe kotzen will. Aber was ich eigentlich damit sagen will: Du musst sie anrufen!« Luke verbündet sich mit meiner inneren Stimme.

»Ich kann nicht.« Die Worte klingen genauso verzweifelt, wie ich mich fühle.

»Wieso denn nicht? Weil sie der Grund ist, warum du gefeuert worden bist?«

»Nein. Wegen ihrer Mutter.« Endlich ist es draußen. Ich fühle mich augenblicklich zehn Kilo leichter, nachdem das Geheimnis, das mich die letzten Tage von innen heraus aufgefressen hat, gelüftet worden ist.

»Wegen ihrer Mutter? Jetzt verstehe ich gar nichts mehr. Hattest du etwa mit ihr auch was?!« Lukes Stimme wechselt vor Aufregung eine Oktave nach oben.

»Was?! Nein, natürlich nicht! Sie war diejenige, die mich bei Mr Thomson verpfiffen hat. Sie hat dafür gesorgt, dass ich gefeuert worden bin.« Ich hole tief Luft, um das letzte entscheidende Detail zu offenbaren.

»Aber dafür kann Eliza doch nichts«, grätscht Luke dazwischen.

»Mrs Fortner hat mir gedroht, ihre Verbindungen zur Präsidentin der Tisch School spielen zu lassen. Sie will dafür sorgen, dass ich mein Stipendium verliere, wenn ich mich nicht von Eliza fernhalte.« Die Worte hallen in der Stille nach, die auf meine Offenbarung folgt.

»Was zur Hölle?! Das hat sie nicht im Ernst getan? Hält die Frau sich für die weibliche Version des Paten, oder was?!«, platzt es schließlich aus Luke heraus.

In meinem Kopf tauchen Bilder von einer Mrs Fortner auf, die anstelle eines Pferdekopfes den eines Delfins in meiner Kabine deponieren lässt. Und dann muss ich lachen. Es sprudelt einfach aus mir heraus. Vielleicht ist es die Überforderung. All die Dinge, die mir in der letzten Woche passiert sind und die so verrückt waren, dass sie sich nicht wie mein Leben angefühlt haben.

»Wie kannst du nur darüber lachen?!«, fragt Luke und klingt zu gleichen Teilen empört und verwirrt.

»Entschuldige. Ich glaube ... Wenn ich nicht darüber lache, muss ich vielleicht irgendwas kaputtmachen.« Ich bin so müde. Emotional und körperlich ausgelaugt.

»Wie lautet der Plan?«

»Was für ein Plan?«

»Was willst du unternehmen, um dieser Frau den Stinkefinger zu zeigen?«

»Nichts.« Es ist so leicht und doch so schwer.

»Aber …«

»Ich kann es nicht riskieren, Luke. Nicht nach all dem, was meine Schwester und meine Mom geopfert haben, um mir diese Chance zu ermöglichen.«

Er schweigt. Ich spüre, wie sehr ihn meine Antwort frustriert, und ich kann ihn verstehen. Mir geht es nicht anders.

»Vielleicht kann ich Ted bestechen, ihr beim Essen ein Glas Rotwein übers Kleid zu kippen«, brummt er schließlich und an der Art, wie er es sagt, weiß ich, dass er es nicht ernst meint. Trotzdem will ich sichergehen, dass er weder sich selbst noch andere in Schwierigkeiten bringt.

»Das ist sehr nett von dir, aber das ist es nicht wert. Ich werde eine andere Möglichkeit finden«, sage ich deutlich zuversichtlicher, als ich mich fühle.

Nachdem Luke und ich das Gespräch beendet haben, sitze ich am Schreibtisch und starre auf den inzwischen schwarz gewordenen Bildschirm meines Laptops. Als ich mit dem Finger die Maus anstupse, füllt plötzlich Roses Porträt den Screen. Und mit einem Mal weiß ich, wie ich Mrs Fortner zumindest im übertragenen Sinne den Mittelfinger zeigen kann.

Kapitel 45

Miss Bennett und Mister Darcy

Eliza

»Einen Matcha Latte für dich und einen Caramel Macchiato für dich.« Ich schiebe die zwei To-Go-Becher über den Tresen und lächele den beiden jungen Frauen zu, die vermutlich so wie ich Studentinnen an der Yale-University sind.

Da das *Corner Café* schräg gegenüber vom Haupteingang zum Campusgelände liegt, bin ich selbst Stammkundin. Mit der gemütlichen Einrichtung, die aus durchgesessenen Ohrensesseln, antiken Beistelltischen aus Echtholz und zahlreichen mannshohen grünen Pflanzen besteht, ist das Café der perfekte Rückzugsort nach einem anstrengenden Uni-Tag. Seit Kurzem ist es außerdem an vier Nachmittagen in der Woche mein Arbeitsplatz.

Wenn meine Eltern wüssten, dass ich als einfache Angestellte mein Geld verdiene, würde meine Mutter vermutlich vor Scham im Boden versinken und mein Vater vor Wut in die Luft gehen. Manchmal fühlen sich die letzten Wochen wie ein verrückter Fiebertraum an. So vieles in meinem Leben hat sich seit der Kreuzfahrt verändert. Den Kontakt zu meinen Eltern habe ich komplett abgebrochen. Die Reaktion meines Vaters kam innerhalb eines Tages: Er hat meine Kreditkarte sperren und mein Konto auf Eis legen lassen. Zum Glück waren die Semestergebühren für das laufende Jahr schon beglichen und Lenny hat sich geweigert, auch nur einen Dollar Miete von mir anzunehmen. Sie meinte, ihre Eltern seien reich genug und als Ausgleich für das unbezahlte Praktikum, das sie ihr aufgezwungen hätten, könnten sie wenigstens die vollen Kosten für die Wohnung tragen. Als kleines Dankeschön bringe ich ihr regelmäßig einen der Muffins mit, die nach Feierabend übrig geblieben sind. Es ist nicht viel, aber Lenny freut sich trotzdem jedes Mal, als hätte ich ihr ein Ersatzteil für ihre neue Harley-Davidson überreicht.

Es ist noch immer ungewohnt, auf der anderen Seite des Tresens zu stehen. Nicht immer fühlt es sich besser an. Besonders dann nicht, wenn Kunden der Meinung sind, dass etwas nicht so läuft, wie sie es sich vorgestellt haben. Das erste Mal habe ich mich noch auf eine Diskussion mit der Frau eingelassen, die darauf bestanden hat, dass sie ihren Milchkaffee koffeinfrei geordert hat, während ich mir zu hundert Prozent sicher war, dass sie nichts dergleichen bestellt hatte. Mittlerweile habe ich mich dem Rat meiner Kollegin Carol gebeugt und setze stattdessen bei jedem Anflug einer Beschwerde mein freundlichstes Lächeln auf. Eine Fähigkeit, die ich im Laufe der Zeit bei diversen Gala-Veranstaltungen, zu denen meine Mutter mich geschleift hat, perfektioniert habe.

»Ich verstehe wirklich nicht, dass es Leute gibt, die behaupten, dass ihnen Matcha Latte schmeckt.« Daniel, der ebenfalls im *Corner Café* als Kellner aushilft, verzieht angeekelt das Gesicht, während er einen Schokoladen-Muffin auf einem mit Blumenranken verzierten Kuchenteller arrangiert.

»Immerhin soll Matcha gesünder sein als Kaffee«, bemerke ich, obwohl ich dem knallgrünen Getränk ebenfalls nicht viel abgewinnen kann. Das liegt jedoch weniger am Geschmack als daran, dass in den Kreisen, in denen ich gezwungenermaßen verkehrt habe, solche It-Drinks von Frauen wie Abigail geradezu zelebriert worden sind. Wodurch der Matcha Latte in meiner Welt automatisch in der »Fasse-ich-nicht-mal-mit-der-Kneifzange-an«-Ecke gelandet ist.

»Leider schmeckt man das auch. Da könnte ich mir genauso gut frisch geschnittenes Gras mit heißem Wasser aufgießen«, kommentiert Daniel meinen Einwand, bevor er den Muffin hinüber zu einem Zweiertisch bringt, an dem es sich ein junger Mann mit einem Buch über Philosophie gemütlich gemacht hat.

Die Strahlen der Nachmittagssonne fallen durch die bodentiefen

Fenster und heizen den kleinen Raum auf, der gerade einmal Platz für fünf Tische bietet. Zusammen mit den riesigen Monstera-Pflanzen, die das Café in eine Art Dschungel verwandeln, verbreitet die Hitze Tropenflair. Unwillkürlich wandern meine Gedanken zu einem anderen Ort mit Tropenflair zurück. Ich beiße mir auf die Lippe, um meinen Verstand daran zu hindern, ungewollte Erinnerungen an eine Person heraufzubeschwören, die viel zu eng mit diesem Ort verwoben ist. Doch es ist bereits zu spät. Wie so oft in den letzten Tagen tauchen Jacks hellblaue Augen in meinem Kopf auf. Sehnsucht vermischt sich mit Enttäuschung. Mit jedem Tag, der seit meiner Abreise von der *Goddess of the Sea* verging, ist die Hoffnung in mir weiter geschrumpft, dass er sich melden wird.

Vielleicht braucht er nur etwas mehr Zeit, versucht mein Herz mich zu ermutigen, während mein Verstand längst begriffen hat, dass ich ihn verloren habe.

Wenn ich ihn wenigstens noch einmal wiedersehen könnte. Und sei es nur, um mich von ihm zu verabschieden. Als er am Morgen nach dem Maskenball mein Zimmer verlassen hat, habe ich noch auf Wolken geschwebt. Umso härter war der darauffolgende Fall. Die Erkenntnis, dass er von jetzt auf gleich aus meinem Leben verschwunden ist. *Verjagt wurde*, korrigiere ich und spüre die mir nur allzu vertraute Wut, die sich mit dem schalen Geschmack des Verrats vermischt.

Die Türklingel läutet und reißt mich damit aus dem Strudel dunkler Gedanken, die mich in Tiefen ziehen, aus denen ich mich nur schwer wieder an die Oberfläche kämpfen kann.

»Hallo, was kann ich dir …« Meine Frage geht in ein überraschtes »Oh« über, als ich den Blick hebe und Edward auf der anderen Seite der Theke entdecke.

»Was machst du denn hier?«, frage ich und schenke ihm ein breites Lächeln. Ich freue mich wirklich, ihn wiederzusehen. Obwohl ich noch im Dienst bin, laufe ich um die Holzplatte herum und begrüße Edward mit einer Umarmung. Mein Chef ist glücklicherweise ein entspannter Arbeitgeber. Wenn er überhaupt mal im Café auftaucht, verbringt er die Zeit damit, in einem der Ohrensessel zu sitzen und zu lesen. Bei meiner Einstellung meinte er, dass er seinen Angestellten fast alles verzeihen könne, außer sie würden das Café abfackeln oder unter Wasser setzen. Letzteres ist anscheinend schon einmal vorgekommen.

Edward erwidert meine Umarmung. Nichts an seinem Umgang mit mir erinnert noch an unsere erste Begegnung, bei der er versucht hat, mir ganz gentlemanlike einen Handkuss aufzudrücken.

»Ich habe gehört, dass es hier den besten Kaffee in New Haven geben soll«, sagt er grinsend.

»Und deshalb bist du extra von New York hierhergefahren?«, frage ich.

Seit meiner überstürzten Abreise von der *Goddess of the Sea* haben wir uns ein paar Mal geschrieben. Nach meinem Geständnis, dass ich keine Gefühle für ihn habe, ist unser Verhältnis mittlerweile von beiden Seiten aus rein freundschaftlich. Ich habe ihm erzählt, dass ich einen Job in einem Café angenommen habe, woraufhin er versprochen hat, bei Gelegenheit vorbeizukommen, um sich mit eigenen Augen von meinen Fähigkeiten als Kellnerin zu überzeugen. Dass er sein Versprechen schon so schnell einlösen würde, damit hatte ich nicht gerechnet.

»Nicht ganz. Ich hatte geschäftlich in der Gegend zu tun«, gibt er zu.

Natürlich hat es etwas mit dem Unternehmen seines Vaters zu tun. Den Geschäftsmann bekommt man vermutlich noch schwieriger aus Edward heraus als den Gentleman.

Ich schiele hinüber zu der Wanduhr, die hinter dem Tresen hängt. »In einer halben Stunde habe ich Feierabend. Wenn du so lange warten willst, kann ich dir danach Gesellschaft leisten.«

»Gerne. Dann nutze ich die Zeit und schreibe noch ein paar Mails«, sagt er und macht sich auf den Weg zu einem der Ohrensessel.

Kopfschüttelnd sehe ich ihm nach. Edward gehört vermutlich zu der Sorte Mensch, die unfähig sind, einfach mal absolut nichts zu machen. Die sich immer mit etwas beschäftigen müssen und deren Verstand auf Hochtouren läuft. Ich hoffe sehr für ihn, dass er nicht irgendwann einen Burn-out erleidet.

Eine halbe Stunde später schnappe ich mir zwei Becher mit Kaffee und gehe hinüber zu Edward, der vollkommen in sein E-Mail-Programm vertieft ist. Ich muss mich zweimal räuspern, bis er vom Display aufsieht. Kurz wirkt er irritiert, als habe er vergessen, wo er sich befindet. Doch dann packt er seinen Laptop in die Umhängetasche, bevor er mir mit einem dankbaren Lächeln einen der Becher abnimmt und mir nach draußen folgt.

Er nimmt einen tiefen Schluck von dem Kaffee.

»Ich wusste nicht, wie du ihn magst. Ich hoffe, schwarz ist okay?«, frage ich und laufe neben ihm auf dem Bordstein her, während wir den Studierendenmassen ausweichen, die den Gehweg fluten. Die Campusglocke muss gerade das Ende der Seminare und Vorlesungen verkündet haben.

Edward nickt. »Im Moment bräuchte ich das Koffein am besten intravenös«, fügt er hinzu und zieht eine Grimasse.

»Hast du wegen dieses Skandals immer noch so viel zu tun?« Erst jetzt fallen mir die dunklen Schatten auf, die sich tief in die helle Haut unter seinen Augen gegraben haben.

»Unsere PR-Abteilung konnte den Shitstorm einigermaßen abfangen, aber es brodelt immer noch.« Er nimmt einen weiteren Schluck von seinem Kaffee, ein abwesender Zug legt sich auf seine Miene.

Bevor ich nachhaken kann, spielt er den Ball jedoch an mich zurück.

»Und wie läuft es bei dir? Wie ist der Job im Café?«, will er wissen.

»Ich werde sicher keine Millionärin dadurch, aber es fühlt sich gut an, mir mein Geld zur Abwechslung selbst zu verdienen. Zumindest meistens.« Auch wenn ich bisher nur meinen Anteil an dem täglichen Trinkgeld bekommen habe. Auf den ersten Gehaltscheck muss ich noch ein paar Tage warten.

»Wie geht es deinen Füßen?«, fragt Edward, ein Schmunzeln umspielt seine Mundwinkel.

»Wieso, bietest du mir eine Massage an?« Ich stoße ihn kumpelhaft mit der Schulter an, wodurch er beinahe mit einer Studentin zusammenstößt, die einen so hohen Stapel an Büchern auf den Armen balanciert, dass sie fast nicht darüber hinwegsehen kann.

»Da hätte dein Kellner aber sicherlich etwas dagegen«, erwidert Edward mit einem amüsierten Schnauben.

Seine Worte bohren sich tief in mein Herz. Ich habe ihm nie den wahren Grund dafür genannt, warum ich ebenfalls frühzeitig abgereist bin. Stattdessen habe ich die Uni und anstehende Abgaben von Hausarbeiten vorgeschoben. Jetzt fühlt es sich so an, als hätte ich mir damit ein Eigentor geschossen. Denn die Beziehung, von der Edward denkt, dass ich sie mit Jack habe, ist so unerreichbar, dass alles in mir vor Sehnsucht danach schmerzt. Ich umklammere den Becher mit dem inzwischen lauwarmen Milchkaffee fester, als könnte ich mein Herz durch reine Willenskraft davon abhalten, Jack in meinem Leben zu wollen.

»Ist zwischen euch alles in Ordnung?« Edward berührt mich sanft am Arm und sieht mich forschend an.

»Schwer zu sagen, wenn Funkstille herrscht«, erwidere ich und versuche möglichst unbekümmert zu wirken. Als würde mich die Ungewissheit nicht wie ein Zementblock in die Tiefe ziehen.

»Ich weiß zwar nicht, was vorgefallen ist, aber er wird sich sicher melden«, sagt Edward mit solch einer Überzeugung in der Stimme, dass ich ihm am liebsten glauben würde.

»Da bin ich mir leider nicht so sicher. Ich bin schuld daran, dass er seinen Job auf dem Schiff verloren hat«, gestehe ich ihm einen Bruchteil von dem, was geschehen ist.

Edward zuckt mit den Schultern. »So einen Job kann er jederzeit wieder finden. Eine Frau wie dich nicht.«

Obwohl mich die Ungewissheit, ob ich Jack jemals wiedersehen werde, noch immer mit kalten Fingern umklammert hält, muss ich bei seinen Worten lachen.

»Du bist wirklich ein unverbesserlicher Gentleman.«

»Warum hört es sich bei dir immer so an, als wäre das etwas Schlechtes?«, beschwert er sich und klingt dabei halb anklagend, halb amüsiert.

»Das ist es nicht!«, versichere ich ihm und grinse. »Außer du gerätst an Frauen wie Abigail.«

Edward verzieht das Gesicht, als habe er versehentlich einen großen Schluck drei Tage alten Kaffees genommen. »Sie ist irgendwie an meine private Nummer gekommen und bombardiert mich jetzt mit Nachrichten.«

Obwohl Edward mir wirklich leidtut, muss ich lachen.

»Das ist nicht lustig«, beschwert er sich. »Sie ist wie ein Piranha, der Blut geleckt hat.«

»Oha, das ist aber keine sehr ritterliche Bemerkung.« Ich schlage mir in einer gespielt schockierten Geste die Hand vor den Mund.

»Sie ist kurz davor, sich den Sommer über in unser Familienanwesen nach Martha's Vineyard einzuladen«, sagt Edward in einem Tonfall, mit dem er genauso gut eine Todesanzeige aufgeben könnte.

»Du könntest dir von Aurora Tipps geben lassen, wie du sie vergraulen kannst«, schlage ich nur halb im Ernst vor.

»Also die Aurora, mit der ich in meiner Kabine interagiert habe, hat mir freundlicherweise eine Kurzzusammenfassung der Nachrichten und eine Wetterprognose gegeben, aber sicher keine Datingtipps«, erwidert Edward mit einem amüsierten Schnauben.

»Dann hast du sie einfach nicht gut genug trainiert. Meine Aurora war wie eine gute Freundin. So eine, die auf Partys als erste einen Schwips hat und immer irgendwelche anzüglichen Geschichten von Tinder-Dates auf Lager hat.« Ich vermisse die vorlaute KI tatsächlich ein bisschen. In den wenigen Tagen, die ich an Bord der *Goddess of the Sea* verbracht habe, ist sie mir irgendwie ans Herz gewachsen.

Edward lacht.

»Normalerweise wird das System nach jedem Gast auf Werkseinstellung zurückgesetzt. Aber wenn du willst, kann ich versuchen herauszufinden, ob es von deiner Aurora-Version ein Back-up gibt«, bietet er mir an.

»Das würdest du tun?!« Ich reiße die Augen auf. Genauso gut hätte er mir soeben eröffnen können, dass er nebenberuflich der Weihnachtsmann ist.

»Natürlich, dafür sind Freunde doch da.« Sein Lächeln ist vorsichtig und ich höre die Frage zwischen den Worten heraus.

»Das sind sie«, bestätige ich und stoße mit meinem Becher gegen seinen, bevor ich den Rest Milchkaffee in einem Schluck herunterkippe. Wenn mir jemand vor zwei Wochen gesagt hätte, dass ich Edward Whitney, begehrtester Junggeselle der New Yorker High Society, zu meinem kleinen, aber feinen Freundeskreis zählen würde, hätte ich denjenigen für verrückt erklärt. Doch Edward ist nicht so wie die anderen Snobs. Obwohl er es mit seinem Gentleman-Gehabe manchmal etwas übertreibt, ist er in Wirklichkeit ein bodenständiger Mann, der sein Herz am rechten Fleck hat.

Ich bleibe stehen und blicke hinüber zu dem zweistöckigen Backsteingebäude auf der anderen Straßenseite, das Lenny und ich unser Zuhause nennen dürfen.

»Da drüben wohne ich übrigens. Wenn du willst, kannst du noch mit hochkommen. Meine Mitbewohnerin und ich wollten Pizza bestellen und einen Film schauen«, biete ich Edward an, denn so machen Freunde das schließlich.

Doch Edward schüttelt bedauernd den Kopf. »Ich muss so langsam wieder nach New York zurück.«

»An den Schreibtisch?«, frage ich streng.

Ertappt zieht er eine Grimasse. »New York hat nicht grundlos den Titel der Stadt, die nie schläft.«

»Ich glaube nicht, dass sich dieser Spruch rein auf das Geschäftliche beschränkt«, sage ich tadelnd. »Du bist zu jung, um immer nur zu arbeiten. Ich bin mir sicher, irgendwo da draußen ist die Miss Bennett zu deinem Mister Darcy.«

»Mister Darcy?!« Edward gibt ein Geräusch von sich, das irgendwo zwischen Lachen und empörtem Schnauben liegt.

»Ist das nicht dein Role Model?«, frage ich grinsend und hüpfe einen großen Schritt zur Seite, als er so tut, als wolle er mir seinen leeren Kaffeebecher an den Kopf werfen.

»Ich bekomme zumindest langsam einen Verdacht, wen deine Aurora als Role Model hatte«, kontert er und bringt mich damit zum Lachen.

»Pass lieber auf, dass ich deinen Charakter nicht auch noch verderbe.« Ich schenke ihm ein diabolisches Bösewicht-Grinsen.

»Bis zum nächsten Mal, Eliza«, erwidert er und schüttelt eindeutig amüsiert seinen Kopf.

»Bis zum nächsten Mal, Mister Darcy.« Ich winke ihm zu, bevor ich grinsend die Straße überquere und dem schmalen Gehweg bis zum Eingang des Apartmenthauses folge.

Gerade als ich den Schlüssel ins Schloss stecken will, vibriert das Handy in meiner Hosentasche. Augenblicklich beschleunigt sich mein Herzschlag, so wie jedes Mal, wenn das Gerät den Eingang einer Nachricht verkündet. Ein aufgeregtes Flattern macht sich in meinem Bauch breit. Doch genauso wie all die Male zuvor stammt die Nachricht nicht von der Person, nach der ich mich am meisten sehne. Stattdessen ist es eine weitere SMS von meiner Mutter. Die große räumliche Distanz hat es mir in der vergangenen Woche glücklicherweise sehr leicht gemacht, sie und ihre Annäherungsversuche zu ignorieren. Doch mittlerweile müsste sie sich auf dem Rückweg nach New York befinden. Mit anderen Worten, es kann sich nur noch um Stunden handeln, bis sie vor meiner Wohnungstür auftaucht. Ich wische die Nachricht, die wahrscheinlich eine Mischung aus Vorwürfen und Ausreden ist, ungelesen zur Seite. Dann verstaue ich das Handy wieder tief in meiner Tasche und mit ihm die Hoffnung darauf, etwas von Jack zu hören.

Kapitel 46

Sardellen-Sandwiches und Möchtegern-Cowboys

Cameron

Mit einem erleichterten Seufzen lasse ich mich auf das durchgesessene Sofa in unserem Wohnzimmer fallen. Ich hatte vollkommen vergessen, wie viel anstrengender Kellnern ist, wenn man nicht in einem Sternerestaurant bedient, sondern in einem Restaurant mit durchschnittlichem Essen, in das durchschnittliche Menschen mit durchschnittlichem Gehalt gehen. Weil ich so kurzfristig nach einem Nebenjob gesucht habe, musste ich nehmen, was ich bekommen konnte – und das ist eine Stelle im *Burger Heaven*, einer Fast-Food-Kette, in der zu jeder Tageszeit die Hölle los ist. Anstelle von vier Tischen wurde mir eine gesamte Etage mit mindestens zwölf Plätzen zugeteilt.

Da ich der Neue bin, ist mir außerdem die Ehre zuteilgeworden, das oberste Stockwerk zu übernehmen. Ich hatte vorher nie ein spezielles Verhältnis zu Treppenstufen. Sie waren lediglich ein Mittel zum Zweck, ohne dass ich ihnen besonders viel Beachtung geschenkt hätte. Seit ich meine erste Schicht beendet habe, sehe ich das Ganze etwas anders. Nachdem ich heute Abend mindestens hundert Mal die eng gewundene Treppe im *Burger Heaven* hoch und wieder runter gerannt bin, habe ich eine starke Abneigung gegenüber jeglicher Art von Erhebung entwickelt.

Dem Ziepen in meinen Oberschenkeln nach zu urteilen, das bis hinauf in mein Gesäß strahlt, kann ich mir so zumindest das heutige Workout sparen. Am Ende des Monats schaffe ich es vermutlich, Nüsse mit meinen Arschbacken zu knacken. Vielleicht kann ich das Spektakel für meine nächste Ausstellung als Liveact mit einbauen.

Ich schüttele den Kopf, selbst davon überrascht, welchen Unsinn mein Verstand produziert. Offensichtlich hat der beständige Nebel aus frittiertem Öl und kross angebratenen Pattys sich in meinen Synapsen festgesetzt und ein paar der Verbindungen direkt mitfrittiert.

Ich greife nach der Fernbedienung, um mich vom Fernsehprogramm berieseln zu lassen, während ich genug Kraft sammele, um mich ins Bad und unter die Dusche zu schleppen. Aktuell rieche ich nämlich wie eine Kartoffel, die zu lange im heißen Frittieröl gebadet hat. Doch gerade, als ich die Start-Taste drücken will, kündigt mein wild vibrierendes Handy einen Anruf an. Bonnies Name blinkt mir vom Display entgegen und noch bevor ich aktiv darüber nachgedacht habe, akzeptiere ich auch schon ihren Videocall.

»Hey Bonbon«, begrüße ich sie und richte mich auf dem Sofa aus.

»Hey Cammy ...« Bonnies strahlendes Lächeln gerät gemeinsam mit ihren Worten ins Stocken. Sie zieht die Augenbrauen zusammen und mustert mich eindringlich. »Du bist nicht mehr auf dem Schiff. Was hast du angestellt?«

Mist. Wenn sich mein Verstand für heute nicht schon in den Feierabend verabschiedet hätte, wäre ich clever genug gewesen, meine Kamera auszuschalten.

»Was hat mich verraten?«, frage ich und ziehe eine Grimasse.

»Die Gummipalme hinter dir.« Obwohl noch immer ein leichter Tadel in ihrer Stimme liegt, stiehlt sich ein Schmunzeln auf ihre Lippen.

Ich drehe den Kopf und mustere die verräterische Gummipflanze. Bonnie hat sie Luke und mir damals zum Einzug geschenkt, weil sie uns eine echte Pflanze nicht zugetraut hat, aber der Meinung war, dass unsere Wohnung etwas Grünes vertragen könnte.

»Also was ist passiert?«, hakt Bonnie nach.

»Ich habe möglicherweise gegen die ein oder andere Regel verstoßen.« Ich mache eine wegwerfende Handbewegung.

»Wie heißt sie?«

Verdammt, wieso entgeht meiner Schwester heute aber auch rein gar nichts? Hat sie in den vergangenen Tagen eine Ausbildung zur Kommissarin gemacht?

»Das ist nicht wichtig«, lüge ich. Alleine der Gedanke an Rose sorgt dafür, dass sich meine Brust mit einem Mal eng anfühlt. Noch immer bin ich innerlich zerrissen, weil ein Teil von mir nichts lieber tun würde, als sie anzurufen, während der andere mich an die Konsequenzen erinnert.

»Sie hat dir dein Herz gebrochen«, stellt Bonnie mit einer solchen Überzeugung fest, als habe sie eine umfassende Datenanalyse durchgeführt, die nur ein einziges Ergebnis zulässt.

»Das wird schon wieder. Mach dir keine Sorgen um mich«, wiegele ich ab. »Du weißt doch, wie wir Künstler sind. Wir lieben es, uns im Selbstmitleid zu suhlen und es dann in unserer Kunst auszuleben.« Letzteres ist nicht einmal gelogen. Das Kunstwerk, das ich aus der Fotografie von Rose gefertigt habe, ist das beste, was ich jemals vollbracht habe. Jedes Mal, wenn ich es betrachte, durchlaufen mich so viele unterschiedliche Emotionen, dass mir davon schwindelig wird.

Bonnie runzelt die Stirn, doch etwas an meinem Gesichtsausdruck muss ihr verraten, dass ich nicht bereit bin, weiter darüber zu sprechen.

»Erzähl mir lieber von deinem neuen Job«, versuche ich das Gesprächsthema zu wechseln.

Glücklicherweise lässt sie es mir durchgehen. Bereits aus ihren Textnachrichten der vergangenen Woche habe ich herausgelesen, wie viel Spaß ihr der Job im Kino macht. So überrascht es mich nicht, als ihre Augen aufleuchten.

»Ich liebe es. Max, der Inhaber, ist total entspannt drauf und meine Kollegen sind supernett. Felix hat mir gezeigt, wie man das beste salzig-süße Popcorn der Welt zubereitet und Claire, wie man die Käsesoße für die Tortilla-Chips so cremig hinbekommt, dass man sich am liebsten reinlegen würde. Wenn wenig los ist, darf ich mich nach Filmbeginn in den Kinosaal schleichen und den Film schauen. Und es gibt jede Woche einen Überraschungsfilm aus den vergangenen sechzig Jahren!« Die Worte sprudeln nur so aus Bonnie hervor, weshalb ich gar nicht anders kann, als mich mit ihr zu freuen, obwohl ich zuerst dagegen war, dass sie diesen Job annimmt. Vielleicht ist es an der Zeit, mir einzugestehen, dass aus dem kleinen Mädchen mit der Zahnlücke und einer Obsession für *My Little Pony* eine junge Frau geworden ist.

»Das Einzige, was echt nervig ist, sind die Gäste«, beendet Bonnie ihre Berichterstattung mit einer Grimasse. Ich muss lachen, denn das trifft den Nagel auf den Kopf.

»Glaub mir, die reichen Leute auf meiner Luxuskreuzfahrt waren bestimmt nicht viel besser«, erwidere ich grinsend.

»Ich biete einen Besucher, der während der Vorstellung gekotzt hat und sich danach einfach klammheimlich aus dem Staub gemacht hat.« Bonnie zieht triumphierend die Augenbrauen in die Höhe.

»Als wir durch den Tropensturm gefahren sind, gab es da definitiv einige Kandidaten, die sich ihr Essen noch mal durch den Kopf haben gehen lassen«, sage ich und verschweige ihr, dass ich einer davon war. Die Erinnerung daran, wie Rose mich gefunden und sich um mich gekümmert hat, bohrt sich wie eine Nadel in meine Brust.

»Okay, einen Trumpf habe ich noch. Ein Typ und seine weibliche Begleitung sind sich in der letzten Reihe an die Wäsche gegangen« sagt meine kleine Schwester und macht eine Kunstpause, bevor sie weiterspricht: »Und das, während auf der Leinwand eine Horde Zombies die Weltherrschaft an sich gerissen hat.«

»Du hast gewonnen.« Ich weiß nicht, ob ich lachen oder würgen will.

Bonnie nickt selbstzufrieden.

»Hast du dir schon überlegt, was du dir von deinem ersten Gehalt kaufen wirst?« Ich versuche, die Frage so harmlos wie möglich in das Gespräch einfließen zu lassen, doch natürlich durchschaut mich Bonnie sofort.

»Wage es bloß nicht, uns Geld zu schicken!« Sie hebt drohend den Zeigefinger und wedelt damit vor der Kamera herum. »Uns geht es gut. Es ist viel wärmer in Chicago geworden und die Gasrechnung ist ja längst beglichen. Außerdem kannst du das Geld selbst gut gebrauchen, besonders wenn du deinen Job verloren hast.«

»Das geht schon. Ich habe mir einen neuen Job in einem Burgerladen gesucht und verdiene nicht schlecht«, lüge ich, denn der Stundenlohn ist gerade mal das Minimum und das Trinkgeld meistens ein Witz. In der unteren Mittelschicht sitzt das Geld nicht so locker wie bei den Millionären auf der *Goddess of the Sea*. Trotzdem bin ich fest entschlossen, den Anteil, den ich für meine Arbeit auf dem Schiff erhalten werde, an meine Familie zu überweisen.

»Cameron, du musst damit aufhören.« Meine kleine Schwester benutzt nicht oft meinen vollen Namen und wenn sie es tut, dann meint sie es ernst. »Seit Dad gestorben ist, glaubst du, dass du dich um alles kümmern musst. Dass du die Verantwortung tragen musst. Aber das stimmt nicht. Ich bin kein kleines Kind mehr und Mom hat gelernt, mit ihrer Trauer umzugehen. Wir sind eine Familie. Wir sind eine Einheit. Wir stecken da alle zusammen drin. Wir kümmern uns umeinander und nicht nur einer um alle. Wir vertrauen einander. Und das heißt, wenn ich dir sage, dass wir klarkommen, musst du mir das auch glauben, okay?«

Ich kann nicht anders, als sie mehrere Herzschläge lang einfach nur anzustarren. »Wow, wann bist du nur so erwachsen und weise geworden?« Ich flüchte mich in einen neckischen Unterton, um sie nicht merken zu lassen, wie sehr mich ihre Worte berührt haben. Wie tief sie mich getroffen haben, weil sie so wahr sind.

Als unser Dad gestorben ist, brach unsere Welt zusammen. Aber während Mom sich in ihre Trauer geflüchtet hat, habe ich meine Gefühle weggesperrt und die Verantwortung übernommen. Und nie wieder ganz losgelassen. Obwohl ich so weit weg lebe, frage ich mich jeden Tag, wie es meiner Familie geht. Ob es ihnen an etwas fehlt. Als Bonnie mir von der nicht beglichenen Gasrechnung erzählt hat, ist eine Sicherung in meinem Kopf durchgebrannt und ich bin automatisch in alte Verhaltensweisen gerutscht. Habe das Problem ganz selbstverständlich zu meinem gemacht und mir eingebildet, dass nur ich in der Lage bin, es zu lösen.

»Wie gut, dass ich mir von meinem ersten Gehalt ein Busticket nach New York kaufen wollte, damit du dich persönlich davon überzeugen kannst, wie weise und erwachsen ich bin.« Bonnie grinst verschlagen, bevor Zweifel ihre Miene bewölken. »Also nur, wenn du nicht zu viel zu tun hast, sonst kann ich auch …«

Ich unterbreche sie mitten im Satz. »Natürlich will ich, dass du kommst!« Bei dem Gedanken, sie endlich wieder in die Arme schließen zu können, wird mein Herz ganz leicht. »Aber unter einer Bedingung.«

Bonnie zieht misstrauisch die Nase kraus.

»Ich darf dir das Upgrade auf ein Flugticket bezahlen.«

Sie öffnet protestierend den Mund, doch ich spreche schnell weiter.

»Wir wissen beide, dass Mom dich niemals alleine über sechzehn Stunden mit dem Bus quer durchs Land fahren lassen würde.« Mal ganz davon abgesehen, dass sich mir bei der Vorstellung ebenfalls die Fußnägel hochrollen. »Außerdem, was meinst du, was du da für Gestalten triffst?! Glaub mir, wenn du schon die Leute im Kino für merkwürdig hältst, willst du nicht wissen, was du alles in so einem Bus erleben kannst. Alte Omas mit stinkenden Sardellen-Sandwiches, Möchtegern-Cowboys, die Tabak kauen und in leere Dosen spucken, Pärchen, die es auf der Toilette …«

»Stopp!« Bonnie hält sich lachend die Ohren zu. »Ist ja schon gut, du darfst mir was für das Flugticket dazugeben.«

Wir schmieden noch eine halbe Stunde lang Pläne, bevor Bonnie sich ins Bett verabschiedet.

Nach dem Gespräch bin ich so euphorisch wie in den gesamten

drei Wochen nicht mehr, die seit meinem Rausschmiss vergangen sind. Das letzte Mal habe ich meine Schwester an Weihnachten gesehen und das ist für meinen Geschmack viel zu lange her. Obwohl wir regelmäßig schreiben und telefonieren, seitdem ich nach New York gezogen bin, kann es nicht die physische Nähe ersetzen. Ich hätte ihr gerne von Rose erzählt. Doch Bonnie hätte meine Entscheidung nicht verstanden. Sie ist eine heillose Romantikerin, der kein Liebesfilm zu kitschig ist.

Kurz denke ich noch einmal darüber nach, Rose zu schreiben. Ich könnte sie einfach nur fragen, ob sie noch immer vorhat, zu meiner Ausstellung zu kommen. Ganz ohne Hintergedanken oder Agenda. Doch auch wenn ich versuche, mir dies einzureden, weiß ich, dass es eine Lüge wäre. Sollte ich sie dort treffen, würde ich mehr wollen. Ich würde an dem Punkt anknüpfen wollen, an dem ihre Mutter uns auseinandergerissen hat. Ein Riss, den ich körperlich spüre, wann immer ich meine Gedanken nicht schnell genug davon abhalten kann, an sie zu denken. Es gibt zu viele Gründe, die dagegensprechen, ihr zu schreiben. Auch wenn mein Herz mir sagt, dass es einen viel besseren Grund gibt, der dafürspricht. Dummerweise können nur reiche Menschen es sich erlauben, zu tun, was sie wollen, ohne die Konsequenzen fürchten zu müssen.

Kapitel 47

Das Mädchen und das Meer

Eliza

»Ich habe nichts anzuziehen.« Frustriert werfe ich das gefühlt hundertste Outfit, das ich heute anprobiert habe, auf den stetig wachsenden Klamottenberg auf meinem Bett. »Vielleicht sollte ich einfach hierbleiben.« Ich lasse mich rücklings neben den Stapel aussortierter Kleidungsstücke auf die Matratze fallen.

»Bitte nicht schon wieder.« Lennys Stöhnen dringt aus dem Nachbarraum zu mir hinüber.

Und ich kann es ihr nicht einmal übel nehmen. Seit ich von der Kreuzfahrt zurückgekommen bin, hat sie bestimmt schon Zillionen Mal mit mir diskutiert, ob ich heute nach New York City fahren und die Ausstellung von Jack besuchen soll. Je näher der Termin gerückt ist, desto mehr bin ich zu einem Nervenbündel mutiert.

»Du wirst in diesen Zug steigen und du wirst das hier anziehen!« Ein marineblauer Stofffetzen trifft mich am Kopf.

Als ich mich langsam aufrappele, steht Lenny mit in die Hüfte gestemmten Händen vor meinem Bett und mustert mich mit einem Ausdruck, der keine Widerrede duldet.

»Aber was, wenn er mich nicht sehen will? Er hat sich nicht gemeldet, obwohl ich ihm meine Nummer habe geben lassen.« Ich nestele an dem blauen Stoff herum, der sich als ein knielanges, eng anliegendes geripptes Baumwollkleid mit Herzausschnitt herausstellt.

»Vielleicht hat dieser Kellner ihm die Nachricht einfach nie überbracht«, sagt Lenny in derselben Tonart, in der Mütter ihren Kindern zum hundertsten Mal erklären, dass sie nicht an ihren Buntstiften lutschen sollen.

Es ist ein verlockender Gedanke, dass Jack die Nachricht nie bekommen hat. Deutlich verlockender als die Alternative, dass er sich bewusst nicht gemeldet hat. Der mir vertraute Stich in der Brustgegend folgt augenblicklich.

»Aber was ist, wenn er meine Nummer die ganze Zeit hatte? Wenn er gemerkt hat, dass ich den Ärger nicht wert bin?« Der Gedanke schmerzt. Gleichzeitig könnte ich es ihm nicht verdenken. Immerhin war es meine Mutter, die ihn hat feuern lassen. Wegen mir ist er in Schwierigkeiten geraten. Wegen mir ist ihm ein ganzer Monatslohn auf dem Schiff durch die Lappen gegangen. Wegen mir muss er jetzt vermutlich in einem deutlich schlechter bezahlten Gelegenheitsjob Überstunden schrubben, um über die Runden zu kommen.

»Erstens wirst du das nur herausfinden, wenn du zu der Ausstellung gehst und mit ihm sprichst. Zweitens hat er dich sowieso nicht verdient, wenn er sich so leicht abschrecken lässt. Er wusste, was auf dem Spiel steht, und hat sich trotzdem auf dich eingelassen. Es wäre nicht fair, dir allein die Schuld für die Konsequenzen zu geben.« Sie greift nach meinen Handgelenken und zieht mich hoch.

»Danke, Lenny.« Ich falle ihr spontan um den Hals und sie tätschelt beruhigend meinen Rücken.

»Ich bin immer für dich da. Wenn du mir nachher schreibst, wie gut der Versöhnungssex mit ihm war, zünde ich ein Feuerwerk. Wenn der Trottel nicht sieht, was für ein Gewinn du bist, besorge ich eine Wagenladung Cookie-Dough-Eis und dann schauen wir *Titanic* und jubeln, wenn Jack für immer im eisigen Wasser versinkt.«

Ich muss prusten und merke, wie meine verkrampften Muskeln sich etwas lockern. Auch wenn Lennys Vorschläge zugegebenermaßen etwas extrem sind, weiß ich die Botschaft dahinter zu schätzen. Das Leben geht weiter, egal wie das Treffen mit Jack ausgehen wird. Vielleicht wird es eine Zeit lang schöner oder beschissener sein, aber Lenny wird bei mir sein, was auch immer kommt. Es ist einer ihrer Wesenszüge, die ich am meisten an ihr liebe. Obwohl sie nicht gerne über ihre Gefühle spricht und von übermäßiger Gefühlsduselei Pickel bekommt – ihre Worte –, würde sie mich nie hängen lassen.

»Ah, und ich habe drittens vergessen«, sagt sie und grinst durchtrieben. »Dieses Kleid schreit entweder *Revenge-Dress* oder *Fick mich.*«

•••

Eine Dreiviertelstunde später sitze ich im Zug nach New York City. Im Waggon ist es stickig und aufgeheizt durch den warmen Frühsommertag draußen. Ich fächere mir mit dem Zugticket Luft zu. Für die Hin- und Rückfahrt sind fünfunddreißig Dollar draufgegangen. Eine Summe, über die ich vor ein paar Wochen nicht einmal nachgedacht hätte. Heute rechne ich den Betrag automatisch in Arbeitsstunden um. Je nach Trinkgeld muss ich dafür zwei Stunden im *Corner Café* kellnern.

Ich ziehe mein Handy aus der Handtasche, wähle das Mailprogramm und aktualisiere den Ordner mit den eingegangenen Nachrichten. Doch wie jedes Mal finde ich keine Rückmeldung der *Greensails Research* im Postfach. Es fühlt sich an, als würde ich dieser Tage nichts anderes mehr tun, als sehnsüchtig auf die Nachricht von anderen zu warten.

Nur eine Woche nachdem ich zurück in New Haven angekommen war, habe ich mich nach Möglichkeiten umgesehen, wie ich meine Ideen für eine nachhaltige Schifffahrt doch noch umsetzen kann. Sosehr ich meinen Job im *Corner Café* mag, so wenig wird er mir dabei behilflich sein, die Schifffahrt zu revolutionieren, weshalb ich sämtliche Online-Stellenportale durchsucht habe. Besonders eine Organisation mit dem Namen *Greensails Research* ist mir dabei ins Auge gestochen. Schon seit Jahrzehnten erforschen sie alternative Energien in Kombination mit Schifffahrt. Der Fokus liegt auf Containerschiffen, doch das ist mir nur recht. Mit Kreuzfahrten bin ich durch. Dass die NGO außerdem aktuell ein bezahltes Praktikum ausgeschrieben hat, erschien mir wie ein Wink mit dem Zaunpfahl. Zwei Tage später habe ich meine Bewerbung eingereicht und seitdem warte ich.

Die einzige Person, auf deren Nachrichten ich nicht warte und die ich trotzdem regelmäßig erhalte, ist meine Mutter. Seit ich die *Goddess of the Sea* in einer Nacht-und-Nebel-Aktion verlassen habe, hat sie mehrfach versucht, mich telefonisch, via Textnachrichten oder E-Mail zu erreichen. Einmal stand sie sogar vor der Tür unserer WG, doch ich habe mich von Lenny verleugnen lassen. Manchmal bekomme ich ein schlechtes Gewissen, sie vollständig aus meinem Leben auszuschließen, doch dann denke ich an das, was sie getan hat, und mein Schuldbewusstsein versickert in den tiefen Rissen, die ihr Handeln verursacht hat.

•••

Die Türen zum Ausstellungsraum stehen weit offen, als ich eine Stunde und dreißig Minuten später vor dem Gebäude ankomme, das auf der Website angegeben war. Es ist ein modernes zweistöckiges Bauwerk, das an zwei Seiten komplett verglast ist. Durch die Scheiben kann ich die ersten Ausstellungsstücke entdecken. Es sind zwei mal zwei Meter große Fotografien, deren Motive mit ihrer schwarzweißen Färbung wie Scherenschnitte wirken. Mein Herz hämmert aufgeregt gegen meinen Brustkorb, weshalb ich das Glas Sekt am Eingang ablehne, bevor ich noch einen Herzinfarkt erleide.

Langsam bewege ich mich durch die Leute hindurch, die in kleinen Grüppchen zusammenstehen und die Bilder an den Wänden begutachten und mit gerunzelter Stirn analysieren. Jacks hellbraunen Haarschopf suche ich jedoch vergeblich. Und so drehe ich meine Runden, gleichzeitig nach Jack als auch nach seinen Werken Ausschau haltend.

Obwohl ich bisher keine Gelegenheit hatte, eines seiner Kunstwerke zu bestaunen, erkenne ich sie durch seine Beschreibung sofort. Die Art, wie er zwei Bilder übereinandergelegt hat, sodass das eine das andere semitransparent überlagert und ihm damit zeitgleich mehr Tiefe und Bedeutung verschafft, ist unverwechselbar. Wie ein kleines Kind, das man in einen Süßwarenladen geschickt hat, laufe ich mit in den Nacken gelegtem Kopf staunend von einem Ausstellungsstück zum nächsten. Bewundere jedes seiner Bilder, bis mir das letzte in der Reihe den Atem verschlägt. Ich blinzele mehrfach, doch der Anblick verändert sich nicht. Eine Porträtaufnahme von mir, überlagert von einer sich brechenden Welle, löscht jeden Gedanken aus meinem Kopf. Es sind so viele Dinge in den letzten Wochen geschehen, dass ich mich bisher nie gefragt habe, was aus den Bildern geworden ist, die er in meiner Kabine von mir geschossen hat. Ob sie gelungen sind. Ob er sie verwendet hat.

Ein quadratischer Zettel neben dem Werk verrät mir, dass das Kunstwerk den Namen *Das Mädchen und das Meer* trägt und ein gewisser Cameron Price der Künstler ist.

»Er hat dich perfekt eingefangen.«

Ich zucke zusammen und tadele mich im selben Augenblick dafür, denn ich muss mir den Kommentar eingebildet haben. Die Möglichkeit, dass meine Mutter gerade wirklich neben mir steht, ist zu absurd, um realistisch zu sein. Trotzdem drehe ich sicherheitshalber den Kopf zur rechten Seite. Und da steht sie. Ein vorsichtiges Lächeln auf den in einem dezenten Nude-Ton geschminkten Lippen.

Überrumpelt starre ich sie an wie eine Erscheinung. Meine Mutter ist mit Abstand die letzte Person, die ich hier zu sehen erwartet hätte.

»W-was machst du hier?«, platzt es schließlich aus mir heraus. Ich bin zu überrascht, um anklagend zu klingen. Sich auf die Vernissage des Mannes zu trauen, den man erst wenige Wochen zuvor um seinen Nebenjob gebracht hat, würde auch nur jemandem mit der Ignoranz meiner Mutter einfallen.

»Ich habe gehofft, dich hier zu treffen. Nachdem du meine Nachrichten ignoriert und dich von deiner Mitbewohnerin hast verleugnen lassen, wusste ich nicht, was ich sonst noch tun soll.« Sie klingt erschöpft.

Unwillkürlich durchzuckt mich das schlechte Gewissen. Natürlich hat sie gewusst, dass ich mich nur versteckt habe, als sie mich in New Haven besuchen wollte.

»Woher wusstest du von der Vernissage?«, frage ich noch immer überfordert mit der Situation.

»Unsere Familie ist einer der größten Geldgeber der Universität. Wir bekommen den monatlichen Newsletter mit den wichtigsten Ereignissen. Ich habe Cameron auf dem Bild erkannt und dachte, es könnte eine Möglichkeit sein, dich zu sehen. Es tut mir leid, dass ich dich derart überfalle, aber ich möchte, dass du weißt, dass ich nicht mit Präsidentin Green gesprochen habe. Camerons Stipendium war zu keiner Zeit in Gefahr.« Sie macht einen Schritt auf mich zu, streckt ihre Hand in meine Richtung, doch als ich keine Anstalten mache, sie zu ergreifen, lässt sie sie sinken.

»Wovon sprichst du?« Ich bekomme Kopfschmerzen bei dem Versuch, ihren Worten einen Sinn zu entlocken.

Meine Mutter versteift sich. Sie atmet tief durch, bevor sie mit gesenkter Stimme fortfährt: »Ich habe Cameron gedroht, dass ich meine Beziehungen zur Präsidentin der Tisch School nutze, wenn er sich nicht von dir fernhält.«

Kapitel 48

Nur eine Frage

Eliza

Während meine Umgebung sich zu verlangsamen scheint, schnellen meine Gedanken mit Lichtgeschwindigkeit durch meinen Kopf. Sie hat ihn nicht nur feuern lassen, sondern ihm damit gedroht, seine gesamte Zukunft zu zerstören. Ich wusste, dass mein Vater keine Skrupel kennt, wenn es darum geht, seinen Willen durchzusetzen. Doch dass meine Mutter ihm in nichts nachsteht, ist eine Offenbarung, die sich wie eine Eisdusche anfühlt. Kälte breitet sich langsam in mir aus, löscht jegliches schlechte Gewissen, das ich in den letzten Wochen verspürt habe, wann immer ich ihre Anrufe weggedrückt und ihre Nachrichten ignoriert habe. Ich habe das Gefühl, die Frau vor mir nicht mehr wiederzuerkennen. Vielleicht habe ich sie nie wirklich gekannt. Der Verrat nagt an meinem Innersten, an all den schönen Erinnerungen, die ich mit meiner Mutter verbinde.

»Ich bin nicht stolz darauf und wenn ich könnte, würde ich es ungeschehen machen. Das musst du mir glauben, Eliza.« Ihre Stimme hat einen flehenden Klang angenommen. »Ich hatte nicht vor, ihn um sein Stipendium zu bringen. Ich wollte ihm nur genug Angst einjagen, damit er sich freiwillig zurückzieht. Ich wollte dich nur beschützen. Aber ich habe eingesehen, dass ich zu weit gegangen bin, und es tut mir wirklich leid.«

Einer der anderen Besucher läuft so dicht hinter mir vorbei, dass sein Ellenbogen meinen oberen Rücken streift, doch ich nehme es kaum wahr. Ich bin wie erstarrt. Als wüsste mein Körper genauso wenig wie mein Verstand, wie er auf das Geständnis meiner Mutter reagieren soll.

»Mich beschützen?! Wovor? Was hat dir so viel Angst gemacht, dass du zu solchen Methoden greifen musstest?« Meine Finger zittern vor unterdrückter Wut.

Meine Mutter nestelt am Saum ihrer Bluse, etwas, das ich sie noch nie zuvor habe tun sehen. Kein Mitglied der Familie Fortner darf sich in der Öffentlichkeit Unsicherheit oder Schwäche erlauben.

»Ich wollte dich davor bewahren, denselben Fehler zu machen wie ich«, sagt sie leise.

Ich habe mit vielem gerechnet, doch sicher nicht damit.

»Als ich sechzehn war, habe ich mich in den Chauffeur meines Vaters verliebt. Marcel war schon neunzehn und hat mich ein paar Mal zu Terminen in die Stadt gefahren. Dabei sind wir ins Gespräch gekommen. Er war so anders als die Jungs, die ich von der Schule kannte. So viel reifer und erwachsener. Irgendwann hat er damit angefangen, kleine Geschenke für mich auf der Rückbank zu deponieren. Eine Sonnenblume, eine Praline, eine Probe eines neuen Parfüms.« Ihr Blick ist in die Ferne gerichtet, als wäre sie wieder dieses Mädchen, das sich über die kleinen Aufmerksamkeiten gefreut hat. »Für mich war es die erste große Liebe und ich dachte, er würde genauso fühlen wie ich. Heute weiß ich, dass er mir nur etwas vorgespielt hat. Es fing mit Kleinigkeiten an. Kleine Gefallen, die ich ihm erfüllen sollte. Eine teure Flasche Wein aus dem Familien-Weinkeller herausschmuggeln. Ihm eine neue Uhr kaufen, weil seine kaputtgegangen ist. Dann waren es plötzlich größere Geldbeträge für seine Großmutter, die angeblich krank war und sich die Medikamente nicht leisten konnte. Es ist lächerlich, wie lange ich das Spiel mitgespielt habe, ohne etwas zu merken.« Sie lacht auf und es klingt so bitter, dass es wie Säure in meinen Ohren brennt. »Bis ich ihn eines Tages in der Stadt gesehen habe. Er hatte an dem Wochenende frei und hatte mir vorher erzählt, dass er zu seiner Familie fahren würde. Stattdessen lief er mit einer Blondine im Arm durch den Central Park. Da ist mir klar geworden, dass er nur an meinem Geld interessiert war, nie an mir.« Jetzt sieht sie mich wieder an.

»Ich wollte nicht, dass du dieselbe Erfahrung machen musst.«

Die unterschiedlichsten Gefühle wirbeln in meinem Inneren umher. Mitgefühl und Verständnis mischen sich mit der eben noch vorherrschenden Wut und Fassungslosigkeit. Ich lasse ihre Geschichte auf mich wirken. Versuche, die sechzehnjährige Charlotte mit dem Bild meiner stets so beherrschten Mutter in Einklang zu bringen. Es erklärt so vieles und doch ist es nicht genug, um ihr für all ihre Taten Absolution zu erteilen.

»Es tut mir leid, dass dir das passiert ist. Aber Cameron ist anders«, sage ich mit fester Stimme, obwohl ich seit vier Wochen nicht mehr mit ihm gesprochen habe. Doch etwas tief in mir weiß, dass es stimmt.

»Ich hoffe es um deinetwillen.« In ihr Lächeln mischt sich ein Hauch von Besorgnis.

Kurz schweigen wir. Blicken hinauf zu der Leinwand, auf der meine Augen mit dem Tiefblau des Meeres verschmelzen, das als zweite Fotografie semitransparent über mein Porträt gelegt worden ist. Meine hellen Haarspitzen bäumen sich mit der spritzenden Gischt auf. Es wirkt, als sei ich ein Teil des Meeres und das Meer ein Teil von mir. Frei und unbändig. Ich liebe alles daran.

»Denkst du, dass du mir irgendwann verzeihen kannst?« Die Stimme meiner Mutter ist leise.

In meiner Brust kämpfen verschiedene Gefühle miteinander. Auf eine verquere Art wollte sie mich nur beschützen, auf der anderen Seite gibt ihr das trotzdem nicht das Recht, solche schwerwiegenden Entscheidungen über meinen Kopf hinweg zu treffen und mich zu manipulieren.

»Ich will dich nicht verlieren, Eliza. *Wir* wollen dich nicht verlieren«, fügt sie hinzu, als ich ihr eine Antwort schuldig bleibe.

Augenblicklich verkrampfen sich meine Muskeln.

»Tut es ihm ebenfalls leid?«, frage ich und kann nicht verhindern, dass sich so etwas wie Hoffnung in mir regt.

»Er hat eingesehen, dass du nicht an Edward interessiert bist und es nichts bringt, dich zu drängen«, erwidert sie ausweichend.

»Hat Dad sich jemals bei irgendjemandem für irgendetwas entschuldigt? Hat er nur ein einziges Mal einen Fehler eingestanden?«, frage ich, obwohl ich die Antwort zu kennen glaube.

Meine Mutter umfasst den Riemen ihrer Birkin Bag fester und schweigt.

»Ich weiß zu schätzen, dass du heute hergekommen bist und mir das von Marcel erzählt hast. Aber gib mir etwas Zeit, das Ganze zu verdauen«, bitte ich sie.

»Natürlich.« Die Enttäuschung ist ihr anzusehen. Vermutlich hat sie Angst, dass es nur leere Worte sind, mit denen ich sie abspeisen will.

»Ich werde mich bei dir melden, versprochen.«

Sie atmet hörbar aus, als habe sie vor Anspannung die Luft angehalten.

»Aber Mom, das gilt nur für dich. Dad habe ich nichts zu sagen.« Als ich mich ihr zuwende, öffnet sie den Mund, doch die Entschlossenheit in meinem Blick scheint sie davon zu überzeugen, dass jeder Versuch, mich umzustimmen, zum Scheitern verurteilt ist. Schließlich nickt sie, ein vorsichtiges Lächeln auf den Lippen.

»Dann will ich dich nicht länger stören. Du willst sicher mit Cameron anstoßen«, sagt sie.

Kurz habe ich vergessen, warum ich heute hierhergekommen bin. Doch mit einem Mal ist alles wieder da. Die Nervosität. Die Ungewissheit. Die Hoffnung. Das Bangen.

Ich nicke gegen den Kloß in meinem Hals an.

»Bis bald«, verabschiedet sich meine Mutter, doch es klingt wie eine Frage.

Erneut nicke ich und sehe ihr hinterher, wie sie sich langsam entfernt. Die Absätze ihrer Pumps verursachen ein leises Klacken auf dem Linoleum. Gerade als ich mich wieder auf die Suche nach Jack machen will, bleibt meine Mutter plötzlich stehen und dreht sich noch einmal zu mir um.

»Sag Cameron, seine Werke sind außergewöhnlich, besonders das von dem Mädchen und dem Meer.« Die Ernsthaftigkeit, mit der sie das Lob ausspricht, lässt darauf schließen, dass sie es nicht nur gesagt hat, um sich bei uns beiden einzuschmeicheln.

Vollkommen überrumpelt bleibt mir nur, ein weiteres Mal zu nicken.

Für einen Moment bleibe ich an Ort und Stelle stehen, inmitten der Menschen, die die Ausstellungsstücke betrachten. Es wäre so leicht, mich auch umzudrehen und durch die gläsernen Türen nach draußen zu verschwinden. Mich der Angst nicht zu stellen, von Jack abgewiesen zu werden. Doch jetzt ist der falsche Zeitpunkt, um feige zu sein. Wenn ich ihn heute nicht anspreche, werde ich mich ewig fragen, was aus uns hätte werden können. Außerdem … Würde er wirklich ein zwei Meter großes Foto von mir bei seiner Debüt-Ausstellung zeigen, wenn er keine Gefühle für mich hätte?

Ich lasse mir keine Zeit, um darüber nachzudenken. Stattdessen zwinge ich mich, einen Schritt vor den anderen zu setzen. Ich lasse meinen Blick über die Gäste schweifen, die so anders sind als die Menschen, mit denen ich es innerhalb der New Yorker High Society sonst zu tun habe. Niemand tuschelt leise hinter dem Rücken einer anderen Person, stattdessen wird laut und herzlich gelacht und mit wild gestikulierenden Händen diskutiert. Einer der Anwesenden sieht aus, als hätte er einen Seiden-Pyjama an, eine Frau trägt eine Latzhose, auf die Bienen gestickt sind. Ein schlaksiger junger Mann ist komplett in Schwarz gekleidet, seine Haare hat er schlohweiß gefärbt. Sein Gesprächspartner, der sich angeregt mit ihm unterhält, hat eine Fliege aus Kork mit einem bunten T-Shirt und einer Barett-Mütze kombiniert. Obwohl die Outfits einzeln betrachtet schrill und auffällig erscheinen, fügen sie sich nahtlos in die Masse aus individuellen Designs ein.

Während ich mich auf Veranstaltungen der New Yorker High Society oft wie ein Vogel im Käfig gefühlt habe, zu jeder Zeit unter

Beobachtung und für jeden noch so kleinen Fehltritt verurteilt, bin ich hier frei. Nicht auf jeden Schritt und auf jedes Wort achten zu müssen, ist eine Wohltat. Die Exponate hier sind so viel aufregender als die Ölgemälde von berühmten, längst verstorbenen Malern, mit denen sich die Freunde meiner Eltern bei Besuchen stets versucht haben, gegenseitig zu übertrumpfen. Hier in der Galerie hängen die unterschiedlichsten Arten von Fotografien. Eine Serie von Selbstporträts, die eine Frau in den verschiedensten emotionalen Ausnahmezuständen zeigt, reiht sich an verwackelte Aufnahmen von leer stehenden Gebäuden und an Fotografien von ausgefallenen Klamotten im Retrolook. Doch keines der Werke reicht für mich an das Bild von Jack heran. Möglicherweise könnte es daran liegen, dass ich ein klitzekleines Bisschen voreingenommen bin.

Ein mir nur allzu vertrautes Lachen hallt durch den Saal und bohrt sich auf direktem Weg in mein Herz. Ich wende mich der Richtung zu, aus der ich es vernommen habe. Jack steht mit dem Rücken zu mir und ist in ein Gespräch mit einer Frau vertieft. Er trägt eine eng anliegende verwaschene Jeanshose, darüber ein weißes Hemd, die Ärmel hochgekrempelt. Seine Haare fallen in Wellen auf seine Schultern.

Meine Handflächen werden feucht, als ich langsam auf ihn zugehe. Die Geräusche meiner Umgebung verwischen zu einem dumpfen Rauschen. Das Blut pulsiert in meinen Adern. Hitze und Kälte wechseln sich im Sekundentakt ab. Ich weiß nicht, wann ich das letzte Mal so nervös war.

Uns trennen nur noch wenige Schritte, als ich höre, wie seine Gesprächspartnerin sich verabschiedet.

»Vielen Dank für das Interview, Cameron, und viel Erfolg. Ich bin mir sicher, es wird nicht das letzte Mal gewesen sein, dass man von Ihnen hört.« Die Frau, die offensichtlich Journalistin ist, schüttelt seine Hand, bevor sie auf einen der anderen Künstler zusteuert. Und dann ist Jack alleine.

Ich überwinde die letzten Meter, bis ich direkt hinter ihm stehe.

Sein mir vertrauter Duft nach Limette und Minze umhüllt mich wie eine lang ersehnte Umarmung.

»Entschuldigen Sie, ich hätte eine Frage zu einem Ihrer Werke.« Mein Herz schlägt so laut, dass ich meine eigenen Worte kaum hören kann. Und als er sich langsam zu mir umdreht, hört es gänzlich auf zu schlagen.

Kapitel 49

Die Gesetze der Physik

Cameron

»Die meisten Ihrer Bilder zeigen Orte in New York City, bis auf eines.« Cordelia Sharp von der New York Times wirft einen Blick auf ihr Smartphone, auf dem sie sich ein paar Notizen gemacht zu haben scheint. Natürlich weiß ich, noch bevor sie den Titel des besagten Werkes ausgesprochen hat, von welchem sie spricht.

»*Das Mädchen und das Meer*«, sage ich mit belegter Stimme. Es ist das Bild, für das ich bisher die meisten Komplimente bekommen habe. Roses Augen in Kombination mit dem satten Blauton des Ozeans geben ihnen eine Tiefe, in der man sich verlieren kann. Auch wenn ich mir eingeredet habe, dass der wahre Grund, warum ich das Foto von ihr überhaupt verwendet habe, darin liegt, ihrer Mutter damit einen künstlerischen Mittelfinger zu zeigen, weiß ich insgeheim, dass das nicht die ganze Wahrheit ist. Die Fotografie übt einen geradezu magnetischen Sog auf mich aus.

»Genau, *Das Mädchen und das Meer.* Es unterscheidet sich in der Szenerie deutlich von Ihren anderen Projekten. Woher kommt das?«, greift Ms Sharp den Faden auf.

»Eigentlich war es nicht geplant, dass das Bild Teil der Ausstellung wird«, gestehe ich. »Es ist relativ spontan auf einer Reise entstanden. Aber es ist so besonders und ausdrucksstark, dass es sich falsch angefühlt hat, das Material nicht zu nutzen«, flüchte ich mich in allgemeine Phrasen, bevor die Journalistin bemerkt, wie viel die Frau auf dem Bild mir wirklich bedeutet.

»Kennen Sie die junge Dame auf dem Bild näher?«, fragt sie prompt.

Shit.

»Wir haben uns auf der Reise kennengelernt. Sie ist eine beeindruckende Persönlichkeit. Obwohl die äußerlichen Umstände sie einzuengen versucht haben, hat sie es geschafft, sich selbst treu zu bleiben und sich ihre Träume zu bewahren.« Ich spüre, wie mir eine einzelne Schweißperle vom Haaransatz über den Rücken hinab perlt. Es fühlt sich falsch an, so gestelzt über sie zu sprechen. Gleichzeitig will ich nicht zu viel preisgeben.

»Sie haben ihren starken Charakter wirklich gut eingefangen. Ein beeindruckendes Werk. Wie mir zu Ohren gekommen ist, haben Sie sogar schon zwei Angebote dafür erhalten?« Sie klingt beeindruckt.

Ich nicke lediglich und zwinge ein Lächeln auf meine Lippen. Es sollte mir schmeicheln, doch bisher bin ich den Bietenden eine Antwort schuldig geblieben. Ich glaube nicht, dass ich es ertragen könnte, das Bild zu verkaufen. Es fühlt sich so an, als würde ich damit die letzte Verbindung kappen, die ich zu ihr habe.

»Vielen Dank für das Interview, Cameron, und viel Erfolg. Ich bin mir sicher, es wird nicht das letzte Mal gewesen sein, dass man von Ihnen hört.« Sie streckt mir die Hand entgegen, um sich zu verabschieden.

Als sie auf der Suche nach dem nächsten Interviewpartner im Gewimmel verschwindet, atme ich erleichtert aus. Ich liebe die Arbeit an meinen Bildern. Liebe es, meiner Kreativität freien Raum zu geben. Liebe es, durch die Straßen von New York zu streifen und mit der Kamera zufällige Schnappschüsse zu machen, das Leben mit all seiner Schönheit und Zerbrechlichkeit auf Film zu bannen. Liebe es, die Ecken und Kanten von Gebäuden, die Wildheit der Natur mit den Charakteren der Menschen zu verbinden. Doch ich lasse am liebsten meine Bilder für sich selbst sprechen, anstatt mich neugierigen Fragen über sie zu stellen.

»Entschuldigen Sie, ich hätte eine Frage zu einem Ihrer Werke.«

Noch bevor ich mich umgedreht habe, weiß ich, wer dort steht.

»Du bist gekommen«, sage ich anstelle einer Begrüßung und kann nicht verbergen, wie sehr ich mich darüber freue. Insgeheim habe ich mich immer wieder gefragt, ob sie sich an meine Einladung erinnern würde. Ob sie nach der Funkstille seit meiner Abreise noch einen Gedanken daran verschwenden würde. Dass Rose jetzt vor mir steht, lässt mein Herz vor Erleichterung und Hoffnung ganz weit werden, bevor es sich im nächsten Augenblick schmerzhaft zusammenzieht, als die Realität mich einholt.

Die Drohung ihrer Mutter.

Unsere so unterschiedlichen Welten, die über kurz oder lang immer wieder aneinandergeraten und uns auseinanderreißen würden.

»Ich war mir nicht sicher, ob die Einladung noch gilt, aber ich wollte deine Werke unbedingt mit eigenen Augen sehen.« *Auch wenn es vielleicht das erste und letzte Mal ist.* Sie spricht es nicht aus, trotzdem hängen die ungesagten Worte in der Luft.

»Ich freue mich, dass du gekommen bist«, sage ich. Und das ist eine Untertreibung. Ihre Anwesenheit stürzt mich in das reinste Gefühlschaos. Ihr plötzlich wieder so nah zu sein. Der zarte Duft nach Jasmin, der sie umgibt. Das unendliche Blau ihrer Augen, das dem Ozeanblau auf meinem Bild in nichts nachsteht. Ihre geschwungenen Lippen, die feucht glänzen – als habe sie sie erst vor wenigen Sekunden mit der Zungenspitze befeuchtet. Hitze breitet sich knisternd in meinem Inneren aus. Es wäre so verdammt leicht, ihr Gesicht mit beiden Händen zu umfassen und sie zu küssen. Als ich meinen Blick von ihren Lippen lösen kann und ihr in die Augen sehe, erkenne ich darin dieselbe Sehnsucht. Mit einem Mal ist der Raum zwischen uns mit elektrisierender Anziehung erfüllt.

Rose räuspert sich. »Deine Bilder sind der Wahnsinn«, sagt sie. An der Art, wie sie an dem goldenen Ring ihrer Großmutter herumspielt, erkenne ich, dass sie genauso nervös ist wie ich. Obwohl ich mich über ihre Worte freue, ist meine Kunst im Moment das letzte, über das ich sprechen will. Ich will wissen, wie es ihr geht. Was sie in den letzten Wochen gemacht hat. Ob sie genauso oft an mich gedacht hat wie ich an sie.

»Ich hoffe, es war okay, dass ich die Porträtaufnahme von dir für die Ausstellung verwendet habe.« Sie hat mir damals zwar die Erlaubnis gegeben, doch das war davor. Bevor alles den Bach heruntergegangen ist.

Ihre Wangen färben sich in dem schönsten Rosaton, den ich je gesehen habe. Mein Finger zuckt, von dem Drang befeuert, den Anblick auf einer Fotografie zu verewigen.

»Ich liebe es«, gesteht sie und ein Teil von mir würde gerne so viel mehr in diese Worte hineininterpretieren.

»Das freut mich«, erwidere ich. Ich möchte mich am liebsten schütteln, weil sich alles so verkrampft zwischen uns anfühlt.

»Selbst meine Mutter war beeindruckt und ein Lob von ihr ist so schwer zu erringen wie ein Konzert-Ticket für Taylor Swift.« Sie lächelt vorsichtig, doch ich kann sie nur anstarren. Bei der Erwähnung ihrer Mutter zieht sich alles in mir zusammen. Kälte und Wut ringen um die Oberhand.

»Tickets für Taylor Swift sind wirklich schwer zu bekommen«, beeilt Rose sich zu erklären, als ich nichts sage.

»Deine Mutter war hier?«, ist das Einzige, was ich durch meine Kehle zwingen kann, die sich viel zu eng anfühlt.

»Sie war eigentlich wegen mir hier«, sagt Rose leise, was mich noch mehr verwirrt. Doch bevor ich nachhaken kann, spricht sie weiter: »Als ich erfahren habe, dass sie dich bei deinem Chef verraten hat und dafür gesorgt hat, dass du gefeuert worden bist, habe ich das Schiff verlassen. Seitdem habe ich kein Wort mehr mit ihr gesprochen. Um genau zu sein, weder mit ihr noch mit meinem Vater. Ich kann verstehen, wenn du nie wieder etwas mit mir zu tun haben willst, aber ich musste dich wenigsten noch einmal sehen. Noch einmal mit dir sprechen.« Ihre Stimme überschlägt sich. »Es tut mir so schrecklich leid, Jack.«

Als sie mich so nennt, lodert die Sehnsucht zusammen mit den

Erinnerungen in mir auf wie eine Stichflamme. Zu wissen, dass sie meinetwegen den Kontakt zu ihren Eltern abgebrochen hat, ist beinahe zu viel für meine Selbstbeherrschung. Am liebsten würde ich sie in die Arme schließen. Sie hat sich um unseretwillen ihrer eigenen Familie entgegengestellt. *Und wie habe ich es ihr gedankt?* Ich habe sie mit Schweigen gestraft. Habe die zwölf Ziffern auf meiner Schreibtischunterlage immer wieder angestarrt, ohne zu handeln.

»Ich wollte mich bei dir melden. Ich wollte mit dir sprechen, Rose. Du glaubst gar nicht, wie sehr ich das wollte, aber ...« Ich gerate ins Stocken, fahre mir mit der Hand durchs Haar. Noch immer schwebt die Drohung ihrer Mutter über meinem Kopf wie ein Damoklesschwert. Nur weil Rose sie aus ihrem Leben gestrichen hat, heißt das nicht, dass sie meines nicht trotzdem in Schutt und Asche legen kann. Vielleicht will sie es jetzt sogar noch mehr als zuvor. Denn woher soll sie wissen, dass ich Wort gehalten und mich von ihrer Tochter ferngehalten habe, wenn die beiden nicht miteinander sprechen?

»Ich weiß, warum du dich nicht gemeldet hast«, unterbricht Rose meine wirren Gedanken.

Ich schüttele unwillkürlich den Kopf, denn mir ist klar, was sie denken muss. Dass ich mich nicht bei ihr gemeldet habe, weil ich sauer auf sie war. Weil ich ihr nicht verzeihen konnte, dass ich wegen unserer Beziehung meinen Job verloren habe. Dabei könnte die Wahrheit nicht weiter davon entfernt sein. Natürlich hätte ich das Geld gut gebrauchen können, doch ich hätte eine andere Lösung gefunden. Dass ich mich stattdessen zwischen ihr und meiner Zukunft entscheiden musste, für die ich so viel geopfert und meine Familie zurückgelassen habe, kann sie nicht wissen.

»Meine Mutter hat mir eben von ihrer Drohung erzählt, ihre Beziehungen spielen zu lassen, um dich aus dem Stipendienprogramm zu werfen«, sagt Rose und widerlegt damit meine These. »Es tut mir so wahnsinnig leid. Ich hatte ja keine Ahnung.«

»Sie ... Ich ... Was?« Es fällt mir zunehmend schwerer, zu verstehen, was hier gerade passiert. Warum sollte ihre Mutter ihr von der Erpressung erzählen? Besonders, wenn man bedenkt, dass Rose schon vorher nicht mehr mit ihr sprechen wollte. Wieso ihr einen zusätzlichen Grund liefern, um sie noch weiter wegzustoßen?

»Sie dachte, du hättest es mir erzählt«, antwortet Rose auf meine Gedanken. Anscheinend kann sie mir die Verwirrung ansehen. »Sie dachte, dass wir uns noch immer treffen«, fährt sie fort und ein leiser Schmerz liegt in ihren Worten, der sich auf direktem Weg tief in mein Herz bohrt.

»Sie ist davon ausgegangen, dass ich ihre Anweisungen ignoriert habe, aber ist trotzdem nicht zur Präsidentin gegangen?«, frage ich perplex nach. Mein Herzschlag beschleunigt sich bei der Befürchtung, dass es anders sein könnte und im Hintergrund bereits der Prozess eingeleitet worden ist, der mich mein Stipendium kosten könnte.

»Sie hatte wohl doch Skrupel, es durchzuziehen.« Rose zuckt mit den Schultern, ein vorsichtiges Lächeln spielt um ihre Lippen, bevor es zu einer Grimasse verrutscht, als sie fortfährt: »Allerdings fürchte ich, dass es weniger mit einem schlechten Gewissen dir gegenüber zu tun hatte, als damit, dass sie Angst hatte, *mich* endgültig zu verlieren.«

»Das heißt …«, beginne ich, doch mein Kopf ist zu sehr damit beschäftigt, die neuen Informationen zu verarbeiten, um die richtigen Schlüsse daraus zu ziehen.

»Das heißt, sie wird sich nicht mehr einmischen. Falls es noch etwas gibt, in das sie sich einmischen kann«, sagt Rose und es klingt wie eine Frage.

Noch immer schweige ich, überwältigt von den Möglichkeiten, an die zu denken ich mir in den letzten Wochen so krampfhaft verboten habe. Rose und ich, wie wir Hand in Hand durch den Central-Park schlendern. Rose und ich, wie wir uns einen Hotdog an einem der Straßenstände teilen. Roses weiche Lippen an meinen, als ich ihr einen Rest Ketchup aus dem Mundwinkel fort küsse. Roses Finger, die sich in meine Haare graben. Roses strahlendes Lächeln, das nur mir allein gilt.

»Ich kann aber verstehen, wenn du die Nase voll von mir und meiner Familie hast. Wenn dir ein Leben mit mir zu viel Drama ist. Wenn du dein Stück Treibholz im Falle eines Schiffbruchs nicht mit mir teilen möchtest.« Ihre Stimme wird immer leiser, bis sie nicht viel mehr ist als ein Hauch. »Wenn du mich lieber nicht mehr sehen willst.«

Ich mache einen Schritt auf sie zu, hebe meine Hand an ihre Wange. Ihre Haut schmiegt sich warm und seidig daran. »Wenn es jemanden gibt, mit dem ich die Gesetze der Physik aus den Angeln heben will, um zu zweit auf einem Stück Holz durch den Ozean zu treiben, dann mit dir.«

Sie legt den Kopf leicht in den Nacken, um mir in die Augen blicken zu können. Hoffnung glitzert darin. Und dann will ich nicht länger warten. Es gibt so vieles, über das wir reden sollten, reden müssen. Doch das hat Zeit. Denn wenn ich eines gelernt habe, dann, dass es für jedes Problem eine Lösung gibt, solange Rose nur an meiner Seite ist.

Die Geräusche der anderen Gäste verblassen zu einem Hintergrundrauschen, als ich mich zu ihr herabbeuge. Ich küsse sie im selben Moment, in dem sie mir entgegenkommt. Sie verschränkt ihre Arme in meinem Nacken und zieht mich näher. Ich vergrabe meine Finger in ihrem weichen Haar. Atme ihren vertrauten Geruch ein und genieße das Gefühl, ihr so nahe zu sein. Unsere Küsse sind langsam und behutsam. Als wäre uns beiden bewusst, dass wir mit diesem Kuss etwas Neues beginnen. Etwas, das das Potenzial hat, noch so viel tiefer zu gehen als das, was sich zwischen uns auf der *Goddess of the Sea* entwickelt hat.

Kapitel 50

Mitbewohner des Monats

Cameron

Mein linker Unterarm kribbelt so intensiv, als hätte ich ihn in ein Nest voll Ameisen gesteckt, trotzdem bewege ich mich keinen Millimeter. Stattdessen betrachte ich Roses entspannte Gesichtszüge beim Schlafen und könnte mir keinen Ort vorstellen, an dem ich in diesem Moment lieber wäre. Eine Strähne ihres blonden Haars hängt ihr in die Stirn und bewegt sich leicht bei jedem ihrer Atemzüge. Ihre vollen Lippen sind geöffnet und der Drang, sie zu küssen, ist so stark, dass ich mir stattdessen auf die Unterlippe beiße.

Weil ich sie gestern nach der Ausstellung unmöglich einfach so wieder gehen lassen konnte, habe ich sie zu der Afterparty mit meinen Kommilitoninnen und Kommilitonen eingeladen. Als wir schließlich nach einem feuchtfröhlichen Abend in meinem Apartment angekommen sind, hat sich der Himmel bereits von einem dunklen Blau in ein pastelliges Orange verfärbt. Wir waren beide viel zu müde, um mehr zu tun, als erschöpft ins Bett zu fallen. Doch alleine mit Rose in meinem Arm und ihrem zarten Duft nach Jasmin in der Nase einzuschlafen, hat sich unglaublich angefühlt.

Ein durchdringendes Vibrieren lenkt meine Aufmerksamkeit fort von Rose und hin zu meinem Nachttisch, auf dem das Display meines Handys einen eingehenden Anruf verkündet. Während ich das Gerät mit der einen Hand aufhebe, ziehe ich so behutsam wie möglich meinen Arm unter Roses Kopf heraus. Sie gibt einen protestierenden Laut von sich und ich fürchte schon, dass ich sie geweckt habe, doch dann dreht sie sich mit einem Seufzen zur Seite und vergräbt ihr Gesicht tiefer im Kissen.

Ein Blick auf das noch immer vibrierende Gerät verrät mir, dass es Luke ist. Er will sicher wissen, wie es gestern gelaufen ist. Da sein Vertrag auf der *Goddess of the Sea* nach der Jungfernfahrt verlängert worden ist, konnte er nicht dabei sein. Also schlüpfe ich aus dem Bett und nehme das Gespräch entgegen.

»Hey, wie ...«, beginnt Luke sogleich, doch ich würge ihn sofort ab.

»Warte kurz«, flüstere ich mit einem Blick zurück zu Rose, deren Brustkorb sich jedoch noch immer in regelmäßigen Zügen hebt und senkt.

Ich trete hinaus ins Wohnzimmer und ziehe die Tür leise hinter mir ins Schloss.

»Sag bloß, du hast gestern jemanden abgeschleppt?!«, fragt mein Kumpel, der die Zeichen natürlich richtig gedeutet hat.

»Könnte sein.« Obwohl Rose und ich gestern nicht mehr als ein paar Küsse und Worte ausgetauscht haben, kribbelt mein gesamter Körper bei dem Gedanken an sie.

»Erzähl mir alles von ihr!«, fordert Luke. »Und natürlich auch von der Ausstellung«, schiebt er hinterher, als habe er kurz vergessen, warum er eigentlich angerufen hat.

»Die war ein voller Erfolg. Ich habe gleich mehrere Angebote für drei meiner Stücke erhalten.« Noch immer fühlt sich der gestrige Abend surreal an. Das Interesse an meinen Werken, das Wiedersehen mit Rose.

Luke reagiert mit einem anerkennenden Pfeifen. »Herzlichen Glückwunsch, Kumpel! Ich wusste, dass du es draufhast. Heißt das, dass wir uns von jetzt an die gute Erdnussbutter mit den crunchy Erdnussstückchen leisten können?«

»Weil du es bist, lege ich sogar noch eine Packung von dem Premium-Toastbrot drauf.«

»Damit qualifizierst du dich definitiv zum Mitbewohner des Monats!«

Ich schüttele lachend den Kopf.

»Apropos Mitbewohner, wer liegt denn jetzt in deinem Bett?«, findet Luke geschickt zurück zu der Frage, die ihm vermutlich seit Beginn unseres Telefonats unter den Fingernägeln brennt.

»Du kennst sie.«

Luke gibt ein nachdenkliches Brummen von sich und ich kann förmlich vor mir sehen, wie er die Stirn in Falten legt.

»Vielleicht deine eine Kommilitonin, die mit den gruseligen Selbstporträts?«, rät er.

Nataschas Bilder sind tatsächlich speziell, da sie sich ausschließlich mit Clowns-Make-up fotografiert. Luke behauptet, dass er eine Woche lang Albträume hatte, nachdem er ihre Aufnahmen gesehen hat.

»Nope.«

»Vielleicht deine Dozentin? Jetzt, da du so kurz davor bist, ein berühmter Künstler zu werden.«

Ich schnaube. »Mrs Donavan ist fünfzig, glücklich verheiratet und hat zwei Kinder.«

»Okay, ich gebe auf. Wer ist es?«

»Rose.«

»Rose, wer?«, fragt Luke und mir fällt ein, dass er sie nur unter ihrem richtigen Namen kennt.

»Ich meine … Es ist Eliza.«

»Eliza, die Tochter des Reederei-Besitzers? Eliza, die Tochter der Frau, die gedroht hat, deine Zukunft zu zerstören, wenn du dich nicht von ihr fernhältst?« Luke klingt so, als würde er jeden Augenblick hyperventilieren.

»Eliza, die Tochter des Reederei-Besitzers, die seit ihrer Abreise vom Schiff keinen Kontakt mehr zu ihren Eltern hat, weil sie herausgefunden hat, was ihre Mutter für Spielchen gespielt hat«, korrigiere ich.

Luke pfeift durch die Zähne. »Also musst du keine Angst haben, dass du dein Stipendium verlierst?«

»Angeblich hat ihre Mutter nur geblufft, um mich abzuschrecken.«

»Was ihr auch gelungen ist«, murmelt Luke mit einem grimmigen Unterton in der Stimme.

»Was zählt, ist, dass Eliza und ich eine zweite Chance bekommen haben«, sage ich und versuche, es so zu meinen. Denn auch wenn das Verhältnis zwischen Rose und ihren Eltern schwierig ist – mir ist bewusst, dass sie trotzdem immer eine Rolle in ihrem Leben spielen werden und ich mich über kurz oder lang mit ihnen werde arrangieren müssen.

»Na, dann war der gestrige Abend ja auf allen Ebenen ein Erfolg.« Ich kann Lukes breites Grinsen am anderen Ende der Leitung hören.

»Als ich heute Morgen aufgewacht bin, habe ich kurz Angst gehabt, dass ich alles nur geträumt habe«, gestehe ich ihm.

»Quatsch. Alles, was gestern passiert ist, musste genauso passieren. Du hast es dir verdient.« Da schwingt so viel Überzeugung in seiner Stimme mit, dass sich eine wohlige Wärme in meiner Brust ausbreitet.

»Danke«, bringe ich hervor.

»Und jetzt will ich dich nicht länger von deinem Happy End abhalten«. Ich könnte schwören, dass dabei ein verschmitztes Grinsen auf seinen Lippen liegt.

Bei dem Versuch, lautlos neben Rose zurück ins Bett zu schlüpfen, knarrt eine der alten Dielen unter meinen nackten Füßen. Rose schlägt träge die Augen auf und wirkt für einen Moment orientierungslos, bis sie mich entdeckt und ein Lächeln ihr Gesicht erhellt.

»Guten Morgen«, sage ich und lasse mich neben ihr auf der Matratze nieder.

»Da fehlt noch etwas, um diesen Morgen zu einem *wirklich* guten zu machen.« Sie greift nach meinem Schlafshirt, um mich zu sich zu ziehen.

Ihre Lippen sind warm und schmiegen sich perfekt an meine. Wie sehr ich das hier vermisst habe. Wie sehr ich sie vermisst habe. Wie sehr ich vermisst habe, wie ich mich mit ihr fühle.

»Sag mal, musst du heute direkt wieder zurück nach New Haven?«, frage ich, kaum dass wir uns voneinander gelöst haben.

»Warum fragst du?« Ihre Augen funkeln voller Vorfreude.

»Ich habe nie die Chance auf ein zweites Date bekommen, deshalb dachte ich, wir könnten vielleicht ...« Ich stocke, als sie den Kopf schüttelt. *Habe ich die Situation falsch eingeschätzt?*

»Dieses Mal bin ich dran«, sagt sie und ich benötige ein paar Sekunden, um zu begreifen, dass sie nicht das Date an sich abgelehnt hat. Erleichterung verscheucht die Kälte, die sich eben noch in mir breitgemacht hat.

»Bist du sicher, dass du dich dem gewachsen fühlst? Mein Date auf Tortola dürfte nur schwer zu toppen sein«, ziehe ich sie auf.

»Lass dich überraschen.« Damit springt sie vom Bett auf und läuft in Richtung der Zimmertür. Bevor sie hinaus ins Wohnzimmer tritt, dreht sie sich um, ein laszives Lächeln auf den vollen Lippen.

»Was ist, kommst du? Der erste Programmpunkt findet in der Dusche statt.« Damit streift sie sich das T-Shirt, das ich ihr gestern Abend geliehen habe, über den Kopf und lässt es zu Boden fallen.

Ich schlucke schwer. Irgendwie habe ich das Gefühl, dass sie die Sache mit dem perfekten Date so was von gewinnen wird. Und ich habe absolut nichts dagegen.

Kapitel 51

Ein perfektes zweites erstes Date

Eliza

Adrenalin prickelt wie Brausepulver in meinem Bauch. Das Ruckeln der Waggons, die langsam in die Höhe gezogen werden, lässt meinen Puls rasen. Ich taste nach Jacks Hand und halte mich daran fest.

»Du siehst irgendwie nicht so aus, als würdest du das hier genießen«, sagt er und betrachtet mich kritisch.

»Ach was«, wiegele ich ab. Das Schlimmste an Achterbahnen war für mich schon immer der Weg hinauf zur Spitze. Das nervenaufreibende Warten auf den Fall.

Endlich erreicht unser Waggon den höchsten Punkt. Der Ausblick von hier oben ist spektakulär. Vor uns erstreckt sich die Strandpromenade, dahinter das blaue Wasser. Die Farbe kann nicht ganz mit dem türkisblauen Meer vor Tortola mithalten, doch in New York ist Coney Island der Ort, der einer karibischen Küste am nächsten kommt. Ein paar Herzschläge lang bin ich von dem Gewusel zu unseren Füßen abgelenkt, dann geht ein Ruck durch die Achterbahn und schon rasen wir auf den Schienen hinab in den Abgrund.

Jack neben mir reißt seine Arme in die Luft und zieht meinen rechten damit unweigerlich ebenfalls in die Höhe, da ich noch immer seine Hand umklammert halte. Ein Kribbeln, das nicht nur alleine auf die Fahrt zurückzuführen ist, rauscht durch mich hindurch. Ich gebe ein lautes Jauchzen von mir, in das Jack mit einstimmt. Bei jeder Kurve werde ich fest gegen ihn gedrückt und ich wünschte, die Fahrt würde niemals enden. Oder zumindest so lange nicht, bis mir schlecht wird.

Als wir wenige Sekunden später schließlich doch zum Stillstand kommen, lasse ich mich von Jack hinausziehen. Meine Beine sind etwas wackelig, meine Haare zerzaust und mein Inneres von dem Rausch wie aufgeputscht.

»Dafür, dass die Bahn fast hundert Jahre alt ist, hat sie echt was zu bieten«, sagt Jack mit einem anerkennenden Nicken. »Warst du früher häufiger mit deinen Eltern hier?«, fragt er, während wir in Richtung der Promenade schlendern.

Ich lache schnaubend. »Mein Vater würde einen Ausflug in einen Vergnügungspark als Zeitverschwendung bezeichnen und meine Mutter als nicht angemessen für Leute aus *unseren Kreisen.*« Ich male Anführungszeichen in die Luft. »Aber ich bin jeden Sommer mit meiner Grandma hierhergekommen.« Ich berühre den Ring an meinem Finger. Wie immer kämpfen vollkommen widersprüchliche Emotionen in meinem Inneren um die Vorherrschaft. Da ist dieses warme Gefühl von Glück, dass mich bei den Erinnerungen an sie erfüllt und gleichzeitig der Schmerz des Verlusts.

»Ich kann mich nur wiederholen, aber deine Grandma klingt nach einer echt coolen Socke.« Jack ist die Schwermut in meiner Stimme offenkundig nicht entgangen und ich schenke ihm ein dankbares Lächeln für den Versuch, mich aufzumuntern.

»Das war sie.«

»Was habt ihr noch so gemacht, wenn ihr hier wart? Also mal vom Achterbahnfahren abgesehen?«, fragt Jack und die Art, wie er damit all die schönen Erinnerungen hervorlockt, die ich an sie habe, lässt mein Herz noch ein bisschen schneller für ihn schlagen.

»Da gibt es tatsächlich eine Sache, die nicht fehlen darf«, sage ich und ziehe ihn hinter mir her.

•••

»Auf ein perfektes zweites erstes Date.« Jack stößt mit seinem Hotdog gegen meinen. Ein paar Zwiebelstücke landen zwischen unseren Füßen auf den Holzplanken.

»Heißt das, du gibst zu, dass mein Date gewonnen hat?«, frage ich grinsend. Nach unserer ausgiebigen Dusche heute Morgen habe ich ihn zuerst in mein Lieblingscafé in Downtown gebracht, wo es die mit Abstand besten Bagels gibt. Dann haben wir mit der Staten-Island-Fähre eine Runde gedreht, weil Jack ganz nebenbei erwähnt hat, dass er die Freiheitsstatue noch nie gesehen hat, was ich so nicht stehenlassen konnte. Der Ausblick auf die im Sonnenlicht glitzernde Skyline von Manhattan mit ihren riesigen Wolkenkratzern war ein netter Bonus. Der Besuch in Coney Island rundet dieses meiner Meinung nach perfekte Date ab.

Jack schüttelt den Kopf. »Auf keinen Fall«, sagt er mit einer grimmigen Entschlossenheit.

»Und wenn wir das heute Morgen in der Dusche später in deinem Bett wiederholen?« Ich lecke mir über die Lippen, bevor ich die Spitze des Hotdogs langsam mit ihnen umschließe, während ich den Blickkontakt halte.

Jacks Adamsapfel hüpft und der Hunger, der in seinen Augen aufblitzt, hat nichts mit dem Brötchen in seiner Hand zu tun.

»Du kämpfst mit unfairen Mitteln.« Seine Stimme ist deutlich rauer als noch wenige Sekunden zuvor.

»Funktioniert es denn?«, frage ich und angle mit meiner Zungenspitze nach einem Klecks Ketchup, der in meinem Mundwinkel klebt.

Jack überwindet den Abstand zwischen uns und küsst mich so stürmisch, dass meine Knie weich werden.

»Aber so was von«, sagt er grinsend, nachdem er sich von mir gelöst hat.

Danach schlendern wir gemeinsam über die Promenade. Unter der Woche und in der Nebensaison ist die Anzahl an Menschen, die sich hier tummelt, überschaubar. Ein paar Frauen schieben Kinderwagen über die Promenade. Am Strand spielt eine Gruppe Kinder fangen. Ein Mann lässt einen bunten Drachen an einer Schnur über die mit Schaum gekrönten Wellen tanzen. Hier an der Küste weht eine deutlich kühlere Brise, die daran erinnert, dass es trotz des blauen Himmels und der Sonne noch nicht Sommer ist. Eine Gänsehaut breitet sich auf meinen Armen aus. Da ich nicht damit gerechnet habe, die Nacht bei Jack zu verbringen, blieb mir nichts anderes übrig, als mir heute Morgen das Kleid von gestern überzuziehen. Bevor ich mit den Handflächen über die Haut reiben kann, legt sich plötzlich etwas Schweres auf meine Schultern. Jack zieht die Lederjacke vor meiner Brust zusammen, sodass sie mich wie eine Decke einhüllt.

»Du musst wirklich nicht …«, beginne ich, doch er schüttelt entschieden den Kopf.

»Dir ist kalt und ich brauche sie nicht. Meine Schwester behauptet, dass ich wie ein Heizofen bin«, sagt er mit einem Schmunzeln.

»Danke.« Ich kuschle mich in die Jacke. Genieße die Wärme und seinen Duft, der an dem Stoff haftet. »Ich habe dich wahnsinnig vermisst«, platzt es aus mir heraus.

Jack legt seinen Arm um mich und zieht mich näher zu sich.

»Ich war so oft kurz davor, dich anzurufen. Ich wünschte, ich hätte es getan.« Reue schwingt in seinen Worten mit.

»Bitte rede dir deshalb kein schlechtes Gewissen ein. Du dachtest, dass du damit dein Studium in Gefahr bringst. Deine ganze Zukunft …« Ich bleibe stehen und warte, bis er mich ansieht. »Es ist nicht deine Schuld, dass ich so eine verkorkste Familie habe.« Ich versuche mich an einem Grinsen, das zu einer Grimasse verrutscht.

Jack senkt den Kopf und küsst mich sanft auf meine Stirn. Er legt all die Worte in diese Berührung, die er nicht aussprechen kann oder will, weil er vermutlich ahnt, wie tief mich der Verrat meiner Eltern getroffen hat.

»Ich werde immer auf deiner Seite stehen«, flüstert er mir zu und ich vergrabe mein Gesicht in seinem T-Shirt. Es fühlt sich so unfassbar gut an, jemanden in meinem Leben zu wissen, der mich uneingeschränkt akzeptiert, so wie ich bin. Der mich nicht verändern will, damit ich in sein Leben passe.

»Ich weiß«, erwidere ich. »Und ich auf deiner. Ich werde meinen

Eltern nie wieder erlauben, sich zwischen uns zu drängen.« Es ist mir wichtig, dass er das weiß. Dass er keine Zweifel an meinen Gefühlen für ihn hegt.

»Wie wird es mit euch weitergehen?«, fragt er.

Ich löse mich von ihm und zucke mit den Schultern. »Mein Vater hat mein Konto eingefroren, was den Zustand unserer aktuellen Beziehung vermutlich sehr gut beschreibt. Meiner Mutter scheint es wirklich leidzutun, aber ich bin noch nicht so weit, einfach weiterzumachen wie bisher.« Wenn ich ehrlich mit mir selbst bin, will ich das auch gar nicht. Unsere Beziehung war geprägt von gegenseitigem Missverständnis und enttäuschten Erwartungen. Stattdessen wünsche ich mir, dass wir unsere unterschiedlichen Lebensweisen und Ansichten akzeptieren können. Doch der Weg dorthin wird lang und nicht einfach werden.

»Ich kann dir etwas von dem Geld überweisen, das ich für die Arbeit auf der *Goddess of the Sea* bekommen habe«, bietet Jack mir an.

Ich blinzle ein paar Mal, bevor ich in Gelächter ausbreche. »Du machst mich fertig.«

Jetzt ist es an Jack, mich verwirrt anzublinzeln.

»Nur damit ich das richtig verstehe: Du bietest mir das Gehalt von dem Job an, den du wegen mir verloren hast?«, frage ich nach.

»Ja, also nein. Ich meine, ich war schließlich auch beteiligt.« Es klingt wie eine Verteidigung.

Ich schüttle grinsend den Kopf. »Das werde ich auf keinen Fall annehmen. Außerdem kann ich gut für mich selbst sorgen.« Okay, gut ist eventuell übertrieben, aber ich will jeden Zweifel in ihm auslöschen, damit er nicht noch einmal auf eine derart absurde Idee kommt.

»Ist das so?«, fragt er, ein Schmunzeln zupft an seinem Mundwinkel.

Ich nicke nachdrücklich. »Ich bin jetzt auch in der Gastro tätig.«

Seine Augen weiten sich.

»Ein bisschen mehr Vertrauen in meine sich entwickelnden Servicekraft-Fähigkeiten. Und wenn ich es darauf anlege, kann ich bestimmt mehr Trinkgeld rausschlagen als du«, behaupte ich.

»Ich muss mich wiederholen, aber du kämpfst mit unfairen Mitteln«, erwidert er grinsend.

Ich zucke mit den Achseln. »Wenn es gut läuft, bin ich darauf vielleicht bald sowieso nicht mehr angewiesen.«

Jack hebt fragend die Brauen.

»Ich habe mich für ein bezahltes Praktikum bei einer NGO beworben, die sich mit nachhaltiger Schifffahrt beschäftigt. Wenn mein Vater mir nicht zuhören will, muss ich mir eben jemand anderen suchen, der es tut«, sage ich und hasse es, dass sich bei dem Gedanken an meinen Vater ein unsichtbares Band um meinen Brustkorb spannt.

»Wow, das klingt perfekt. Ich wusste, dass du alles schaffen kannst, was du dir vornimmst.« Jacks Worte wärmen mich von innen und vertreiben die Enge in meiner Brust.

»Noch habe ich keine Zusage.« Ich stoße frustriert Luft aus.

»Wenn du in dein Anschreiben auch nur halb so viel Leidenschaft gesteckt hast wie in alles, was dir sonst noch wichtig ist, habe ich keinerlei Zweifel, dass sie sich melden werden.« Jack greift nach meiner Hand und verschränkt unsere Finger miteinander.

»Wenn ich das Praktikum bekomme, werde ich drei Monate lang mit der NGO auf Forschungsreise gehen.« Ich werfe ihm unauffällig einen Blick zu, um seine Reaktion zu beobachten. Bisher haben wir nicht darüber gesprochen, wie es mit uns weitergehen soll.

»Dann werden wir uns, bis es so weit ist, einfach so oft sehen müssen wie möglich«, erwidert er und drückt meine Hand.

In den letzten Wochen habe ich vergessen, wie leicht es mit Jack ist. Dass wir für jedes Problem eine Lösung finden können. Jack und Rose ist wegen des vermaledeiten Eisbergs eine Chance auf eine gemeinsame Zukunft verwehrt geblieben, doch wir werden unsere nutzen. Wir werden für unser Happy End kämpfen. Zusammen.

Kapitel 52

Jack und Rose. Nur ohne Eisberg.

Cameron

»Was macht ein Pirat am Computer?«, fragt Aurora zur Begrüßung, als ich die kleine Dreizimmerwohnung betrete, die sich Rose mit ihrer Freundin Lenny teilt. Und zu meinem Leidwesen seit Kurzem außerdem mit der vorlauten KI.

»Keine Ahnung, Schiffe versenken spielen?«, schlage ich vor, während ich aus meinen Schuhen schlüpfe und die Post durchsehe, die ich eben für die beiden Frauen aus dem Briefkasten gefischt habe.

»Er drückt die Enter-Taste«, löst Aurora das Rätsel auf. »Aber das mit dem Schiffe versenken merke ich mir. Du kannst ja doch ganz lustig sein, Tiger.« Sämtliche Versuche, ihr abzugewöhnen, mich mit dem Spitznamen anzusprechen, den sie mir auf dem Schiff verpasst hat, waren bisher von geringem Erfolg gekrönt.

Ich habe wirklich nichts dagegen, dass Rose sich gelegentlich mit Edward auf einen Kaffee trifft, aber sein fragwürdiges Geschenk hätte er gerne für sich behalten können. Seitdem er Rose die von ihr trainierte KI geschenkt hat und sie Zugriff auf jedes elektronische Gerät im Apartment bekommen hat, ist die Wohnung gefühlt um einiges kleiner geworden. Und das, obwohl Aurora zumindest physisch keinen Platz verbraucht.

»Die Schlagabtausche zwischen euch sind spannender als jedes Tennismatch«, kommentiert Lenny, als ich das Wohnzimmer betrete.

Roses Mitbewohnerin hat es sich auf dem Sofa bequem gemacht und blättert in einem Magazin, auf dessen Cover ein aufgemotztes Motorrad zu erkennen ist. Auf ihrer Nasenspitze sitzt wie so oft ein schwarzer Fleck, der entweder Ruß, Schmieröl oder ein Klecks sehr dunkles Schokoladeneis sein könnte.

»Gib's zu, dir geht sie auch manchmal auf die Nerven«, raune ich ihr zu, obwohl ich weiß, dass es zwecklos ist, etwas vor Auroras allgegenwärtiger Präsenz zu verbergen. Ich lege die zwei Prospekte und den Briefumschlag, auf dem Leonora Williams steht, auf dem Couchtisch ab. Einen etwas größeren Umschlag, der an Rose adressiert ist, behalte ich in der Hand.

»Das habe ich genau gehört!«, ertönt es prompt aus den Boxen neben dem Flachbildfernseher.

»Ich weiß nicht, was du willst. Aurora ist die beste Mitbewohnerin, die ich je hatte. Sie sorgt jeden Morgen dafür, dass mich eine Tasse frisch gebrühter Kaffee erwartet«, erwidert Lenny.

»Hey, das habe *ich* genau gehört!« Roses Gesicht taucht im Türrahmen auf.

»Dafür bist du meine beste Freundin, El«, ruft Lenny ihr zu und schickt einen Luftkuss zu ihr hinüber. Rose fängt ihn auf und drückt ihn sich an die Brust, bevor sie sich mir zuwendet.

»Du bist aber früh dran.« Sie kommt mit leuchtenden Augen zu mir herübergelaufen und drückt mir einen Kuss auf die Lippen. Sie schmeckt nach Vanille und einem Hauch Zitrone. Als wir uns voneinander lösen, bemerke ich, dass sie außerdem ihre Haare zu einem strengen Dutt nach hinten frisiert hat und eine Küchenschürze trägt. Über ihre Wange zieht sich ein Streifen aus Mehl. Erst jetzt fällt mir auch der süßliche Geruch nach frisch gebackenem Teig auf, der von der Küche zu uns herüberweht.

»Mein letzter Kurs ist ausgefallen«, erkläre ich. »Aber die viel wichtigere Frage lautet, bei was genau ich dich gerade unterbrochen habe.«

»El backt! Oder sie versucht es zumindest«, steuert Lenny vom Sofa aus bei, ohne den Blick von ihrem Magazin zu nehmen.

»Sie hat heute schon zweimal fast die Bude abgefackelt«, ergänzt Aurora.

Ich hebe fragend die Augenbrauen. Obwohl Rose viele Talente hat, gehören Kochen und Backen definitiv nicht dazu. Aurora und ich sind uns einig, dass es daran liegt, dass sie in einem Haushalt mit Köchin aufgewachsen ist und bis zu ihrem Auszug noch nicht einmal wusste, wie der Herd angeht.

»Gar nicht wahr!«, empört sich meine Freundin. »Die erste Fuhre ist nur etwas knusprig geworden.«

»Klar, knusprig ist ja auch genau das Adjektiv, mit dem man einen fluffigen Muffin beschreiben sollte«, spottet Lenny, wofür sie von Rose einen erhobenen Mittelfinger als Antwort erhält.

»Und warum genau backst du? Ist dem *Corner Café* der Kuchenlieferant ausgefallen?«, frage ich mehr im Scherz, denn ich bin mir sicher, dass Roses Chef bewusst ist, dass jede andere Lösung geeigneter wäre, als ausgerechnet meine Freundin zur neuen Bäckermeisterin zu ernennen. Zumindest wenn er seine Stammkundschaft behalten will.

»Die Muffins sind für eine Wohltätigkeitsveranstaltung auf dem Campus. Der Fachbereich Biologie macht einen Kuchenverkauf, um Geld für einen universitätseigenen Gemüsegarten zu sammeln. Ich finde die Idee super und wollte unbedingt etwas dazu beitragen.« Wie immer, wenn sie von einem Thema spricht, das sie begeistert, strahlt sie förmlich von innen heraus. Ihre Begeisterungsfähigkeit ist nur eine der vielen Eigenschaften, die ich so sehr an ihr liebe.

»Vielleicht solltest du deinen Chef fragen, ob du die nicht verkauften Kuchenreste aus dem Café spenden darfst?«, schlage ich vor.

Rose verschränkt die Arme vor der Brust. »Vielen Dank für das Vertrauen, das ihr alle in mich setzt.«

»Wir wollen dich nur vor dir selbst schützen«, sagt Lenny.

»Und alle, die deine Muffins potenziell essen müssen«, steuert Aurora bei.

»Ich glaube, ich brauche neue Mitbewohner.« Rose wirft Lenny einen bösen Blick zu.

»Ich vertraue dir und deinen Backkünsten vollkommen«, versuche ich sie zu beschwichtigen. Als sie mich skeptisch ansieht, ergänze ich: »So sehr, dass ich freiwillig einen der Muffins teste.«

Roses Miene hellt sich augenblicklich auf.

»Schleimer«, ertönt es im Chor von Lenny und Aurora.

»Aber vorher habe ich noch etwas für dich.« Ihre Mitbewohnerinnen ignorierend, strecke ich ihr den Briefumschlag entgegen.

Rose kräuselt auf eine unfassbar niedliche Art und Weise ihre Nase. »Ich verzichte, das ist bestimmt nur wieder eine Rechnung, die ich nicht bezahlen kann.«

»Glaub mir, den Brief wirst du lesen wollen«, beharre ich und deute auf den Absender.

Endlich nimmt sie mir das Kuvert ab und studiert die klein gedruckten Buchstaben, die oben links auf das Papier gedruckt worden sind.

»O mein Gott!« Ihre Augen weiten sich.

»Was ist es?«, fragt Lenny und löst zum ersten Mal ihren Blick von ihrer Zeitschrift.

»Die Antwort von *Greensails*.« Roses Stimme klingt leicht atemlos.

»Worauf wartest du dann noch, El? Mach ihn auf!« Lenny pfeffert ihre Zeitschrift aufs Sofa und kommt zu uns gelaufen.

Rose sieht mich an, in ihrem Blick liegen Hoffnung und Nervosität. Ich nicke ihr aufmunternd zu und schließlich öffnet sie den Umschlag. Ihre Finger zittern leicht, als sie das Papier entfaltet.

»Sehr geehrte Ms Fortner, wir freuen uns, Ihnen mitteilen zu können, dass wir Ihnen das Praktikum als Research Assistant bei *Greensails* anbieten möchten.« Ihre letzten Worte gehen in den Jubelschreien von Lenny und Aurora unter.

Rose hüpft auf und ab, bevor sie mir um den Hals fällt.

»Herzlichen Glückwunsch! Ich wüsste nicht, wer es mehr verdient hat.« Ich schlinge die Arme um ihre Taille und wirbele sie einmal im Kreis herum.

Als ich sie wieder auf dem Boden abstelle, strahlt sie so breit, dass sie davon später vermutlich Muskelkater bekommen wird. Mein Herz weitet sich. Nachdem die letzten Monate wirklich hart für sie waren, freut es mich umso mehr, dass sie eine Zusage für die Praktikumsstelle erhalten hat. Obwohl sie nicht darüber sprechen will, weiß ich, dass die Reaktion ihres Vaters auf ihre Ideen sie schwer getroffen hat. Seine scharfe Zurückweisung hat Zweifel in ihr gesät. Wenn ich nicht wüsste, dass es sinnlos ist, würde ich ihm am liebsten die Meinung sagen. Doch da die beiden seit der Kreuzfahrt keinen Kontakt mehr haben, würde es nichts ändern. Vielleicht ist es besser so. Solange sie ihn komplett aus ihrem Leben verbannt, kann er ihr zumindest nicht noch mehr wehtun.

»Sag mal, riecht es hier irgendwie verbrannt?« Lenny hebt schnuppernd die Nase in die Luft.

Rose erstarrt. »Shit, die Muffins!«

»Dreimal«, kommentiert Aurora.

»Was?«, frage ich irritiert und muss mir das Grinsen verkneifen, als ich Rose hinterherblicke, die hinüber in die Küche rennt, um die Muffins aus dem Ofen zu holen. Dem Geruch nach zu urteilen, sind sie nicht mehr zu retten.

»Es ist das dritte Mal, dass sie heute beinahe die Bude abfackelt«, sagt Aurora trocken.

Lenny und ich brechen gleichzeitig in Gelächter aus, während Roses Fluchen zu uns hinüberschallt.

Epilog

Eine Abschiedsparty mit unerwarteten Gästen

Eliza

»Ist das *Erde*?« Ich beäuge den Inhalt der kleinen Phiole genauer.

»Jep.« Meine Freundin nickt und wirkt sichtlich stolz auf ihr Abschiedsgeschenk.

»Danke, vermute ich mal«, sage ich und lasse es absichtlich wie eine Frage klingen. Lenny war noch nie eine begabte Schenkerin, aber mit diesem Geschenk hat sie wirklich all ihre bisherigen Bemühungen untertroffen. Allerdings muss man ihr zugutehalten, dass sie zusammen mit Jack diese grandiose Überraschungsparty organisiert hat, und das ist mehr wert als jedes physische Geschenk, das sie mir hätte machen können. Unser Wohnzimmer sieht aus, als hätte sich eine Fee mitten darin übergeben, so viel Glitzer und Konfetti bedecken den Boden. Luftschlangen hängen von den Gardinenstangen herab, Luftballons kleben an den Zimmertüren. In der Küche warten die Reste einer dreistöckigen Sahnetorte, die mit Lebensmittelfarbe in ein derart absurd intensives Pink eingefärbt worden ist, dass es mich nicht wundern würde, wenn jeden Moment eine Barbie-Puppe aus ihrem Inneren hervorspringen würde.

»Du verstehst es nicht, oder?« Lenny mustert mich eindringlich. An meiner skeptisch gerunzelten Stirn kann sie offensichtlich die Antwort ablesen, denn sie seufzt.

»Das ist ein Glas voll Erde, damit du auf See immer ein Stück Festland dabeihast.« Sie grinst und ich schüttele lachend den Kopf.

Die Aussicht, bald drei Monate auf einem Schiff zu verbringen, erfüllt mich mit einer Mischung aus Vorfreude und Respekt. Während ich auf den Kreuzfahrtschiffen meiner Eltern den puren Luxus gelebt habe, wird das Leben auf dem Forschungsschiff harte Arbeit sein. Doch ich würde eine Woche auf der *Goddess of the Sea* jederzeit gegen einen Aufenthalt auf der *Green Horizon* eintauschen.

Einer der Gründe, warum ich die Praktikumsstelle bekommen habe, ist mein Businessplan, den ich ursprünglich für meinen Vater ausgearbeitet hatte. Ich habe ihn stattdessen meiner Bewerbung beigelegt. Im Gegensatz zu meinem Erzeuger waren die Leute bei *Greensails* von meinen Ideen sehr angetan. Vor allen Dingen von meinen Vorschlägen zur optimalen Nutzung von Windenergie auf Schiffen mithilfe von ausfahrbaren Windrädern. Die Forschungsreise, die nächste Woche startet und bei der ich Teil der Crew sein werde, beschäftigt sich nämlich genau mit diesem Aspekt der nachhaltigen Schifffahrt. Im Vorbereitungsgespräch, das ich mit der unfassbar netten Projektleiterin namens Farah geführt habe, hat sie mich dazu eingeladen, nicht nur die Ergebnisse der Tests zu dokumentieren, sondern auch eigene Verbesserungsvorschläge einzubringen. Mir ist zwar klar, dass es vermutlich nicht mehr als eine Floskel war, aber alleine die Vorstellung, dass sich jemand wirklich für meine Ideen interessieren könnte, fühlt sich unglaublich an.

Die Zweifel, die mein Vater mit seiner Ablehnung in mir gesät hat, sind wie Unkraut in mir gewuchert und haben mein Selbstbewusstsein unter sich begraben. Die Zusage und Farahs Worte haben die tief verwurzelten Versagensängste herausgerissen und verbannt. Sie hat mir nicht nur mein Selbstvertrauen wiedergegeben, sondern außerdem die Gewissheit, dass ich nicht auf meinen Vater angewiesen bin. Ich werde auch so meinen Weg gehen. Selbst wenn es bedeutet, dem Familienunternehmen den Rücken zu kehren.

»Ich habe auch noch eine Kleinigkeit für dich.« Jack reißt mich aus meinen Gedanken.

In seinen Händen hält er ein kompaktes Päckchen, das in marineblaues Papier eingewickelt worden ist. Darauf sind kleine weiße Schiffsanker abgebildet. Ich nehme das Geschenk entgegen. Es ist erstaunlich leicht.

»Vorsicht, es ist zerbrechlich«, warnt mich Jack, bevor ich es schütteln kann, um einen Hinweis auf den Inhalt zu erhaschen.

»Bitte sag mir, dass es nicht auch ein Glas voll Dreck ist«, raune ich ihm zu.

»Es war Erde, kein Dreck!« Lenny schnaubt, reckt ihren Hals aber gleichzeitig über meine Schulter, um mehr erkennen zu können.

Unter dem Geschenkpapier verbirgt sich tatsächlich eine kleine Glasflasche, doch anstelle von braunem Dreck – Verzeihung, Erde – befindet sich die Nachbildung eines Schiffes darin.

»Du schenkst ihr ein Miniaturboot, wenn sie bald drei Monate auf einem verbringt?«, fragt Lenny. Sie hat noch nie ein Blatt vor den Mund genommen, aber seitdem Aurora bei uns eingezogen ist, habe ich das Gefühl, dass ihr Einfühlungsvermögen weiter abgebaut hat. Die beiden werden sich mit jedem Tag ähnlicher.

»Nicht irgendein Schiff, sondern eine exakte Nachbildung der Titanic«, erklärt Jack.

»Aww.« Jacks Schwester Bonnie schlägt die Hände vor der Brust zusammen. Sie liebt alles, was mit Romantik zu tun hat, und kennt laut ihrem Bruder jede RomCom, die in den letzten sechzehn Jahren in den Kinos war. Wir haben uns auf Anhieb gut verstanden und ich habe sie schon nach den wenigen Tagen, die sie bei Jack zu Besuch ist, ins Herz geschlossen. Der Zusammenhalt zwischen den Geschwistern rührt mich jedes Mal, gleichzeitig versetzt es mir einen Stich, wenn ich an meine eigene Familie denke. Bevor ich mich in den negativen Gefühlen verlieren kann, wende ich mich wieder Jacks Geschenk zu. Ich hebe das Glas vor mein Gesicht und erkenne tatsächlich die für die Titanic charakteristischen vier senffarbenen Schornsteine und den schwarzen Bug mit dem weißen Streifen.

»Ist das nicht etwas makaber?«, fragt Helena, eine Kommilitonin von mir. Sie wirft Jack dabei einen derart fassungslosen Blick zu, als habe er mich und meine bevorstehende Schiffsfahrt mit diesem Geschenk verflucht.

Lenny nimmt mir die Antwort ab, indem sie eine wegwerfende Bewegung mit der Hand macht. »Die beiden haben sich auf einem Schiff kennengelernt und halten sich für eine Art Reinkarnation von Jack und Rose. Nur ohne den Eisberg.« Sie kreist den Zeigefinger neben ihrer Schläfe, um zu verdeutlichen, was sie davon hält.

Doch ich gehe nicht auf die Sticheleien meiner besten Freundin ein. Stattdessen schlinge ich die Arme um Jacks Hals, dabei achte ich sorgsam darauf, das wertvolle Geschenk nicht zu zerquetschen, das ich noch immer in meiner rechten Hand halte.

»Es ist perfekt. Danke«, sage ich, bevor ich ihn küsse. Es fühlt sich so vertraut an, dass mich ein wohliger Schauer durchfährt. Ein Gefühl, wie wenn man nach einem kalten Wintertag zurück nach Hause kommt und sich endlich unter einer Wolldecke verkriechen kann. Obwohl ich mich wahnsinnig auf die Chance freue, mit *Greensails* zu reisen, weiß ich jetzt schon, dass ich Jack unglaublich vermissen werde.

»Es freut mich, dass es dir gefällt.« Er lächelt.

»Erinnere mich daran, dir später zu zeigen, wie sehr es mir gefällt«, raune ich ihm zu.

Etwas flackert in seinen Augen auf. Begehren, Hitze, Vorfreude. Dieselbe kribbelnde Mischung, die in meinem Bauch Saltos schlägt.

»An was hattest du da genau gedacht?« Er streicht mir eine Haarsträhne hinter das Ohr und lässt seinen Finger danach träge an meinem Hals entlanggleiten.

»Erinnerst du dich an die Szene, als Jack Rose in ihrer Kabine malt?« Meine Stimme klingt verdächtig atemlos.

»Du meinst die Szene, in der sie nichts trägt außer einer Halskette?«, fragt er nach, obwohl mir das Funkeln in seinen Augen verrät, dass er die Antwort bereits kennt.

Ich nicke, bevor ich meinen Plan weiter ausführe: »Ich dachte, anstatt mich zu malen, könntest du mich vielleicht fotografieren. Dann hättest du etwas, dass dich an mich erinnert, während ich über den Ozean schippere.«

»Könnt ihr mit dem Schweinkram wenigstens warten, bis die Gäste weg sind?«, fragt Aurora viel zu laut aus den Boxen neben dem Fernseher.

Während mir augenblicklich die Hitze in die Wangen schießt, schnaubt Jack nur amüsiert, als wollte er damit ausdrücken: »Ich habe dir doch gesagt, dass sie nur Ärger macht.«

Obwohl Auroras forsche Art mich in den letzten Wochen schon in die ein oder andere peinliche Lage gebracht hat, will ich doch genauso wenig auf sie verzichten. Alleine die dämlichen Witze, mit denen sie mich jedes Mal begrüßt, wenn ich zur Tür hereinkomme, sind es wert, sie zu behalten. Außerdem fühlt es sich manchmal so an, als wäre sie unsere dritte Mitbewohnerin. Ihre bissigen Kommentare und treffenden Beobachtungen haben Lenny und mir schon so manchen Filmabend versüßt.

Das schrille Läuten der Türklingel sorgt dafür, dass ich mich endgültig von Jack löse, um die neuen Gäste in Empfang zu nehmen. Während ich mich durch das bereits gut gefüllt Wohnzimmer schlängele, frage ich mich, wer die Neuankömmlinge sein könnten. Jack, seine Schwester und Luke sind hier, genauso wie Lenny, Helena und meine Kolleginnen und Kollegen aus dem *Corner Café*. Edward konnte leider nicht kommen, weil er wie so oft geschäftlich durch die Welt jettet. Dass sich zwischen uns einmal eine echte Freundschaft entwickeln könnte, wäre mir vor ein paar Wochen nicht einmal in meinen kühnsten Träumen eingefallen. Ich bilde mir ein, dass er durch meinen positiven Einfluss nicht mehr ganz so förmlich ist wie früher. Weniger Mister Darcy, dafür mehr Colin Bridgerton.

»Hereinspazi…« Ich öffne schwungvoll die Eingangstür, an der bunte Luftballons befestigt sind, und halte mitten im Wort inne, als ich meine Eltern im Flur entdecke. Mit offenem Mund blicke ich von meiner Mutter zu meinem Vater und wieder zurück. Obwohl ich meiner Mutter bei unserem letzten Telefonat von der Abschiedsparty erzählt habe, hätte ich nie im Leben gedacht, dass sie tatsächlich kommen würde. Und dann auch noch in Begleitung meines Vaters, mit dem ich seit dem Vorfall auf der *Goddess of the Sea* kein Wort mehr gewechselt habe.

»Hallo, Schatz. Ich hoffe, es ist in Ordnung, dass wir gekommen sind?« Meine Mutter schenkt mir ein unsicheres Lächeln.

»Natürlich, kommt rein.« Ich schüttele die Irritation ab und mache einen Schritt zur Seite, damit die beiden an mir vorbei in den schmalen Flur treten können.

Während meine Mutter mich zur Begrüßung umarmt, belässt es mein Vater bei einem Nicken, das ich erwidere. Es wirkt ein bisschen so, als würden wir einen Waffenstillstand ohne Worte vereinbaren. Ich folge den beiden ins Wohnzimmer.

»Setzt euch doch. Ich bringe euch ein Stück Kuchen und etwas zu trinken«, sage ich und deute hinüber zum Sofa, über dem Lenny eine silberfarbene Girlande mit dem Spruch »Bon voyage« befestigt hat.

Während meine Eltern der Einladung folgen, eile ich in Richtung der Küche davon.

Lenny hält mich auf halbem Weg auf. »Habe ich Halluzinationen oder sind das deine Eltern, die es sich gerade auf unserer Couch bequem gemacht haben?«

Ich nicke. »Glaub mir, ich bin genauso überrascht wie du.«

»Hat dein Vater sich entschuldigt?«, fragt sie, während sie mir in die Küche folgt.

Ich schnaube. »Was denkst du denn?«

»Du solltest ihm eine ordentliche Prise Salz in den Kaffee schütten«, sagt sie mit einem Blick hinüber zu den beiden Kaffeetassen, die ich soeben aufs Tablett stellen will.

»Das wäre aber nicht sehr erwachsen«, gebe ich zu bedenken, doch Lenny macht eine wegwerfende Handbewegung.

»Zum Erwachsensein hast du noch dein ganzes restliches Leben«, sagt sie, bevor sie mir das Tablett aus den Händen entwindet. »Ich mache das schon. Das heute ist dein Tag. Du solltest ihn genießen und dich nicht mit deinen verkorksten Erzeugern herumärgern müssen.«

Ich drücke ihr einen Schmatzer auf die Wange. »Du bist ein Schatz.«

•••

Obwohl meine übrigen Gäste für genug Ablenkung sorgen, schweift mein Blick immer wieder hinüber zum Sofa. Herausgeputzt wie für einen Nachmittagstee bei der Queen wirken meine Eltern so fehl am Platz wie ein Bademeister in der Wüste. Besonders meinem Vater sieht man an, wie unwohl er sich mit dem Stück pinker Sahnetorte auf dem Teller fühlt.

»Wenn du nicht mit ihm reden willst, solltest du es nicht tun. Nur weil er hier heute plötzlich aufgetaucht ist, bist du nicht dazu verpflichtet, so zu tun, als wäre nichts geschehen.« Jack legt seine Hand warm und beruhigend zwischen meine Schulterblätter. Die Anspannung, die sich unbemerkt in meinen Muskeln aufgebaut hat, lässt augenblicklich nach.

Ich seufze. »Warum kann ich mit meiner Familie nicht so ein Glück haben wie du mit deiner?«, frage ich und sehe hinüber zu seiner Schwester Bonnie, die gerade über etwas lacht, was Luke ihr erzählt hat.

Jacks Züge werden weich, als er meinem Blick folgt. In jedem seiner Worte, in jeder seiner Gesten Bonnie gegenüber kann ich erkennen, wie sehr er sie vermisst hat und wie wichtig sie ihm ist.

»Was mich angeht, bist du längst auch ein Teil meiner Familie«, sagt er und haucht einen Kuss in die Mulde zwischen meinem Hals und meiner Schulter.

Ein warmes Prickeln wie Badeschaum, der auf der nackten Haut zerplatzt, umhüllt mich bei seinen Worten. Obwohl wir uns erst seit wenigen Monaten kennen, fühlt es sich länger an. Ich vertraue ihm blind und weiß, dass er immer für mich da sein wird.

»Wie soll ich die nächsten drei Monate nur ohne dich überstehen?«, frage ich und lehne meinen Kopf an seine Brust. Er schließt seine Arme um meine Mitte und zieht mich näher an sich heran.

»Ich will nicht lügen, es wird verdammt hart werden«, sagt er und sein Tonfall ist halb ernst, halb neckend.

»Stimmt es, dass du Eliza bei einem eurer ersten Treffen auf die Schuhe gekotzt hast?« Bonnies Frage vertreibt auch den letzten Rest Melancholie, der in der Luft gelegen hat.

»Nicht ganz. Er hat den Eimer noch rechtzeitig getroffen«, erwidere ich anstelle ihres Bruders, der sich stöhnend mit Daumen und Zeigefinger die Nasenwurzel massiert.

»Und danach noch die Kloschüssel«, wirft Aurora aus dem Off hilfreich ein.

»Das Schiff ist an dem Abend beinahe untergegangen. Eine Fahrt mit der Achterbahn ist dagegen ein Spaziergang«, verteidigt sich Jack.

»Das bisschen Wellengang«, beteiligt sich jetzt auch Luke an der Unterhaltung.

»An deiner Stelle würde ich mich mit dummen Kommentaren zurückhalten. Oder soll ich mich mit einer Story über dich revanchieren?«, droht Jack seinem besten Freund. »In den letzten zwanzig Jahren ist da einiges zusammengekommen.«

Während die beiden sich kabbeln, lasse ich den Blick durch den Raum wandern. Meine Eltern fallen mir wieder ins Auge, die noch immer wie zwei Fremdkörper in dem fröhlichen Gewusel wirken. Als meine Mutter bemerkt, dass ich zu ihnen hinübersehe, hebt sie die Hand und winkt mich zu sich.

Ich atme einmal tief durch, bevor ich die Schultern straffe und mir einen Weg zu ihnen bahne. Das hier ist meine Wohnung. Mein Zuhause. Es gibt nichts, vor dem ich Angst haben muss. Wenn mein Vater sich danebenbenehmen sollte, kann ich ihn einfach vor die Tür setzen lassen. Ich bin mir sicher, Jack würde den Job nur zu gerne übernehmen.

»Eine schöne Party, Liebes«, sagt meine Mutter, als ich neben ihr auf der Armlehne Platz nehme.

Ich nicke. Stille legt sich über uns drei. Unausgesprochene Worte liegen schwer in der Luft wie ein herannahendes Sommergewitter.

»Der Kuchen ist wirklich ausgezeichnet«, sagt meine Mutter in einem angestrengten Versuch, das Gespräch am Leben zu erhalten.

»Er ist nicht selbst gebacken«, fühle ich mich genötigt zu sagen, was mir jedoch lediglich ein irritiertes Stirnrunzeln einbringt. Vermutlich wäre sie nicht einmal im Traum auf die Idee gekommen, dass ich mich in die Küche gestellt und ihn zubereitet haben könnte.

»Ich werde mir noch ein Stück holen. Leiste du doch so lange deinem Vater Gesellschaft.« Bevor ich protestieren kann, hat sich meine Mutter von ihrem Platz erhoben und läuft mit ihrem halb vollen Teller, der ihre Behauptung Lügen straft, in Richtung der Küche davon.

Erneut senkt sich Schweigen über uns. Die Geräusche der Party erscheinen mir im Vergleich dazu umso lauter. Das Lachen von Bonnie, die Klänge der Softrock-Playlist, die Aurora zusammengestellt hat, das Klappern von Besteck.

»Du hast also einen Praktikumsplatz bei *Greensails* bekommen.« Mein Vater ergreift so unvermittelt das Wort, dass ich zusammenzucke.

»Sieht ganz so aus«, erwidere ich, obwohl ich mir fest vorgenommen habe, mich nicht von ihm provozieren zu lassen. Dass seine bloße Anwesenheit mich triggert, ist dabei jedoch keine Hilfe.

»Ich würde gerne die Unterlagen sehen«, sagt mein Vater.

»Welche Unterlagen?« Obwohl ich es zuvor vermieden habe, wende ich mich ihm nun zu, um ihn ansehen zu können. Doch seine Miene ist so undurchdringlich wie ein Dschungel ohne Machete.

»Das Konzept für die Reederei, das du mir zeigen wolltest. Für eine nachhaltigere Schifffahrt. Ich nehme an, dass du dich damit bei *Greensails* beworben hast?«

»Du meinst das Konzept, wegen dem du eine drohende Insolvenz erfunden hast, nur um dich nicht damit beschäftigen zu müssen?« Ich schüttele den Kopf.

Er runzelt die Stirn. Verärgerung gräbt sich in die feinen Linien. »Du weißt, dass das nicht der Grund war.«

Ich hebe die Augenbrauen. Wir starren uns an wie zwei Stiere, keiner bereit zurückzuweichen.

»Nicht nur«, gibt er schließlich zu. Er fährt sich mit der Hand durch die schwarzen Haare, die an den Seiten von grauen Strähnen durchsetzt sind. »Möglicherweise habe ich etwas vorschnell gehandelt, als ich deine Ideen abgelehnt habe, ohne sie zuerst zu prüfen. Das war nicht professionell.«

Ich blinzele, zu verblüfft, um zu antworten. Das war zwar keine Entschuldigung, aber das Nächste, was mein Vater jemals in diese Richtung geäußert hat.

»Schick mir die Unterlagen zu und ich werde sie prüfen. Aber mach dich darauf gefasst, dass ich sie bewerten werde wie jeden anderen Businessplan, der mir vorgelegt wird. Es gibt keine Sonderbehandlung, nur weil du meine Tochter bist«, sagt er, jetzt wieder ganz der Geschäftsmann, der er ist.

Beinahe hätte ich laut gelacht, so surreal ist die Situation.

»Glaub mir, das weiß ich nur zu gut.« Denn spätestens nach der Aktion mit Edward weiß ich, dass ich für meinen Vater im Zweifelsfall nicht mehr als eine seiner Schachfiguren bin, mit deren Hilfe er Geschäfte machen will.

Er nickt. »Die Adresse deiner Eltern kennst du ja vermutlich noch.« Es schwingt eine feine Spitze in seinen Worten mit. Ein Tadel dafür, dass ich ihn die letzten Monate mit Missachtung gestraft habe.

Bevor ich etwas dazu sagen kann, steht er auf.

»Ich werde nach deiner Mutter sehen, es wird Zeit für uns, zurück nach New York zu fahren«, verkündet er. »Viel Erfolg bei deinem Praktikum. Ich bin mir sicher, du wirst exzellente Arbeit leisten.«

Damit lässt er mich sprachlos auf der Armlehne des Sofas zurück. Es ist die größte Anerkennung, die ich von meinem Vater erwarten kann. Gleichzeitig frage ich mich, wie viel davon ich der Überzeugungskunst meiner Mutter zu verdanken habe. Denn eines ist klar, ohne ihr Zutun wäre er heute nie über seinen Schatten gesprungen. Er hat sich nicht bei mir entschuldigt, aber er hat mir einen Waffenstillstand angeboten. Mehr als das, er hat tatsächlich Interesse an meiner Arbeit geäußert. Er hat mich zum ersten Mal nicht wie ein bockiges Kleinkind mit wirren Hirngespinsten behandelt, sondern wie eine Geschäftspartnerin. Es ist ein erster Schritt in die richtige Richtung.

Ich gebe mich keinesfalls der Illusion hin, dass nach diesem Gespräch alles zwischen uns geklärt ist. Es werden einige hitzige Diskussionen folgen. Ein Tauziehen der Worte. Ein Aufeinandertreffen unterschiedlicher Ansichten und Werte. Doch das ist vertrautes Terrain für mich. Es ist die Art von Beziehung, die wir schon immer geführt haben. Wenn ich sehe, wie Jack und Bonnie miteinander umgehen, wenn ich Jack lausche, wie er von seiner Familie erzählt, wie die Zuneigung zu diesen Menschen in jeder Zelle seines Körpers mitschwingt ... Dann spüre ich die emotionale Kluft zwischen mir und meinen Eltern umso deutlicher. Es schmerzt, weil ich mich vergeblich nach derselben Herzlichkeit sehne. Doch mit Jack an meiner Seite ist es so viel einfacher zu akzeptieren, dass meine Beziehung zu meiner Familie nie so sein wird, wie es bei ihm ist.

Freunde sind die Familie, die wir uns aussuchen können. Wenn ich den Blick durch den Raum schweifen lasse, weiß ich, dass dieser Spruch etwas Wahres in sich trägt. Und ich weiß, dass ich die richtige Wahl getroffen habe. Und sie immer wieder aufs Neue treffen würde.

•••

Es ist spät am Abend, als die letzten Gäste durch die Tür nach draußen stolpern. Meine Beine sind von einer angenehmen Schwere erfüllt. Mein Herz übervoll mit Marmeladenglasmomenten. Meine Wangen schmerzen vom vielen Lachen. Auf dem Rückweg vom Bad lösche ich die Lichter im Wohnzimmer. Die Tür zu Lennys Zimmer ist einen Spalt breit geöffnet. Ich kann hören, wie Lenny und Bonnie, die auf der Gästematratze übernachtet, sich mit Aurora über die neuste Bridgerton-Staffel unterhalten. Kurz bin ich versucht dazuzustoßen, doch dann hält mich der Gedanke an Jack zurück, der in meinem Zimmer auf mich wartet. Uns bleiben nur noch zwei Nächte, bevor ich abreisen werde, und ich will jede Sekunde der Zweisamkeit auskosten.

Als ich die Tür öffne, fällt mein Blick wie immer zuerst auf das Bild, das über meinem Bett an der Wand hängt. *Das Mädchen und das Meer.* Die ersten Male war es merkwürdig, mich selbst zu sehen, doch jetzt erinnert es mich regelmäßig an alles, was ich erreichen kann. An alles, was ich sein kann, wenn ich es nur will. Ich liebe das Wilde, das Unzähmbare in meinem Blick. Liebe die Tiefe, die Jack eingefangen hat. Außerdem erinnert es mich an ihn und unsere gemeinsame Zeit auf der *Goddess of the Sea.*

Ich ziehe den schmalen Goldring von meinem Zeigefinger, mit dem alles angefangen hat, und fahre über die Gravur im Inneren. *Für meinen Wirbelwind.* Wenn meine Großmutter wüsste, was sie mit ihrem Geschenk in Gang gesetzt hat. Ich bin mir sicher, dass sie Jack genauso schnell ins Herz geschlossen hätte wie ich. Weil sie mich beide sehen, so wie ich bin. Weil sie mich lieben, wie ich bin. Weil sie mich nie ändern wollen würden. Ein Lächeln breitet sich wie von selbst auf meinen Lippen aus.

»Gilt dieses Lächeln mir?«, fragt Jack, der es sich auf meinem Bett bequem gemacht hat und mich zu sich winkt.

»Ich habe an meine Großmutter gedacht«, sage ich wahrheitsgemäß.

Er runzelt die Stirn. »Das war nicht ganz die Antwort, auf die ich gehofft hatte.«

Ich lache. »Ich musste nur gerade daran denken, dass es ohne den Ring meiner Grandma nie unseren *Titanic*-Moment gegeben hätte. Und dass ich ihr dafür zu großem Dank verpflichtet bin.«

Jack lächelt und Zuneigung lässt seine Augen aufleuchten.

»Und jetzt …« Ich streife mir das Schlafshirt über den Kopf. »›… fotografier mich wie eines deiner französischen Mädchen‹«, bediene ich mich des berühmten Filmzitats von Rose mit einer kleinen Abwandlung.

Jack lacht, als er sich vom Bett erhebt. Mit jedem Schritt, den er auf mich zumacht, weicht die Belustigung etwas Dunklerem, das mein Herz schneller schlagen lässt. Unendlich langsam legt er seine Hände an meine Wangen. Dabei kippt er meinen Kopf leicht nach hinten, damit ich ihm in die Augen blicken kann.

»Ich liebe dich, Rose.« Seine Worte senden einen warmen Schauer über meinen Rücken. Es ist das erste Mal, dass er sie laut ausspricht. Doch sie waren auch vorher schon präsent. In der Art, wie er mich ansieht. Als gäbe es in diesen Momenten auf der Welt nichts Wichtigeres als mich. Wenn er mich küsst. Als könnte er nie im Leben genug von mir bekommen. Wenn er mich Rose nennt, obwohl der Rest der Welt uns für komplett bescheuert hält.

»Ich würde auch jederzeit mein Stück Treibholz mit dir teilen, Jack«, erwidere ich.

Er blinzelt kurz irritiert, bevor er amüsiert schnaubt. Dann werden seine Züge überraschend ernst. »Versprich mir, dass wir uns von keinem Eisberg der Welt unterkriegen lassen.«

Ich muss an all die metaphorischen Eisberge denken, die uns das Leben bereits in den Weg gelegt hat. Mein Vater und seine Lügen. Meine Mutter und ihre Drohungen. Zwei völlig verschiedene Welten, die aufeinandergeprallt sind. Und trotzdem stehen wir jetzt hier.

»Niemals. Ich liebe dich, Jack«, flüstere ich, bevor ich mich auf die Zehenspitzen stelle und das Versprechen mit einem Kuss besiegele.

Danksagung

Ein Buch zu schreiben, fühlt sich jedes Mal so an, als würde man sich auf eine neue (Schiffs-) Reise begeben – falls sich jemand gefragt hat, woher Jack alias Cameron seine Vorliebe für nautische Vergleiche hat … Und wie wir alle wissen, macht eine Reise gemeinsam mit lieben Menschen viel mehr Spaß als alleine. Deshalb möchte ich mich von Herzen bei all denjenigen bedanken, die mich auf diesem Weg begleitet haben.

Allen voran meinen wunderbaren Lektorinnen Nicole und Rahel vom COVE Story-Verlag, die meinem Projekt, das ich auf den Arbeitstitel Titanic 2.0 getauft hatte, eine Chance gegeben haben. Ein besonderes Dankeschön geht außerdem an meine Lektorin Marlene, die mir mal wieder dabei geholfen hat, meiner Vorliebe für zuckende, hochgezogene und gekräuselte Augenbrauen Herrin zu werden. Durch deine Anmerkungen und Verbesserungsvorschläge konnte ich das Beste aus dem Manuskript herausholen.

Dann gibt es da natürlich noch meine großartigen Testleserinnen Hanna und Pia – eure ehrlichen Rückmeldungen und die teils lustigen, teils aufbauenden, teils kritischen Anmerkungen waren unbezahlbar. Durch euch konnte Elizas und Camerons Geschichte erst zu der werden, die sie heute ist. Dafür bin ich euch unendlich dankbar.

Ein riesiges Dankeschön geht außerdem an all die lieben Blogger*innen, die mich seit meinem ersten Buch unterstützen. Eure Begeisterung, eure lieben Worte und eure Leidenschaft für meine Geschichten bedeuten mir die Welt. Ohne euch wäre dieser Weg um einiges steiniger und deutlich einsamer. Das gilt übrigens auch für all meine lieben Autorinnen-Kolleginnen.

Wie immer geht ein großes Dankeschön an meine Eltern – einfach für alles. Für die Liebe, die Unterstützung und das Vertrauen in mich und meine Träume. Und dafür, dass ihr mir von klein auf die Liebe zum Reisen mitgegeben habt.

Und nicht zuletzt: Danke an dich. Dass du dieses Buch in den Händen hältst, bedeutet mir mehr, als ich mit Worten ausdrücken kann. Es wird nie selbstverständlich für mich sein, dass andere Menschen meine Geschichten lesen und ihre Liebe dafür mit der Welt teilen. Wenn dir das Buch gefallen hat, würde ich mich riesig über eine Bewertung bei Amazon, Thalia oder deiner Lieblingsbuchhandlung freuen. Jede Rezension hilft, das Buch sichtbarer zu machen.

Danke, dass ihr alle Teil dieser Reise seid!

Content Note

Verlust
Trauer

COVE Story
More than a feeling.

Mit Fragen zur Produktsicherheit wenden Sie sich bitte an:
www.carlsen.de/kontakt

COVE Story
Ein Imprint der Carlsen Verlag GmbH,
Völckersstraße 14–20, 22765 Hamburg
Juni 2025

Lektorat: Marlene Uhlenberg
Umschlagbild: stock.adobe.com; © oatawa © arwiyada © rodho / shutterstock.com; © Arrobani Studio © janniwet © tomertu
Umschlaggestaltung: NH Buchdesign
ISBN 978-3-551-30618-0
www.cove-story.de